Camarin Grae
Seelenraub

Aus dem Amerikanischen
von Monika Brinkmann

Ariadne Krimi 1083
Argument

Ariadne Krimis werden herausgegeben von Frigga Haug

Titel der amerikanischen Originalausgabe: Soul Snatcher
© 1985 by Camarin Grae

Redaktion: Else Laudan
Lektorat: Iris Konopik

Deutsche Erstausgabe
Alle Rechte vorbehalten
© Argument Verlag, Berlin und Hamburg 1996
Eppendorfer Weg 95a, 20259 Hamburg
Tel. 040/4018000 · Fax 040/40180020
Titelgraphik: Johannes Nawrath; Signet: Martin Grundmann
Texterfassung durch die Übersetzerin
Fotosatz: Steinhardt, Berlin; Druck: Alfa Druck, Göttingen
Gedruckt auf säure- und chlorfreiem Papier
ISBN 3-88619-583-X
2. Auflage 1997

Ist Spiegelung oder irgendein tiefergehender psychischer Prozeß der Grund für die vielen Doppel-Bilder in der Kunst von Frauen?...Die Angst, die Frauen schildern, eines Tages in den Spiegel zu schauen und nichts darin zu erblicken, ist ein Sinnbild für Nicht-Identität, ein Sinnbild, das auch die Angst vor Verlassenheit erkennen läßt, vor Abhängigkeit von einem unzureichend integrierten Selbst.

»Women Artists«, Peterson & Wilson

Dank und Anerkennung für ihre redaktionelle Hilfe gehen an
Barbara Emrys, Tracy Baim, Irene Zahava und Dan Eierdam.

1. Kapitel

Sharla steckte sich eine Zigarette an, die erste seit Wochen, und blickte ein weiteres Mal auf die Quittung vom Reisebüro. *Rückreise: Flug 346, Ankunft 19 Uhr 35, 2. August.* Die Zigarette schmeckte bitter. Sharla nahm einen tiefen Zug und füllte ihre Lungen. Noch sechs Tage, dachte sie. Meredith kommt zurück. Sharla stirbt. Sie drückte die Zigarette aus. So einfach ist das.

Sie schaute aus Merediths Wohnzimmerfenster auf das Grün des Lincoln-Parks, reckte den Hals, um einen Fetzen des Lake Michigan zu sehen. Letzte Woche hatten sie und Allison dort einen romantischen Abendspaziergang unternommen, den Strand entlang, und hatten sich hinter dem Bootshaus einen Kuß gestohlen; nächste Woche würde Sharla verschwunden und der unmögliche Traum vorüber sein. Sie lehnte sich gegen die Fensterbank, schloß die Augen und ließ Revue passieren, wieviel in den drei kurzen Monaten seit ihrer Ankunft geschehen war.

»... wir beginnen nun mit dem Landeanflug auf Chicagos O'Hare-Flughafen...« Die Worte des Piloten rüttelten Sharla aus ihrer gedankenverlorenen Benommenheit und irritierten sie. Sie schaute aus dem Fenster nach unten, ließ ihren Blick ohne Neugier über die Spaghettistraßen und winzigen Häuserreihen gleiten. Seufzend lehnte sie sich schwer im Sitz zurück. Die Züge ihres hübschen, glatten Gesichts waren angespannt, und ihre Mundwinkel zeigten traurig nach unten. Sharla fühlte sich nicht so, wie sich ihrer Meinung nach eine fühlen sollte, die ein neues Leben begann. Kein Gefühl gespannter Erwartung. Keine Aufregung.

Vom Flughafen aus hatte sie einige Telefonate geführt, um eine Bleibe zu finden, und war dann mit dem Taxi zum YWCA in Evanston gefahren, dem ersten Vorort nördlich von Chicago. Es war ein trüber, bedeckter Tag Ende April. Sharla ging auf ihr Zimmer und schlief.

Obwohl sie mit kaum jemandem sprach, fühlte sie sich während der ersten Tage nicht einsamer als sonst. Sie machte Spaziergänge am Seeufer, lag auf ihrem Bett, saß in der leeren Eingangshalle des YWCA und las leere Worte in alten Zeitschriften und fragte sich, warum sie geboren war und ob es wohl ein Fehler gewesen war, Andy davonzulaufen.

Bis zur allerletzten Minute hatte Sharla geglaubt, sie könnte die Hochzeit durchziehen. Andy war ein feiner, anständiger Mann. Das sagten alle. Sie würden ein Haus kaufen, andere Paare zum Essen einladen, »Liebe machen« und Babys bekommen und fernsehen, und sie hätte ein geregeltes und sicheres Leben, vielleicht sogar sicher genug, um etwas von Wert niederzuschreiben. Ein feiner, gefestigter, verläßlicher Mann.

Aber er trägt so grauenvolle Schuhe, dachte Sharla plötzlich. Sie saß auf dem durchhängenden Bett in ihrem Zimmer. Sie lachte in sich hinein, ein angespanntes, geringschätziges Lachen. Den Geschmack eines Mannes bezüglich seiner Schuhe nicht zu mögen ist wohl kaum ein ausreichender Grund, eine Hochzeit abzublasen. Sie zündete sich eine Zigarette an und schaute hinunter auf die menschenverlassene Straße, die zwischen dem YWCA und dem Lieferanteneingang von Walgreen's verlief. Er ist ein guter Mann. Ein guter Mensch. Ich mag ihn wirklich. Sharla schüttelte den Kopf. Seine Schuhe sind trotzdem grauenvoll, dachte sie. Sie sind langweilig, jawohl, das sind sie. Einfallslose, langweilige, leblose, erstickende Sackgassenschuhe.

Sharla spürte Tränen aufsteigen. Mit wütender Entschlossenheit zwinkerte sie sie weg und begann in ihrem winzigen Zimmer auf und ab zu gehen. Das Licht der 40-Watt-Glühbirne verlieh ihrem blaß-beigen Gesicht mit den hohen Wangenknochen einen gespenstischen Glanz und betonte den roten Schimmer ihrer Haare. Was für eine feige Art, Schluß zu machen, dachte sie und machte eine Kehrtwendung bei der Tür. Sie hatte Andy einen kurzen Entschuldigungsbrief geschrieben, dann ihre Sachen gepackt, den Brief eingeworfen und ein Taxi zum Flughafen genommen. Der erste verfügbare Flug ging nach Chicago.

Andy hat den Brief wahrscheinlich gestern erhalten, dachte sie und schaute wieder aus dem Fenster. Ich weiß, daß er verletzt ist.

Und verwirrt auch, wette ich. Wie unfair ihm gegenüber. Die Tränen drohten wieder aufzusteigen. Aber ich hätte nicht in Portland bleiben können. Sie schüttelte den Kopf und zupfte an ihren Nackenhaaren. Ich hätte es ihm nicht von Angesicht zu Angesicht sagen können. Sie schaukelte auf dem Bett vor und zurück. Denn wenn ich es versucht hätte, hätte ich ihn am Ende doch geheiratet.

Sharla erschauderte. Sie legte einen weiteren Zigarettenstummel in den längst vollen Aschenbecher. Ich bin sicher, daß er wütend ist. Sofort spannte ihr Körper sich an. Wut ängstigte Sharla, jede Wut, besonders aber ihre eigene. Ihre eigene verwandelte sich allzuleicht in Raserei. Unwillkürlich zupfte sie heftiger an ihren Nackenhaaren, während in ihrem Kopf Bilder von geworfenen Büchern und zerschmetterten Tassen und rasierklingendünnen blutigen Striemen auf ihren Handgelenken aufblitzten.

Am achten Tag ihres neuen Lebens, nach vielen Fahrten mit der Hochbahn, Wanderungen durch weitläufige Museen und kilometerlangen Spaziergängen durch überfüllte, unpersönliche Straßen, kaufte Sharla widerstrebend eine *Chicago Tribune* und fing an, die Jobangebote zu überfliegen. Sie haßte Vorstellungsgespräche fast so sehr wie die Jobs selber, doch sie zwang sich, anzurufen und Termine zu vereinbaren. Nach einer Woche Sucherei offerierte Media One Productions ihr die »Position« einer Empfangsdame. Ein paar Tage später trat sie die Stelle an. Es war ein geistloser Routinejob. Das paßt ja wieder, dachte sie, überzeugt, daß sich niemals etwas ändern würde. Wie hätte sie ahnen sollen, daß sich in ihrem trostlosen Leben schon bald alles ändern würde, und zwar viel grundlegender, als selbst *sie*, die so oft in ihrer Phantasie lebte, es sich vorstellen konnte.

Die nächste unangenehme Notwendigkeit war eine Wohnung zu finden. Die zusammengefaltete Zeitung fest an sich gedrückt, lief Sharla die Ashland Avenue in Rogers Park hinauf, die Schultern auf die ihr eigene Weise leicht nach vorne gebeugt. Die Korrektorin von *Media One* hatte ihr gesagt, Rogers Park sei eine anständige Gegend. Ich kann wohl genausogut in einer anständigen Gegend wohnen, dachte sie. An der nächsten Kreuzung blieb sie stehen, um die Adresse in der Wohnungsanzeige noch einmal nachzusehen. Jemand berührte ihre Schulter.

»Hey, Meredith. Was für eine angenehme Überraschung!« Die Frau strahlte.

Sharla zuckte zusammen, mißtrauisch, ängstlich. Sie haßte es, mit Fremden zu reden, mit jedem Fremden, besonders aber mit einer Fremden, die sie für jemand anders hielt; und sie haßte es, Dinge zu erklären. Sie wollte der Frau schon sagen, daß sie sich irrte, war aber seltsam gebannt von dem Ausdruck auf ihrem Gesicht, besonders dem Ausdruck ihrer Augen. Sharla starrte sie an, unfähig zu sprechen. Die Frau umarmte sie herzlich.

»Ich hatte schon befürchtet, du wärst bereits abgereist. Ich wollte mich bei dir bedanken. Ich hab' den Job, Meredith!« Sie ergriff Sharlas Hand und schüttelte sie lebhaft. »Und es war dein Gespräch mit Beth, das alles klargemacht hat. Sie sagte: ›Pam, Meredith sagt, du bist schnell und zuverlässig und toll mit den Händen. Der Job gehört dir.‹ Gefällt dir ›toll mit den Händen‹ auch so gut?« Pam lachte in sich hinein.

Sharla starrte sie weiter an, spürte immer noch die Umarmung, fühlte sich schrecklich unbehaglich, war aber unleugbar auch fasziniert.

»Alles in Ordnung, Meredith?«

»Oh, ja, mir... mir geht's gut«, sagte Sharla leise. »Ich... aber ich bin nicht... Ich glaube, da liegt ein Irrtum...«

»Oh, da kommt mein Bus! Muß los. Wir reden ein andermal, okay?« Während sie noch sprach, ging die Frau, Pam, bereits rückwärts, weg von Sharla. »Wann fährst du jetzt eigentlich?« schrie sie. Sie näherte sich weiter der Bushaltestelle. »Ich ruf' dich an. Hey, du siehst anders aus. Schick mir 'ne Postkarte. Und nochmals vielen Dank.« Sie winkte und rannte über die Straße.

Eine ganze Minute lang starrte Sharla ihr nach, schaute solange hinterher, bis der Bus verschwand. Es war ein merkwürdiges Gefühl, für eine andere gehalten zu werden. Sie rückte den Riemen ihrer Handtasche zurecht und lief die Ashland Avenue weiter Richtung Norden hinauf. Aber noch interessanter war die Art, wie diese Frau sie angesehen hatte. Sharla konnte diese Augen einfach nicht vergessen. Niemand hatte sie je so angesehen. Die Augen drücken Dinge aus, dachte Sharla, die sie nie zuvor in Augen gesehen hatte, von denen sie angeblickt worden war.

Das Appartement in der Albion Street war ein Drei-Zimmer-Dreckloch für 440 Dollar im Monat. Sharla ärgerte sich genug, um sich leise über die hohe Miete zu beklagen.

Der rotnasige Hausverwalter nahm seine Zigarre aus dem Mund und zuckte mit den Achseln. »Das sind die achtziger, Lady. Was soll ich sagen?«

Sie ging zurück zum YWCA. Die Szene mit der Frau auf der Straße, Pam, ging ihr nicht aus dem Kopf. Sie konnte das Lächeln sehen, die großen, geraden Zähne mit dem winzigen Schimmer Gold im Hintergrund, das ungeschminkte Gesicht, die Khakihose, das T-Shirt und die Weste. Es war aber der Ausdruck ihrer Augen, den Sharla immerzu vor sich sah. In dieser Nacht träumte sie von ihr. Sie beide waren beste Freundinnen, saßen am Ufer des Lake Michigan, redeten herzlich zusammen, lachten, genossen den strahlenden Frühlingstag und genossen einander. Sharla hatte ein wunderbares Gefühl von Aufgehobensein und Ruhe.

Das Gefühl hielt den Morgen über an. Sie ging etwas fröhlicher zur Arbeit als sonst, aber es war nicht von Dauer. An ihrem Schreibtisch überkam sie wieder das Gefühl ihrer eigenen Belanglosigkeit und Leere. Die meisten Leute im Büro ignorierten sie, außer dem blonden, kahlwerdenden Werbetexter ohne Wimpern. Jedesmal, wenn er an ihrem Schreibtisch vorbeiging, flirtete er mit ihr. Sharla wußte, daß sie nett sein sollte – irgendwann mußte sie schließlich Leute kennenlernen –, doch statt dessen schaute sie weg.

Sie nahm Anrufe entgegen und tippte und empfing steif die Besucher und Besucherinnen ihrer vier Chefs. Es erinnerte sie ziemlich stark an ihren letzten Job und an den davor. Im Verlauf ihres Vorstellungsgesprächs mit der Frau von der Personalabteilung hatte Sharla bescheiden auf ihren Abschluß in Englisch hingewiesen und daß sie einige Begabung im Schreiben hätte. Vielleicht, sagte sie schüchtern, wäre es möglich, ein paar Texte für die Werbeagentur zu schreiben. Die Frau hatte erwidert, alles sei möglich, vielleicht könne sie sich ja hocharbeiten, doch Sharla war sicher, daß das nie passieren würde. Ihr passierten nie gute Dinge.

2. Kapitel

Am Samstag machte Sharla sich wieder auf die Suche, denn sie mußte möglichst bald eine Wohnung finden. Das YWCA tat ihr nicht gut. Ihre Depressionen schienen sich zu verschlimmern. Sie war auf dem Weg zur Besichtigung eines vielversprechenden Ein-Zimmer-Appartements in der Fremont Street, als ein Motorrad neben ihr hielt. Die Fahrerin grüßte sie fröhlich. »Meredith Landor! Wie isses denn so, Frau?«

Sharla starrte die freundliche Fremde, die mit ihr sprach wie mit einer guten Freundin, befangen an. Noch eine. Ich bin nicht die, für die ihr mich haltet, Leute. Ich bin nicht Meredith. Ich bin nicht eure Freundin. Wir müssen uns sehr ähnlich sehen, dachte Sharla. »Ehm, es scheint –«

»Und? Fahr' ich in deine Richtung? Soll ich dich mitnehmen?«

Sharla konnte das Gesicht hinter dem getönten Visier nicht richtig erkennen. Die Frau war mittelgroß und muskulös und schien sich auf dem schwarzen Ledersattel des riesigen Motorrads sehr wohl zu fühlen.

»Ich dachte, du wärst nicht in der Stadt.« Die Frau griff in eine Tasche ihrer dünnen Lederjacke, zog einen braunen Umschlag heraus und reichte ihn Sharla. »Was hältst du davon?«

Wie betäubt nahm Sharla entgegen, was ihr hingehalten wurde. Sie wollte erklären, doch statt dessen öffnete sie den Umschlag. Es waren Fotos, die Sharla nacheinander betrachtete.

Die Motorradfahrerin schob das Visier zurück und beobachtete Sharla voll Ungeduld. »Ich hab' ausprobiert, was du mir gesagt hast. Guck dir diese Schattierung an. Besser, he?«

Sharla betrachtete die Aufnahme einer großgewachsenen Frau von klassischer Schönheit, die sich gegen einen dickstämmigen Baum lehnte und in die Ferne blickte. »Viel besser«, sagte sie mit heiserer Stimme.

Das Lächeln der Motorradfahrerin war eins der freudigsten und offensten, die Sharla je gesehen hatte. Sie war eine Chicana mit glänzend schwarzem Haar, langen Wimpern und feurigem Blick.

»Eins werde ich für dich vergrößern. Ich hab's schon ausgesucht. Rat mal, welches.«

Ich bin nicht Meredith, wollte Sharla wieder sagen, doch wieder tat sie es nicht. Sie wußte nicht genau, warum. Vielleicht wollte sie den Kontakt nicht abbrechen. Vielleicht wollte sie die Enttäuschung auf dem Gesicht der Frau nicht sehen und den Wandel hin zu distanzierter Kühle. Sie schaute die Fotos noch einmal durch. »Dieses oder dieses?« wagte sie zu fragen.

»Stimmt. Das hier ist es. Das ist für dich. Du kriegst es bald. Hey, was sind das überhaupt für Klamotten und für ein Make-up? Ach, ich weiß schon, du spielst wieder in einem deiner verrückten Filme.« Sie lachte herzlich.

Sharla war nervös. Ich werde es ihr jetzt sagen.

»Du siehst aus, als wärst du gerade aus Flossmoor ausgebrochen.« Die Frau lachte weiter und ihre Augen wurden noch feuriger. »Und? Bist du auf dem Nachhauseweg oder was?«

Sharla nickte stumm.

»Ich fahr' dich. Steig auf.«

Auf einem Motorrad fahren, mit dieser wilden Frau in Lederjacke, die mich für eine andere hält? Das kann ich doch nicht. Sharla hatte schon immer Motorrad fahren wollen. Andy hielt Motorräder für tollkühn und gefährlich. Scheiß auf dich, Andy. Ihre Mutter dachte ebenso. Scheiß auf euch beide. Sharla stieg auf und hielt sich an der schmalen Taille fest. Sie zischten durch die Straßen, und Sharlas züchtig gewelltes Haar flatterte im Wind. In Minutenschnelle hielten sie in der Fullerton Avenue vor einem siebenstöckigen Wohnhaus aus rotem Backstein.

Sharla stieg ab. »Vielen Dank, ich –«

»Nicht der Rede wert«, sagte die Motorradfahrerin und schenkte ihr ein freches, warmes Grinsen. »Jederzeit«, und mit einem Winken und einem Motordröhnen war sie verschwunden. Schwankend stand Sharla am Randstein. Ich kann nicht glauben, daß dies gerade geschehen ist, dachte sie. Das hat richtig Spaß gemacht! Breit grinsend schüttelte sie den Kopf. Sie ging auf den Bürgersteig. Ich frage mich, wer diese Meredith Landor ist.

Sie betrachtete das Wohnhaus. Vielleicht ist sie ja jetzt da, dachte sie. Wer auch immer sie ist, sie hat wirklich ein paar ungewöhnliche Freundinnen. Eine Frau, die Motorrad fährt! Merkwürdig ... irgendwie, aber ... Wie frei sie sich fühlen mußte! Verträumt in die Ferne starrend driftete Sharla fort in eine Phantasie, war sich nicht länger bewußt, wo sie war, und bemerkte auch die neugierigen Blicke der Passanten nicht.

Sie sah sich selbst mit Lederjacke und Helm, wie sie mit dem riesigen Motorrad geschickt die Kurven nahm, sich in jede Biegung legte, auf der Geraden beschleunigte und an den Autos vorbeiflog. Sie ließ die Stadt hinter sich und drang tief in ländliche Gegenden vor, fuhr durch gigantische schneebedeckte Berge, an breiten, wunderschönen Flüssen entlang. Sharlas Lächeln wurde strahlender, je länger ihre Phantasie andauerte und sie sich immer schneller aufsteigen sah, frei und wild. Dann veränderte sich der fröhliche Gesichtsausdruck zu einem verdutzten Stirnrunzeln.

Also, warum sollte mich so etwas interessieren, dachte sie. Auf einem albernen Motorrad herumzufahren. Das ist eindeutig nicht mein Stil. Es paßt nicht zu mir, richtig? Ich bin eher der Stricknadel-Typ, oder etwa nicht? Sie dachte an den Pullover, den sie für Andy gemacht hatte. Ich wünschte, ich könnte noch einmal mitfahren, länger diesmal, vielleicht über Land. Sie bewegte sich nicht von ihrem Fleck auf dem Bürgersteig. Vielleicht könnten die Frau und ich zusammen einen Ausflug machen. Vielleicht könnte ich ein eigenes Motorrad bekommen. Ein etwas kleineres allerdings. Sharla richtete sich gerade auf. Nein, ein großes. Ein riesengroßes.

Der Verkehrslärm holte Sharla in die Wirklichkeit zurück. Sie zwinkerte und richtete den Blick wieder auf Meredith Landors Wohnhaus. Was für ein Mensch sie wohl ist? Sharla wünschte, sie könnte sie einmal sehen, und erwog, sich so lange in der Nähe des Hauses aufzuhalten, bis Meredith auftauchte. Wenn wir einander so ähnlich sehen, dachte Sharla, wäre sie vielleicht sogar daran interessiert, mich kennenzulernen. Der verträumte Blick kehrte zurück. Vielleicht würde sie mich ihrer Freundin vorstellen und ich könnte noch eine Fahrt unternehmen. Sharla schüttelte den Kopf.

Mittlerweile lehnte sie an einem Laternenpfahl. Nein, das würde nicht passieren. Ihre Freundin wäre bestimmt wütend auf mich, weil ich es ihr nicht gesagt habe, weil ich sie in dem Glauben gelassen habe, ich sei Meredith Landor, und sie würde nichts mit mir zu tun haben wollen. Ich würde ihr das nicht verübeln.

Sharla ging langsam die Fullerton Avenue westlich in Richtung Clark Street, doch nach weniger als einem halben Häuserblock blieb sie stehen und schaute zu dem Wohnhaus zurück. Es zu versuchen, könnte nichts schaden. *Was habe ich schon zu verlieren?* Sie schickte sich an zurückzugehen, hielt aber wieder inne. *Nein, ich kann nicht, es wäre zu peinlich.* Sie wandte sich ab, dann wieder zurück, vollführte eine Kreisbewegung. Ihr Gesicht drückte Mißbilligung aus. *Das alte Spiel. Angst, immer habe ich Angst. Na geh schon, du Feigling, drück auf den Klingelknopf, stell dich vor und warte ab, was passiert.*

Sie ging auf das Gebäude zu und kämpfte gegen die ihr eigene Abneigung neuen Dingen gegenüber an, ihre Abneigung dagegen, Risiken einzugehen, Menschen kennenzulernen. *Laß es drauf ankommen, du Miststück,* redete sie sich zu. Sie stand vor der Eingangstür und zwang sich, die Halle zu betreten. Ihre Augen überflogen die Namen. Meredith Landor, 303. *Kein Ehemann, wie es aussieht,* dachte sie. *Keine Mitbewohnerin. Jetzt klingle schon,* befahl sie sich. Ihr Finger wollte sich nicht bewegen. *Feigling!* Sie drückte den Klingelknopf. Die altbekannte Panik überkam sie. Sharla versuchte sie zu überwinden, indem sie probte, was sie sagen würde. *Entschuldigen Sie die Störung, aber ich wollte Sie einfach kennenlernen. Sehen Sie, einige Leute haben mich mit Ihnen verwechselt, und meine Neugier war stärker als ich.*

Sie klingelte erneut und wartete, fühlte sich dabei schrecklich unbehaglich, scheußlich schüchtern, wollte weggehen, wegrennen, sich in ihrem kargen Zimmer im YWCA in Evanston verkriechen. Sie war gerade im Begriff, dies zu tun, als die innere Eingangstür sich öffnete und ein älterer Mann in einem adretten Jogginganzug herauskam. Er nickte Sharla zu, als täte er das regelmäßig, und hielt ihr die Tür auf. Sharla hatte das Gefühl, daß ihr nichts anderes übrigblieb als hineinzugehen. »Vielen Dank«, sagte sie und ging auf den wartenden Aufzug zu. Sie war sicher, daß der Mann sie beobachtete.

Als die Türen des Aufzugs sich schlossen, verspürte sie einen Moment lang Erleichterung. Und was jetzt, fragte sie sich. Ich könnte ein paar Minuten warten, bis die Luft rein ist, und dann verschwinden. Statt dessen drückte sie die »3« und setzte den Aufzug in Bewegung. Im dritten Stock lief sie den ruhigen, mit Teppich ausgelegten Korridor hinunter, bis sie vor der Tür mit der kleinen »303« über dem Spion stand.

Ich könnte klopfen. Nein, sie würde sich fragen, wie ich überhaupt hier reingekommen bin. Nein, sie würde es verstehen, denn sie würde sehen, wie sehr wir einander ähneln. Nein, sie ist nicht einmal zu Hause; sie hätte auf das Klingeln reagiert, wenn sie da wäre. Sharla wandte sich zum Gehen, als sich die Tür der angrenzenden Wohnung öffnete. Sie versuchte, weder ängstlich noch schuldbewußt auszusehen.

Die Frau lächelte. »Schlüssel vergessen, Meredith?«

Sharla leckte sich die Lippen und suchte nach Worten. Das Lächeln der Frau war breit und freundlich, ihre leuchtend rosafarbenen Lippen säumten goldbekrönte Zähne.

»Ja, aber ich...«

»Sie haben Glück. Mr. Borgman ist gerade auf dem Weg nach oben, um mal wieder meine Wanne zu reparieren. Verdammter alter Abfluß.« Die Tür zum Treppenhaus öffnete sich. »Da ist er schon. Meredith hat ihren Schlüssel vergessen«, rief die Frau vergnügt.

Der dickbäuchige kleine Mann stapfte auf sie zu, lehnte den Schraubenschlüssel gegen die Wand und klemmte sich den Sauger unter den Arm. Er durchsuchte seinen Schlüsselbund und öffnete dann wortlos 303.

»Vielen Dank«, sagte Sharla leise. Bitte geht weg. Ich muß hier raus.

»Oh, Sie haben ja eine dieser niedlichen kleinen Lampen«, sagte die rosalippige Frau und starrte in Meredith Landors Wohnzimmer.

Sharla nickte. Sie wußte, sie würde hineingehen müssen. Sie trat über die Schwelle, wandte sich dann um und murmelte: »Also, ich hoffe, Ihr Abfluß ist bald wieder frei.« Dann schloß sie die Tür.

3. Kapitel

Stocksteif gegen die Tür gelehnt, beschloß Sharla, sechzig Sekunden zu warten und dann die Wohnung zu verlassen. Das Wohnzimmer sah warm und einladend aus. Gott, und wenn sie zu Hause ist? »Hallo«, rief Sharla zaghaft. *Eins-zwei-drei-vier...* Sie schaute sich im Zimmer um, sah die sanften Erdtöne, das geschmackvolle Dekor. »Ist jemand zu Hause?« *Zehn-elf-zwölf...* Zwei der Wohnzimmerwände waren mit Fotos übersät – Dutzende gerahmte Fotos mit unterschiedlichsten Motiven. Sie trat einen Schritt vor, reckte den Hals und starrte gebannt auf eine der Fotografien. Eilig durchquerte sie das Zimmer, um es aus der Nähe zu sehen. Sie atmete schwer und starrte ungläubig auf das gespenstische Gesicht. »Das bin ich!« sagte sie laut. Die Frau auf dem Foto trug einen Hut und hatte den Arm um die Schulter einer Frau gelegt, die Sharla nie zuvor gesehen hatte, deren Gesichtszüge jedoch völlig identisch mit ihren eigenen waren. Sharlas Gesicht war nur Zentimeter von dem Foto entfernt. Das ist nicht bloß eine Ähnlichkeit. Sie kniff ihre Augen zusammen. Unglaublich. Meredith! Wer bist du? Ich muß es wissen. Sie wird genauso erstaunt sein, dachte Sharla. Ich werde sie anrufen, genau das werde ich tun. Ich schreibe mir ihre Telefonnummer auf und rufe sie später an und ... Sharla suchte den Raum nach einem Telefon ab. Da sie keins entdecken konnte, schlich sie sich in die Diele, von der sicher andere Zimmer abgingen, am Bad vorbei, bis zu einer halbgeschlossenen Tür, die sie behutsam mit den Fingerspitzen aufstieß. Es war ein Büro.

Mit einem Blick erfaßte Sharla den leicht chaotischen Raum. Es gab Filmspulen – *in* Schachteln und *auf* Schachteln – und überall Papierberge und zahllose andere Dinge.

Wer ist diese Frau? dachte Sharla. Das Telefon war längst vergessen. Wie kommt es, daß wir uns so ähnlich sehen? Selbst ihre direkte Nachbarin konnte uns nicht auseinanderhalten. Von so etwas habe ich noch nie gehört. Fremde, die sich dermaßen ähneln. Wer ist sie?

Das geht dich nichts an.

Ich muß es wissen.

Das geht dich nichts an. Du mußt gehen! Sofort! Geh zur Tür und verschwinde. Du gehörst hier nicht hin.

Ich muß es wissen. Ich habe ein Recht darauf. Sie ist nicht irgendeine Fremde. Sie ist mein Ebenbild, meine *Doppelgängerin*. Sharla sprach das Wort laut aus, spielte damit, ließ es sich auf der Zunge zergehen. »Meine Doppelgängerin.« Es gibt nichts dagegen einzuwenden, daß ich mich ein bißchen umschaue. Wir sehen uns ähnlich, also gibt es eine Verbindung. Ich kann mich ruhig umschauen.

Sharla wanderte langsam, neugierig, von Zimmer zu Zimmer durch die ganze Wohnung. *Du gehörst hier nicht hin*, tadelte sie sich bei jedem Schritt. *Einbrecherin*. Was für eine heimelige Wohnung. Überall standen Pflanzen. *Störenfried, Schänderin, Eindringling*. Die Wohnung war fast ordentlich, wenn auch nicht ganz, bestimmt aber nicht so sorgfältig aufgeräumt wie ihre eigene in Portland es gewesen war. Im Büro herrschte jedenfalls ziemliches Durcheinander, aber für Sharla war es der interessanteste Raum von allen. Das Schlafzimmer hatte satte Farben, warm-kalt; das Wohnzimmer war hell, fröhlich; die Küche mit Naturholz, Kupfer und Keramik fast putzig. Aber das Büro faszinierte sie, mit seinen kleinen Messingfiguren und Holzschachteln und Büchern und den überall gestapelten Filmen und Fotografien. Obwohl die Bücher sie reizten, war die Anziehungskraft der Fotos viel stärker.

Ich sollte sie nicht ansehen.

Sharla öffnete einen Pappkarton auf dem Schreibtisch.

Du bist ungezogen.

Der Karton enthielt weitere Fotos. Sie begann sie zu durchforsten, eins nach dem anderen, erschreckt von ihrem Tun, doch auch ein wenig erfreut ob ihrer Verwegenheit.

Es gab ein paar Aufnahmen von Häusern und Bäumen, aber auf den meisten Bildern waren Leute zu sehen, attraktive, interessant aussehende Leute, lachend, herumalbernd, in Gruppen zusammenstehend oder sitzend, meist Frauen. Beim zehnten Bild hielt Sharla inne. Sie starrte es mit herabhängender Kinnlade an. Sie hatte danach gesucht, doch es schockierte sie trotzdem – noch ein Bild von ihr! Sie hielt es sich dicht vor die Augen. Auf der Fotografie lächelte sie breit, trug Kleidung, die sie nie getragen hatte, redete mit einer Frau, der sie nie begegnet war.

Klopfenden Herzens starrte Sharla es lange an. Unglaublich! Sie stand über den Schreibtisch gebeugt und hielt den Schnappschuß in beiden Händen. Erstaunlich! Sie wußte, sie sollte damit aufhören, gehen, von hier verschwinden, doch sie konnte nicht. Sie mußte noch mehr sehen. So schwer es ihr fiel, die Augen von dem Abbild ihrer selbst zu lösen, zwang sie sich doch, mit den anderen Fotos weiterzumachen. Es gab Unmengen von Leuten, die sie nicht kannte, und ab und zu, immer wieder überraschend, ein weiteres Foto von ihr selbst, von Meredith vielmehr, im Gespräch mit anderen Leuten, entspannt, ganz eindeutig dazugehörig.

Sharla war fasziniert, aber gleichzeitig war ihr auch ein wenig übel. Ich weiß nicht, ob es mir gefällt, dachte sie. *Unheimliche Ähnlichkeit.* Die Worte gingen ihr ständig durch den Sinn. *Doppelgängerin.* Sie konnte nicht länger hinschauen, fühlte sich merkwürdig, ein wenig schwindlig. Ein Glas Wasser, dachte sie, das ist es, was ich brauche. Sie ging in die Küche. Das Wasser machte es nicht besser. Sie fühlte sich fiebrig. Gegen die Spüle gelehnt, rief sie sich die Bilder auf den Fotos ins Gedächtnis. Ihr Abbild. Sie spritzte sich kaltes Wasser ins Gesicht. Die Bilder waren immer noch da. Ihr Ebenbild. Mit Leuten lachend, grüblerisch in einem riesigen Sessel, auf einem Fahrrad, in einer Gruppe. Immer glücklich, selbstsicher, frei.

Fast gegen ihren Willen stand Sharla abermals im Büro, auf der Suche nach mehr. Sie durchforstete Stapel von Dingen, Papiere, Unmengen von Grußkarten, die meisten von ihnen lustig, Rezepte, Listen. Und dann fand sie ganz unten in dem Stapel ein Album. Sie blätterte es schnell durch. Es war voller Fotos aus Merediths Kindheit, darunter eins von Meredith auf einer Schaukel. Genauso habe ich auch ausgesehen, dachte Sharla. Fast. Es gibt *doch* einen Unterschied. Sie sieht viel... Sharla blinzelte. Sie sieht glücklicher aus.

Sharla blätterte die Seiten des Albums um, sah zu, wie Meredith größer wurde, las die Zeilen unter jedem Bild. Bei einem hielt sie inne. Da stand: »Party zum zehnten Geburtstag, Eureka Beach.«

Hmmm, was für eine nette Art, deinen Geburtstag zu feiern. Sharla erinnerte sich an ihren eigenen zehnten Geburtstag. Die Erinnerung war deutlich – an die Party selbst und den Tag davor, als sie mit ihrer Mutter bei *Kresge* gewesen war, um den Partyschmuck zu kaufen. Sie erinnerte sich sehr gut an diesen Tag.

Auf dem Weg von der Schule nach Hause versuchte Sharla immer, um die Risse im Bürgersteig herumzugehen. Sie freute sich nicht auf ihren Geburtstag, obwohl sie ständig an ihn denken mußte. Morgen würde der 28. Mai 1965 sein; morgen würde sie zehn Jahre alt werden. Judy und Marilyn waren mal wieder auf dem Spielplatz geblieben und schaukelten auf der Schaukel und rutschten, und dann würden sie in den Schulladen gehen und Kaugummikugeln kaufen und Schokoriegel und Kürbiskerne und Flaschen voll süßem, klebrigem Saft. Sharla versuchte so knapp wie möglich an den Rissen vorbeizukommen. Trittst du aber drauf, brichst du Mutters Knochen zuhauf. Sie sollte sowieso nicht auf die Rutsche gehen. Sie würde ihr Kleid dreckig machen. Und Mama hatte gesagt, es sei wichtig, daß sie nach der Schule direkt nach Hause kam. Sharla nahm an, daß das auch so war.

»Hallo, Mama. Ich bin da.«

»Hast du dir die Füße abgetreten?«

»Ja.« Die Lüge verursachte ihr den Anflug eines Schuldgefühls.

Gloria Jergens folgte ihrer Tochter in ihr Zimmer. »Warum rennst du immer direkt auf dein Zimmer, Sharla Ann?« Sharla saß auf ihrem Bett und wandte ihrer Mutter den Rücken zu.

»Was hast du heute in deiner Tasche?«

»Kram«, murmelte Sharla. »Meine Fibel.«

»Was noch?«

»Nix.«

Gloria Jergens durchstöberte die Schultasche. »He, was muß ich da sehen? Eine 2 in deinem Test. Warum nur eine 2, Sharla? Hast du deine Hausaufgaben nicht gemacht?«

Sharla liebte das Gefühl, wenn der Wind ihr durch die Haare strich, ihren Rock erfaßte und um die Beine schlug. Sie konnte mit der Schaukel fast so hoch schwingen wie Judy. Ihre Mutter wollte nicht, daß sie hoch schwang.

»Antworte mir.«

»Was?«

»Hast du deine Hausaufgaben gestern nicht gemacht?«

»Klar hab' ich das«, zischte Sharla.

Gloria Jergens ragte vor ihrer Tochter auf, die Hände in die Hüften gestemmt. »Schon wieder diese Einstellung. Ich hasse diese Einstellung, Sharla Ann. Weißt du, was mit Leuten passiert, die ihre Hausaufgaben nicht machen? Weißt du es? Ich werde es dir sagen. Das sind die Verlierer im Leben, jawohl. Ist es das, was du werden willst? Eine Verliererin? Willst du wie deine Tante Betty enden? Als Sozialhilfeempfängerin. Verdammt, hör mir zu, Sharla!«

»Ich höre doch zu.«

»Pah, ich glaube, du weißt nicht einmal, wie man zuhört. Räum jetzt dein Zimmer auf. Beeil dich. Wir gehen einkaufen.«

»Ehm, Mama, ich will nicht einkaufen gehen.«

»Doch, das willst du.«

»Ich wollte Ellen einen Brief schreiben.«

»Schon wieder Ellen.« Gloria Jergens Hände wanderten wieder auf die Hüften. »Sharla, es wird langsam Zeit, daß du Ellen vergißt. Sie ist aus Portland weggezogen. Es wird langsam Zeit, daß du akzeptierst, daß sie weg ist. Ich will nicht, daß du ihr noch länger schreibst.«

»Aber ich vermisse sie.«

»Das ist töricht. Du hast viele andere Freundinnen.«

Sharla dachte darüber nach. »Nein, habe ich nicht«, sagte sie. »Nicht wirklich.«

»Sharla, widersprich mir nicht.« Gloria Jergens schob Sharla eine Haarsträhne aus der Stirn. »Jetzt räum dein Zimmer auf«, sagte sie. »Erinnerst du dich, warum wir einkaufen gehen?« Sie schenkte ihr ein winziges Lächeln. »Wir kaufen den Schmuck für deine Party, Schatz.« Sie machte eine Pause, schaute hinunter auf ihr schmollendes Kind und wartete hoffnungsvoll auf Sharlas glückliche Antwort.

»Ich wünschte, ich müßte keine Geburtstagsparty geben.«

Gloria Jergens' graue, getuschte Augen weiteten sich. »*Du tust was?*« *Ihre Hände schlangen sich vor ihrer schmalen Taille ineinander.* »*Sharla, ich verstehe dich nicht.*« *Die Winkel ihrer zusammengepreßten Lippen zitterten.* »*Du bist das undankbarste Kind, das ich kenne.*«

»*Ich hasse Geburtstagspartys.*«

Gloria Jergens ließ sich neben ihre Tochter aufs Bett fallen; unter dem gequälten Lächeln war ihr Gesicht angespannt. »*Sharla, Schatz, es ist bloß diese Schüchternheit, nicht wahr?*« *Sie begann leise.* »*Das gibt sich schon noch. Es gibt keinen Grund, sich vor Menschen zu fürchten.*« *Ihre Stimme wurde lauter.* »*Die beißen schon nicht, weißt du. Es gibt überhaupt keinen Grund. Alle deine Freundinnen kommen morgen, und Sandras Mutter wird hier sein und die Guerny-Kinder.*«

Sharla robbte über die hellgelbe Chenilledecke nach hinten. »*Können wir die Party dieses Jahr nicht ausfallen lassen?*«

Gloria Jergens' Gesicht verdüsterte sich, Entrüstung überdeckte den Schmerz. »*Weißt du eigentlich, junge Dame, daß ich in meinem ganzen Leben keine Geburtstagsparty hatte, als ich noch ein Kind war. Nicht einmal. Niemals. Steh jetzt von diesem Bett auf und räum diesen Tisch auf und stell deine Schultasche weg und zieh dich um.*«

Sharla spürte es wieder, dieses komische Gefühl in der Magengegend. Haß-Liebe-Schuld-Angst-Bedürfnis. »*Es tut mir leid, Mama.*«

Gloria Jergens lächelte. »*Schon gut, Süße.*« *Ein Griff zur Frisierkommode.* »*Komm, laß mich dein Haar bürsten.*«

Ihre Mutter fuhr mit den Borsten schnell durch das feine, zerzauste rotbraune Haar. Es tat weh, aber Sharla ließ sich nichts anmerken.

»*Du wirst dich auf deiner Party wunderbar amüsieren, Schatz.*«
»*Ich weiß, Mama.*«

Du hast dich amüsiert, dachte Sharla mit feuchten Augen. Sie rieb sich die Tränen weg, verschmierte ihr Make-up und betrachtete wieder das Foto von Meredith am Strand. Sieht aus, als hätte *sie ihre* Geburtstagsparty genossen, dachte Sharla bitter. Das mußte ihre

Mutter sein. Sharla untersuchte das Foto ganz genau. Sie sieht so entspannt aus. Das nächste Bild zeigte Meredith und ihre Mutter beim Hamburger-Grillen. Eigentlich kümmerte Meredith sich um das Essen und ihre Mutter schaute ihr dabei zu, sichtlich vergnügt und zufrieden.

Ich frage mich, wie das gewesen wäre, eine Geburtstagsparty unter freiem Himmel, dachte Sharla neidisch. Eine Party am Strand. Auf einer Geburtstagsparty einen Badeanzug tragen! Sharla gefiel der Gedanke sehr. Sie trug auf ihren Partys natürlich ein Kleid.

»Ich hasse dieses Kleid.«
»Du siehst darin sehr hübsch aus, Liebes. Halt still, laß mich deinen Unterrock herunterziehen.«
»Kann ich nicht eine Hose anziehen?«
»Zu einer Party! Sei nicht blöd.«
Sharla versuchte, nicht zu schmollen. Ihre Mutter behauptete, sie würde ständig schmollen. Sie versuchte still zu stehen und sich nicht hin- und herzuwinden, während ihre Mutter sie fertig anzog. »Bin ich wirklich hübsch, Mama?«
»Wenn du daran denkst, geradezustehen, und wenn du diesen schrecklichen Kaugummi nicht kaust. Woher hast du den, Sharla? Spuck ihn aus. Na los, in den Papierkorb damit. Du bist jetzt eine junge Dame, zehn Jahre alt, zu alt zum Kaugummikauen.«
Die ersten Gäste trafen ein, Sandra Raymond und ihre Mutter. »Hey, Sharla. Ich hab dir ein Geschenk mitgebracht.«
Sharla nahm das Päckchen.
»Sag danke.«
»Danke.«
Die beiden Mütter verschwanden auf klappernden Absätzen in der Küche. Sharla ging zum Sofa, nahm ein Buch vom Couchtisch und öffnete es. Sie schaute nicht auf. Nachdem sie ihr ein paar Minuten zugesehen hatte, verließ Sandra das Zimmer.
Auf der Stelle ließ Sharla sich in die Geschichte hineinziehen, denn die Phantasie war ihr bei weitem liebstes Reich. Sie saß nicht länger in dem mit Möbeln zugestellten Wohnzimmer, unglücklich auf die

Ankunft unwillkommener Gäste wartend, die auf der Reise nach Jerusalem um Stühle herumlaufen und Wäscheklammern in die Milchflasche hineinfallen lassen würden, deren Öffnung viel zu klein war, als daß ihre nervösen Finger sie je treffen konnten. Sie war in Afrika. Sie war das kleine Mädchen in der Geschichte, das von der Safari wegmarschierte und sich verirrte und dann von einem Elefanten gefunden wurde. »Ich wünschte, ich hätte einen Rüssel, mit dem ich so hoch greifen und mit dem ich Wasser sprühen könnte«, sagte das kleine Mädchen. Plötzlich begann ihre Nase zu jucken. Und dann fing sie an zu wachsen. Und zu wachsen. Und zu wachsen. Bis sie tatsächlich einen Rüssel hatte. Und später bekam sie einen Schwanz wie die Affen und Flügel wie die Papageien. Sharla war vollkommen in die Geschichte vertieft, sprühte Wasser, schwamm und flog.

»Ich sagte, leg sofort das Buch weg.« Mutter-Griff an ihrem Arm.

Sharla traf die Flasche tatsächlich nicht. Bei der Reise nach Jerusalem verpaßte sie den Stuhl, und als die anderen für sie sangen, wurde sie rot und wünschte sich, sie wäre in Afrika.

Fasziniert blätterte Sharla weiter durch das Album; mit tränenglänzenden Wangen verfolgte sie, wie Meredith sich vom Kind weiterentwickelte zu – diesem: »Mai '75 – Dreharbeiten zu *Radiant Rageout* in Berkeley.« Auf dem Foto balancierte Meredith eine große Kamera auf den Knien, während die anderen, ihre Crew, wie Sharla mutmaßte, hinter ihr standen.

Sharla dachte an ihre eigene College-Zeit. Ihr Zimmer am Oregon State College hatte sie geliebt. Sie konnte es deutlich vor sich sehen. Es war schwierig, ein Einzelzimmer zu bekommen, und als sie es hatte, machte sie eine Festung daraus. Es gab nur wenige Gegenstände und Dekorationen, aber jedes Ding troff von persönlicher Bedeutung: die neueste Ausgabe der *Oregon State Scribe*, in der auf den Seiten 6 bis 8 Sharlas erste und einzige veröffentlichte Arbeit abgedruckt war - eine Kurzgeschichte, voll tragischem Humor; die Schachtel mit dem dünnen Bündel Briefen von Ralph, der ihr das

Herz gebrochen und sie gelehrt hatte, weniger zu erwarten; die Messingfigur eines Seehunds, ein Geschenk von Greta. Als Greta das Studium noch während des ersten Jahres abbrach, vermißte Sharla sie mehr, als sie zugeben wollte.

An der Wand hing das Foto der Grand Tetons. Sharla hatte es selbst gemacht und vergrößert. Es war ein bißchen unscharf, aber sie liebte es. Und dann waren da noch die beiden Renoirs – ihr Lieblingsimpressionist. Auf der Schreibtischecke stapelten sich ihre Literaturbücher.

Sharla legte ihren Kopf auf die Bücher auf dem Schreibtisch, eine Träne in beiden Augenwinkeln. Sie versuchte herauszufinden, warum sie soviel weinte. Dann klingelte das Telefon und schreckte sie auf.

»Hallo... Oh, hey, Mutter.« Sharlas Stimme war tonlos. »Nein, mir geht's gut... Dieses Wochenende? Na ja, ich hab' eine Menge zu lernen. Ich dachte, ich bleibe einfach hier auf dem Campus... Ich weiß, daß ich Geburtstag habe, aber... ja... ja... ja... ich weiß... in Ordnung... ja... in Ordnung, ich werde da sein. Wir sehen uns am Bahnhof.«

Nachdem sie aufgelegt hatte, noch mehr Tränen. Sie fühlte sich wütend, aber machtlos. Der Klang von Lachen auf dem Gang unterbrach ihren einsamen Kummer. Sharla wischte sich die Augen. Geh zu ihnen, sagte sie zu sich selbst. Schließ dich ihnen an.

Nein, antwortete die Stimme, die wollen dich nicht. Du bist nicht wie sie.

Erst gestern, erinnerte Sharla sich wütend, hatte diese miese Schlange Paula sie gefragt, warum sie immer so still sei. Ich hasse das, dachte Sharla. Ich hasse es! Haben die überhaupt kein bißchen Zartgefühl? Wie kann man so etwas nur sagen. Natürlich bin ich still. Ich habe Angst. Versteht ihr das nicht, ihr Schwachköpfe! Ich bin nicht wie ihr.

Es klopfte an der Tür. Die Leute klopften nur selten bei Sharla an, und sie öffnete nur zögerlich.

»He, kann ich mir deine Schreibmaschine ausleihen?« Paula ging

an Sharla vorbei mitten ins Zimmer. »Ich muß diese verdammte Geschichtsarbeit morgen früh abgeben.«

»Nun...ich...« Ausgerechnet Paula. »Das würde ich eigentlich lieber nicht... Ich...«

»Ach, komm schon, ich werde deiner Scheißschreibmaschine schon nichts antun. Sei nicht so egoistisch. Wo hast du sie versteckt?« Paula schaute sich im Zimmer um. »Gott, ist das ordentlich hier drinnen«, sagte sie verächtlich. »Sieht aus wie eine Nonnenzelle. Du bist doch keine Nonne, oder, Jergens?«

»Wohl kaum«, zischte Sharla. Sie stand immer noch an der Tür und hielt sich daran fest.

»Oha, mußt du mir was beichten? Du hast es doch nicht getan, oder?« Sie lachte derb. »Was ist jetzt mit der Schreibmaschine?«

»Ich hole sie«, sagte Sharla.

Als sie Larry später von Paulas Grobheit berichtete, wollte er sie trösten, aber Sharla konnte das nicht zulassen. »Dieser Ort hängt mir zum Hals raus«, sagte sie.

»Du gibst ihnen zuviel Macht über dich«, sagte Larry. Er legte eine Platte auf. »Entspann dich. Hey, worauf hast du am Samstag abend Lust? Willst du dir Doktor Schiwago ansehen?«

»Wir werden uns am Wochenende nicht sehen können, Larry«, sagte Sharla.

»Nein?«

»Hmhm. Mama hat darauf bestanden, daß ich an meinem Geburtstag nach Hause komme.«

»Dein Geburtstag? Oh Scheiße!«

»Du hast ihn vergessen.«

»Scheiße.«

»Ist schon okay.«

»Nein, ist es nicht. Verdammt. Ich hab' so ein mieses Gedächtnis. Ich hab's mir sogar irgendwo aufgeschrieben.« Er blätterte in seinem Notizbuch. »Es ist wie mit meinem Geschichtskurs. Ich kann mir nicht eins von diesen gottverdammten Daten merken. Ich weiß schon, was ich dir schenken werde.«

»Ist schon okay.«

»Es ist ehm... am achtundzwanzigsten, richtig?«
»Richtig.«
»Du wirst nicht länger ein Teenager sein. Zwanzig Jahre alt. Wie fühlt sich das an?«
»Keine große Sache.«
»Ja, ich weiß. Aber warte, bis du einundzwanzig wirst. Dann wirst du was fühlen.«
»Du brauchst mir nichts zu schenken.«
»Na klar werd' ich dir was schenken.«
»Mach dir bloß keine Mühe.« Sharla schmollte.
»Sei nicht so, Sharla.«
»Ich bin, wie ich bin«, sagte sie kalt.
Larry stand wütend auf. »Du bist manchmal eine richtige Nervensäge.«
»Vielen Dank.«
»Du bist so verflucht negativ.«
»Ich weiß. Ich bin ein echtes Miststück. Das denkst du doch. Du kannst es genausogut zugeben.«
Larry schwieg.
»Du denkst, ich bin schrecklich«, sagte Sharla.
Er antwortete immer noch nicht.
»Du haßt mich, Larry.«
»Quatsch.«
»Das tust du.«
»Sharla, was ist eigentlich los mit dir? Was hast du?«
»Es tut mir leid.«
»Du kannst ganz schön schwierig sein.«
»Ich weiß. Es tut mir leid. Immer geht alles schief. Manchmal fühle ich mich so...«
»Vielleicht liegt es an uns.«
»Oh nein, Larry, damit hat es nichts...«
»Ich habe nachgedacht«, sagte er langsam. Er setzte sich auf den Stuhl ihr gegenüber. »Weißt du...« Er schaute zu Boden. »Ich denke, du und ich, wir sollten vielleicht... vielleicht... Ich glaube, wir sollten anfangen, mit anderen Leuten auszugehen, Sharla.«

Sharlas bereits rotgeränderte Augen füllten sich mit Tränen. »Wie meinst du das?«

»*Du weißt schon. Ich glaube nicht, daß das mit uns so gut funktioniert. Vielleicht sollten wir uns eine Weile trennen, weißt du, uns mit anderen Leuten verabreden.*«

Nicht weinen, ermahnte Sharla sich. Sei stark. Nur nicht betteln. »*Oh nein, Larry, bitte... Ich...*« *Sie weinte.*

»*Bitte, weine nicht. Ich hasse es, wenn du weinst.*«

Sharla weinte weiter.

»*Wein doch nicht, verdammt. Komm schon, Shar, hör auf. Das macht mich nervös.*«

»*Es tut mir leid.*« *Das Weinen hörte nicht auf. Sie zupfte an ihren Nackenhaaren.*

Larry wandte sich ab. Einige Minuten verstrichen.

»*Ich denke darüber nach, die Schule abzubrechen*«, *sagte Sharla schließlich und wischte mit den Handinnenflächen unter ihren Augen.*

»*Ach, jetzt komm, das ist doch wohl ein bißchen...*«

»*Das wäre bestimmt das beste. Hier klappt irgendwie überhaupt nichts.*« *Sie weinte.*

»*Hör auf zu weinen!*«

Weinen.

»*Hör auf zu weinen!*«

»*Du haßt mich!*«

»*Oh Gott, Sharla. Du bist echt ein Baby.*«

Sharla stand auf. »*Ich gehe*«, *sagte sie wütend.*

Er versuchte nicht, sie aufzuhalten. Sharla schloß die Tür seines Appartements und zehn Minuten später die Tür ihres eigenen Zimmers. Ich hasse Menschen, dachte sie. Hör auf zu weinen! Doch das tat sie nicht.

Jetzt, fast zehn Jahre später in Meredith Landors Wohnung, weinte Sharla Jergens. Es wird sich nie ändern, dachte sie. Ich hasse das Leben.

4. Kapitel

Sharlas Augen waren trocken. Sie hatte ihr Leben beiseite geschoben und sich wieder in die Fotos und Briefe vertieft, die über Merediths Schreibtisch verstreut lagen. Sonnenlicht malte schmale Streifen darauf, ein Fleck fiel auf eine Nahaufnahme von Merediths Profil. Es versetzte sie immer noch in Erstaunen. Es heißt, jeder Mensch habe irgendwo auf der Welt ein Ebenbild, dachte sie. Ich habe das nie geglaubt. Verblüffende Ähnlichkeit mag noch angehen, aber nicht so etwas. Sie nahm das Foto in die Hand. Der Bogen der Augenbrauen, der Schwung der Lippen, die Augenfarbe, alles, jedes Detail, identisch.

Sharla nahm ihren Spiegel aus der Handtasche, versuchte, sich selbst im Profil zu sehen. Wir können unmöglich Zwillinge sein, dachte sie. Sie hielt das Foto von Meredith hoch, versuchte, beide Gesichter gleichzeitig zu sehen. Warum sollte Mama Zwillinge auf die Welt bringen und nur eine von uns behalten? Das ergibt keinen Sinn. Sie steckte den Spiegel weg. Mutter hätte es gefallen, zwei zu haben, an denen sie herumnörgeln und die sie überbehüten konnte, dachte sie. Sharla wollte darüber lachen, doch es gelang ihr nicht. Es hätte ihr gefallen. Sie hätte uns in identische Kleidung gesteckt und zur Schau gestellt, damit alle Welt bewundern könnte, was sie produziert hatte. Sharla lehnte sich auf dem Stuhl zurück. Vielleicht sind wir Zwillinge und ich wurde adoptiert, dachte sie und lächelte boshaft. Vielleicht hatte ich ja von Anfang an recht.

Als Kind hatte Sharla Phasen durchlebt, in denen sie davon überzeugt war, daß sie adoptiert wurde, daß sie nicht in die Jergens-Familie gehörte, sondern anderen, besseren Ursprungs war, der irgendwo weit entfernt lag; gute Menschen, deren kleines Mädchen entführt worden war. Genau wie früher löste dieser Gedanke Schuldgefühle und Angst aus. Ich liebe Mama. Das tue ich. Sharlas Augen füllten sich wieder mit Tränen. Dieses nörgelnde Miststück, diese fiese verhärmte Hexe.

Mit einem Gefühl schmerzlichen Unbehagens – Schuldschmerz – wandte Sharla ihre Gedanken wieder Meredith Landor zu. Sie faßte zusammen, was sie bisher über Meredith herausgefunden hatte. Geboren am 1. Juni 1955, vier Tage nach mir. Aufgewachsen in Eureka, Kalifornien. Mutter, Vater, älterer Bruder, jüngere Schwester... Das Klingeln des Telefons ließ Sharla hochschrecken. Schuldbewußt sprang sie auf und stieß einen unterdrückten Kiekser aus. Während des zweiten Klingelns gab es ein Klicken. Sharla schaute auf das Telefon und den Anrufbeantworter direkt daneben, als eine elektronische Stimme erklang. *Hey, Meredith, hier ist Nikki. Hab' gerade rausgefunden, daß du schon weg bist. Ich wollte dir tschüß sagen und wie sehr ich dich beneide. Drei Monate San Francisco! Klasse. Und dann auch noch bezahlt. Wie auch immer, ruf mich an, wenn du wieder da bist. Im August, stimmt's? Es wird also bereits August sein, wenn du diese Nachricht hörst. Glücklichen August. Hoffe, du hattest eine tolle Zeit. Tschau.* Piep. Bzzz.

Sharla atmete geräuschvoll aus. Sie lächelte. Also ist sie weg; sie ist nicht in der Stadt. Sharla lachte los. Sie freute sich diebisch. Sie ist nicht in der Stadt! San Francisco. Klasse. Klasse weit weg. Das Lachen ging in ein Kichern über. »Sie ist weg, und ich bleib' hier«, sang Sharla.

Sie lehnte sich zurück, freute sich über ihr Glück, summte vor sich hin. Nun, wo war ich stehengeblieben. Sie hat Bruder und Schwester. Ist 1961 nach Hawaii in Urlaub gefahren. Geburtstage am Strand. Ein Haufen Freunde und Freundinnen. Schwimmeisterin. Rugbyspielerin. Filmemacherin. Universität Berkeley, 1973-78. Gott, ich habe eine ganze Menge rausgefunden. Danach Columbia College, Chicago. Ein Haufen Freundinnen. Unverheiratet. Zur Zeit in San Francisco, kommt im August zurück. Viel-Leserin, Viel-Fotografin. Filmemacherin.

Vielleicht verdient sie ihren Lebensunterhalt mit dem Filmemachen, dachte Sharla. Sie ging die Briefe auf dem Schreibtisch durch, wählte einen aus und begann ihn zu lesen. Es war ein liebevoller Brief mit vielen Neuigkeiten von einer Freundin von Meredith in San Francisco. Mein Gott – Sharla hielt plötzlich inne, als hätte sie die Erkenntnis soeben ereilt –, ich lese die Post einer Fremden. Wie schrecklich! Unmoralisch. Sie wandte den Blick von dem Brief ab. So etwas tue ich nicht. Niemals. Nein. Ich sollte zusehen, daß ich hier rauskomme. Aber sie machte keine Anstalten. Statt dessen nahm sie eine Filmspule hoch und hielt einen Abschnitt gegen das Licht. Ich würde mir so gerne ein paar von denen ansehen. Das würde doch niemandem wehtun, oder? Sie schüttelte den Kopf, gab sich selbst die Antwort. Und sie *ist* schließlich meine Doppelgängerin, vielleicht sogar meine verschollene Zwillingsschwester oder so etwas. Also habe ich ein Recht, oder? Niemand wird es je erfahren, fügte Sharla noch hinzu, schon auf der Suche nach dem Projektor.

Die erste Spule enthielt Rohaufnahmen von Außenwandmalereien, kühnen, farbenfrohen Gemälden auf Gebäuden und unter Viadukten; Aufnahmen von den Wandgemälden und ihren SchöpferInnen, die sich lang und breit über ihre Arbeit ausließen. Es interessierte Sharla nur wenig. Das war nicht, wonach sie suchte. Sie brannte darauf, mehr über Meredith Landor zu erfahren, spürte, wie die Aufregung der Suche sie belebte. Wie lebendig und energiegeladen sie sich fühlte – äußerst seltene Gefühle für sie, geradezu exotische.

Die nächste Spule zeigte dasselbe wie die erste. Sharla schaute sich nur ein paar Minuten davon an, spulte dann zurück und legte den Film wieder in die Blechdose. Im Wandschrank im Büro, wo sie den Projektor gefunden hatte, entdeckte sie eine Schachtel mit Filmspulen, die ihr vielversprechender erschienen. Jede der runden Dosen war in Merediths ausladender, flüchtiger Handschrift beschriftet. Wie meine eigene Schrift, fand Sharla, nur nicht ganz so ordentlich. Auf der ersten Spule stand: »Prostituierte am Broadway – Interviews«. Auf dem Boden sitzend schaute Sharla die restlichen Spulen in der Schachtel durch: »Lila Lacher«, »Landschaftsaufnahmen«, »Podiumsdiskussion Androgynität«, »Reise und Spiel Material«, »Michigan Festivals«. Überzeugt, daß »Reise und Spiel Material« ein guter Einstieg wäre, nahm sie den 16-mm-Film gerade aus der Dose, als sie ein Geräusch hörte. Ihre Muskeln zogen sich unwillkürlich zusammen. Mit aufgerissenen Augen überflog sie das Zimmer, das Durcheinander, das sie angerichtet hatte. Was, wenn sie aus irgendeinem Grund nach Hause kommt? Schuldgefühle und

Gänsehaut auslösende Verlegenheit ließen Sharla rot anlaufen. Sie schob den Film zurück in die Dose, stopfte eilig alle Spulen in die Schachtel und das Ganze zurück in den Wandschrank. Sie sammelte die Fotos und Briefe ein und legte sie – jedenfalls hoffte sie das – an ihren alten Platz. Ihr Herz pochte. Als sie fertig war, stand sie ganz still und lauschte. Sie konnte nichts hören. Wahrscheinlich ist bloß jemand über den Flur gegangen, dachte sie und entspannte sich ein wenig. Ich sollte trotzdem verschwinden. Ich habe kein Recht, hier zu sein. Ich würde sterben, wenn sie mich erwischt. Ja, ich sollte gehen.

Auf dem Weg zur Wohnungstür hielt sie plötzlich inne. Ihr war etwas eingefallen, das sie in der Schreibtischschublade gesehen hatte - Schlüssel, fünf oder sechs Stück. Sie huschte ins Büro zurück, griff die drei, die nach Hausschlüssel aussahen, und ging damit zur Wohnungstür. Sie öffnete sie langsam und schaute rechts und links den Gang hinunter. Niemand war in der Nähe. Sie probierte alle drei Schlüssel, doch keiner bewegte das Schloß. Was mache ich denn da? Verschwinde, befahl sie sich barsch. Du gehörst hier nicht hin. Geh dorthin zurück, wo du hingehörst. Zum YWCA. Häßliches kleines Zimmer. Sie probierte die Schlüssel an der Hintertür aus. Der zweite paßte.

Niemand war in der Halle, als Sharla die drei Etagen des hinteren Treppenhauses hinunterstieg und auf die Straße hinaustrat.

5. Kapitel

In dieser Nacht schlief Sharla nicht gut, aber es war nicht ihre übliche Schlaflosigkeit aufgrund von Depressionen oder zuviel Sorgen. Sie war vielmehr energiegeladen und lebendig und erregt. Ihr Wunsch, das Leben von Meredith Landor zu erforschen, wurde allmählich von einem neugier-beseelten Verlangen zu einem dringenden Bedürfnis. Ich glaube, es ist Schicksal. Ich glaube, es war mir vorherbestimmt, dorthin zu gehen, von ihrer Existenz zu erfahren. Ja, überhaupt nach Chicago zu kommen. Es war vorherbestimmt. Sharla sehnte den Morgen herbei, damit sie zurückgehen und weiterforschen konnte. Während sie sich ruhelos auf dem Bett hin- und herwarf, zogen lebendige Bilder von Meredith Landor an ihrem geistigen Auge vorüber, während die Fakten, die sie über Merediths Leben in Erfahrung gebracht hatte, vor ihr Revue passierten.

Wir *müssen* Zwillinge sein, dachte sie. Es kann nicht purer Zufall sein, daß zwei Menschen einander so vollkommen ähneln. Sie ist meine Zwillingsschwester, und die Macht unserer Verbindung hat mich zu ihr hingezogen. Ich *darf* nicht locker lassen. Sharla drehte sich auf ihrem quietschenden Bett herum und lächelte. Sie fühlte sich wie vor Jahren im Journalismus-Unterricht, als sie an diesem Artikel über Ausreißerkinder gearbeitet hatte – auf vollen Touren, munter und glücklich. Mein Gott, glücklich! Ich war nicht mehr glücklich seit... Die gedrückte Stimmung drohte zurückzukommen, aber sie umgab sie mit Erinnerungen an die Fotos und daran, wie Pam, die Frau mit der Weste, sie angeschaut hatte, ihr gedankt hatte, und sie dachte an die faszinierende Motorradfahrerin.

So muß es sein, wenn Leute dich wirklich mögen, dachte Sharla, wenn sie dich *respektieren*. Draußen tönte eine Autohupe und erinnerte sie an Andy. Er kündigte sich immer mit einem Hupen an, ein Verhalten, das Sharla ärgerte, doch erwähnt hatte sie das nie. Hatte Andy sie respektiert? Hatten Ralph oder Bill oder Larry oder irgendeiner von den Männern, die sie gekannt hatte, es getan? Ein paar ihrer Freundinnen schon, dachte Sharla; besonders Greta, der einzige Mensch, den Sharla an sich heran gelassen hatte. Greta kannte sie gut, mochte und respektierte sie immer noch, aber Greta... Sharla erschauderte und spürte, wie jenes unangenehme Gefühl ihr über Rücken und Hals lief, das immer dann auftrat, wenn sie an Gretas Tod dachte. An ihren Selbstmord. Das war vier Jahre her, aber sie konnte sich bis heute nicht dazu durchringen, Gretas Namen aus dem zerfledderten Adreßbuch in ihrer Handtasche zu streichen.

Sie hatten sich während der Orientierungsphase im ersten Uni-Jahr in Oregon gefunden und sofort gespürt, daß sie in der anderen eine unentbehrliche Freundin hatten. Es war schmerzlich für Sharla, als Greta im zweiten Semester abbrach. Greta sagte, sie fühle sich fremd unter all den Studentinnen und Burschenschaftlern und könne nicht bleiben. Sie ging zurück nach Portland. Sharla verstand das. Sie hielten ihre Freundschaft mit Anrufen und Besuchen aufrecht, bis Sharla die Uni ebenfalls abbrach und nach Portland zurückkehrte. Ihre Freundschaft mit Greta vertiefte sich. Sie fühlte sich ihr näher als irgend jemandem zuvor, so nah, daß es anfing, sich falsch anzufühlen. Sie hatten beide Angst davor. Sharlas Mutter nörgelte unablässig darüber, daß sie soviel Zeit mit Greta verbrachte.

»Du solltest dich verabreden«, sagte sie in dem Ton, in dem sie solche Dinge eben sagte. Es klang fast schmutzig. »Kümmere dich um deine Zukunft.«

Manchmal hatte Sharla schlechte Gedanken über Greta, obszöne Gedanken, die ein Gefühl von Übelkeit und Unreinheit hinterließen. Ihr Psychiater schien auch der Ansicht zu sein, daß diese Phantasien nicht gesund waren. Auch er drängte sie, sich zu verabreden, also tat Sharla es. Obwohl sie sich in der Gesellschaft von Männern immer unangenehm schüchtern fühlte, schienen sie von ihr angezogen, zu Beginn wenigstens, und baten sie um eine Verabredung. Sie bekam oft Nesselausschlag an den Armen, wenn sie mit ihnen zusammen war. Sie war nie richtig entspannt. Natürlich war sie überhaupt nur selten bei jemandem entspannt, Frauen eingeschlossen. Menschen machten sie nervös. Dennoch verabredete sie sich und sah Greta immer weniger.

Sharla erschauderte wieder bei dem Gedanken an ihre liebe Freundin, wie sie kalt und allein in der metallisch-grauen Kiste auf dem *Greenview*-Friedhof lag; immer noch dort lag, seit dem Tag, als Sharla zu den schmalzigen Worten des angeheuerten Redners schmerzlich geweint und ihr Lebewohl gesagt hatte.

Als Sharla in dieser Nacht in ihrem Zimmer im dritten Stock des Evanston YWCA endlich einschlief, träumte sie nicht von Greta und Traurigkeit und Tod, sondern davon, wie sie auf einer riesigen Harley über Bergstraßen dahinflog, die Arme um die lederbekleidete Taille einer starken, lebenssprühenden Frau geschlungen, einer Frau, die vollkommen anders war als sie, einer Frau namens Meredith.

Sharla haßte Sonntage, weil danach immer Montag kam, was während der letzten acht Jahre gleichbedeutend damit gewesen war, zurück zur Arbeit zu gehen, zu irgendeiner erniedrigenden Lakaienstelle, wo sie sich schüchtern und fehl am Platze und austauschbar fühlte. Der Job bei dem Verlagshaus vor drei Jahren war der vielversprechendste gewesen. Wenigstens war sie an einem Ort, wo Dinge passierten, aber – nicht ganz unvorhersehbar für sie – nichts passierte. Sie tippte und kopierte und half gelegentlich still und heimlich einer Korrektorin, Julie, von der Sharla wußte, daß sie sie ausnutzte. Mehr passierte nicht.

An diesem Sonntag spürte Sharla nichts von der üblichen Furcht und Schwere. Sie fühlte sich leicht, aufgeweckt, zitternd vor Erwartung und Neugier. So stellte sie sich vor, fühlte sich eine Detektivin, die eine heiße Spur verfolgt. Sie zog Jeans an und eine grünbedruckte Polyesterbluse, ein Geburtstagsgeschenk von Mama. Obwohl sie die Bluse haßte, hatte sie das Gefühl, daß sie ihr gut stand. Sie fügte noch einen grünen Schal hinzu und legte ihn vor dem verzerrenden Spiegel über der plastikverkleideten Kommode an.

»Du siehst aus wie Meredith«, sagte sie sich ins Gesicht.

Zum Frühstück ging Sharla in ein billiges Lokal an der Ecke. Statt des üblichen Kaffees mit Toast bestellte sie zwei Eier, mit Fett beträufelt, Schinken und hausgemachte Fritten und Roggentoast und zwei Tassen Milchkaffee. Sie wußte, daß sie heute nicht nach einer

Wohnung suchen würde, und sie würde auch nicht am Seeufer entlangspazieren und die Paare oder Grüppchen beneiden, die jemanden hatten und glücklich zu sein schienen. Sie wußte, daß sie ohne Umwege ins Appartement 303 in der West Fullerton Avenue 286 gehen würde, wohl wissend, daß sie das nicht tun sollte.

Die hintere Halle war wieder leer. Sharla schloß die Tür auf und ging hinein. Alles war genau wie am Abend zuvor. Sie legte Limo und Wurstsandwich in den Kühlschrank, ging zum Anrufbeantworter und spulte das Band ganz zurück.

Hey, Meredith. Paula hier. Ich habe gehört, du bist für eine Weile aus der Stadt. Falls du noch nicht weg bist, ruf mich doch vorher noch an. Es geht um den Wasteland-Film. Falls ich zu spät anrufe, ruf mich an, wenn du wieder da bist, und willkommen zu Hause. 975 0774, falls du die Nummer nicht mehr hast. Ciao.

Piep. Bzzz.

Du Haufen Scheiße, warum bist du nie zu Hause? Vermiß' dich, brauch' dich, will dich, fuck you, Darling.

Piep. Bzzz.

Hier ist der Perrault-Fotoladen. Sie hatten uns angerufen. Unsere Nummer ist 274 3684, vor sechs.

Piep. Bzzz.

Ich hasse diesen Apparat. Nein, ich hinterlasse keine Nachricht. Ich weigere mich. Verreck doch. Hähähä!

Piep. Bzzz.

Hey, Meredith, hier ist Nikki. Hab' gerade rausgefunden, daß du schon weg bist. Ich wollte dir tschüß sagen und wie sehr ich dich beneide. Drei Monate San Francisco! Klasse. Und dann auch noch bezahlt. Wie auch immer, ruf mich an, wenn du wieder da bist. Im August, stimmt's? Es wird also bereits August sein, wenn du diese Nachricht hörst. Glücklichen August. Hoffe, du hattest eine tolle Zeit. Tschau.

Piep. Bzzz.

Hier spricht die Heiß-Hungrige. Hab' gerade versucht, dich in Frisco anzurufen. Wie kannst du es wagen, nicht da zu sein. Wo ich dir dringend sagen muß, daß ich dich vermisse. Du bist seit genau drei Tagen und zehn Stunden weg. Komm schnell zurück. Ich sehne mich nach dir.

Piep. Bzzz.

Mehr Nachrichten gab es nicht. Merkwürdig befriedigt ob dieses kurzen Gehör-Voyeurismus, stellte Sharla den Apparat wieder auf »Bereit«.

Dann ging sie ins Schlafzimmer. Sie suchte ein schwarzes T-Shirt aus, auf dem in hellvioletten Buchstaben »Ich weiß, daß du es weißt« stand. *Was* weißt, fragte Sharla sich und zog Bluse und Schal aus und das T-Shirt über. Sie betrachtete sich in dem großen Spiegel auf Merediths Wandschranktür. Dieser Plastikgürtel paßt nicht. Sie fand einen aus Leder unter Merediths Sachen. Viel besser. Sie setzte die Inspizierung des Wandschranks fort. Kein einziges Kleid, dafür sechs bis acht Westen, die nebeneinander aufgereiht hingen. Sharla nahm die aus Jeansstoff und betrachtete sich wieder prüfend. Nicht schlecht, dachte sie. Auf jeden Fall nicht Sharla. Sie mußte lachen, als sie daran dachte, was ihre Mutter dazu sagen würde. »Was für eine Aufmachung soll das denn bitte sein, Sharla Ann?«

Auf Merediths Frisierkommode stand eine geschnitzte Holzdose, die Sharla unverzüglich öffnete. Besitzergreifend betastete sie die Silberketten, Türkisarmbänder und Ringe. Dazwischen entdeckte sie einen Anhänger. Ungewöhnlich, dachte sie, sieht aus wie eine Axt, nur mit zwei Schneiden. Sie hängte sich die Kette um, schaute wieder in den Spiegel und dann auf die Nahaufnahme von Meredith, die sie aus dem Büro mitgenommen hatte. Fast, schlußfolgerte sie, die Haare stimmen noch nicht. Zu lang, zu ordentlich, zu schulmeisterlich. Andy liebte ihre Haare. In Merediths oberster Kommodenschublade fand sie eine Schere und auch einige Briefe. Die Briefe legte sie aufs Bett, dann stellte sie sich vor den Spiegel und begann sich die Haare zu schneiden, fast wie in Trance. Sie kürzte gut zehn Zentimeter, schnitt die Kringellöckchen ab, die sie heute morgen mit dem Lockenstab sorgfältig kreiert hatte. Die Locken in gekräuselten Klumpen auf dem Teppich liegen zu sehen verschaffte Sharla seltsame Genugtuung. Sie bürstete ihre Haare, die jetzt knapp bis zu den Schultern reichten, kämmte sie aus dem

Gesicht und lächelte sich zu. Sie betrachtete das Foto, dann wieder ihr Spiegelbild. »Nicht schlecht.« Ihre Zähne waren gerade und weiß. Sie waren schön, trotz der Löcher, die Sharla wiederholt hatte plombieren lassen müssen. Normalerweise war sie von ihrer Nase nicht eben begeistert, fand sie zu groß, aber jetzt sah sie genau richtig aus – gerade, schmal, geradezu königlich, dachte sie. Sie wußte, daß sie objektiv gesehen eine attraktive Frau war, und ausnahmsweise fühlte sie sich auch so.

»Brauchst du dieses Augenmake-up unbedingt?« fragte sie ihr Spiegelbild.

Sie hatte große braune Augen, bei denen – so fand sie jetzt – Maskara überflüssig war. Nach den Fotos zu urteilen, benutzte Meredith überhaupt kein Make-up. Das brauchen wir nicht, dachte Sharla. Sie ließ das Badezimmerwaschbecken vollaufen und brachte mit Merediths rostbraunem Waschlappen ihre Augen in Naturzustand, wusch dann auch Grundierung, Rouge und Lippenstift ab.

Als nächstes unternahm Sharla einen Rundgang durch die Wohnung, ging langsam von Zimmer zu Zimmer, untersuchte alles mit den Augen und ließ ihre Finger die Konturen einer Vase nachzeichnen oder die Glätte eines Tischs fühlen. Sie überflog die Titel auf den Buchrücken. Krimis und andere Prosaliteratur, außerdem Erotika, Bücher zu Anthropologie, Astronomie, Film, Feminismus, Kunst, Politik und Gesellschaftskritik. Breitgefächerte Interessen, dachte Sharla. Die Polstermöbel waren weich und bequem, mit warmen Farben. Es gefällt mir hier, dachte sie. Es fühlt sich an wie ein Zuhause.

Sie ging zurück ins Schlafzimmer, nahm einen der Briefe vom Bett und las ihn.

29. März.

Liebe Meredith.
Es war schön, von Dir zu hören. Ich weiß, daß Du lieber telefonierst, also ist ein Brief von Dir eine besondere Freude. Dad und ich freuen uns wie verrückt, Dich zu sehen, wenn Du Ende April kommst. Laß mich wissen, wann genau Du Dich auf den Weg machst. Ich bin

begeistert, daß Du das Stipendium bekommen hast, und da ich weiß, wie sehr Du San Francisco liebst, wird die Arbeit ein Vergnügen werden, richtig? Wie schade, daß sich der Wandgemälde-Film verzögert, aber vielleicht ist das nicht so schlimm, wo Du sowieso den größten Teil des Sommers hier in Kalifornien sein wirst.

Rate mal, wer letzte Woche hier war – Hedda. Sie war wegen einer Konferenz in der Stadt. Es war ein sehr schönes Treffen. Sogar Dad hat sich für eine Weile dazugesellt. Er mochte Hedda schon immer. Na ja, es gab diese kurze Zeit, nachdem er das über Euch beide herausgefunden hatte – aber das hat ja nicht lange angehalten. Sie ist zum Abendessen geblieben und hat sogar zuckerfreien Nachtisch gemacht. Er war ziemlich lecker.

Phil ist mal wieder auf Reisen, nach Japan diesmal. Er hält mal wieder einen Vortrag. Jean und die Kinder reisen hinterher, um dort mit ihm Urlaub zu machen. Die Kinder haben dann Osterferien. Wir hatten einen Friedensmarsch und eine Demo in der Stadt, Anti-Atom. Ich konnte zwar Dad nicht dazu bewegen hinzugehen, aber mich hat das nicht abgehalten. Ich lege einen Button für Deine Sammlung bei sowie ein paar Artikel, die Dich vielleicht interessieren.

Ich bin froh, daß Du beschlossen hast, Dir kein Motorrad zu kaufen. Ich versuche, mir keine Sorgen um Dich zu machen, aber ein paar Ausnahmen erlaube ich mir. Ich habe Dir eine Kleinigkeit in einem Antiquitätenladen gekauft. Ich wollte es schicken, aber da Du schon bald kommst, kann ich es Dir auch persönlich geben. Bist Du schon aufgeregt?

Ich liebe Dich, Meredith. Und vermisse Dich.

Alles Liebe, Mama

Sharla konnte die Tränen nicht zurückhalten. Ihr ganzes Leben lang versuchte sie schon, weniger zu weinen. Ihr Weinen schien den Leuten auf die Nerven zu gehen, aber sie bekam es irgendwie nicht in den Griff. Jetzt weinte sie, weil sie Merediths Mutter mochte. Sie weinte, weil sie die Liebe und den Respekt der beiden füreinander fühlen konnte.

Sie weinte, weil sie in ihrem ganzen Leben noch nie einen solchen Brief von ihrer Mutter bekommen hatte und auch nie bekommen würde.

Der andere Brief war von einer Frau, die in Europa lebte, offenbar eine Künstlerin und sehr gute Freundin von Meredith. Als Sharla die Briefe in die Kommodenschublade zurücklegte, hob sie, einer plötzlichen Eingebung folgend, eine ihrer Locken vom Boden auf und steckte sie in den Umschlag mit dem Brief von Meredith Landors Mutter. Dann sammelte sie den Rest ihrer Haare auf, um sie in die Toilette zu spülen.

Im Badezimmer sah sie sich Merediths Toilettenartikel an. Es gab nicht viel, dafür aber ein paar ungewöhnliche Seifen – Avocado, Erdbeere, so etwas. Das Bad schien nur wenige Rückschlüsse auf Merediths Charakter zuzulassen, obwohl Sharla die Anwesenheit von Kerzen in Kerzenhaltern interessant fand. Die Wanne blitzte. Das gefiel Sharla, und sie mochte den Massage-Duschkopf, den sie vielleicht irgendwann ausprobieren würde. Ein Teil der Wand war mit Fotos bedeckt, alle von Frauen. Die Fotos hatten mit Wasser zu tun, erkannte sie. Da schwamm eine Frau in einem Pool, dort planschten mehrere Frauen an einem Strand. Am besten gefiel Sharla eine Nahaufnahme von einem Gesicht mit erhobenem Kinn, an dem glitzerndes Wasser hinuntertropfte – sehr sinnlich.

Sie war jetzt so weit, sich die Filme anzuschauen. Während sie »Reise und Spiel Material« einlegte, dachte sie voll Dankbarkeit an David MacLean, der einen Filmkurs besucht hatte, als sie mit ihm ging, und darauf bestand, daß sie lernte, wie man einen Projektor bedient. Am Anfang hatte sie zwei linke Hände gehabt, besonders wenn er ihr zuschaute. Er schien ständig zu mißbilligen, obwohl er sie nur selten wirklich kritisierte. Er hatte ihr eine Menge über das Filmemachen beigebracht, und obwohl sie es damals nur ihm zuliebe gelernt hatte, war sie heute froh darüber. Sharla fragte sich, warum ihre Beziehung nie richtig in Schwung gekommen war. Nach einer Weile war er einfach verschwunden, was sie verwirrt, aber nicht besonders überrascht hatte. Sie hatte sich ihm sowieso nie sehr nah gefühlt. Er machte sie nervös.

Sharla verdunkelte das Zimmer, so gut sie konnte, um die sonntagmorgendliche Sonne auszusperren. Die Urlaubsaufnahmen waren in Super-8 ohne Ton gefilmt, nicht wie die anderen in 16 mm, deshalb suchte Sharla den richtigen Projektor und fand ihn auch. Sie war fasziniert: Die Szenen schienen etwa zehn Jahre zu umfassen und mehrere Kontinente. Meredith tauchte von Zeit zu Zeit auf, war aber offenbar meistens hinter der Kamera. Es ging chronologisch voran, beginnend mit einigen Aufnahmen von der kalifornischen Küste, Bildern aus San Francisco und schließlich etwas, das ganz nach Oregon aussah.

Sharla genoß die Herausforderung, zu bestimmen, von wann die Aufnahmen stammten. Autos waren eine Hilfe. Aus irgendeinem Grund war sie gut darin, Autos zu erkennen – Typ und Baujahr. Wahrscheinlich weil Mama betont hatte, wie begeistert Jungs von Autos waren und daß Sharla sich darüber kundig machen solle. Es gab einen 75er Dodge Dart, der über die Bay Bridge fuhr. Sie konnte keinen Wagen entdecken, der neuer aussah als dieser. Meredith tauchte in der nächsten Szene auf, hing außen an einer Straßenbahn, winkte und alberte herum. Sharla war auch einmal in San Francisco Straßenbahn gefahren. Sie saß drinnen, zwischen ihrer Mutter und ihrem Vater. Sie hatten sich gestritten, und alle schwiegen mit versteinerten Mienen.

Nach San Francisco verlagerten sich die Aufnahmen wieder an die Küste. Dünen. Das ist Oregon, dachte Sharla aufgeregt. Ob Meredith je in Portland gewesen ist? Vielleicht sind wir aneinander vorbeigegangen, ohne uns zu sehen. Vielleicht spazierte sie durch die Japanischen Gärten, während ich oben auf dem Hügel im Zoo war. Vielleicht war sie...Sharlas Augen weiteten sich bei der nächsten Einstellung. Sie zeigte zwei Frauen, junge Frauen in den Zwanzigern mit sehr langen, wilden Haaren. Die Frauen umarmten und küßten sich. Es ging so schnell, daß Sharla nicht sicher war, ob sie wirklich gesehen hatte, was sie gesehen zu haben glaubte. Sie hielt den Projektor an, spulte zurück und stellte die Zeitlupe ein. Sie küßten sich tatsächlich und nicht nur flüchtig auf die Wange. Sharla verpaßte die nächste Szene, Aufnahmen vom Fluß und Kanufahren. Sie war in sich versunken; die Kußszene stieß sie ab und erregte sie zugleich.

Sie dachte an Greta. Wie viele Male hatte sie sich vorgestellt, Greta so zu küssen, und mehr, viel mehr als küssen. Ihr Seelendoktor hatte es narzistische Fixierung genannt. Er sagte, sie identifiziere sich so sehr mit Greta, daß die Grenzen bisweilen verschwämmen. Sharlas erotische Anziehung, erklärte er, reflektiere den Versuch, die Selbstliebe zu bekommen, die sie sich immer versagt habe. Sharla war davon ausgegangen, daß der Psychiater recht hatte.

Sie spulte den Film erneut zurück und sah sich die Kußszene nochmal an; diesmal war die Erregung stärker als der Abscheu. Sie ließ das Gefühl verstreichen, wollte jetzt nicht darüber nachdenken und schaute weiter zu.

Meredith saß in einem Kanu und paddelte durch schäumendes Wasser, manövrierte das schmale Boot geschickt zwischen den Felsen hindurch. Sie schien wirklich starke Muskeln zu haben. Sharla ließ den Armmuskel spielen und betrachtete ihren eigenen Bizeps, unbeeindruckt angesichts der mageren Wölbung.

Als nächstes kam Griechenland. Meredith tanzte leichtfüßig zwischen zwei Einheimischen, mit denen sie durch weiße Taschentücher verbunden war. Tanzen tut sie auch gut, dachte Sharla. Was kann sie nicht? Sharla selbst tanzte eigentlich auch gut, aber nur selten in der Öffentlichkeit. Es machte sie verlegen, sich zur Schau zu stellen. Allein in ihrem Zimmer bewegte sie sich jedoch oft frei zur Musik, wiegte sich mit ihr, ließ ihren Körper locker fließen, wirbelte manchmal sogar ziemlich ausgelassen herum. Keine fremden Augen sahen sie jemals so hemmungslos. Meredith dagegen schien völlig unbefangen zu sein, während sie sich mit den anderen Tänzern und Tänzerinnen anmutig in einer Reihe bewegte.

Von Griechenland ging es nach Italien, Spanien und in Länder Nordeuropas. Sharla fing an, nach Frauen Ausschau zu halten, die häufig vorzukommen schienen – eine lockenköpfige Blondine mit einer unglaublichen Sonnenbräune, eine sehr große asiatische Frau mit sehr langem, schwarzem Haar und eine kleine Frau mit kurzem, dunklem Haar und Brille, die sich nie die Mühe machte, für die

Kamera zu lächeln. Zwei von ihnen waren bei dem Kanu-Trip dabeigewesen, und jetzt waren sie alle in einer Stadt, die wie Hongkong aussah.

Die Urlaubsspule dauerte ungefähr eine Stunde; die letzten Aufnahmen waren erst vor kurzem entstanden, viele davon in Chicago. Sharla lehnte sich aufgeregt vor, als das Bild einer Frau auf einem Motorrad eingeblendet wurde. *Sie* war es, *die* mit den leuchtenden Augen. Sie zu sehen, versetzte Sharla in Aufruhr. Dann war Meredith zu sehen, die an einem Strand eine Frisbeescheibe warf. Es gab keinen Sand, nur Fels. Es sah aus wie einer der Strände, die Sharla öfter besucht hatte, bei Belmont Harbor, und dann war die Spule abgelaufen.

Sharla bewegte sich nicht sofort. Sie stellte sich vor, wie sie mit der Motorradfahrerin am Strand saß, Steine ins Wasser warf, lachend. Es war eine gute Phantasie, und es verstrichen einige Minuten, ehe sie den Film zurückspulte und in seine Dose zurücklegte. Sie war hungrig nach mehr, genoß jede Sekunde ihrer Suche. Da sie keine weiteren Super-8-Filme finden konnte, wählte sie als nächstes die Filmspule, die mit »Podiumsdiskussion Androgynität« betitelt war. Es war ein 16-mm-Tonfilm. Sie stellte den anderen Projektor auf, doch ehe sie ihn startete, genehmigte sie sich eine Dose Limo und eine Zigarette.

Raucht Meredith nicht? fragte sich Sharla, während sie sich nach einem Aschenbecher umsah. Natürlich nicht, nur Arschlöcher rauchen. Sie kletterte auf einen Küchenstuhl und suchte die oberen Regale des Küchenschranks ab. Sie schaute in Schubladen. Als sie endlich einen Aschenbecher entdeckte, fand sie noch etwas anderes, ein Buch – nicht gedruckt, sondern handgeschrieben, ein Tagebuch. Sharlas Herz machte einen Hüpfer. Was für ein Fund! Sie drückte es an ihre Brust, aber ebenso schnell, wie das Glücksgefühl gekommen war, verschwand es wieder. Das kann ich doch nicht lesen. Es ist ihr *Tagebuch*. Ihre persönlichen Gedanken. Tagebücher sind unantastbar. Wenn ich das lese, bin ich wirklich eine schlechte Person. Sie hielt das Buch am ausgestreckten Arm von sich, dann lachte sie, ein trockenes, krächzendes Gackern. Mutter hat gesagt, wenn ich mich nicht ändere, wird nichts Gutes aus mir werden. Also, ich bin nicht gut. Schon wieder recht gehabt, Mama. Ich bin ein neugieriger, herumschnüffelnder, böser Eindringling. Sie hielt das Tagebuch ganz fest, als wollte es ihr jemand entreißen. Meredith wird es nie erfahren, dachte sie. Es wird ihr nicht weh tun, wenn ich es lese. Sie streichelte den glatten grauen Einband. Ich *soll* es vielleicht sogar lesen, dachte sie. Ihr Blick war glasig. Es ist vorherbestimmt. Die Filme vergessend, trug Sharla das Tagebuch ins Wohnzimmer, setzte sich mit ihrer Zigarette in einen weichen Sessel und schlug das Buch auf der ersten Seite auf.

15. September 1973. Berkeley – Erste Eindrücke. Sharla überflog ein paar Seiten, blätterte dann den Rest des dicken Buches durch. Nach ungefähr vier Fünfteln endete die Niederschrift. Der letzte Eintrag stammte von vor zwei Monaten. Über zehn Jahre von Merediths Leben stehen hier drin, dachte Sharla voll gespannter Ungeduld. Das ist perfekt. Sie blätterte zurück zu *Berkeley – Erste Eindrücke* und las, langsam, jede Szene und jeden Gedanken auskostend, jede Beschreibung eines Gefühls und einer Idee, die Meredith niedergeschrieben hatte. Sie las sich ohne Unterbrechung durch ein Jahr, machte im Winter 1974 eine Pause, als Meredith sich frei nahm, um nach Paris zu fahren.

Die Seiten waren mehr mit Merediths Gedanken und Gefühlen gefüllt als mit Ereignissen. Etwa einmal im Monat gab es einen Tagebucheintrag, meist ziemlich ausführlich. Hier und da waren Gedichte eingefügt und ein paar Zitate; viele Eintragungen bezogen sich auf Merediths wachsenden Feminismus.

Sharla befürwortete natürlich gleichen Lohn für gleiche Arbeit, und sie glaubte auch, daß Väter bei der Erziehung ihrer Kinder mehr helfen und Frauen mehr Karrieremöglichkeiten offenstehen sollten, aber dieser Kram, von dem da Meredith sprach, kam ihr extrem vor. Sie schrieb darüber, daß die grundlegenden gesellschaftlichen Institutionen einer radikalen Veränderung bedurften; sie kritisierte den Kapitalismus und redete endlos und voller Wut über die unterdrückerische Ungerechtigkeit des Patriarchats. Sharla verstand nicht wirklich alles, was Meredith schrieb, nicht einmal, warum sie so dachte. Sie stufte es als »übertrieben radikales Emanzendenken« ein.

Sharla ging in die Küche, machte sich ein Sandwich und dachte über die Dinge nach, die sie gelesen hatte. Sie hatte an der Uni Leute wie Meredith gekannt, das heißt, nicht wirklich gekannt; sie hatte sie nur wahrgenommen. Sie erkannte, daß sie ihr Angst einjagten. Zum einen, weil sie sich anscheinend nicht groß darum scherten, was andere von ihnen dachten, zum anderen, weil sie so rechthaberisch waren. Sharla hatte sie heimlich bewundert, war ihnen aber aus dem Weg gegangen. Sie schienen so frei zu sein, ganz anders als sie. Nein, sie war nicht wie sie, und sie wollten sicher nichts mit ihr zu tun haben. Sie verkehrte mit Leuten wie Kristin Carney und Jennifer Stone, einem kleinen Freundeskreis, der weder frei war wie die Emanzen, noch »populär« wie die andere Gruppe, die Sharla mied. Ich schätze, meine Freunde an der Uni waren Verlierer, dachte Sharla. So wie ich. Sie spürte, wie ihr Magen absackte. Sie schob das kaum angerührte Sandwich zur Seite, zündete sich eine Zigarette an und ließ ihre Gedanken zurück zu Meredith schweifen, zu Merediths ersten Jahren am College.

Einige Anspielungen im Tagebuch verstand Sharla nicht. Meredith schrieb ganz eindeutig nicht für andere. Einen Eintrag fand sie faszinierend. Meredith ging viel mehr ins Detail als sonst, und Sharla las die Geschichte zweimal.

29. September 1974. Wir erobern die Nacht zurück. Es war noch dunkel, eine Stunde bis Sonnenaufgang, als mein Wecker mich aus dem Schlaf riß. Wir sammelten uns paarweise, Frauenpaare, ein Eimer Farbe pro Paar, und stiegen in Autos oder Bullis in Berkeley, Oakland, San Francisco. Jedes Paar wußte, wohin es fahren mußte. Ich hatte meine schmuddeligsten Jeans an, und mein Haar war hinten zusammengebunden. Ich war richtig gespannt und ein bißchen ängstlich. Wir fuhren in Kats Auto, tranken Kaffee, während wir zum Sunset District in San Francisco fuhren, in unser »Territorium«. Der Morgen war kühl und neblig, aber wenigstens regnete es nicht. Zu dieser Stunde waren nicht viele Leute unterwegs. Wir wußten, daß die Polizei bald Schichtwechsel haben würde. Die Gegend war ruhig, Zeile um Zeile pastellfarbener Wohnhäuser, alle propper und ruhig. Wir parkten in der Twenty-second Avenue Ecke Noriega. Der geöffnete Farbeimer stand auf einem Stück Zeitungspapier unten im Auto.

Kat fragte, ob ich bereit sei. Ich hielt meinen Daumen zustimmend hoch und öffnete die Autotür. Ich fühlte diese unglaubliche Mischung aus Nervosität und Aufregung. Ich ging zum ersten Schild und fing an zu malen. Ich arbeitete so schnell, daß die Farbe tropfig wurde, aber als ich fertig war und zurücktrat, um mein Werk zu bewundern, sah es toll aus. Das vertraute Stoppschild sagte, was zu stoppen war: VERGEWALTIGUNG. STOPP VERGEWALTIGUNG. Kat sagte, es sei ihr vorgekommen, als würde ich nie fertig. Tatsächlich dauerte es etwa fünf Minuten. Ich sprang zurück ins Auto, und wir verschwanden. Ich bemalte die nächsten paar Schilder, dann tauschten wir, und Kat war an der Reihe, während ich Schmiere stand und den Wagen fuhr. Wir waren bei Stoppschild Nr. 15 angelangt, als jemand auf uns aufmerksam wurde.

»Hey, was machen Sie da?« brüllte dieser Typ. Er sah aus wie ein Banker oder ein Aktionär oder sowas. Ich war ganz fröhlich. Ich sagte: »Guten Morgen. Wir versuchen, Vergewaltigungen zu stoppen. Wie stehen Sie dazu, Sir?« – »Sie verunstalten städtisches Eigentum«, sagte der Typ. Ich antwortete: »Männer vergehen sich an Frauen.« – »Ich werde die Polizei rufen«, sagte er. Ich sagte ihm, das sei keine Überraschung. Ich bemalte das Schild zu Ende, dann ging ich zum Auto, hübsch langsam und entspannt. Ich fürchtete mich schon irgendwie, war aber auch wütend. Wir machten uns schnellstens aus dem Staub.

Wir überlegten, ob wir lieber aufhören sollten, aber dann beschlossen wir: Niemals! Außerdem hatten wir noch so viel Farbe, und ehrlich gesagt, fühlte es sich toll an, was wir da taten. Nach ungefähr zehn Häuserblocks machten wir weiter. Wir bemalten zwei Schilder, und ich war gerade dabei, die letzten Buchstaben auf das dritte zu setzen, als ich das Signal hörte – dreimal kurz gehupt. Ich schaute Kat an, dann die Straße hinauf. Ein Polizeiwagen näherte sich. Ich schnappte mir den Eimer Farbe und rannte los. Ich lief irgendeine Auffahrt hinauf und schlug mich dann ins Gebüsch. Ich konnte sehen, daß einer der Bullen hinter mir her war. Mein Herz pochte wie verrückt, und ich fragte mich, ob man in meinem Alter einen Herzinfarkt kriegen kann. Ich ließ den Farbeimer unter einer Veranda verschwinden und rannte in einen Hinterhof. Zum Glück haben viele Häuser im Sunset District einen Hinterhof. Ich rannte von Hof zu Hof, und ab und zu erhaschte ich einen Blick auf den Polizisten, der mich verfolgte. Ich lief zwischen zwei Häusern hindurch und dann auf diese gelbe Garage zu, weil ich sehen konnte, daß die Tür einen Spalt offenstand. Ich schlüpfte hinein und duckte mich hinter das Auto. Ich konnte kaum noch atmen, und ich machte mir Sorgen um Kat, fragte mich, ob sie sie erwischt hatten. Sie erzählte mir später, daß sie die farbbekleckste Zeitung zusammengeknüllt und unter den Sitz geschoben und dann zu dem Polizisten gesagt hat: »Ich weiß nicht, wovon Sie sprechen, Officer... Was ich hier tue? Ich genieße den frühen Morgen. Na ja, eigentlich schreibe ich ein Gedicht.« Sie hielt ein Stück Papier hoch... »Welche Freundin?« Einfach klasse.

Jedenfalls wartete ich in dieser Garage, solange ich es aushielt, dann beschloß ich, um den Block herum zu Kat zurückzugehen und nachzusehen, was vor sich ging. Leider kam ich nicht so weit. Als ich um die Ecke bog, stand der Bulle vor mir, keine drei Meter entfernt.

Was mich wirklich ärgerte, war die Aufseherin auf der Polizeiwache. Sie behandelte Kat und mich wie Abschaum. Unsere Motive waren ihr scheißegal. Es war so: Weil wir das Gesetz gebrochen hatten – egal, warum –, waren wir automatisch schlecht und hatten kein Recht mehr auf Würde oder Respekt. Das regte mich an der ganzen Sache am meisten auf: wie diese Frau sich verhielt. Warum sind manche Frauen so bewußtlos? Frauen, die die Sache der Frauen verleugnen. Gott, wie ich das hasse. Wir müssen einander helfen.

Außer uns schnappten sie noch sechs weitere Frauen. Mit Hilfe des Wertpapiergeldes aus dem Fonds wurden wir gleich wieder auf *freien Fuß gesetzt. Wir werden wahrscheinlich wegen irgendeines Vergehens verurteilt werden. Das sagen jedenfalls alle. Wahrscheinlich ein Bußgeld von 25 Dollar. Ich würde sagen, das ist es wohl wert.*

Die Geschichte faszinierte Sharla. Ich bin sicher, daß das Ganze nichts gebracht hat, aber ich muß ihnen hoch anrechnen, daß sie es versucht haben. Ich hätte nie den Mut dazu. Solche Aktionen werden Vergewaltigung nicht verhindern, aber... Ich weiß nicht. Die Geschichte faszinierte sie.

Sharla las weiter, las und phantasierte und identifizierte sich immer mehr mit Meredith. Irgendwann wurde ihr schmerzlich bewußt, wie schnell die Zeit verging. Der Vormittag war fast vorüber. Sie las schneller. Den Körper angespannt, im Sessel nach vorne gebeugt, hielt sie das Tagebuch fest in beiden Händen. Sie hatte Kopfschmerzen von dem Druck, so viel wie möglich so schnell wie möglich über Meredith Landors Leben in sich aufzunehmen. Ihr Leben in mir aufnehmen, dachte Sharla. Das ist es. Je mehr ich über sie erfahre, desto mehr scheint ihr Leben mir zu gehören. Sharla massierte ihre pochenden Schläfen. Das Ganze ist bizarr, dachte sie.

Sie schaute wieder auf ihre Armbanduhr. So viel, was sie tun wollte, bevor der Tag zu Ende ging und sie wieder in ihr eigenes Leben zurückkehren mußte. Morgen mußte sie zu Media One Productions zurück. Ihr Magen drehte sich um. Sie hatte gehofft, es würde diesmal anders sein. Sie hatte gehofft, sie würde selbstbewußter auftreten und nicht wieder als willenlos verfügbar betrachtet werden – eine wenig gefragte Person, die man ignorierte wie in ll ihren früheren Jobs auch –, doch alles lief schon wieder nach dem vertrauten Muster. Sie arbeitete erst anderthalb Wochen dort und rutschte bereits in die Schublade für Belanglose, die geradezu auf sie zu warten schien. Ihre Chefs waren freundlich, nahmen sie aber nicht wirklich wahr, außer sie wollten etwas. Sie kam sich ausgenutzt vor, wie ein Gebrauchsgegenstand, eine Erweiterung von Schreibmaschine und Telefon. So war es immer gewesen. Sie hatte einen Abschluß in Englisch, konnte besser formulieren als die meisten, wenn nicht sogar alle, mit denen sie zusammenarbeitete, sie konnte hervorragend Texte redigieren, und doch waren es die anderen, die die Texte verfaßten, und sie diejenige, die diese Texte abtippte. Und ans Telefon ging und Nachrichten entgegennahm und Akten ablegte. Na, dann ändere doch etwas daran, rügte sich Sharla in Meredith Landors sonnendurchflutetem Wohnzimmer, doch sie wußte weder was noch wie. Und sie hatte Angst. Sie suchte in ihrer Handtasche nach Aspirin, überlegte es sich dann aber anders. In Merediths Schränkchen stand eine Flasche Aspirin. Die nahm sie statt dessen, zwei Stück, empfand Freude an der buchstäblichen Einnahme von etwas, das Meredith gehörte. Sie wandte sich wieder dem Tagebuch zu.

Merediths Aufzeichnungen entnahm Sharla, daß sie etwa sechs Monate in Paris verbracht hatte. Der größte Teil der Eintragungen aus dieser Zeit bestand aus kulturellen Vergleichen und noch mehr feministischem Kram. Durch die ständige Wiederholung drangen Merediths Ansichten allmählich zu Sharla durch, so als würden sie ein Bewußtsein erschließen, das längst vorhanden war, aber schlummerte. Dann war Meredith wieder in Berkeley. Sharla reckte sich, ihre Kopfschmerzen ließen nach, und sie begann einen Eintrag mit der Überschrift »Der Sprung ins Freie«. Etwa nach der Hälfte spürte sie einen fürchterlichen stechenden Kopfschmerz, und in ihren Augen brannten Tränen der Wut.

»Sie ist eine Lesbe!«

Ihr Magen rebellierte. Andersrum, meine Doppelgängerin ist andersrum. Sie umklammerte ihren aufgewühlten Leib. Nein! Wie konnte sie nur? Wie konnte sie mir das antun! Sie schleuderte das Tagebuch zu Boden. »Bah!« Sie erschauderte, ein Krampf, der sie frösteln ließ, durch Mark und Bein ging. »Eine Abartige! Perverse!« Sharla wischte die Hände an ihren Jeans ab. »Ich verschwinde von hier.«

Sie begann, Dinge aufzuheben und wegzuräumen, ihre Bewegungen waren schnell und abgehackt, dann hielt sie abrupt inne.

Warum überhaupt aufräumen? Warum soll ich mir die Mühe machen? Sie stapfte in die Küche. Soll sich doch Meredith *Homo*

Landor mit der Unordnung befassen. Ihr Gesicht war tränenüberströmt. Wie konnte sie mir das antun? Soll sie doch einen Schreck bekommen, weil jemand hier drin war und ihren perversen Kram durchwühlt hat. Soll sie doch denken, es wäre eingebrochen worden. Sharla zögerte. Sie war schon fast an der Hintertür. »Ein Einbruch? Warum nicht?« sagte sie laut. Warum nicht ein paar Sachen mitnehmen? Die Filmprojektoren zum Beispiel und den Fernseher. Die Stereoanlage. Sharla wußte, daß sie diese Dinge weder transportieren konnte noch wirklich haben wollte. Dann schlage ich sie eben kurz und klein. Zerstöre sie. Ich werde ihre Briefe verbrennen, ihre Filme, ihr ekelhaftes Tagebuch.

Sie trug stapelweise Sachen zum Kamin – Fotos, Papiere, das Tagebuch, ja, *das* ganz bestimmt. Völlig außer sich lief sie hin und her und hinterließ eine Spur von heruntergefallenen Büchern, Papieren und Filmspulen. Sie schwitzte und weinte. Das Weinen ging in Schluchzen über. Sie ließ die Ladung, die sie gerade trug, mitten im Wohnzimmer auf den Boden fallen, schnappte ihre Handtasche und rannte zur Tür hinaus, die Treppen hinunter, auf die Straße. Sie rannte, bis sie merkte, daß die Leute sie anschauten; sie verlangsamte ihren Lauf zu raschem Gehen, dann sehr langsamem Gehen, bis sie am Ufer des Lake Michigan saß und das Weinen aufgehört hatte.

6. Kapitel

Irgendwie gelangte Sharla zum YWCA zurück. Ihre Augen waren verquollen, ihr Gesicht zerknautscht und abgespannt. In der Bahn hatte sie vermieden, die beiden jungen Frauen anzusehen, die ihr gegenübersaßen – es waren bestimmt Lesben. In der Sicherheit ihres Zimmers hatte sie ein paar Valium geschluckt und war ins Bett gekrochen; wie betäubt hatte sie dort gelegen und die Schmutzstreifen auf dem Fenster angestarrt. Sind das alles Lesben? Auch Pam und die Motorradfahrerin? Sie sehen nicht wie Lesben aus. Oder? Meredith absolut nicht. Sharla stand auf und betrachtete sich im Spiegel. Wie sieht eine Lesbe aus? Sie nahm noch eine Valium.

Als sie erwachte, war es dunkel. Ihre Armbanduhr zeigte drei Uhr, ihr Kopf war schwer wie Blei. Sie schlief wieder ein. Meredith war da, in ihren Träumen, oder war sie es selber?

Sie war von zahlreichen Körpern umschlungen, Frauenkörpern, alle nackt und warm. Sie bewegte sich zwischen ihnen, war zwischen sie gebettet, glitt über sie hinweg und unter ihnen hindurch. Und da war Wasser, soviel klares, weiches, fließendes Wasser. Das Wasser trug sie davon, sie und eine andere. Die andere hätte Pam sein können. Dann wurde es still, nur sie beide in Männerkleidern. Sharla öffnete Pams Gürtel und zog die Hose so weit herunter, daß sie hineingreifen konnte.

Sie wand sich im Schlaf. Würde sie einen Penis finden? Sie tastete. Nein, nein, natürlich nicht. Es war weich und rund und warm dort, und feucht.

Sharla ließ ihre Finger begierig darum kreisen und hineingleiten. Sie erwachte keuchend, die Hand zwischen den Schenkeln, ihre Finger feucht. Ein erstickter Schmerzensschrei, einem Jammern nicht unähnlich, entrang sich ihrer Kehle. Sie drehte sich auf den Bauch, versteckte die Hand unter dem Kissen und weinte leise, bis der Schlaf endlich zurückkam, traumlos diesmal.

Es war früher Morgen, als Sharla erwachte, kurz nach Sonnenaufgang. Sie setzte sich auf und wußte gleich, daß sie heute nicht zur Arbeit gehen würde. Auch wenn Sharla ihre Jobs nie besonders gemocht hatte, fehlte sie nur äußerst selten. Sie lehnte sich gegen ihr Kopfkissen, und während sie ihre langen Beine streckte, gestattete sie dem Traum, in ihrer Erinnerung wiederzukehren. Sie kämpfte nicht dagegen an, sondern baute den Traum in ihrer Phantasie sogar weiter aus. Sie war bei Pam, sie liebten sich, warm und einfühlsam und liebevoll, sie fühlte sich gut, fühlte sich geschätzt und gewollt – und erregt. Bilder von Greta schoben sich dazwischen, und ein kurzes Zittern erfaßte sie, durchzuckte ihr Rückgrat. Sie schob die Erinnerungen beiseite, und da war Pam wieder, lebendig, zugewandt, zärtlich und süß, sprach liebevoll mit Sharla, blickte sie auf diese Weise an, auf diese besondere Weise, und hielt sie im Arm. Es fühlte sich gut an. Die Vorstellung ließ Sharla lächeln, ihr ganzer Körper war warm, ihr Kopf ganz leicht. Aber ist das nicht krank? dachte sie. Sie zwirbelte und zupfte an ihren Nackenhaaren. Ist es nicht falsch? Sie saß jetzt im Schneidersitz auf dem quietschenden Bett, das Kopfkissen im Schoß. Alle sagen, es ist falsch. Daß es widernatürlich ist. Sie dachte wieder an Pam. Ich weiß es nicht. Sie schaukelte auf dem Bett vor und zurück, verwirrt, hin- und hergerissen. Meredith, ich muß es wissen.

In der Dusche des Gemeinschaftswaschraums, in der sich Sharla vorher immer nur Sorgen gemacht hatte, ob sie sich Fußpilz holte, fragte sie sich jetzt, ob die Frau in der Kabine nebenan eine Lesbe war. Die Möglichkeit erschreckte sie, aber es war nicht nur Angst. Um Viertel vor neun ging sie in die Eingangshalle und rief bei Media One Productions an. Sie sagte, sie sei krank.

Nachdem das erledigt war, juckte es Sharla, in die Gänge zu kommen. Obwohl sie nicht genau sagen konnte, was es war, das sie tun mußte, verspürte sie den Drang, es anzugehen. Ihre Füße trugen sie wie von selbst die Straße entlang, ihre Handlungen schienen unabhängig von ihrem Willen abzulaufen, bis sie die Haltestelle und zwanzig Minuten später Meredith Landors Wohnzimmer erreichte. Als erstes hob Sharla das Tagebuch auf und legte es behutsam in die Schublade zurück, in der sie es gefunden hatte. Sie legte die Fotos ordentlich zusammen, hob die Briefe und Papiere vom Boden auf und arbeitete so lange, bis alle sichtbaren Anzeichen ihres Wutanfalls verschwunden waren. Das Gefühl gespannter Erwartung verließ sie nicht. Nachdem sie die Unordnung beseitigt hatte, fand sie sich vor Merediths Bücherregalen wieder. Fast sofort sah sie, was sie gestern nur vage wahrgenommen hatte, weswegen sie wahrscheinlich aber wiedergekommen war – Bücher über lesbische Liebe.

Sharla las den ganzen Tag. Erst zögerlich, als könnten die Worte sie plötzlich angreifen, dann immer kühner, schneller, gieriger. Sie machte wenige Pausen. Irgendwann am späten Nachmittag aß sie ein Sandwich. Ein anderes Mal versuchte sie, fernzusehen, hielt es aber nur zehn Minuten aus, dann zog es sie wieder zurück. Sie las über die Mythen. Sie las über die Unterdrückung, über die Liebe und den Spaß und über Separatismus. Anfangs sträubte sie sich, brachte all die altbekannten Argumente vor. Diese Leute waren anomal, krank, psychosexuell fixiert. Es war wider die Natur, pervers, asozial, verkehrt. Doch je mehr sie las, desto schwächer wurde ihr Widerstand. Sie las Coming-out-Geschichten und weinte und lachte. Sie las über Sappho und andere Superfrauen. Sie fühlte die Wut, den Schmerz, die Stärke und Sanftheit der Frauen und ihres Kampfes, wurde immer tiefer hineingezogen, bis sie ganz gefangen war. Sie entdeckte, daß es da eine völlig andere, eigene Welt gab, einen Platz, an dem Frauen (sie schienen starke, fähige Frauen zu sein) sich liebten und einander unterstützten und wußten, daß es richtig war. Konnte das denn verkehrt sein?

Am frühen Abend machte Sharla einen kleinen Abstecher zum Lebensmittelgeschäft. Obwohl in Merediths Schrank einige Dosen standen, wollte sie die keinesfalls anrühren. Sie holte sich eine Tiefkühlpizza und andere Fertiggerichte und hätte sich fast Zigaretten gekauft, ließ es aber im letzten Moment bleiben. Vielleicht gewöhne ich es mir ja ab, dachte sie. Sie hatte das Gefühl, es diesmal schaffen zu können. Zurück in der Wohnung ging sie gleich wieder zu den Büchern und las bis tief in die Nacht.

Als Sharla schließlich einschlief, lag sie in Merediths Bett, und als sie aufwachte, las sie weiter. Sie las über Frauen und Schwestern und Lesben und vergaß darüber fast, bei ihrer Arbeit anzurufen, aber gegen Viertel vor zehn fiel es ihr ein. Je mehr sie erfuhr, desto faszinierter war sie und manchmal entzückt, ja, und aufgeregt. Während sie immer weiterlas, das Gelesene verdaute, darüber nachdachte, ergriff ein warmes Gefühl ganz allmählich Besitz von ihr, bis es sie schließlich vollkommen einhüllte. Die Empfindung spiegelte vielleicht ein Gefühl des Heilwerdens, als würde sie etwas Lebensnotwendiges wiederfinden, das sie verloren hatte. Ein Teil von ihr war überrascht darüber. Ein anderer Teil schien regelrecht danach zu suchen.

Sie las über Göttinnen und Hexen und das Matriarchat, und dann war Mittwoch. Sharla ging nicht zur Arbeit. Sie hatte Merediths Wohnung seit Montagabend, als sie einkaufen gegangen war, nicht mehr verlassen. Sie las Teile aus *The Joy of Lesbian Sex* und begann einen Roman von Jane Rule. Sie gestattete sich viele Phantasien, war glücklich wie lange nicht mehr. Um vier Uhr nachmittags machte sie eine Pause, um etwas Gymnastik zu machen, Hampelmänner und Situps, und um die Wohnung aufzuräumen. Nachdem sie die wenigen Teller gespült und sich gerade wieder hingesetzt hatte, um weiterzulesen, hörte sie jemanden an der Wohnungstür.

O Gott!

Der Jemand hatte einen Schlüssel.

O Scheiße! Was soll ich tun?

Sharla rannte ins Arbeitszimmer.

Sie kann doch nicht schon nach Hause kommen.

Sharla versteckte sich, lauschte mit klopfendem Herzen, lauschte auf die Schritte. Die Schritte gingen in die Küche. Sharla konnte Wasser rauschen hören. In ihrem Versteck hinter der Tür des Arbeitszimmers schwitzte sie Merediths Hemd durch, und ihre Hände lagen klitschnaß an der Zimmerwand. Wieder Schritte, und Pfeifen. Bitte, komm nicht hier rein, betete Sharla. Dann erhaschte sie durch den Spalt zwischen den Türangeln einen Blick hinaus. Es war eine Frau, aber Sharla hätte nicht sagen können, ob es Meredith war. Einen Moment später erhaschte sie noch einen Blick. Es war nicht Meredith. Die Frau hielt etwas in der Hand und lief pfeifend im Zimmer hin und her.

Die Schritte gingen in die Küche zurück, wieder Wasserrauschen, dann Schritte ins Wohnzimmer. Sharla stand wie versteinert und starrte durch den Türspalt. Diesmal konnte sie sie deutlich sehen, eine junge Frau in Jeans und grellrosafarbener Bluse. Sie stand auf Zehenspitzen und goß den riesigen Rhododendron.

Sie darf mich nicht entdecken. Gibt es hier Pflanzen? Sharla schaute sich im Arbeitszimmer um. Scheiße, ja. Am Fenster hingen zwei Spinnenpflanzen, und auf dem kleinen Bücherschrank stand ein Farn. Sie schlich sich rückwärts hinter der Tür weg und auf Zehenspitzen zum Wandschrank. Nicht knarren. Sie öffnete langsam die Wandschranktür und schob sich zwischen die Filmkartons, zog die Tür bis auf einen Spalt vorsichtig hinter sich zu und hielt den Atem an. Nach weniger als einer Minute kamen die Schritte ins Arbeitszimmer. Sie verharrten kurz, begleitet von Gießgeräuschen, und entfernten sich wieder.

Sharla hoffte, daß es in der Wohnung keine Anzeichen ihrer Anwesenheit gab. Gott sei Dank habe ich heute nicht geraucht, dachte sie. Meine Handtasche, wo habe ich die hingelegt? Ins Schlafzimmer, sie liegt im Schlafzimmer. Bitte, übersieh sie. Gab es im Schlafzimmer Pflanzen? Der Schweiß auf ihrem Körper war jetzt kalt. Sie zitterte. Einen Moment später glaubte sie zu hören, wie die Wohnungstür geschlossen wurde. Sie lauschte, wagte kaum zu atmen. Es war nichts mehr zu hören. Sie wartete. Kein Laut, außer dem Hämmern in ihrem Brustkasten. Sie blieb noch geschlagene zehn Minuten in dem dunklen, stillen Wandschrank, bevor sie endlich die Tür sachte aufstieß. Sie lauschte, nichts zu hören. Vorsichtig überprüfte sie, daß das Wohnzimmer leer war. Niemand im Badezimmer, in der Küche, im Schlafzimmer. Ihre Handtasche war dort, wo sie sie liegengelassen hatte, auf dem Schlafzimmerboden. Sharla vermutete, daß sie nicht bemerkt worden war, und seufzte erleichtert, wischte sich mit dem Ärmel von Merediths blauem Baumwollhemd über die Stirn.

Sie saß in der strahlend hellen Küche, die nicht ihr gehörte, und dachte darüber nach, was sie hier tat – Hausfriedensbruch, Verletzung der Privatsphäre einer anderen Person, skrupelloses Herumschnüffeln in deren Leben. Sharla wußte, daß das verwerflich war.

Jedenfalls im Normalfall. Aber dies hier war nicht der Normalfall. Irgendwie fand sie ihr Forschen gar nicht so schlimm. Die Tatsache, daß sie und Meredith vollkommen gleich aussahen, ließ das Ganze richtig erscheinen, jedenfalls fühlte es sich für sie so an, oder wenn nicht richtig, dann zumindest verständlich. Es war, als würde sie ihr eigenes paralleles Leben erforschen und nicht respektlos in dem einer Fremden herumwühlen. Meredith Landor war wohl kaum eine Fremde. Meredith Landor war ihre Doppelgängerin, ihr *alter ego*, ihr Schatten-Selbst, ihre Schwester. Plötzlich wurde Sharla von dem dringenden Bedürfnis gepackt, auf der Stelle zum Tagebuch zurückzukehren, die anderen Bücher beiseite zu legen und mehr darüber herauszufinden, wer Meredith Landor war. Daß sie eine Lesbe war, hatte Sharla während der letzten Tage immer weniger gestört; inzwischen gefiel es ihr sogar. Bei dieser Erkenntnis mußte sie den Kopf schütteln, holte dann lächelnd das Tagebuch wieder aus der Schublade und las dort weiter, wo sie drei Tage zuvor aufgehört hatte: bei dem Eintrag »Der Sprung ins Freie«.

Neulich hatte das, was Meredith enthüllte, Sharla in rasende Wut versetzt. Jetzt reagierte sie ganz anders, identifizierte sich mit Merediths Gefühlen, verstand, ja freute sich mit Meredith darüber, wie sie zur Frauenliebe fand.

3. Juni 1975. Ich liebe Hedda. Ich glaube, ich bin zum erstenmal richtig verliebt. Pat, meine Erste, war wunderbar. Sie wird immer einen besonderen Platz einnehmen, aber Hedda, Hedda, Hedda. Ich liebe dich. Keine von uns beiden konnte sich bei dem Treffen gestern richtig konzentrieren. Wir schauten uns dauernd in die Augen und lächelten. Kann sein, daß ich sogar rot geworden bin. Das ist eine Premiere. Ich liebe es, verliebt zu sein. Bei dem Treffen fragte mich jemand, ob ich eine Hotline für Frauen für machbar hielte, angesichts dessen, was Leslie eben gesagt hätte. Ich wußte nicht einmal, daß Leslie da war. Ich hatte kein einziges Wort gehört. Ich glaube, ich habe mich trotzdem ganz gut aus der Affäre gezogen, und es sieht so aus, als würde die Idee mit der Hotline wirklich Form annehmen. Ich habe ihnen meine Ideen dazu geschildert – wie das

Vorbereitungstraining ablaufen sollte und wie man die Leute, die die Anrufe entgegennehmen, unterstützen kann.

Nach dem Treffen sind Hedda und ich zum Pool gegangen. Es war toll. Unter Wasser haben wir uns dauernd wie zufällig berührt. Sie hat tolle Haut. Danach haben wir bei Squeakies zu Abend gegessen. Sie sagte dauernd, wie sehr sie sich auf das Wochenende freue, und ich habe ihr einen Strich durch die Rechnung gemacht. Ich konnte nicht anders. Ich sagte, wie sehr ich Überraschungspartys zum Geburtstag liebe, und sie nannte mich ein verzogenes Gör. Ich wollte ihr nicht verraten, wie ich es rausgefunden habe, sagte ihr, sie solle sich keine Sorgen machen, ich würde trotzdem überrascht sein. Dann schmollte sie. Ich liebe es, wie sie schmollt. Ihr Mund sieht dann einfach so süß aus und anbetungswürdig und ich will ihn küssen. Ich habe ihn auch geküßt, aber später. Jedenfalls sagte sie, nachdem ich das mit der Party vermasselt hatte: Nun, dann weißt du sicher auch schon, daß wir am Sonntag alle zusammen mit dir an den Strand fahren wollen. Ich sagte: »Jetzt weiß ich es«, dann bin ich vor Lachen zusammengebrochen und habe sie in den Arm genommen. Nach dem Abendessen hätten wir eigentlich lernen sollen, aber irgendwie sind wir auf meinem Zimmer gelandet, mit zehn brennenden Kerzen, und wir haben ein bißchen Hasch geraucht und uns wundervoll, wundervoll geliebt.

Ich liebe Hedda.

Sharla las weiter bis 1979. In jedem Jahr schien Meredith mehr Erfahrungen zu sammeln als Sharla in ihrem ganzen Leben. Und doch, erkannte Sharla, schienen sie mehr gemein zu haben als ihr Aussehen: sie und ihr Ebenbild waren beide ernste, nachdenkliche Grüblerinnen. Während Sharla ihre eigenen Gedanken und Spekulationen nur selten zu Papier brachte, tat Meredith dies – Glück für Sharla – regelmäßig. Neben den persönlichen Eintragungen mit Tagebuchcharakter befaßten sich viele von Merediths Notizen eingehend, manchmal geradezu selbstquälerisch, mit ernsten philosophischen Themen und Lebensfragen. Meredith analysierte, kritisierte, entwickelte und überarbeitete ihre Ideen, wobei sich sich vor allem für Wertefragen interessierte. Sharla war, als beobachte sie die Entwicklung von Merediths Charakter, sie sah zu, wie ihre Grundüberzeugungen und Lebensphilosphie sich allmählich herausbildeten, veränderten und wuchsen. Diese komplexe, zutiefst einfühlsame, intelligente, aktive Frau wuchs ihr immer mehr ans Herz, diese Frau, die außerdem eine Lesbe war.

7. Kapitel

Es war Samstag. Sharla war die ganze Woche nicht zur Arbeit gegangen, und ab Donnerstag hatte sie sich nicht mehr krankgemeldet. Sie war aus dem YWCA in Evanston ausgezogen, was ihr außerordentliches Vergnügen bereitete, und hatte ihre Habseligkeiten in Merediths Wohnung gebracht. Sie hatte das Tagebuch zu Ende gelesen, identifizierte sich mit jedem Ereignis, von dem Meredith berichtete, mit jedem Gedanken und jedem Gefühl. Sie war Merediths Aktenordner durchgegangen, hatte sich ihre Schuljahrbücher angesehen, viele ihrer Briefe gelesen und las auch weiterhin ihre feministische und lesbische Literatur. Nicht einen Augenblick lang wurde Sharla dieser Dinge müde, sie spürte kein Verlangen, etwas anderes zu tun, als das, was sie tat. Sie schlief in Merediths Bett, kochte in ihrer Küche, badete in ihrem Badezimmer, trug ihre Kleidung, schaute sich wieder und wieder die Fotos an und auch die Filme.

Die Wohnung beließ sie so, wie sie sie beim ersten Mal vorgefunden hatte, denn sie war sicher, daß die Wasserfrau zurückkommen würde. Sie rauchte sehr wenig und lüftete die Zimmer. Am Mittwoch um halb sechs kam die Wasserfrau tatsächlich. Sharla versteckte sich im Wandschrank.

So ging es weiter, jeden Tag und jede Nacht, tagein, tagaus. Sharla verbrachte fast jeden Augenblick damit, die Bücher zu lesen, die Meredith las, über Merediths Leben nachzudenken, ihre Gedanken in sich aufzunehmen, ihre Besitztümer zu untersuchen und immer besessener von dem zu werden, was Meredith ausmachte. Sie verließ die Wohnung nur, um einzukaufen, tat dies hastig und eilte dann zurück, um weiter zu graben. Sie sprach mit niemandem.

Je mehr Sharla sich in die Details von Merediths Leben vertiefte, desto ferner kam ihr das eigene vor. Es gab Momente, in denen sie tatsächlich glaubte, Meredith Landor *zu sein*, daß dies ihre Wohnung war und das Leben, in das sie eintauchte, ihr eigenes. Sie fragte sich immer mehr, ob parallele Leben möglich waren. War es möglich, daß sie und Meredith wirklich ein und dieselbe Person waren, zwei

Manifestationen einer Person, die gleichzeitig zwei ungleiche Existenzen führte, ein gute, erfüllte und eine leere? Meistens blieb Sharla objektiv genug, um diesen Gedanken zurückzuweisen, aber es gab Augenblicke, in denen sie wirklich daran glaubte. Vielleicht wurde ich nach Chicago gebracht, um mir mein gutes Leben zurückzuholen, und Meredith existiert nicht länger als eigenständige Person. Vielleicht ist sie überhaupt nicht in San Francisco. Vielleicht soll ich ihren Teil meiner Vergangenheit kennenlernen, diesen Teil mit dem Sharla-Teil verschmelzen lassen und dann die Führung übernehmen? Das macht doch Sinn, oder? Warum sonst sehen wir genau gleich aus? Warum sonst bin ich in Chicago gelandet, in dieser Wohnung, mit der Freiheit, alles hier zu erforschen? Das kann kein bloßer Zufall sein. Warum sonst würden Merediths Ideen, die so anders sind als meine, mir so einleuchten, so sehr, daß ich tatsächlich zur Feministin werde! Sharla schüttelte den Kopf. Es war vorherbestimmt. Ja. Das alles fliegt mir nur so zu. Ich verstehe, wie sie denkt; ich stimme ihr zu, obwohl ich das vorher nie getan hätte. Ich identifiziere mich jetzt mit Frauen, dachte Sharla, genau wie Meredith. Ich könnte sogar lesbisch sein.

Dann wieder gab es Zeiten, in denen Sharla diese Gedanken von sich wies und zu dem Schluß kam, daß sie nur zufällig in Chicago gelandet war, nur zufällig Merediths Existenz entdeckt hatte. Dann schrieb sie ihre obsessive Faszination der Tatsache zu, daß sie einander so ähnlich sahen und daß Meredith all die Dinge besaß, die Sharla sich schon immer gewünscht hatte.

Am nächsten Mittwoch, als die Wasserfrau wiederkam, war Sharla vorbereitet. Sie versicherte sich, daß kein Zeichen ihrer Anwesenheit zu sehen war. Um Viertel nach fünf ging sie ins Arbeitszimmer, um dort zu warten. Um fünf Uhr vierunddreißig, als sie die Tür hörte, verschwand sie im Wandschrank.

Am nächsten Tag, nachdem sie Teile des Tagebuchs noch einmal gelesen und einige der Filme erneut angesehen hatte, stellte sich Sharla vor den Spiegel, die Hände in die Hüften gestemmt, und sah äußerst selbstzufrieden aus. Es war Donnerstag, der 17. Mai. Sie war jetzt etwas über einen Monat in Chicago. Fast die Hälfte dieser

Zeit hatte sie in Meredith Landors Wohnung verbracht und sich dabei in Meredith Landors Leben verloren.

Ich bin eine Lesbe, dachte sie, während sie ihr Spiegelbild betrachtete, eine stolze, starke Frau. Ich bin mächtig. Ich bin selbstbewußt. Ich bin fähig. Ich bin frei. Sie trug ein Paar von Merediths Jeans, eine Meredith-Bluse und eine Meredith-Halskette. Ich liebe mein Leben. Ich liebe mich selbst. Sie lächelte breit und schob die Schultern noch etwas weiter zurück.

Ein Klopfen an der Tür unterbrach sie. Wer das wohl sein mag, dachte Sharla neugierig und erwartungsvoll, immer noch in dem Glauben, sie sei Meredith. Sie hüpfte fröhlich in Merediths Turnschuhen zur Tür und öffnete sie zuversichtlich.

Ein Fremder stand dort, ein junger Mann in Sporthemd und Frackhosen. »Mein Name ist Dan Corrigan«, begann er. »Ich bin Mitglied im Illinois-Komitee für Umweltschutz. Wir befragen Leute aus dieser Gegend, um ihre Meinung zu Umweltschutzthemen in Illinois zu erfahren. Würden Sie mir ein paar Fragen beantworten?« Er sprach schnell, aber freundlich.

Augenblicklich wurde Sharla vom gewohnten Unbehagen gepackt. Konfrontiert mit einer realen, lebendigen Person verschwand das Meredith-Selbstbewußtsein sofort und vollständig. Er wollte ihre Meinung wissen! O Gott, warum bloß? Sie haßte es, nach ihrer Meinung gefragt zu werden. Was soll ich sagen? Ich werde mich bestimmt dumm anhören. Was weiß ich schon über Umweltschutz? Ich hätte nicht aufmachen sollen. »Ich ... Ich kann jetzt nicht, ich ...« Sie wand sich, wußte nicht, wohin mit ihren Armen, und verschränkte sie schließlich vor der Brust.

»Es würde nur ein paar Minuten dauern ...«

»Nein, ich ...«

»... aber wenn es Ihnen lieber ist, lasse ich Ihnen diese Unterlagen hier und komme vielleicht ein anderes Mal wieder.«

»Ja.«

Lächelnd überreichte der Mann ihr einige Flugblätter und ging. Wieder in Sicherheit hinter verschlossener Tür, schleppte Sharla ihren Körper zu einem Sessel und ließ sich schwer hineinfallen. Ihr war schlecht. Sie warf den Kopf in den Nacken, das Gesicht voller Schmerz und Selbstverachtung. Wem will ich hier eigentlich was vormachen, dachte sie. Ein höhnisches Lächeln lag auf ihren Lippen. Ich und eine stolze, starke Frau, da lachen ja die Hühner! Sie sah jetzt weniger wie Meredith aus, ihre Gesichtszüge nahmen einen Ausdruck an, den Merediths Gesicht nie gekannt hatte. Ich bin eine schwache Frau, ein Nichts, das bin ich und bin es immer gewesen. Sie kaute an ihren Fingernägeln. Ich habe Angst vor Menschen, Herrgottnochmal. Ich habe Angst vor dem Leben. Ihre Unterlippe zitterte. Ich habe sogar Angst davor, ein paar lächerliche Fragen zu beantworten. Sharla zupfte an ihren Nackenhaaren. Ich fühle mich überhaupt nicht wie eine Person. Sie verkroch sich noch tiefer im Sessel. Und du denkst, du bist Meredith! Sie schaute sich im Zimmer um. Was für eine dumme Träumerin ich doch bin. Ihr Gesicht verzog sich vor Schmerz und Ekel. Ein merkwürdiges, kehliges Geräusch entrang sich ihr, dann brach sie in Lachen aus.

»Du bist kein bißchen wie Meredith Landor, du Arschloch!« sagte sie laut, zwischen krächzenden Lachern. Ihre Stimme troff vor Abscheu. Eine einzige simple Begegnung mit einem harmlosen Menschen, und du verwandelst dich in schlotternde, feige Masse. So sieht's aus! Die stolze Miene, die hochmütige Haltung und das Selbstbewußtsein von vorhin kamen ihr jetzt lächerlich vor. »Du willst Meredith Landor sein! Daß ich nicht lache, du Widerling!« Sharla schüttelte sich. Du bist nicht im geringsten wie Meredith Landor. Sie war nicht mehr zu bremsen. Du bist ein Nichts, Punkt. Genau dieselbe neurotische, ängstliche, langweilige, jämmerliche Sharla Ann Jergens, die du immer warst. Sharlas Magen drehte sich um. Und immer sein wirst. Ihr war übel, beinahe kotzübel. Du bist ein Nichts, ein Niemand. Eine Verrückte. Und alle wissen das. Kannst nicht mal mit Leuten reden. Immer ängstlich, ängstlich. Kannst nicht mal deine blöde Meinung sagen. Betrügst dich selbst. *Sie* ist Meredith Landor, nicht du! Sharlas Augen waren rot, die Haut an ihrem Hals fleckig. Wir sind vollkommen getrennte, vollkommen verschiedene Personen. Sie atmete laut aus. Niemand will *mich*. Niemand mag mich, niemand, der es wert wäre, Zeit mit ihm zu verbringen, niemand, der zählt. Nur Schwachköpfe wie Andy. Niemand, der jemand ist, will mich. Sie biß die Zähne zusammen. Warum auch? Pam, Carolyn, Beth, Terri, Allison, Jude, das sind *ihre* Freundinnen. Sie haben sich nicht um deine Freundschaft bemüht und würden es auch nie tun, du Versagerin. Sie weinte. *Du* hast ihre Zuneigung und Sympathie nie gespürt, sondern Meredith. Und ihren Respekt hast du nie erfahren. Das alles gehört *ihr*. *Du* hast niemanden. Auf was für einen lächerlichen Phantasie-Trip hast du dich da begeben, Sharla Jergens, du alter Trottel. Alles über sie in Erfahrung bringen, hm? Ihr Gesicht war immer noch verzerrt vor Selbstverachtung. Eine Feministin werden, eine Lesbe, glücklich werden, *sie* werden, ihr Leben übernehmen, hm? Närrin. Närrin. Närrin. Wach auf, Träumerin, du jämmerliche Träumerin leerer Träume. Du bist, was du bist. Eine Null.

Sharla las danach nicht mehr. Sie kam nicht wieder in Schwung, war außerstande, auch nur einen Bruchteil des kurzen Glücks zurückzugewinnen, das sie gefunden hatte. Nicht länger betrachtete sie die Fotos und Filme. Der energiegeladene Antrieb und die Begeisterung waren völlig verschwunden, und das bleischwere Gefühl, das so sehr zu ihr gehörte, war zurückgekehrt, noch bleierner und lähmender als zuvor. Sie fühlte sich erschöpft, hoffnungslos, demoralisiert, ziellos und absolut einsam. Lange saß sie an diesem Abend und am nächsten Tag einfach nur im Sessel oder auf der Couch und starrte mit leerem Blick vor sich hin. Wenn sie überhaupt etwas dachte, dann waren es endlos sich wiederholende Worte und Bilder trostloser Einsamkeit und Verachtungswürdigkeit. Ihr Selbsthaß erdrückte sie, matte Passivität und Unbeweglichkeit waren die Folge. Nach einer Weile begann ihr Verstand, ihr Streiche zu spielen, beschwor schmerzliche, verletzende Bilder herauf – daß Leute in der Küche waren und verächtlich über sie sprachen, auf sie herabsahen; daß Jude und Beth da waren und sie auslachten. Wenn ihre Gedanken zu Meredith wanderten, dann waren es traurige Gedanken. Ein schreckliches Verlustgefühl drückte Sharla nieder.

Anfangs weinte sie regelmäßig, doch nach einer Weile hörte das auf. Ihre Augen blieben trocken und leer. Tagelang aß sie kaum etwas. Sie hörte auf, sich zu waschen und zu pflegen. Unter ihren Augen lagen dunkle Schatten. Ihre Lippen waren zusammengepreßt, ihr Gesicht hager, ihre Haut fettig. Sie wechselte nicht ihre Kleidung. Bisweilen übermannte sie der Schlaf und brachte häßliche Träume. Immer häufiger verfolgten sie Bilder von Meredith – Merediths Leistungen, ihre Liebhaberinnen und Freundinnen, ihr Glück. Mittlerweile kämpfte Sharla gegen diese Bilder an, haßte sie, versuchte, sie zu verdrängen. Manchmal lief sie umher. Meistens saß sie da und starrte die Wand an und spürte das schwarze, leere Alleinsein.

So sehr sie auch versuchte, die Bilder von Meredith zu vertreiben, so sehr verfolgten sie sie gnadenlos.

Meredith verliebt.

Sharla versuchte fernzusehen, doch sie konnte sich auf die Geschichten nicht einlassen.

Merediths Filme, die lobende Kritiken ernten.

Als die Sonne unterging, schaltete Sharla das Licht nicht ein, sondern blieb reglos im Dunkeln sitzen.

Merediths Freundinnen – so viele, die sie mögen, respektieren, sich dafür interessieren, was sie denkt.

Sharla entdeckte eine Flasche Schnaps und versuchte, auf diesem Weg ein wenig Frieden zu finden, aber es wurde nur noch schlimmer. Die Gedanken an Meredith rissen nicht ab, und Sharla verspürte eine wachsende Wut auf ihr Ebenbild. Wir leben in verschiedenen Welten, Doppelgängerin, in verschiedenen Universen. Du weißt nichts davon, wie das Leben für eine wie mich aussieht. Was weißt du schon über Einsamkeit, Meredith Landor? Nichts! Warst du jemals deprimiert? Ich meine, länger als fünf Minuten. Teufel nein! Meine Welt ist dir fremd. Und deine ist nur ein Traum für mich. Meine wäre ein Alptraum für dich. Du weißt nichts von Entfremdung; für dich ist das nur ein Wort, nicht wahr? Und gesellschaftliche Unsichtbarkeit. Und Unzulänglichkeit und ständige Ablehnung und Angst. Und Schüchternheit. Worte. Dinge, die andere Menschen erleben, seltsame Menschen, anomale Menschen, nicht Menschen wie du.

Die Faszination für Meredith, die Bewunderung, Identifikation und Ersatzbefriedigung, die Sharla beseelt und angespornt hatten, verwandelten sich schleichend in haßerfüllte Feindseligkeit. Sie war so weit, für Meredith Landor noch Verachtung zu empfinden. Sie total zu verabscheuen.

Der Tag wurde zur Nacht und wieder zum Tag. Sharla verlor jedes Zeitgefühl. Sie saß da. Lief umher. Lag reglos. Ihre Lippen waren trocken und aufgesprungen, ihr Haar fettig und verfilzt. Ihr Haß auf Meredith wurde zur Besessenheit. Die unbeschwerte Begeisterung und Hochachtung für sich selbst, wie sie sie zeitweilig verspürt hatte, waren mittlerweile so weit weg, daß sie sich nicht einmal mehr schwach daran erinnern konnte.

Es war später Nachmittag irgendeines Tages, Sharla wußte nicht, welcher. Sie starrte blind aus dem Fenster, schaute durch die Pflanzen hindurch, nahm sie nicht wahr, sah durch die Gebäude hindurch, nahm auch diese nicht wahr. Sie sah nur ihre eigene verzweifelte, bedeutungslose Vergangenheit und eine leere Zukunft, die sie nicht wollte. Die Pflanzen! O Gott, was für ein Tag ist heute? Mittwoch?

Sie sprang auf, so daß ihr schwindlig wurde. Ihre Schuhe lagen auf dem Teppich, ein halbleeres Glas und ein paar Kräcker auf dem Tisch. Ist Mittwoch? Die Wasserfrau. Die Wasserfrau wird kommen und mich erwischen. O Gott! Bilder von Ketten und Schlägen und endlosem Spott quälten sie. Sie schaute auf ihre Armbanduhr. Vier Uhr fünfunddreißig. Ist Mittwoch? Sie lief wie wahnsinnig durchs Zimmer. Ist heute Mittwoch? Sie zog die Schuhe an, brachte das Glas in die Küche, spülte es aus, ließ es dabei fast fallen und stellte es in den Schrank. Ihre Hände zitterten. Bitte, sag mir jemand, ob heute Mittwoch ist. Wenn die Wasserfrau mich findet, wird irgend etwas ... irgend etwas Schreckliches passieren. Irgend etwas Schreckliches. Sie werden mich einsperren. Sie werden ... Was für ein Tag ist heute?

Sie ging zum Telefon und drückte mit zitternden Fingern die Tasten.

»Mami, ist heute Mittwoch?«

»Sharla Ann, bist du das?«

»Was für ein Tag ist heute?«

»Mein Gott, Sharla, was ist los mit dir? Warum hast du nicht früher angerufen? Kein Brief seit fast einem Monat, ich bin fast verrückt geworden. Ich kann nicht glauben, daß mein eigenes Kind so etwas tut, daß es so rücksichtslos sein kann. Erst verschwindest du ohne jede Vorwarnung und dann... Also, was ist eigentlich los mit dir und warum...«

Sharla legte auf. Sie lief ein paar Minuten auf und ab, während ihre Lippen sich lautlos bewegten, dann griff sie wieder nach dem Telefon.

»Auskunft.«

»Was für einen Tag haben wir heute?«

»Wie bitte?«

»Was für einen Tag, was für einen Tag?«

»Es ist Dienstag. Hätten Sie auch gerne einen Wetterbericht?«

»Sie sind sicher, daß es Dienstag ist.«

»Dienstag, der 22. Mai. Geht es Ihnen gut, Lady? Brauchen Sie Hilfe?«

Sharla legte auf. Dienstag, der 22. Mai. Dienstag. Es ist Dienstag. Es ist nicht Mittwoch. Es ist Dienstag. Alles wird gut. Sie ließ sich auf die Couch fallen. Alles wird gut.

Sie blieb die ganze Nacht auf der Couch liegen. Alpträume, verrückte, schwarze Alpträume voll des Todes quälten sie. Eine bodenlose, übelriechende Grube mit teerigen Rändern. Rutschen, straucheln. Ein dichter Dschungel mit Schlangen, die sie anzischeln. Allein auf einem Riesenrad auf einem leeren Jahrmarkt, dann Fallen, beim Aufprall erwachend. Am nächsten Tag verbrauchte Sharla all ihre Kraft mit dem Warten auf die Ankunft der Wasserfrau. Sie aß nichts. Sie trank die letzte Dose Cola. Der Fernseher lief unbeachtet. Sie rauchte nicht. Die Wohnung war aufgeräumt. Alles wird gut. Um vier Uhr stellte sie den Fernseher ab. Alle paar Minuten schaute sie auf ihre Armbanduhr. Sie war wackelig, benommen. Ihr Atem ging flach, ihr Kopf schmerzte, die schmutzige, verknitterte Bluse, die sie trug, klebte an ihr. Es war heiß in der Wohnung, doch Sharla bemerkte es nicht. Sie schaute auf ihre Armbanduhr. Vier

Uhr fünfzehn. Sie wartete. Um vier Uhr dreißig schlich sie in den Wandschrank.

Sharla blieb noch in ihrem Versteck, nachdem die Wasserfrau längst gegangen war. Sie saß zusammengekauert in der Ecke auf dem Boden, an die Wand gelehnt, bis es im Arbeitszimmer so dunkel war wie im Wandschrank. Umgeben von den Filmschachteln, Zeugnissen eines gelebten Lebens, kauerte Sharla teilnahmslos da, rührte sich kaum und lauschte ihren Gedanken.

Meredith ist in den Schachteln. Zelluloid-Meredith. Meredith beim Skifahren, Meredith lachend, Meredith redend, Meredith Frauen liebend, Meredith geliebt, Meredith, das Leben umarmend, wissend, wie man es lebt. Meredith. Meredith. Meredith. Der Nahrungsmangel machte Sharla kraftlos. Neben ihrem rechten Knie war Meredith, die über Androgynität diskutierte, wortgewandt debattierte bei der Podiumsdiskussion, die sie leitete. Meredith, die Partei ergriff für das Ideal, für die beste der Rollen, während sie die Wirklichkeit verriß, die weibliche Identität nach männlichem Muster. Neben ihrem linken Oberschenkel war Meredith, die in einem »Lila Lacher«-Schwank herumkasperte, maßlos übertrieben agierte, Sharla dazu brachte, sie zu lieben und zu hassen, zu hassen, zu hassen.

Sharlas Gedanken hetzten scheinbar ziellos hin und her, doch es gab ein Thema, das Grundthema, das sie zu charakterisieren schien – *Verachtung für sich selbst*. Meredith war *die* Sharla, die Sharla nie sein würde, und doch hauste sie in derselben großgewachsenen Hülle mit dunklen, grüblerischen Augen, vollen Lippen, rotschimmerndem Haar. Damit endete die Ähnlichkeit aber auch schon. Wie fühlt es sich wohl an, wenn man sich selber liebt? »Wie fühlt es sich an, Meredith Landor?« Sie sagte es laut, ihre Stimme war rauh und erschreckte sie in der Enge des Wandschranks. »Wie fühlt es sich an, wenn man leben will, sich dessen würdig fühlt und ihm gewachsen? Wie? Wie, du Miststück? Warum du? Warum nicht ich?« Sie stieß die Tür mit dem Fuß auf und schleppte sich halb aus dem Wandschrank heraus. Sie lag auf dem Boden, ihre Gedanken waren zur Ruhe gekommen, ihre Augen matt und leblos. Die Nacht kam und ging, und am nächsten Tag rührte Sharla sich kaum. Sie aß ab und zu ein paar Bissen, trank etwas Wasser und ging ins Badezimmer. Sie schaute nicht in den Spiegel. Sie versuchte, nicht in sich hineinzuschauen, doch die melancholischen Erinnerungen kamen trotzdem. Wie sie verhöhnt wurde als lebensfremd und zu still. Wie sie Gleichgültigkeit heuchelte, wenn sie Abfuhren bekam, innerlich zerrissen. Die Gedanken hörten nicht auf, sowenig wie die Gegensätze zu Meredith, und die ganze Zeit über bewegte sie sich weiter auf das Unvermeidliche zu, auf die einzig mögliche Lösung. Noch mehr Erinnerungen kamen. Wie sie die Kränkenden kränkte, Trost in der Poesie suchte. Immer außerhalb des Kreises. Wie sie über die Liebe schrieb, heimlich, ohne sie je zu erleben. Greta. Hätte es sein können? Eine Frau am äußersten Rand, dahintreibend. Bedürftig. Bedürfnisse, die nicht befriedigt wurden. Und von denen sie nicht wußte, wie sie sie befriedigen sollte. Nicht wußte, warum sie das nicht wußte. Wie sie sich immer anders als die anderen fühlte, abseits, nie dazugehörig. Einsames schmerzliches Alleinsein, Schmerz tief und grimmig, Schmerz, der mich zusammenkrümmt. Kann mich nicht erinnern, daß der Schmerz einmal nicht da war. Dasselbe Gesicht. Derselbe Körper. Wie Tag und Nacht. Ying und Yang. Schwarz und weiß. Hoch und tief. Auf und nieder. Meredith und Sharla. Schwester. Verabscheuungswürdige Doppelgängerin. Sharla saß gebeugt in einem Sessel im Wohnzimmer, rührte sich kaum, lebte kaum. Abscheuliche besitzergreifende »Mutter«-Liebe, die Selbsthaß sät. Sterben wollen. Sterben wollen. Sie war blaß und sah sehr krank aus. *In* dieser Welt, nicht *von* dieser Welt, unsichtbar an der Peripherie dahintreibend. Ängstlich. Will herein, zu ängstlich, es zu versuchen. Gescheiterte Versuche. Wieder allein jetzt und für immer bis in alle Ewigkeit. Amen.

Ihre Gedanken kreisten endlos weiter, während ein weiterer Tag verstrich und noch einer. Der Schmerz erreichte seinen Höhepunkt, und dann endlich, wie durch ein Wunder, hörte er auf. Da war kein Schmerz mehr. Sharla war ganz ruhig. Es war an der Zeit.

Sie ging fast beschwingt in die Küche. Sie war hungrig. Sie schaltete die Lichter ein und das Radio und lauschte beim Essen der Musik. Sie aß die ganze Dose Thunfisch und das letzte Milchbrötchen und ein halbes Dutzend Kekse, dann duschte sie, summte beim Waschen vor sich hin.

Es war so offensichtlich. Sie lächelte.

So klar, kristallklar, prickelnd und perlend wie das Wasser, das ihren Schmutz fortspülte. Es ist an der Zeit. Sie ist gekommen. Sharla hatte immer gewußt, daß die Zeit kommen und sie es wissen würde. Sie wußte es jetzt und fühlte sich erleichtert und ruhig.

8. Kapitel

Sharla hatte die Tabletten über mehrere Jahre gesammelt. Die geplante Szenerie war immer dieselbe – ein Luxushotel irgendwo, in den Bergen vielleicht, oder am Meer. Es würde eine Mahlzeit auf ihrem Zimmer geben, eine Flasche Wodka und das Häufchen winziger weißer Schlaftabletten. Es hatte ihr ausgesprochene Freude bereitet, die Tabletten zu sammeln, ein Gefühl von Macht und Erfolg. Sie ertrug die schlaflosen Nächte, um das geheime Lager anzulegen, hortete sie wie Diamanten, bewahrte sie sicher in ihrer silbernen florentinischen Dose auf, die sie zu ihrem zwanzigsten Geburtstag von ihren Eltern bekommen hatte. Die Dose war mit weichem burgunderrotem Filz ausgelegt. Sharla öffnete sie jetzt und ließ ihre Finger mit den Tabletten spielen. Es waren insgesamt vierundzwanzig Stück. Laut dem Buch, das sie in der Öffentlichen Bibliothek von Portland entdeckt hatte, war diese Menge unbedingt ausreichend. Trotzdem machte sie sich Sorgen. Was, wenn sich herausstellte, daß es doch nicht genug sind? Was, wenn sie nur ihr Gehirn schädigten oder so etwas? Oder was, wenn sie in Panik verfiel, bevor die Wirkung einsetzte, und schrie und um Hilfe rief?

Sie hatte es in ihrer Phantasie geprobt, genau durchgeplant, wie sie es tun würde. Sie würde erst nur zwei Stück nehmen und drei Drinks: *Screwdriver*. Wenn sie dann schläfrig würde und entspannt, würde sie den Rest nehmen, die Musik einschalten, sich hinlegen und warten. Die Musik wechselte mit den Jahren. Anfangs plante sie, ihren tragbaren Plattenspieler mitzunehmen und sich Bach anzuhören. Den Plattenspieler gab es schon lange nicht mehr, in ihren Plänen war er durch einen kleinen Cassettenrecorder mit Ohrstöpseln ersetzt worden. Sie würde einem Band mit der *Grand Canyon Suite* lauschen, während ihr qualvolles Leben langsam verlosch und sie endlich den Frieden erlangte, nach dem sie sich so sehr sehnte.

Sie machte sich Sorgen wegen der Krämpfe. Sie machte sich Sorgen darüber, doch irgendwie gefunden zu werden, über medizinische Rettungsmaßnahmen, die Demütigung ihres Scheiterns. Sie machte sich Sorgen darüber, Angst zu bekommen, doch niemals machte sie sich Sorgen darüber, sie könnte es bedauern. Sie war sicher, daß der Tag kommen würde, und daß sie wissen würde, wenn es so weit war. Sie würde es fühlen. An diesem Abend, während sie sich kämmte und die Zähne putzte, fühlte sie es, und es fühlte sich vollkommen richtig an. Es gab keinen Zweifel. Es gab nicht die geringste Hoffnung mehr für sie. Nichts, weswegen sie es hätte verschieben wollen.

Anstelle des Luxushotels würde es in Meredith Landors Wohnung geschehen. Dieses Detail hätte sie nie vorhersehen können, doch die Abweichung mißfiel ihr nicht. Sie zog einen frischen Schlafanzug an, ihren eigenen, wechselte die Laken und kroch ins Bett. Morgen würde sie die letzte Mahlzeit zu sich nehmen und sich die *Grand Canyon Suite* anhören.

Sharlas Schlaf war zum ersten Mal seit über einer Woche ruhig und tief. Als sie gegen Mittag erwachte, wußte sie immer noch, daß es absolut richtig war. Das bleierne Gefühl war gänzlich verschwunden, keine Spur mehr davon. Sie lächelte. Es war endlich vorüber. Gut. Danke, Meredith.

In leuchtende Farben gekleidet, ging sie einkaufen, plante eine Mahlzeit mit kalten Riesengarnelen, Nudelsalat und Wein. Der Trubel auf den Straßen war überraschend angenehm. Sharla nahm alles auf, erlaubte`es sich zur Abwechslung sogar, die Menschen richtig anzuschauen. Sie kamen ihr jetzt überhaupt nicht bedrohlich vor. Sie nahm die Formen und Farben der Gebäude und das Grün der Bäume wahr, wußte es zu schätzen. Zwischendurch blieb sie stehen, um ihr Spiegelbild in einem Schaufenster zu betrachten, erfreute sich daran, wie deutlich sie die Szenerie hinter sich sehen konnte. Sie summte vor sich hin. Sie fühlte sich glücklich, hielt sogar einen Schwatz mit der Angestellten im Delikatessenladen. Der Einkaufsbummel dauerte fast zwei Stunden.

Zurück in der Wohnung ging Sharla die Szene noch einmal durch – die Mahlzeit, die Tabletten, die Musik. Sie beschloß, sich auf die Couch zu legen. Die Wasserfrau würde wahrscheinlich diejenige sein, die sie fand. Heute war Sonntag. Sie vermutete, daß sie bis nächsten Mittwoch ziemlich verfault und stinkend sein würde. Dieser Gedanke verursachte Sharla Übelkeit, und sie verdrängte ihn. Die Wasserfrau würde natürlich denken, sie sei Meredith, und alle anderen auch. Sharla kicherte. Was für ein verwirrendes Durcheinander das sein wird. Im Tod werde ich eine perfekte Meredith sein. Niemand wird einen Verdacht hegen. Im August wird Meredith dann natürlich zurückkommen. Sharla lachte wieder in sich hinein. Inzwischen wird eine Fremde hier leben. Merediths Sachen werden alle weg sein, ihre Freundinnen und ihre Familie werden noch trauern und versuchen, sich an den Verlust zu gewöhnen.

Nein, nein, so wird es nicht ablaufen. Sharla war in der Küche. Sie setzte Kaffeewasser auf. Meredith hat ständig Kontakt zu Leuten – den Freundinnen hier und der Familie in Kalifornien. Sie werden vor einem Rätsel stehen. Wessen Körper ist das? Das ist doch unmöglich! Sharla setzte sich auf den hölzernen Küchenstuhl, betrachtete die Kupferteller und Schöpflöffel an der Wand. Irgendwie gefiel ihr der Gedanke, soviel Verwirrung zu stiften, jedenfalls eine Zeitlang, und für Meredith gehalten zu werden. Das Wasser kochte, und Sharla goß es auf den frischgemahlenen Kaffee. Sie richtete das Essen ansprechend auf Merediths Steinguttellern an und aß langsam die Garnelen, die frischen Brötchen mit Butter und Salat, genoß es, genoß die Tatsache, daß dies die letzte Mahlzeit war, die sie je essen würde, genoß die Tatsache, daß nur sie dies wußte. Die Kontrolle zu haben behagte Sharla sehr. Dies war ausschließlich ihr Ding. Sie tat es für sich selbst, ganz allein, hielt sich an ihren Plan, tat es auf ihre Art, ohne sich darum zu scheren, was andere denken könnten, ohne versuchen zu müssen, anderen zu gefallen, damit sie sie gern hatten. Sie brauchte jetzt niemanden.

Sie aß das ganze Essen, warf dann Eiswürfel in ein Glas, schüttete den Wodka darüber und den Orangensaft. Ihr Cassettenrecorder war im Wohnzimmer, die Tabletten auch. Sie mixte sich noch einen Drink und noch einen, stellte die drei Gläser auf ein Tablett und trug sie zu dem Tisch, auf dem die silberne Dose lag. Sie machte es sich auf der Couch bequem, legte die Füße hoch und nahm einen großen

Schluck von ihrem ersten Drink. Sie seufzte. Sie setzte die Ohrstöpsel ein, drückte den Startknopf und lehnte sich zurück, die ersten beiden Tabletten bereits in der Hand. Die Musik füllte ihre Ohren für ein, zwei Sekunden, dann leierte sie. Sharla lachte. »O Gott, na komm schon«, sagte sie laut. Das stand nicht im Drehbuch. Die Batterien gaben eindeutig jeden Moment den Geist auf. Sharla lachte noch mehr. Sie nahm die Ohrstöpsel heraus, stand auf und ging zum Schreibtisch im Arbeitszimmer. Sie hatte Batterien in der mittleren linken Schublade gesehen. Meredith hilft mir schon wieder aus, dachte sie und klaubte die Batterien zwischen den Karteikarten, Bleistiften und Büroklammern hervor. Aber sie hatten die falsche Größe. Sharla war allmählich gereizt. Verdammt, ich will nicht nochmal rausgehen. Sie erwog, eine Platte auf Merediths Stereoanlage abzuspielen, statt den Cassettenrecorder zu benutzen. Nein, ich will, daß die Musik mich erfüllt, und ich will nicht, daß die Nachbarn etwas hören. Der Gedanke, in den Laden zu gehen, war ihr zuwider. Sie hatte Merediths Sachen ziemlich gründlich durchforstet, und sie konnte sich nicht daran erinnern, irgendwo anders Batterien gesehen zu haben. Es gab noch ein paar Schachteln, zu denen sie nicht mehr gekommen war. Die standen im Wandschrank im Schlafzimmers, zusammen mit Merediths Campingausrüstung. Obwohl die Chancen, logisch betrachtet, gering waren, war Sharla irgendwie sicher, daß sie dort Batterien finden würde.

Die erste Schachtel enthielt Zeichnungen, ein paar Aquarelle und Keramik, Vasen und Tiere. Sie waren mit *M. Landor* signiert. Aus Collegezeiten, vermutete Sharla. Nicht schlecht, aber auch nicht umwerfend. Sie dachte wieder über Merediths Leben nach und fühlte sich nervös. Sie stellte die Schachtel zurück und nahm die andere herunter. Darin lagen Briefe, viele Briefe, mehrere dicke Stapel, die von Gummibändern zusammengehalten wurden. Eine Notiz lag dabei. *Meredith, ich dachte, daß du die vielleicht gerne hättest. Loretta Pinski.* Sharla wollte die Briefe gerade unberührt zurücklegen, da ihre Neugier auf Meredith verflogen war, doch irgend etwas zwang sie, sie sich näher anzuschauen. Sie ging einen der Stapel schnell durch. Alle Umschläge waren an dieselbe Person adressiert: Robin Pinski. Sie breitete sie auf dem Boden aus. Die frühen trugen eine Bostoner Adresse, die späteren gingen nach Bangor in Maine. Sie waren in Merediths flüssiger Handschrift geschrieben. Sharla überprüfte die Poststempel. Sie schienen chronologisch sortiert zu sein, von November 1977 bis Januar 1984. Wieder dachte sie daran, die Briefe in die Schachtel zurückzulegen und das zu tun, was sie tun mußte; doch statt dessen öffnete sie den ersten Umschlag und begann zu lesen.

Sie erfuhr, daß Meredith und Robin enge Freundinnen waren. Sie hatten zusammen ihren Abschluß in Berkeley gemacht, dann war Robin nach Boston gezogen. Meredith vermißte sie bereits, stand in dem Brief, und gelobte, sie mit einem Schwall von Briefen zu belästigen. Der erste Brief war voller Neuigkeiten von Meredith, ihren Gefühlen, ihren Gedanken, den Ereignissen und Leuten, die ihr Leben ausmachten. Sharla merkte, wie sie unwiderstehlich in Merediths Leben zurückgezogen wurde. Die Frau faszinierte sie, das ließ sich nicht leugnen. Selbst jetzt. Sie nahm den zweiten Brief und las ihn, dann den nächsten.

Als Quelle für ausführliche Informationen über Meredith waren die Briefe besser als ein Jahrbuch, besser als eine Autobiographie, viel besser als das Tagebuch. Es gab insgesamt zweiundsiebzig Stück, viele enthielten außer zahlreichen Seiten mit Merediths Selbstenthüllungen auch Fotografien. Sharla war ins Wohnzimmer umgezogen. Sie las den ganzen Nachmittag hindurch, während das Eis in ihren längst vergessenen Drinks schmolz. Sie las langsam, verbrachte viel Zeit mit Gedanken und Tagträumen über das, was Meredith enthüllte, über die Welt einer vollkommen lebendigen, komplexen Frau, und stellte sich wieder einmal vor, *sie* zu sein. Sie las bis in den Abend hinein, machte eine Pause für ein spätes Dinner, las und phantasierte weiter. Es war fast zwei Uhr früh, als Sharla auf die Andeutung stieß. Ihr Mund öffnete sich, ihr Herzschlag wurde schneller. Sie las die Zeilen nochmal: »... und sagte, daß ich es von ihr geerbt hätte. Mama lächelt bloß immer, wenn ich das tue, und dann fällt mir ein, daß ich adoptiert bin. Ich glaube, es gefällt ihr sehr, daß es mir so unwichtig ist. Was nicht heißt, daß ich nicht ab und zu über meine leiblichen Eltern nachdenke...« Ein breites Lächeln lag jetzt auf Sharlas Gesicht. Noch ein Beweis, daß wir wirklich Zwillinge sind. Aber wie? Warum? Sie dachte darüber nach, doch es fielen ihr keine Antworten ein. Sie las weiter, schlief dann ein und träumte von Meredith. Als sie erwachte, war das Zimmer sonnendurchflutet. Es war ein neuer Tag. Sharla las den letzten Stapel Briefe, und mußte am Ende weinen, als sie von Robins Krankheit erfuhr und von dem liebevollen Beistand, den Meredith ihrer todkranken Freundin geleistet hatte. Die letzten sechs Briefe waren an Robin in einem Krankenhaus in Maine adressiert. Sharla trauerte, als wäre es ihre eigene beste Freundin, die da gestorben war.

Sie saß still in der Morgensonne und dachte nach. Die Fahlheit war aus ihrem Gesicht gewichen, die dunklen Schatten um ihre Augen verblaßten. Sie dachte über Merediths Leben nach, über ihren Charakter und ihre Persönlichkeit. Die Briefe hatten viele Lücken gefüllt. Sie hatte das Gefühl, Meredith jetzt richtig zu kennen. Sie besitzt einen so aufgeweckten Verstand, dachte Sharla, analytisch, forschend, geistreich. Und wir sind Schwestern. Vielleicht bin ich ja genauso, nur daß bei mir etwas dazwischengekommen ist. Als der Schmerz zurückzukommen drohte, wandte Sharla ihre Gedanken wieder Meredith zu. Meredith stellte unzählige Fragen; die Antworten darauf entlockte sie ihrer Erfahrung, und auch, so kam es Sharla vor, ihrem enormen Wissen. Sie zitiert Romane und Gedichte und Philosophen. Einige davon kannte Sharla, andere nicht. Meredith hatte von einigen ihrer Probleme und Konflikte berichtet, und beim Lesen hatte Sharla die inneren Kämpfe gespürt. Merediths Freuden und Sorgen und Hoffnungen fühlte Sharla ebenfalls. Und gemeinsam mit Meredith erlebte sie die Aufregung und künstlerische Befriedigung des Filmemachens.

Meredith schrieb auch über ihre Freundinnen, ihre Geliebten und was sie ihr bedeuteten. In einigen Briefen schrieb sie traurig über Karin, mit der sie eine Zeitlang ihr Leben geteilt hatte und die schließlich fortgegangen war. Merediths Schmerz wurde Sharlas Schmerz. Sie schrieb über Allison und ihre verwirrten Gefühle ihr gegenüber. Der Neid und der Haß, den Sharla verspürt hatte, schienen verflogen.

Es machte ihr jetzt nichts mehr, daß Meredith alles besaß, wonach Sharla sich immer gesehnt hatte. Meredith schrieb über ihren Bruder Phil und ihr konkurrierendes, dennoch liebevolles Verhältnis, und über ihre Schwester. In den Briefen neuesten Datums schrieb sie von Terri, mit der sie ab und zu ausging und von der sie glaubte, sich in sie verlieben zu können.

Ruhig auf der Couch sitzend, ließ Sharla die Konsequenzen aus der Tatsache, daß Meredith adoptiert worden war, weiter einsinken. Wir sind eineiige Zwillinge, dachte sie. Irgendwie sind wir eins. Ich bin eigentlich gar nicht so anders als sie, nicht ganz tief drinnen. Identische Gene, das genaue Ebenbild, beide aus demselben Ei in der Gebärmutter hervorgegangen. Unbehaglich wand sich Sharla hin und her. Aber von welcher Mutter?

Sie erhob sich spontan, ging eilig zum Telefon im Arbeitszimmer und wählte eine Nummer. »Hallo, Mutter. Hier ist Sharla.« Ihre Stimme kratzte, so lange hatte sie sie nicht benutzt.

»Oh, dem Himmel sei Dank! Geht es dir gut, Sharla Ann? Ich war im wahrsten Sinne des Wortes krank vor Sorge. Ich habe kaum geschlafen. Was ist passiert, meine Kleine? Bist du krank? Warum hast du nicht geschrieben? Dein letzter Anruf war so... Er hat mich so beunruhigt. Oh, ich bin so froh, daß du an deinem Geburtstag anrufst. Ich habe dafür gebetet. Ich wäre fast verrückt geworden.«

Geburtstag? Daran hatte Sharla überhaupt nicht gedacht. »Es geht mir gut, Mama. Tut mir leid, daß ich nicht geschrieben habe. Ich bin ... ehm ...« Einen Augenblick war Sharla schwindlig. »Ich bin sehr beschäftigt gewesen. Weißt du ... ich ...« Sie wischte sich über die Stirn. »Ich ... Nun, ich habe jetzt einen neuen Job und mache Filme. Ich bin Filmemacherin – Dokumentarfilme.« Sie atmete leichter. »Es macht mir Spaß, es ist toll, und ich bin ziemlich gut darin.«

»Filme?«

»Und ich habe viele Freundinnen hier in Chicago.« Sharlas Stimme war lebhaft. »Ich glaube, ich bin dabei, zu mir zu finden, Mama.«

»Wirklich, Sharla? Ich ... ich bin so froh. Du machst Filme?«

»Ja.« Sharla betrachtete ihr Spiegelbild in der Fensterscheibe; sie trug Merediths Susan B. Anthony-T-Shirt. »Ich mache gerade einen

Film über Außenwandgemälde. Ich interviewe die Leute, die die Wände bemalen und filme ihre Arbeit. Das macht viel Spaß.«

»Na ja, ich wußte, daß du etwas über das Filmemachen gelernt hast, Sharla, aber ich wußte gar nicht, daß du... Na ja, ich wußte es nicht...«

»Ich habe eine Menge gelernt, Mama.«

»Und du hast Freunde gefunden?«

»Viele Freunde. Da wäre Pam. Sie und ich sind gut befreundet. Dann gibt es Beth und Hedda, Paula, Terri und Tawn und Karin und Robin.«

»Alles Frauen?«

Sharla zögerte. »Nein, natürlich nicht. Robin ist ein Mann und Terri natürlich auch. Er ist Arzt, Mama. Wir verbringen viel Zeit miteinander.«

»Ein Arzt? Gute Güte... Nun, wo wohnst du denn, Liebes? Ich will dir schreiben... Und gib mir deine Telefonnummer. Es war schrecklich, dich nicht anrufen zu können. Wir vermissen dich, Schatz. Er ist wirklich Arzt? Oh, ich will alle Einzelheiten wissen. Ich kann dir nicht sagen, wie sehr ich mich freue, daß du anrufst.« Ihre Stimme zitterte. »Papa wird so froh sein, zu hören, daß es dir gutgeht. Kommst du bald mal auf Besuch nach Hause? Vielleicht könnten wir zu dir kommen.«

»Mama?«

»Papa war genauso besorgt wie ich. Wir hatten befürchtet, dir sei etwas zugestoßen. Ich habe sogar Krankenhäuser und die Polizei angerufen...«

»Die Polizei?«

»Soviel Zeit ist vergangen. Das ist nicht deine Art. Chicago ist eine schreckliche Stadt und...«

»Mama?«

»Ja?«

»Ich habe eine Frage.«

»Was, Sharla Ann?«

»Bitte antworte mir ganz ehrlich.«

»Ja, sicher.«

»Ich muß es wissen.«

»Was denn?«

»Ich muß wissen, ob ich adoptiert worden bin.« Stille am anderen Ende der Leitung, am anderen Ende des Landes. Sharla wartete sehr lange. »Wurde ich adoptiert, Mama?«

»Alle Kinder haben diese Angst.«

»Sag es mir.«

»Wir haben dich sehr lieb, Sharla. Du bist unser Wunschkind, genau das Kind, das wir mehr wollten, als irgend etwas sonst. Wir wollten dich mehr, als irgend etwas sonst, Sharla Ann. Aber so etwas sollte man nicht am Telefon bereden. Wir müssen einen Besuch planen. Sag mir ...«

Sharla ließ das Telefon in ihrer Hand baumeln. Sie konnte das grelle Zischen der Stimme ihrer Mutter hören, schrille endlose Worte. Der Hörer lag in Sharlas Schoß. Sie starrte durch den Raum, ohne etwas zu sehen, dann legte sie auf.

Sie ging zu Merediths Stereoanlage, fand die Schallplatte, die sie suchte, und hörte zu. *Schwester, kümmre dich um deine Schwester. Laß keine Frau allein. Schwester, kümmre dich um deine Schwester, wir brauchen jede Frau, wir brauchen jede Frau, die wir finden können.*

Schwester. Schwester. Ying. Yang. Du bist nicht meine Mutter, Mutter. Kein Blut verbindet uns, nicht ein Tropfen. Sharla spürte ein beschwingtes, befreiendes Gefühl. Schwester, kümmere dich um deine Schwester. Verlaß dich auf mich, ich bin deine Schwester. Ich bin meine Schwester. Vollkommen identische Gene. Wir sind also doch nicht so verschieden. Sharla ging ins Schlafzimmer und stellte sich vor den Spiegel. Sie bereute es nicht, ihre Haare abgeschnitten zu haben. So sah es besser aus. Sie zog das T-Shirt aus und warf es aufs Bett. Sie war gut in Form; die Muskeln waren allerdings ein wenig schlaff, und sie hatte abgenommen. Sie brauchte Bewegung, und sie war blaß und sah käsig aus. Meredith hatte immer eine gesunde frische Ausstrahlung. Sharla ging zum Wandschrank und zog eine ärmellose graugrüne Bluse von Meredith an und ein Paar von Merediths Jeans. Eineiige Zwillinge. Getrennt, aber verbunden.

Sharla stellte fest, daß sie dieselbe Kleidung wie Meredith in den Aufnahmen am Strand trug. Niemand könnte uns auseinanderhalten. Ich könnte überall hingehen, wo du hingehst, und mich für dich ausgeben, Meredith Landor. Wir sind nicht so verschieden. Ich kann meinen Kopf so halten wie du. Sie reckte das Kinn. Ich kann diese Schatten unter meinen Augen loswerden. Dieselben Gene, Schwester. Wir sind eins. Ha! Und du weißt es nicht einmal. Allerdings hast du dieses Lächeln. Sharla probierte es. Es war schwierig, diesen selbstbewußten Ausdruck hinzubekommen. Sie übte vor dem Spiegel. Denk wie Meredith, befahl sie sich. Denk an deine neue Freundin, Terri, und wie sehr sie dich anbetet und daß sie dich respektiert und daß alle anderen das auch tun. Denk an Stolz. Denk an Selbstachtung. Und dann kam das Lächeln. Selbstzufrieden, voller Liebe zu sich selbst. Wie Meredith.

Ich würde gerne meine Freundin Pam anrufen, dachte Sharla. Vielleicht hat sie Lust, am See spazierenzugehen. Sie kicherte. Gott, das würde ein Spaß werden! Ich könnte sie täuschen, ich weiß, daß ich es könnte. Sie würde mich ansehen, wie sie es schon mal getan hat. Ich kann noch ihre Worte hören: »Meredith, was für eine angenehme Überraschung!« Sie schien so froh zu sein, mich zu sehen. Ich bin auch froh, dich zu sehen, Pam. Hast du heute abend Zeit, essen zu gehen? Ich weiß, daß sie ja sagen würde, die Leute sagen immer ja zu Meredith. Ich werde Pam anrufen. Sie verließ das Schlafzimmer, und ihr Blick fiel auf die silberne Pillendose auf dem Wohnzimmertisch. Plötzlich war sie verwirrt. Ich sollte mich doch umbringen. Es war alles geplant. Ich wollte es. Es fühlte sich richtig an. Sie nahm die Dose in die Hand und öffnete sie. Ja, der Frieden. Ihr Kopf begann zu pochen. Ich weiß nicht weiter. Ich weiß nicht, was ich tun soll. Vielleicht ist die Zeit ja doch noch nicht gekommen. Vielleicht morgen. Ja, ich denke, ich sollte Pam anrufen. Ich sollte einen Tag lang Meredith sein, nur einen Tag lang, einen guten Tag. Sterben kann ich morgen.

Sharla fand »Pam« fast am Ende von Merediths Adreßbuch. Pam Wholey. Es gab keine anderen. Sie begann zu wählen, doch plötzlich packte sie die Angst. Es wird nicht funktionieren, dachte sie und legte den Hörer wieder auf. Ich könnte das nie durchziehen. Die alte widerliche Sharla würde zurückkommen. Ich würde stammeln und erröten und nichts zu sagen wissen. Pam würde mich auslachen. »Hey, du bist nicht Meredith«, würde sie sagen. »Du bist eine Betrügerin.«

In der High-School hatte Sharla sich der Theatergruppe angeschlossen. Es hatte sie all ihren Mut gekostet, aber irgendwie war ihr klar geworden, daß sie auf der Bühne, indem sie jemand anderes war, ihre Hemmungen und Unsicherheiten überwinden konnte. Sie hatte recht gehabt. Sie bekam die Hauptrolle in *Mrs. Reardon trinkt zuviel* und spielte sehr gut. Auf der Bühne war sie nicht länger Sharla. Es hatte noch weitere Stücke gegeben, dann einen schrecklichen Flop; danach hatte sie nie wieder gespielt.

Vielleicht könnte ich es schaffen, dachte sie. Meinen besonderen Tag haben, meinen einzigen, wirklich glücklichen Tag, und dann werde ich bereit sein zu gehen. Ich werde die Rolle *darstellen*. Einen Tag lang könnte ich die Rolle spielen, und ich würde die Aufregung spüren, die Freude darüber, die Achtung der Leute zu bekommen und ihre Bewunderung. Ihr Kopf drehte sich vor Aufregung. Aber ich werde proben müssen. Mich wirklich in die Rolle versenken. Ich werde üben müssen, üben und nochmals üben. Sie ging zum Spiegel und probierte noch einmal das Lächeln. Diesmal fiel es ihr leichter. »Hey, Frau, komm her«, sagte sie, versuchte, Klang und Tonfall von Merediths Stimme nachzuahmen. Es hörte sich nicht ganz richtig an. Sie ging zu den Schachteln mit den Filmen.

Sharla hörte sich an, wie Meredith redete, und versuchte, dieselben Worte auf dieselbe Art zu sagen. Sie beobachtete ihre Bewegungen, ihren Gang, ihre Gesten und imitierte diese ebenfalls. Sie beobachtete und übte vor dem Spiegel und beobachtete noch mehr und zog Vergleiche. Sie hatte noch einiges vor sich, aber es wurde schon besser. Du mußt denken wie Meredith, sagte sie zu sich selbst.

»Wie sieht deine Lebensphilosophie aus, Meredith?«

Sharla antwortete.

Vor dem Spiegel stehend, artikulierte sie die Gedanken, die sie Meredith in den Filmen hatte sagen hören und die sie in den Briefen an Robin und im Tagebuch gelesen hatte. Was sie sagte, war oft humorvoll.

»Das Leben ist wie ein Fluß«, verkündete Sharla, versprühte ihr Meredith-Lächeln und lachte ihr kleines Meredith-Lachen. »Ein strömender Fluß voller Scheiße, in dem du ertrinken kannst, oder mit Blütenblättern und einem Kanu, falls du eins zu packen kriegst. Du brauchst einen starken Arm und ein wenig Hilfe von deinen Freundinnen.«

»Warum bist du lesbisch, Meredith?«

»Warum bist du hetera, Sharla Ann Jergens? Bei deinem Potential.«

Sharla war zufrieden. Sie machte weiter. Sie übte fast drei Stunden ohne Unterlaß, und am Ende schien sie tatsächlich zu denken und zu fühlen wie Meredith.

Ich werde Pam anrufen, beschloß sie, aber nicht jetzt sofort. Ich brauche noch viel mehr Übung. Dann werde ich nicht nur Pam anrufen, ich werde ... Ich werde auch andere Dinge tun. Vielleicht gehe ich in diese Bar, die Meredith so mag – *The Found*. Vor Aufregung war Sharla ganz kribbelig. Ich sollte wohl auch mehr über das Filmemachen lernen, wenn ich das durchziehen will. Das kann eine Weile dauern, aber das macht nichts. Du kannst später sterben, Sharla, erst wirst du noch ein wenig leben. Du hast es verdient. Ein letzter Versuch. Sharla lächelte breit. Heute ist mein Geburtstag. Herzlichen Glückwunsch zum Geburtstag, Sharla. Herzlichen Glückwunsch zum Geburtstag, Meredith. *Unser* Geburtstag. Oder ist unser Geburtstag am 1. Juni? Das ist nicht wichtig.

Wichtig ist, daß Gloria Jergens nicht meine Mutter ist. Meine Mutter ist Merediths Mutter. Verlaß dich auf mich, ich bin deine Schwester.

9. Kapitel

Am 20. Juni war Sharla so weit. Während der letzten drei Wochen hatte sie fast jeden Augenblick mit Vorbereitungen verbracht. Sie hatte die Filme studiert, bis sie Merediths Gesten, ihren Tonfall und ihre Ausdrucksweise vollkommen gemeistert hatte. Das Tagebuch und die Briefe an Robin Pinski hatte sie so gut wie auswendig gelernt. Sie hatte auch hart daran gearbeitet, ihr Wissen über das Filmemachen auszubauen, hatte Merediths Fachbücher und -zeitschriften gelesen. Fast jeden wachen Moment übte sie, sich zu bewegen wie Meredith Landor, zu denken und zu fühlen wie sie. Es waren drei wundervolle Wochen gewesen.

Am 1. Juni hatte sie ihren Geburtstag – ihren und Merediths – mit einem liebevoll zubereiteten Krabben-Dinner gefeiert, und mit einem Glas Wein.

Eine Woche später hatte sie begonnen, kleine Abstecher ins Umland zu machen; sie war bereit, Leuten in ihrer Rolle als Meredith gegenüberzutreten, aber noch nicht sicher genug, um jemanden zu treffen, der Meredith kannte.

Ihr erster Abstecher führte sie in eine Vorstadteinkaufsstraße nach *Morton Grove*, wo sie sich mit dem Verkaufspersonal so unterhielt, wie Meredith es ihrer Meinung nach tun würde. Wie sie vermutet hatte, fühlte es sich an, als stünde sie auf einer Bühne. Die Leute reagierten freundlich auf sie, höflich und respektvoll. Sie kaufte ein Paar Schuhe von der Art, die Meredith sich holen würde, und ein Buch über Geschlechterrollen. Zur Mittagszeit setzte sie sich an die Theke eines billigen Kaufhauses und begann ein Gespräch mit der silberhaarigen Frau, die neben ihr saß. Zum ersten Mal in ihrem Leben fiel ihr Smalltalk leicht. Sie unterhielten sich über die hohen Preise, die heutzutage überall herrschten, und darüber, wie drückend das Wetter war. Der alten Käuferin schien es zu behagen, ihr Hühnersalat-Sandwich in Gesellschaft verzehren zu können, und als sie ging, dankte sie Sharla für die angenehme Unterhaltung. Sharla strahlte vor Freude und Stolz über sich selbst. *Ich bringe es. Ich bringe es wirklich.*

Ein paar Tage später fuhr sie, in ihre neuen Schuhe und Klamotten aus Merediths Wandschrank gekleidet, mit dem Greyhound-Bus nach Milwaukee. Während der Fahrt plauderte sie ungezwungen mit der jungen Mutter, die neben ihr saß. Sie hörte zu und stellte Fragen und redete über das Reisen und über das Aufziehen von Kindern und über viele andere Dinge, einschließlich ihrer selbst. Sie sprach von Filmen, die sie gedreht hatte, über ihr Aufwachsen in Kalifornien und den Besuch der Universität Berkeley, und sie nutzte die Gelegenheit, um ausführlich ihre Ansichten zu Ökologie und Umweltschutz darzulegen. Zu keinem Zeitpunkt verspürte Sharla ihre üblichen Hemmungen und Selbstzweifel. Es war ziemlich offensichtlich, daß ihre Sitznachbarin sie als eine interessante Gesprächspartnerin und liebenswerte Person betrachtete. Als sie sich verabschiedeten, schüttelte sie Sharla herzlich die Hand und wünschte ihr einen angenehmen Besuch im Zoo. Sharlas Ziel war es, immer in ihrer Rolle zu bleiben, und das gelang ihr auch. Immer wenn ein Sharla-Gedanke auftauchte, verbannte sie ihn mit der starrköpfigen Entschlossenheit der Schauspielerin, zwang sich dazu, ihre Rolle selbst in den privatesten kleinen Gedanken aufrechtzuerhalten.

Sharla hatte Zoos schon immer gemocht, war aber seit Jahren in keinem gewesen, weil es zu schmerzlich war, all die anderen im Kreis von Freunden, Liebsten und Familie zu sehen, während sie ganz alleine war. Im Milwaukee Zoo verbrachte sie eine total angenehme Zeit. Einer Fünfjährigen mit großen Augen erzählte sie von den großen Ohren der afrikanischen Elefanten, und wann immer sie konnte, gab sie den erwachsenen Zoobesuchern gegenüber irgendwelche Kommentare ab. Sie stellte fest, daß die Leute in Milwaukee sehr freundlich waren.

An einem sonnigen Tag Mitte Juni fuhr Sharla mit einer Filmkamera zum Unigelände der Northwestern Universität. Sie hatte das Drehbuch zu einem kurzen Stummfilm geschrieben und begann an diesem Tag mit den Dreharbeiten. Für ein paar Szenen brauchte sie Menschen. Sharla hatte kein Problem damit, einige StudentInnen zu bitten, die Frisbee-Scheibe hin- und herzuwerfen und die Versteckspielsequenz zu spielen. Als Sharla hätte sie sich so etwas nie getraut. Als Meredith fühlte es sich fast selbstverständlich an. Es schien den StudentInnen zu schmeicheln, die Rollen spielen zu dürfen, und sie bezweifelten nicht, daß Sharla tatsächlich die Filmemacherin war, für die sie sich ausgab.

Sharla kam es vor, als schauspielerten die Leute, die sie traf, ebenfalls, als verkörperten sie vorgeschriebene Rollen, genau wie sie selbst. Noch nie hatte sie erlebt, daß Menschen sich ihr gegenüber so verhielten. Es war, als hätte sie ein vollkommen neues soziales Umfeld betreten. Die Leute mochten sie! Ganz offensichtlich mochten sie sie wirklich. Aber natürlich tun sie das, dachte sie. Ich bin Meredith Landor.

Die Generalprobe erfolgreich hinter sich, fühlte Sharla sich bereit für ihr Debüt, die Premiere am Abend, oder in diesem Falle am Tage. Sie war bereit, sich dem wahren Test zu stellen, mit Leuten in Verbindung zu treten, die die richtige Meredith Landor kannten. Es war der 20. Juni. Mit erhobenem Kinn und frechem Hüftschwung machte Sharla sich auf den Weg zu ihrem Termin bei Merediths Friseurin.

»Sie waren lange nicht hier. Wir haben Sie vermißt.« Der Name der Kosmetikerin war Norma. Sie war Kubanerin. Das Funkeln in den Augen, als sie Sharla begrüßte, war eindeutig echt.

Sie sprachen über triviale Dinge; Norma bat Sharla mehr als einmal um ihre Meinung, was einen Film oder einen Modefimmel anging, und lauschte ihren Antworten, als wären sie wirklich von Belang. Norma schien nicht den leisesten Zweifel zu haben, daß hier die Meredith saß, der sie seit Jahren die Haare schnitt.

Sie scherzten sogar miteinander. »Da haben Sie sich also selbst mit der Schere versucht. Vielleicht sollte ich mal einen Film drehen.«

Sharla lachte. »Sie könnten filmen, wie ich mir die Haare schneide.«

»Mit der Heckenschere, die Sie bei dieser Frisur wohl auch verwendet haben.«

»Danach könnten Sie Aufnahmen machen, wie ich mir mit Hackebeilchen die Beine rasiere.«

»Sie rasieren sich die Beine?«

Sharla lächelte breit und sah Norma im Spiegel an. »Natürlich«, sagte sie. »Ich bin doch schließlich eine Frau.«

»Ich glaube Ihnen nicht, daß Sie das tun.«

»Norma, Sie sind einfach zu schlau.«

Die ganze Zeit über blieb Sharla in ihrer Rolle, und als sie den Laden verließ, schwebte sie auf Wolken. Ich hab's geschafft! Und es war leicht! Norma war freundlich und redselig. Ich finde das toll. Früher schienen Kosmetikerinnen Sharla nie viel zu sagen zu haben.

Sie trug Merediths Jeans und ein kurzärmeliges Sweat-Shirt. Als sie den Broadway entlanglief, erhaschte sie in einem Fenster einen Blick auf ihr Spiegelbild. Es war Meredith. Unverkennbar. Der Gang war richtig, der Glanz in den Augen.

Nach dem Besuch beim Friseur nahm Sharla den Bus zu Merediths Fitneß-Club, wo sie ein paar Runden in Merediths schwarzem Badeanzug schwamm, ein wenig an den Geräten trainierte und dann zehn Minuten die Entspannung in der Sauna genoß. Von dort aus ging sie ohne Umwege zum Strand. Sie brauchte unbedingt etwas Farbe. Sie entschied sich für die Belmont-Felsen, die Meredith oft aufsuchte, hoffte, irgendeiner von Merediths Freundinnen über den Weg zu laufen. Viele ihrer Gesichter waren Sharla mittlerweile von den Filmen und Fotos vertraut. Sharla wußte die Zwanghaftigkeit zu schätzen, mit der Meredith ihre Fotos beschriftete, sie mit den Namen von Leuten und Orten versah. Sie wußte, wie Tawn aussah, und Beth, eine schwarze Frau, und Karin, eine Verflossene von Meredith. Allerdings gab es keine Bilder von Pam, auch nicht von Terri, Merediths neuestem Schwarm, aber dafür gab es eine Menge andere, unter anderem von Jude, der Frau auf dem Motorrad. Sharla war Jude enorm dankbar, daß sie sie zu Merediths Wohnung gebracht und ihr damit dieses Abenteuer ermöglicht hatte.

Sharla erkannte niemanden bei den Felsen, aber die erste Bräune, die sie bekam, war hervorragend, und sie fühlte sich ausgezeichnet. Als sie durch den Lincoln-Park nach Hause ging, sah sie ein vertrautes Gesicht, eine Frau namens Allison, eine weitere »Verflossene« von Meredith. Allison ging mit ihrem Hund Gassi. Sharla war aufgeregt, erpicht auf die Herausforderung. Sie winkte ihr zu.

»Hey, dich hab' ja seit Ewigkeiten nicht gesehen, Meredith«, rief Allison.

In einer ihrer Lieblings-Meredith-Posen lehnte Sharla sich lässig gegen einen Baum und beobachtete, wie Allison näherkam. Sie war eine dünne Frau, drahtig, mit vollem, lockigem Haar und einem leichten Anflug von Traurigkeit in den blaugrünen Augen. »Ich weiß. Liegt wohl daran, daß du hier warst und nicht in San Francisco.«

»Da hast du also gesteckt. Ich habe an dich gedacht.« Der Hund schnüffelte an Sharlas Knöcheln. »Ich hatte sogar vor, dich anzurufen.«

»Wirklich?« Sharla kraulte den grauen Terrier genießerisch hinter den Ohren. »Ja, bin eben erst zurück.« Sie streichelte weiter den Hund.

»San Francisco, hm? Weißt du, ich müßte auch mal verreisen.« Allison schaute Sharla neckend an. »Vielleicht kannst du ja mitfahren. Was meinst du?« Ihre Augen glitzerten schelmisch.

»Hört sich gut an«, antwortete Sharla mit ebenso schelmischem Blick. »Wenn du versprichst, lieb zu sein.«

Allison lachte in sich hinein. »Aber mal ehrlich«, sagte sie. »Hättest du keine Lust, mal mit mir auszugehen? Keine romantische Verabredung, versprochen. Keine Blumen, keine Pralinen, keine Annäherungsversuche, nur ein gutes Gespräch, eine Flasche Wein und etwas Spaß. Hast du Lust?«

Sharla schaute Allison kokett an. Der Gesichtsausdruck stammte aus einer Szene in »Lila Lacher«. »Sag mir, wann«, antwortete sie.

Allison schien angenehm überrascht. »Morgen abend.«

»In Ordnung.«

»Also gut.«

Sie verabredeten sich im *Chicago Claim Company*, einem Restaurant in der Nähe von Merediths Wohnung. Das Gespräch hatte Sharla ganz high gemacht. Sie hatte anderen oft bei dieser Art von spielerischem Schlagabtausch zugehört, doch noch nie hatte sie es selbst getan. Es machte Spaß. Albern, freundlich, einigermaßen geistreich, spaßig, und jetzt hatten sie eine romantische Verabredung.

Sharla lief beschwingt die Straße hinunter. Konnte sie es wirklich ein ganzes Abendessen lang durchhalten? Sie versuchte, sich an soviel wie möglich zu erinnern, was Allison anging. Sie und Meredith hatten vor ein paar Jahren eine kurze Beziehung gehabt, nein, es war etwa drei Jahre her. Meredith war verwirrt, was ihre Gefühle für Allison anging, und am Ende hatte sie beschlossen, sie nicht mehr zu sehen. Allison war verletzt gewesen. Es gab ungute Gefühle, aber nach einer Weile hatten die Wogen sich geglättet, und sie hatten sich ab und zu getroffen, wenn auch nicht oft. Allison war Biologin an der Universität von Chicago. Sie arbeitete in einem Labor, »piekste Stecknadeln in Mäusehirne«, wie Meredith es Robin gegenüber ausgedrückt hatte. Sie war auch Musikerin, erinnerte sich Sharla Allison war ziemlich offensichtlich immer noch in Meredith verliebt. Vielleicht werde ich sie ja überraschen, dachte Sharla. Vielleicht werde ich sie ja verführen. Sie kicherte spitzbübisch, während sie nach Hause schwebte, sonnte sich in ihrem Erfolg und dem wundervollen Gefühl, das die Art von Behandlung, die sie heute erfahren hatte, ihr verursachte. So fühlt sich das also an.

In ihrer Abwesenheit waren die Blumen versorgt worden. Die Wasserfrau war so eine treue Seele. Sharla fragte sich, wer sie war. Es gab kein Bild von ihr unter Merediths Sachen. Sharla wußte, daß sie eine Beziehung mit einer Frau haben würde, bevor Meredith zurückkam ... Vielleicht mit der Wasserfrau. Oder Allison. Oder Pam. Ja, Pam.

Sharla wählte die Nummer.

»Hallo.«

Sie erkannte die Stimme mühelos. »Und? Wie läuft's mit dem Job? Ist Beth immer noch zufrieden mit dir?«

»Meredith?«

»Hast du mich vermißt?«

»Hey, willkommen zu Hause! Ich hatte schon befürchtet, du würdest für immer in San Francisco bleiben, wie all die anderen Abtrünnigen auch.«

»Ich war versucht, aber ich mußte zurückkommen, um dir eine Frage zu stellen.«

»Ja klar. Deshalb bist du zurückgekommen, hm?«
»Ernsthaft. Ich muß es wissen.«
»Was wissen?«
»Ob du Gedichte magst.«
»Wie bitte? Du bist echt komisch. Ja, mag ich. Sogar sehr. Warum fragst du?«
»Ich hab' da was geschrieben. Das würde ich dir gerne zeigen.«
»Du schreibst Gedichte? Das wußte ich nicht. Tja, bei dir sollte mich eigentlich nichts mehr überraschen. Ja, ich würde deine Gedichte gerne sehen. Dann zeig' ich dir auch meine.«
»Am Strand«, sagte Sharla.
»Wie bitte?«
»Wir gehen zum Strand und lesen uns unsere Gedichte vor.«
»Ich fühle mich geehrt.«
»Du bist süß. Was gibt's Neues im Renovierungsgeschäft?«
Sharla wußte nicht viel über Pam Wholey. Meredith hatte sie ein paarmal Robin gegenüber erwähnt, aber das war auch schon alles. Sie vermutete, daß sie einander nicht sehr gut kannten. Sie wußte lediglich, daß Beth Gebäude renovierte, und nahm an, daß Pams Job irgend etwas damit zu tun hatte.
»Es läuft wirklich gut, Meredith. Beth und ich fanden uns auf Anhieb sympathisch. Ich lerne alle möglichen Dinge. Du solltest mal sehen, wie ich Wände spachtle. Ich glaube, Beth ist beeindruckt von mir. Sie sagt, sie sollte dir Finderinnenlohn zahlen. Ha! Ha! Vielleicht werden sie und ich Geschäftspartnerinnen.«
»Ist ja toll! Da drücke ich die Daumen. Ich will allerdings noch mehr darüber hören, am Strand, zwischen den Gedichten.«
»San Francisco hat dich wirklich weich gemacht, Meredith. Ich fühle mich geehrt, echt. Ernsthaft.«
»Cool bleiben, Baby. Du kommst damit klar.«
»Du machst mich nervös.«
»Nicht nötig. Ich bin wirklich ganz lieb.«
»Du bist mir eine.«
»Samstag morgen. Gegen elf. Okay?«
»Soll ich dich abholen?«

»Ja.«

»Fein. Dann sehen wir uns Samstag.«

Nachdem sie aufgelegt hatte, lehnte Sharla sich zurück und schlang die Arme um sich. Was für ein Kick! Sie fühlt sich geehrt. Einsame Klasse! Ich bin begeistert. Einsame Spitzenklasse, wie Meredith sagen würde. Halleluja!

Am darauffolgenden Abend traf Sharla Allison im *Chicago Claim Company*. Sie nahmen unten einen Drink, während sie auf einen Tisch warteten. Sharla brachte Allison dazu, über ihre Mäusehirne zu reden, und das Gespräch plätscherte mühelos dahin. Während des Zuhörens gestattete es sich Sharla von Zeit zu Zeit, einen Schritt zurückzutreten und zu beobachten, was vor sich ging: Hier war sie also, Sharla Ann Jergens, saß in einem entzückenden Restaurant in Chicago, Illinois, mit einer sehr attraktiven, offensichtlich ziemlich selbstbewußten, erfolgreichen, extrovertierten Frau, die sich ihr, Sharla Jergens, voller Interesse, Respekt und Wärme als gleichwertiger Person zuwandte. Es grenzte an ein Wunder.

»Samstag abend findet eine Party statt«, sagte Allison. »Eine Freundin von mir, Jodie Claremont, ist die Gastgeberin. Ich glaube nicht, daß du sie kennst.«

»Nein«, antwortete Sharla und ließ ein munteres Meredith-Grinsen aufblitzen. »Sollte ich das?«

»Du hoffnungsloser Fiesling. Sie und ihre *Freundin* sind sehr nette Frauen. Ich glaube, du würdest sie mögen. Warum kommst du nicht mit? Es werden sicher einige Frauen dort sein, die du kennst. Kennst du Sue und Chris?«

»Die mit dem Segelboot?«

»Ja, genau die.«

»Nicht gut.«

»Tja, dann komm zur Party. Sie werden dort sein.«

Der Tisch war jetzt frei. Sharla bestellte sich einen »Flötz«, was sich als Riesenhamburger entpuppte, und einen Salat. Sie erzählte Allison von San Francisco, dachte sich weitschweifige Abenteuergeschichten aus, die sie aus ihren Abstechern in diese Stadt und den Dingen, die sie in Merediths lesbischer Bibliothek nachgelesen hatte, größtenteils aber aus ihrer Phantasie speiste. Es gelang ihr, Allison entweder zum Lachen zu bringen oder sie neugierig darauf zu machen, wie die Geschichte weiterging. Sharla war sehr phantasievoll, und zum ersten Mal ließ sie es zu, ihre Phantasie dafür zu benutzen, jemand anderen zu unterhalten und zu erfreuen.

»Da hattest du ja wirklich eine Menge Spaß, Lady«, sagte Allison kopfschüttelnd. »Und was ist jetzt mit deinem Leben in Chicago? Was steht hier an? Bist du mit jemandem liiert?«

»Ich dachte schon, du würdest nie fragen.«

»Hey, ehrlich, ich mach' dich nicht an.«

»Warum eigentlich nicht?« fragte Sharla lächelnd.

»Was?« Allison schreckte dramatisch hoch. »Bist du das, Meredith? Erde an Meredith, bist du da?«

Sharla lachte.

Allisons hageres Gesicht wurde ernst. »Hör mal, du würdest doch nicht mit mir spielen, oder? Du würdest doch nicht meine Hoffnungen wecken und mich dann wieder zerschmettern, oder?«

»Würde ich so etwas tun?«

»Ich weiß nicht. Ich dachte, wir hätten eine Absprache.«

»Ich verstehe«, sagte Sharla neckisch. »Und wie steht's bei dir? Verstehst du mich?«

»Teufel nein. Das habe ich längst aufgegeben.«

»Gut. Aber gib nicht alles auf.«

»Mm-m. Dir sitzt der Schalk im Nacken, was? Weißt du eigentlich, was du da mit meinem Blutdruck anstellst?«

»Mein Adrenalin steigt auch ein wenig an.«

Allison atmete tief ein. »Hast du Lust, nach dem Essen mit zu mir zu kommen?« fragte sie.

»Ja«, antwortete Sharla.

Sharla konnte kaum glauben, was sie da tat und gleich tun würde. Sie waren in Allisons Wohnung in der Wellington Avenue, tranken Wein, lauschten der Musik und redeten ruhig miteinander.

Sharla ergriff die Initiative. Sie berührte Allisons Handrücken, ließ ihre Finger dann zu Allisons Schulter hinaufwandern. Sie streichelte sanft ihren Nacken, während sie tief in Allisons grüne, nachdenkliche

Augen blickte. Sharla hatte keine Zweifel, *was* zu tun war, was sie tun wollte oder *wie*. Sie hatte einige leichte Bedenken, daß sie über der ganzen Sache ausflippen könnte.

Sie machte trotzdem weiter, küßte Allison sanft auf die Lippen. Warme Lippen. Weiches, glattes Gesicht. Es fühlte sich gut an, sehr gut. Frauenkuß. Allison begegnete ihr mit dem Gefühl, das sie immer für Meredith empfunden hatte. Die Küsse und zärtlichen Berührungen setzten sich fort, wurden langsam und stetig intensiver. Sharla behielt die Initiative. Es war ihre Hand, die Allisons Brüste fand, und ihr Mund, der die Brustwarze umschloß, sie zärtlich zwischen den Lippen hielt und mit der Zunge umspielte. Sharla war diejenige, die sie zu dem großen Bett im Alkoven, umgeben von Büchern und Kerzen, führte, und es war Sharla, die ihr gegenseitiges Entkleiden begann. Allisons weicher, geschmeidiger Körper fühlte sich sehr einladend an, dann streckte Allison die Hand nach ihr aus und umschlang Sharla.

Sharla hatte mit Männern sexuelle Erregung gespürt, doch immer war da ein schaler Beigeschmack gewesen. Angst und eine hemmende Befangenheit, auch das vage Gefühl, benutzt zu werden. Allisons schlanke, sachkundige Finger, die streichelten, erregten, feucht umspielten und hineinglitten, hatten nichts an sich, was Sharlas Widerstand hervorgerufen hätte. Die beiden Frauen gaben und bekamen etwas zurück; wunderbare Gefühlswellen steigerten in Sharla bis zu einem erschütternden Höhepunkt, der befriedigender war als irgendeins der wenigen Beben, die sie bis dahin gespürt hatte. Und ihr Lieben hatte etwas Verspieltes, das dem sinnlichen Vergnügen ein weiteres hinzufügte. Sie kicherten, und ab und zu machten sie eine Bemerkung. Nie zuvor hatte Sharla während des Liebemachens gesprochen, und es gefiel ihr. Es schien, als könnten sie sich gar nicht genug küssen.

Sharla verbrachte die Nacht in dem großen Bett, an ihre neue Freundin geschmiegt, die dachte, sie sei ihre alte Freundin. Bevor sie einschlief, dachte Sharla nach über das, was geschehen war, darüber, eine Frau körperlich geliebt zu haben und wie gut es sich anfühlte. Heißt das, ich bin wirklich eine Lesbe? fragte sie sich. Bin ich das schon immer gewesen? Oder würde ich mich vielleicht jetzt, da ich mich so stark und vollständig fühle, mit einem Mann genauso wohlfühlen? Sie spürte ein Unbehagen und verdrängte die Fragen und Verwirrungen aus ihren Gedanken, drückte einen sanften Kuß auf Allisons Schulter und schlief ein. Am Morgen aßen sie Rühreier, und verabschiedeten sich herzlich, mit dem Versprechen, daß es mit ihnen weitergehen würde.

Sharla kehrte in Merediths Wohnung zurück. Sie konnte nicht aufhören zu lächeln. Während sie sich umzog und die Küche aufräumte, sonnte sie sich in ihrem Hochgefühl. Nur ein paar Minuten dachte sie wirklich darüber nach, was sie da eigentlich tat, betrachtete das Gesamtbild. Sie schauspielerte. Sie gab vor, eine Person zu sein, die sie nicht war, tat es mit einer solchen Überzeugung, daß es ihr Denken und Fühlen in einem Maße durchdrang, daß sie über ihr wahres Selbst hinausging. Und doch wußte sie, daß sie etwas vorgab. Sie wußte, daß es nicht die Wirklichkeit war. Sie wußte, daß sie Sharla Jergens war, eine sehr unglückliche, kranke Frau. Sie wußte, daß sie Leute täuschte und daß das nicht richtig war. Meredith wird zurückkommen, und ich werde damit aufhören müssen, dachte sie. Das bleierne Gefühl kehrte zurück. Augenblicklich verdrängte sie diese Gedanken, die sie nicht denken wollte, und stellte sich Allison vor, durchlebte die beste Nacht ihres Lebens noch einmal. Und der Samstagmorgen mit Pam stand ihr noch bevor, und dann die Party Samstag abend. Sie lächelte wieder.

Sharla wußte, daß es Leute gab, die immer so lebten, ein Leben voller Spaß, Vergnügen, Aufregung, Freundinnen. Sie wußte, daß einige Leute freudig erwarteten, was der nächste Tag, die nächste Stunde bringen würde. Sie wußte, daß das etwas mit Selbstrespekt und Eigenliebe zu tun hatte. Manche Leute lebten tatsächlich so. Und jetzt tat sie das auch.

10. Kapitel

Angeregt durch ihr Telefonat mit Pam, hatte Sharla sich einen dicken Block liniertes Schreibpapier besorgt und auf den Küchentisch gelegt. Sie setzte sich davor, nahm den Stift in die Hand und wartete auf eine Eingebung. Es war Jahre her, seit sie zuletzt geschrieben hatte. Das eine Mal, als sie all ihren Mut zusammengenommen und eine Geschichte an eine Zeitschrift geschickt hatte, war diese abgelehnt worden; danach hatte sie mit dem Schreiben aufgehört. Ihre Manuskripte lagerten im Haus ihrer Mutter in Portland, in einer Schachtel auf einem Regal im Wandschrank ihres leeren Zimmers. Sharla hatte sie nur Greta gezeigt, der sie gefallen hatten und die sie ermutigt hatte, die Artikel und Gedichte und Kurzgeschichten auch weiterhin an Zeitschriften zu schicken und das Romanmanuskript an einen Verlag. Sharla hatte es nie getan.

Die Eingebung kam. Sie saß wieder am Küchentisch, arbeitete an ihrem dritten Gedicht. Das, was sie schrieb, war schwungvoll und eindringlich wie nie zuvor. Gedicht Nummer eins war eine Kurzbetrachtung über ihre jüngsten Entwicklungen.

> Quälender Hunger, leere Stunden, in einem
>   Ecken-Leben düster eingerollt.
> Kaum atmend, als die Lesbe mit den strahlenden
>   Augen auf dem Feuerstuhl
> mich zu dir trug.
> Ich bin meine Schwester, also bin ich.
> Deine geborgten inneren Kräfte, angebohrt und
>   abgezapft, sind die meinen jetzt.
> Ich springe wie du der Sonne entgegen,
>   erwartungsvoll.
> Eine Welt umfängt mich mit offenen Armen
>   in deiner Abwesenheit,
> Lindert den stechenden Schmerz, die Düsternis,
>   fast so,
> als wäre sie nie gewesen.

Das nächste Gedicht handelte von Respekt. Sie hätte so etwas vor etwa einem Monat nicht schreiben können. Das nächste, an dem sie gerade arbeitete, hatte zum Thema, sich sichtbar und berechtigterweise anwesend zu fühlen in der Welt. Das war bis jetzt ihr Lieblingsgedicht.

Sharla mochte ihre neue Denkweise. Ihre neue Frisur mochte sie ebenfalls. Und ihre neue Garderobe. Den größten Teil ihrer eigenen Kleidung hatte sie mit dem anderen Müll, den sie die Hintertreppe hinuntertrug, weggeworfen. Einige Male grüßten sie Leute beim Verlassen oder Betreten des Hauses, natürlich in der Annahme, sie sei Meredith. Sharla grüßte zurück. Sie waren freundlich, und sie war es auch; Nachbarn, vermutete sie. Einmal sah sie den Hausverwalter, der ihr kühl zunickte. Die Frau im Schaufenster der Reinigung nebenan winkte, als Sharla vorüberging, und Sharla winkte zurück und warf ihr ein Meredith-Grinsen zu. Sie mußte sich nicht länger ins Bewußtsein rufen, wie sie zu gehen hatte, wenn sie draußen war. Selbst in der Wohnung ging sie wie Meredith. Sie dachte wie Meredith und fühlte wie Meredith. Aber nicht immer. Es gab noch diese Augenblicke, wo sie in Sharla-Gedanken hineinschlitterte. Es schien ein Ding der Unmöglichkeit, sie vollständig abzublocken. Seit neuestem ertappte sie sich ständig dabei, wie sie über ihre mögliche Herkunft und ihre Verbindung zu Meredith nachdachte.

Wer sind meine richtigen Eltern? Warum wurde ich adoptiert? Ist Meredith wirklich mein Zwilling? Wie wurden wir getrennt? Warum sind wir so unterschiedliche Menschen geworden? Was würde geschehen, wenn ich ihr bei ihrer Rückkehr gegenübertrete statt zu verschwinden? Könnten wir Freundinnen werden? Würde sie mich hassen für das, was ich getan habe? Warum hat mir meine verlogene Mutter nie etwas gesagt? Sind meine wirklichen Eltern noch am Leben?

Jede Frage brachte eine Flut von Phantasie-Antworten. Ihr leiblicher Vater, ein verantwortungsloser Rumtreiber, war verschwunden; ihre arme Mutter war bei einem schrecklichen Unfall ums Leben gekommen; die Zwillinge waren getrennt voneinander adoptiert worden; die Adoptiveltern wußten nicht, daß es ein weiteres Kind gab. Ihre leibliche Mutter entstammte einer wohlhabenden, einflußreichen Familie von der katholischen Ostküste; die Familie schämte sich ihrer jugendlichen, illegitimen Schwangerschaft; das Mädchen wurde versteckt, die Schwangerschaft geheimgehalten, die Neugeborenen sofort nach ihrer Geburt weggebracht.

Jede Phantasie setzte voraus, daß sie und Meredith Zwillinge waren. Sharla war sich dessen sicher. Die Angaben, die sie darüber hatte, waren sehr überzeugend. Altersmäßig lagen sie nur vier Tage auseinander, und diese geringfügige Abweichung ließ sich leicht durch Irrtum oder absichtliche Täuschung erklären. Sie waren beide adoptiert worden. Meredith ganz eindeutig.

Was sie selber anging, war die Antwort ihrer Mutter zwar kein direktes Eingeständnis, aber doch bezeichnend genug, um Sharla zu überzeugen. Aber der deutlichste Beweis war natürlich ihr Aussehen. Zwei Menschen, eine Erscheinung. Besonders jetzt, nach ihrer Metamorphose.

Ja, Sharla war überzeugt davon.

Ist Lesbischsein ererbt? fragte sie sich. Es war Samstag morgen. Sie war früh aufgestanden und hatte letzte Hand an ein weiteres Gedicht, ihr sechstes, gelegt. Nein, natürlich nicht, und doch fühle ich mich jetzt so stark zu Frauen hingezogen. Das sechste Gedicht handelte von der Liebe zu Frauen. Allison ging ihr oft durch den Kopf. Vielleicht kommt das nur von meiner Identifikation mit Meredith. Doch nein, da gab es ja noch Greta. Sharla schauderte. Es klingelte, und sie drückte Pam auf.

»Ich bin mit dem Motorrad da. Ich dachte, wir könnten vielleicht zum Strand runterfahren.«

Sharla bat sie herein. »In Ordnung, ich hinten drauf, hm?« Sie mochte Pams Aussehen. Das Bild, das sie von ihrem ersten Treffen in der Clark Street behalten hatte, entsprach immer noch der Wirklichkeit.

»Das wäre die eine Möglichkeit, aber bequemer ist es, wenn du dein eigenes Motorrad benutzt.«

»Mein Motorrad?« Zum ersten Mal seit dem Beginn ihrer Scharade verspürte Sharla Furcht und Schrecken, Angst, erwischt zu werden. Laß Sharla nicht zurückkommen. Denk wie Meredith. »Das ist geklaut worden.«

Pam stellte ihren Rucksack auf den Boden. »Scheiße«, sagte sie.

»Das habe ich auch gesagt.«

»Nora ist genau dasselbe passiert. Sie hatte auch ein gutes Schloß dran. Die haben's einfach durchgesägt.« Pam trug ein blaues Arbeitshemd und weizengelbe Jeans. »Deine Wohnung sieht schön aus, Meredith. Hast du immer noch dieses erotische Bild von Carla auf dem Klo?«

»Ich betrachte es in einigen meiner bewegendsten Momente.«

Sie lachten. »Hast du ein paar Gedichte mitgebracht?« fragte Sharla.

»Wahrscheinlich mehr, als dir lieb sind.«

»Ich habe vier, die ich dir zeigen will.«

Sie waren jetzt in der Küche. »Ich hatte wirklich keine Ahnung, daß du Gedichte schreibst. Ich dachte, der Film sei deine Leidenschaft.«

Sharla nahm zwei Gläser aus dem Küchenschrank. »Ich habe viele Leidenschaften«, sagte sie.

»Ja, das habe ich schon gehört. Also, jetzt erzähl mir von San Francisco.«

Pam nahm den Apfelsaft entgegen, den Sharla ihr reichte. Sie gingen ins Wohnzimmer, und Sharla erzählte eine Zeitlang Geschichten aus San Francisco, ganz eindeutig zur Freude von Pam, die Meredith ganz eindeutig sehr mochte.

Mittags waren sie am Strand. Sie saßen auf einem Felsvorsprung unter einem Baum und vertrauten sich ihre Gedichte an. Pams Gedichte waren zumeist zornig, Ausdruck der Wut, die sie angesichts der Unterdrücker empfand, die sie und andere Frauen und Menschen anderer Hautfarbe und Behinderte und politisch Unliebsame gewaltsam niederhielten. Sie diskutierten über ihre Arbeit und ihre Vorstellungen und Gefühle, bis sie vor Hunger fast ohnmächtig wurden und zum Mittagessen in ein Straßencafé in der Clark Street gingen.

»Du bist irgendwie anders, Meredith.«

»Bin ich das? Inwiefern?«

Da war es wieder, das flaue Gefühl.

»Mmm, ich bin mir nicht sicher. Weicher, vielleicht. Ja, genau. Offener. Eindeutig noch immer eine Klugscheißerin, aber umgänglicher. Was ist passiert? Bist du verliebt?«

Sharla lächelte. »Du zuerst. Wie sieht's mit *deinem* Liebesleben aus?«

»Oh, sehr gut«, sagte Pam glücklich. »Unverändert sehr gut. Carla sagt, wir sind verheiratet.«

Sharlas Kichern überspielte ihre Enttäuschung. »Gefällt dir das?«

»Ich weiß nicht. Ich bin glücklich, also nehme ich es doch an. Ich habe ihr eine Braille-Schreibmaschine gekauft. Carla verblüfft mich. Manchmal scheint es, als sähe sie mehr als ich.«

Sharla nickte. Sie wollte das Thema wechseln und tat das auch, als die Bedienung kam. Sie bestellten Nachtisch und sprachen über das diesjährige Frauenmusikfestival und ob sie hingehen würden, und dann erinnerten sie sich an die vergangenen Jahre. Sharla hatte interessante Geschichten zu erzählen. Sie hatte das Gefühl, als wäre sie wirklich all die Male wie Meredith auf dem Festival gewesen: Tausende frauenbewegte Frauen, nackte Schlangentänze, kalt duschen, Musik machen, Erdnußbutter samt den halbrohen ungesalzenen Kartoffeln essen, sich verirren, stoned sein, in der Sonne sitzen, vom Regen durchnäßt werden, frieren und staubig werden in der Frauenzeltstadt. Sharla war zutiefst vertraut mit der Musik, den übelriechenden Pissoirs (Frauenklos), den Sicherheitskräften/Wachfrauen, chemikalischer Freiheit, *Amazon Acres*, den Jongleurinnen, den heilenden Göttinnen, den Haarschneiderinnen, den Händlerinnen, den Tätowierungen, den Kinderhorten, dem Jungen-Camp, der Musik, den Ausnüchterungsräumen, dem politischen Zelt und immer wieder mit der Musik.

Pam war wunderbar. Warum habe ich vorher nie solche Frauen getroffen, fragte Sharla sich, als sie sich voneinander verabschiedeten. Pam und Carla würden an diesem Abend auf der Party sein.

Sharla war begierig, hinzugehen. Das war etwas Neues. Von Partys war ihr früher immer übel geworden. Sie betrachtete sie als

Leistungstests, bei denen sie zwangsläufig durchfiel. Sie dachte immer wie besessen darüber nach, was sie anziehen und wie sie ihr Haar tragen sollte. Wenn sie schließlich viel zu spät dort ankam, war sie längst davon überzeugt, daß es schrecklich werden würde. Das wurde es für gewöhnlich auch. Gespräche, die sie zu führen versuchte, fanden schnell ein unbeholfenes Ende. Die Leute zogen sich zurück. Sie spürte, wie sie schwitzte. Sie trank dann, um sich zu entspannen, aber das half auch nicht, ihr wurde höchstens schlecht. Sie suchte sich irgendwo ein Plätzchen und sah, wie jeder sich mit irgend jemandem unterhielt. Sie fühlte sich völlig fehl am Platz, fragte sich, warum sie bloß hergekommen war; es war immer dasselbe. Sie zwang sich, an Gesprächen teilzunehmen, versuchte zu lachen, wenn die anderen es taten, obwohl sie oft nicht einmal mitbekam, worum es ging. Sie wünschte sich dann irgendwohin, nur weg von hier. Ihr Begleiter kam von Zeit zu Zeit zu ihr und fragte, ob es ihr gutging. Sie hatte das immer gehaßt.

Um neun Uhr zwanzig war Sharla bei Jodie Claremonts Party. Sie hatte ein Nickerchen gemacht und fühlte sich energiegeladen. Ein halbes Dutzend Leute war bereits da, und es kamen immer mehr. Es war eine riesige Wohnung. Allison nahm Sharla glücklich bei der Hand und stellte sie den anderen vor. Sharla wurde rasch ein wesentlicher Bestandteil der Gruppe. Nach einer Weile wandte die Unterhaltung sich dem Thema Film zu, und Sharla stellte fest, daß sie viel zu sagen hatte. Die Frauen lauschten aufmerksam, während sie sprach. Niemand zog sich zurück. Sie versetzte ihre Worte mit Meredith-Humor und vergaß die Zeit und mochte die Leute. Eine von ihnen, Emma, sagte, sie hätte wochenlang versucht, Meredith zu erreichen.

»Ich habe eine Nachricht auf deiner Anrufbeantworterin hinterlassen.«

»Ich hatte so eine leise Ahnung, daß ich dich hier treffen würde«, sagte Sharla mit strahlendem Lächeln. »Weswegen hast du angerufen?«

»Wegen einem Film, an dem ich arbeite.«

»Ach ja?«

»Wenn du in den nächsten Wochen Zeit hast – ich könnte ein bißchen Feedback brauchen. Es läuft gut, aber wenn es dir nichts ausmacht, könntest du dir das, was ich bis jetzt habe, mal ansehen. Und ich koch' was für dich. Interessiert?«

»Klar, okay.« Sharla hatte das Gefühl, als könnte sie wirklich helfen.

Sie redeten über den Film und verabredeten sich für den kommenden Mittwoch.

Pam kam mit ihrer Freundin Carla zur Party. Carla sagte, Sharla käme ihr verändert vor, und Sharla lachte beklommen und antwortete, sie ändere sich dauernd. Allison war sehr aufmerksam, und Sharla genoß es und dachte daran, wie gerne sie diese Nacht wieder mit ihr verbringen würde, um sie zu lieben.

Es gab eine sehr verkrampfte Phase, als eine tief sonnengebräunte, umwerfend schöne Frau kam. Als sie Sharla erblickte, veränderte sich ihr Gesichtsausdruck. Sie sah überrascht aus, glücklich, verwirrt. »Meredith, ich kann gar nicht glauben...Was geht hier vor...? Wie...?«

Sharla hatte keine Ahnung, wer diese Frau war. Es gab keine Fotos von ihr, an denen sie sich hätte orientieren können. »Hey«, war alles, was Sharla sagte, dann wartete sie ab.

Die Frau sah verletzt aus. »Wie lange bist du schon zurück?« fragte sie leise.

»Nicht lange.« *Wer zum Teufel bist du?*

»Ich habe gestern erst einen Brief von dir bekommen.«

Sharla nickte. Andere hörten ihrer Unterhaltung zu. Die sonnenbraune Frau gab Sharla zu verstehen, daß sie ihr in eine Ecke des Zimmers folgen solle. Sharla fühlte sich äußerst unbehaglich.

»Also, was ist passiert?« fragte die Frau. »Warum hast du mir nicht Bescheid gesagt, Meredith? Was ist los?«

Eine andere Frau trat zu ihnen. »Terri, willst du mal ziehen?«

»Nein danke, Lou.«

»Du?« fragte sie Sharla und hielt ihr eine Pfeife hin.

Sharla schüttelte geistesabwesend den Kopf, war jetzt noch verzweifelter. Terri. Verdammt. Merediths neueste Errungenschaft. Ihr wollte ich ganz besonders aus dem Weg gehen. Scheiße!

Die Raucherin schien die Spannung zwischen Sharla und Terri zu bemerken und zog sich zurück.

»Ich habe mich ganz kurzfristig entschlossen«, sagte Sharla. »Ich dachte, ich überrasche dich.«

»Ich bin überrascht.«

»Du scheinst verärgert zu sein.«

»Ehm ... Ich bin, gelinde gesagt, entgeistert. Verwirrt. In deinem Brief ... Ich weiß nicht. Also, was ist passiert? Ist bei den Dreharbeiten irgendwas schiefgegangen?«

»Nein«, sagte Sharla. »Es läuft gut. Ich bin bloß für ein paar Tage hier.«

Terri nickte. Sie sah noch verletzter aus als zuvor. »Etwas hat sich verändert, nicht wahr?«

Sharla sah betreten aus.

»Du hast jemanden kennengelernt.«

Sharla schaute die Fremde traurig an, unsicher, was sie tun sollte. »Ich wollte dir sagen, was los ist ... von Angesicht zu Angesicht. Ich hatte ein paar Dinge in Chicago zu erledigen, deshalb habe ich gewartet, bis ich hier bin, um ...«

Terri nickte. Sie lächelte schwach. Ihre Augen waren schmerzerfüllt, die Züge um ihren wunderschönen Mund schmerzerfüllt und wütend. »Ja, tja ... hm-m, so kann's gehen. Lebt sie in San Francisco?«

Sharla blickte sie unverwandt an, ohne zu antworten.

»Es ist ziemlich ernst, was?«

Sharla antwortete nicht. Terri schaute sie ein paar Sekunden lang nur an, kämpfte offensichtlich mit den Tränen, dann wandte sie sich ab und ging weg. Sharla beobachtete, wie sie ihre Jacke nahm und die Party verließ. Sie fühlte sich mies. Verdammt!

Meredith kann das wieder in Ordnung bringen, dachte sie. Verdammt!

Allison hatte sie vom anderen Ende des Zimmers aus beobachtet, und nachdem Terri gegangen war, kam sie zu Sharla herüber. »Du und Terri, habt ihr Probleme?«

Sharla schaute sie einen Augenblick kühl an, dann lächelte sie. »Willst du tanzen, schöne Frau?«

Die Party dauerte bis fast zwei Uhr. Sharla und Allison verließen sie gemeinsam. Sie gingen in Merediths Wohnung. Es war offensichtlich, daß Allison sehr von Sharla eingenommen war, und Sharla war, was ihre eigenen Gefühle anging, verwirrt. Sie kannte diese Frau kaum, mit der sie da schlief, sehr zärtlich und sehr aufregend. Sie fühlte sich zu ihr hingezogen. Waren das *ihre* Gefühle?

Sharla erwachte vor Allison und lag da, mit ihrem Bein an Allisons geschmeidigem Oberschenkel und Po. Oh, wow, es war kein Traum. In ihren Augen standen Tränen, Glückstränen. Sie fühlte eine innere Wärme. Ich kann nicht glauben, daß ich das bin. Daß ich mich so fühle, zufrieden, glücklich. Mit jemandem zusammen zu sein und keine Angst zu haben. Sie betrachtete Allisons weiches, schlafendes Gesicht. Auf diese Art mit einer Frau zusammen zu sein, mich gut zu fühlen und zu wissen, daß es nicht unrecht ist, so zu fühlen. Ich muß eine Lesbe sein. Sie lächelte.

Während Allison weiterhin friedlich neben ihr schlief, wanderten Sharlas Gedanken zu der Party und wie freundlich und gesprächig die Leute gewesen waren und wie interessant. Und sie waren an mir interessiert, suchten meine Gesellschaft. Das muß der Grund sein, weswegen Leute gerne auf Partys gehen, dachte Sharla. Ein paar Frauen haben mit mir geflirtet. Sie lächelte. Anders als Männer; es fühlte sich nicht... Es fühlte sich anders an als mit Männern, so als sähen sie mich... Als was? Als vollständiges Wesen vielleicht. Ja, genau, eine gleichberechtigte, komplette Person, keine Rolle, nichts, das sie benutzen oder konsumieren konnten.

Wie leicht es ihr fiel, Meredith zu sein. Es fühlt sich nicht einmal mehr wie Schauspielerei an. Es wird leichter und leichter. Wir haben ein schönes Leben, Meredith. Sharla streichelte Allisons nackte Schulter. Allison regte sich, und Sharla küßte sanft ihren Hals. Allison öffnete ihre Arme für Sharla und später ihre Beine. Sie blieben bis mittags im Bett.

»Weißt du noch, wie wir mit Tawn und ihrer merkwürdigen Freundin aus Denver zelten waren?« fragte Allison.

Sharla haßte diese Momente. Auf der Party war es ein paarmal geschehen, gestern einmal mit Pam und auch jetzt wieder.

»Ja?«

»Damals war es so ähnlich mit uns.«

»Ja, kann sein.«

»Fühlt es sich jetzt anders für dich an?«

»Es fühlt sich toll an.« Sharla küßte sie, in der Hoffnung, die Worte aufzuhalten. Es funktionierte nicht.

»Du bist schwer zu durchschauen, Meredith.«

»Ein echtes Rätsel.«

»Wirklich. Erinnerst du dich, was du während des Campingausflugs gesagt hast? Über Karin und wie du dich verändert hast, als sie dich verließ.«

»M-hm.«

»Fühlst du immer noch so?«

»Im Grunde schon.«

»Du willst nicht darüber reden, oder?«

»Ich weiß nicht.«

»Du hast mir das Herz gebrochen, weißt du.«

Sharla schaute die Wand an.

»Ich habe dich gehaßt.«

Sharla antwortete nicht.

»Nicht wirklich. Ich könnte dich niemals hassen. Gott, es hat mich fast umgebracht, wie du mich nach unserer Trennung behandelt hast. Du warst so verdammt *verständnisvoll* und *sensibel*. Ich wollte dich hassen, aber du hast mich nicht gelassen.«

»Das war ganz schön hart für dich.«

»Wem sagst du das!«

Sharla wollte dringend eine Zigarette, aber sie war ziemlich sicher, daß Meredith nicht rauchte. Sie rückte das Kopfkissen in ihrem Rücken zurecht.

»Ich kann nicht glauben, daß wir wieder zusammen sind«, sagte Allison. Sie zog die Knie an den Körper und schlang die Arme darum. »Es ist beängstigend.«

Sharla schaute sie an und wünschte nichts sehnlicher, als dieses Gespräch zu beenden.

»Ich fühle mich sehr verletzbar mit dir, Meredith.«

»Ja... na ja, es ist schwierig... Wir alle müssen uns schützen.«
»Ist das eine Warnung?«
»Glaub' schon.«
»Spielst du mit mir, Meredith? Ehrlich, sowas hat mir gerade noch gefehlt. Sei bitte normal und aufrichtig zu mir.«
»Wenn ich normal wäre, wäre ich nicht bei dir.«
»Kannst du nicht mal ernst sein? Bedränge ich dich wieder? So wie früher? Diesmal hast du es angefangen, denk dran. Alles, was ich wollte, war ein zwangloses Abendessen.«
»Können wir nicht einfach von Tag zu Tag entscheiden, Allison? Ich meine... Wer weiß. Wer weiß, was vor uns liegt.«
»Du hast recht. Okay.« Allison zog ihr die Decke weg. »Ich habe Hunger.«
»Auf Essen?«
»Darauf auch.« Sie zog Sharla in ihre Arme, und eine Stunde später standen sie auf.

Sharla machte Pfannkuchen, und die Unterhaltung blieb unbeschwert. Um vier Uhr ging Allison zu einem Baseballspiel. Sie war die Fängerin.

Sharla schaute Fernsehen und las *Lavender Culture*, bis es draußen dunkel wurde. Sie machte sich ein Brot, aß es zur Hälfte, dann zog sie sich an, um ins *The Found* zu gehen. Ihre erste Frauenbar.

11. Kapitel

Die Leute beäugten sie beim Reinkommen, drei Frauen in Lederjacken und Meredith, die Blau trug. Es war ihre Idee gewesen, herzukommen, Lust auf etwas Neues, neugierig auf diese neue Frauenbar *Silk Scarves* in San Franciscos Valencia Street.

Merediths scharfes Auge erspähte sofort etwas Neues. Die Frau war mindestens einsfünfundachtzig groß. Von ihrem Tisch in der Mitte des Raumes aus beobachtete Meredith, wie sie sich über den Tresen beugte und mit der Barkeeperin sprach, die neben ihr wie eine Zwergin aussah. Sehr groß und schlank, mit Bizeps, die im genau richtigen Maß aus dem burgunderroten Pullunder hervorquollen. Cora ging die Drinks holen.

Eine »Lederbar«, hatte man ihnen gesagt; entsprechend hatten sich ihre Freundinnen angezogen und Meredith damit zum Lachen gebracht. Eine von ihnen – Sarah – war Hetera und eher konservativ; die anderen beiden waren tough, aber sexy in ihren Klamotten.

In einer Ecke saßen ein paar ältere Lesben, die den KV raushängen ließen, und eine ungeschliffene junge Frau mit einer Tätowierung auf der Schulter und kurzem Stoppelhaar. Sie spielte Billard und stolzierte auf eine Art um den Tisch, die Meredith an Lily Tomlins Imitation eines Machos erinnerte. Glänzende Handschellen hingen an der Gürtelschlaufe ihrer Jeans. Es entlockte Meredith ein Lächeln, dann ließ sie ihre Augen zu der großgewachsenen Frau an der Bar zurückwandern. Cora redete gerade mit ihr.

»Diese Cora«, sagte Meredith. »Meint ihr, ich werde jemals mein Bier bekommen?«

»Sie ist einfach nur nett«, sagte Sarah lächelnd.

»Sie sollte ein bißchen besser aufpassen, zu wem sie nett ist«, antwortete Leslie. »Hier laufen ein paar ganz schön merkwürdige Frauen rum.«

»Oh, du glaubst doch nicht, daß sie gefährlich ist, oder?« fragte Sarah, wahrscheinlich beunruhigt über die Ketten der Tätowierten.

»Sie ist wirklich ganz schön groß«, sagte Meredith.

Cora brachte vier Bier an den Tisch und eine große Frau. »Das ist Chris«, sagte sie. »Meredith, Sarah, Leslie.« Sie nickten reihum, dann setzten Chris und Cora sich.

»Chris ist Pilotin«, sagte Cora aufgeregt. »Wie findet ihr das?«

»Cora ist leicht zu beeindrucken«, antwortete Meredith und zog den Blick der Neuen auf sich. »Ich allerdings auch. Du bist wirklich Pilotin?«

Die Pilotin nickte.

»Beeindruckend«, sagte Meredith.

»Früher war ich viel beeindruckter als heute«, sagte Chris und nahm einen Schluck. Sah aus wie ein Black Russian. »Ich habe Cora bereits erzählt, daß ich für Cascade Consultants arbeite und Geschäftsleute hierhin und dorthin fliege. Kommt mir nicht mehr so aufregend vor.«

»Wahrscheinlich kann alles irgendwann zur Routine werden«, sagte Sarah.

Keiner der Frauen gefiel diese Bar so richtig – Chris eingeschlossen –, und schon bald verließen sie sie gemeinsam und landeten schließlich in einem Taco-Restaurant in derselben Straße.

Meredith sah Potential für einen Film über Pilotinnen; Chris gefiel die Idee. Während sie diskutierten, erzählte Chris ganz offen ihre Geschichte: die Highschool abgebrochen, fasziniert von Flugzeugen, Flugunterricht von den Eltern finanziert, viele Stunden absolviert, Arbeit am Flughafen, Unterricht gegeben, kurze Frachtflüge und schließlich der Job bei Cascade Consultants. Aufstieg, Sicherheit, gutes Einkommen, aber sie wollte etwas anderes in Angriff nehmen. Nach dem Essen gingen die anderen Frauen nach Hause, nur Meredith und Chris blieben und unterhielten sich weiter.

Eine Stunde später gingen sie ebenfalls. »Ich werde Ende Juli mit meinem derzeitigen Filmprojekt fertig sein«, sagte Meredith. »Dann bin ich wieder weg aus San Francisco, aber ich meine es ernst – ich will etwas über ›Beflügelte Frauen‹ machen. Das interessiert mich wirklich.«

Chris nickte. »Also sollten wir in Kontakt bleiben.«

»Das sollten wir. Bist du am Wochenende in der Stadt?«

»Ja.«

»Gemeinsames Abendessen am Samstag?«

Chris lächelte Meredith einige Sekunden lang an. »Okay«, sagte sie.

Meredith lehnte an einem zerbeulten Buick vor dem Restaurant. »Hängst in ganz schön schäbigen Bars rum, Chris.«

»War zum ersten Mal dort.«

Meredith nickte. »Suchst du irgendwas Bestimmtes?«

Chris mußte lachen. »Auf was spielst du an?«

Meredith zuckte mit den Achseln. »Tja«, sagte sie. »Die Dreharbeiten fangen in aller Herrgottsfrühe an, und da kommt mein Bus. Wir treffen uns hier am Samstag um sieben.«

Meredith fuhr mit dem Bus, stieg um, fuhr noch eine Weile weiter und erreichte kurz nach Mitternacht Coras Wohnung. Cora war schon im Bett, die Wohnung dunkel bis auf das Licht in der Diele und ruhig.

Es wird mir schwerfallen, hier wegzugehen, dachte Meredith, während sie ihre Stiefel auszog und auf Zehenspitzen in die Küche ging. Das Filmprojekt lief wie geschmiert, ihr Privatleben ebenso, und es wurde ständig besser. Sie war eindeutig an Chris interessiert. Eine Klassefrau, trotz ihrer miesen Klamotten, dachte Meredith, dann fiel ihr Terri ein. Sie hatte Terri vor zwei, drei Tagen geschrieben und erwartete bald eine Antwort, vielleicht einen Anruf. San Francisco ist eine schöne Stadt, dachte Meredith, aber Chicago ist mein Zuhause. Sie nahm ein Bier aus dem Kühlschrank und fragte sich, ob sie Heimweh hatte. Vielleicht ein bißchen, entschied sie. Ich vermisse Terri wirklich.

Auf dem Weg in ihr Schlafzimmer stolperte sie mitten in der Diele über einen Stapel Irgendwas. Coras Wohnung war das totale Durcheinander, was Meredith amüsierte. Chaos war Coras zweite Natur, sie nahm es nicht allzu genau mit der äußeren Form, außer wenn es ums Filmemachen ging. Eine Cutterin erster Güte. Meredith lernte Dinge von ihr, und das machte Cora zu etwas Besonderem.

Mit Leslie sah das anders aus. Sie war das einzige Problem im Team, und das hatte nichts mit dem Filmemachen zu tun. Sie hatte sich schmeichlerisch wie eine Klette an Meredith gehängt, die das außerordentlich lästig fand, manchmal sogar abstoßend. Daß eine so talentierte Frau so verdammt unsicher sein konnte. Es störte Meredith. Sie versuchte Verständnis zu haben für Leute, denen es an Selbstvertrauen mangelte, aber sie konnte es nie nachvollziehen, besonders bei Leuten wie Leslie nicht, die so viele gute Eigenschaften hatten. Sie führten lange Gespräche, aber Meredith wurde langsam ungeduldig, und sie hatte Leslie in letzter Zeit immer abweisender behandelt. Unglücklicherweise klammerte sie sich jetzt um so stärker an sie.

Meredith zog die Jeans und das blaue Sweat-Shirt aus, saß dann nackt in ihrem dunklen Schlafzimmer und schaute nach, wie die Golden Gate Bridge heute aussah; das wurde ihr nie langweilig. Die gigantische Pilotin Chris wird mir am Ende beibringen, wie man ein Flugzeug fliegt, beschloß sie und ließ ihre Augen über die Skyline wandern. Immer gab es neue Dinge zu tun und zu fühlen. Meredith lächelte und kletterte ins Bett. Es ist schon ein irrer Kick, Jemand zu sein, war ihr letzter Gedanke, bevor sie in tiefen, ungestörten Schlaf fiel.

12. Kapitel

Sharla blieb bis nach eins in der Bar. Sie amüsierte sich erstaunlich gut, war angeregt und euphorisch. Beim Reinkommen hatte sie niemanden gekannt. Keine von Merediths Freundinnen war da. Zuerst war sie eingeschüchtert gewesen, fühlte sich fehl am Platz. Die sich windende und unbehaglich fühlende Sharla hätte um ein Haar das Kommando übernommen. Sie ging in sich, um Meredith zu finden. Sie stellte sich vor, wie Meredith unbeschwert eine Straße entlangspazierte, mit ihren Freundinnen lachte, fröhlich witzelte, ihre Meinung kundtat. Sie stellte sich vor, wie sie selbst auf Jodie Claremonts Party und bei Allison gewesen war. Das Unbehagen verblaßte allmählich. Ich gehöre hierher. Natürlich tue ich das.

Es dauerte nicht lange, bis Sharla sich im Gespräch wiederfand, erst mit einer Frau, dann mit mehreren. Dann lief es wie von selbst. Sie nannte sich Meredith und verhielt sich auf ihre Meredith-Art, aber die Frauen, die sie kennenlernte, waren Meredith nie begegnet. Sie behandelten Sharla, als wäre sie wirklich diese selbstbewußte, energiestrotzende, extrovertierte Person, die sie ihnen präsentierte, und das gefiel ihr sehr. Nach Merediths Beschreibungen hatte sie erwartet, eine oberflächliche, ziemlich anspruchslose und doch lebhafte Szene in der Bar vorzufinden. Grundsätzlich traf das auch zu, daher war sie überrascht, daß neben dem Tanzen, der Anmache, dem Geplänkel und Smalltalk, die den Abend im wesentlichen ausmachten, auch ernsthafte Gespräche zustande kamen. Die Gruppe, mit der Sharla den größten Teil des Abends verbrachte, ein wenig abseits, weit weg von der Jukebox, vertiefte sich in eine lebhafte Diskussion über Bücher. Sharla wurde später klar, daß *sie* dies ausgelöst hatte. Sie diskutierten die Unterschiede zwischen eskapistischen Romanen, die Phantasiewelten vorgaukelten, und »Literatur« und erörterten, welche zeitgenössischen Autorinnen in welche Kategorie gehörten.

Sharla verließ die Bar mit Dana und Adele, die ihr angeboten hatten, sie nach Hause zu fahren, und mit drei Telefonnummern in der Tasche. Sie hatte vor, einige der Frauen, die sie kennengelernt hatte, wiederzusehen, um ihr Gespräch über Bücher fortzusetzen und vielleicht eine Literaturgruppe zu gründen. Die Frauen schienen sehr erfreut zu sein, daß sie Meredith kennengelernt hatten, fast so erfreut wie Sharla selbst.

Als ihre neuen Bekannten Sharla vor ihrer Wohnung in der Fullerton absetzten, sagten sie, sie hofften, sie bald wiederzusehen. Offensichtlich meinten sie das auch so. Sharla ging in die Küche, um sich eine Dose Limo zu holen, dann zum Wohnzimmerfenster, von dem aus sie den Lincoln-Park betrachtete. Was für ein Kick, Jemand zu sein, dachte sie. »Was für ein Kick!« Das war ein Meredith-Ausdruck, oder? In dieser Nacht schlief Sharla ganz friedlich.

Als das Telefon sie um zehn Uhr weckte, hievte sie sich völlig groggy aus dem Bett und ging zur Anrufbeantworterin, um mitzuhören.

Hier ist Allison. Ruf mich an, wenn du nach Hause kommst. Ich bin den ganzen Tag im Labor, nur zwischen zwölf und eins nicht, dann ist Fütterung der Wärterinnen. Wir unterhalten uns später. Tschau. Piep. Bzzz.

Sharla gähnte und lächelte. Ich mag diese Frau. Sie lachte. Aber ich mag all diese Frauen. Bin ich vielleicht nicht wählerisch genug? Unter der Dusche dachte sie über die Frauen nach, die sie seit ihrem Coming-out als Meredith kennengelernt hatte. Es war eine beeindruckende Liste. Es schien jedoch, daß Meredith neben ihren Fans auch ein paar Bekannte hatte, die nicht gerade verrückt nach ihr waren. Auf Jodies Party waren ein paar von denen gewesen. Kelly war so eine. Sie war pampig zu Sharla, doch Sharla scherzte mit ihr, ignorierte sie dann und ließ sich nicht weiter von ihr stören. Früher wäre sie nach einer solchen Behandlung am Boden zerstört gewesen.

Sharla schlang ein Brötchen hinunter und nahm dann ihren Kaffee und ihr Buch über das Filmemachen mit ins Wohnzimmer. Am Mittwoch würde sie Emma besuchen, um sich Emmas Film anzusehen. Obwohl sie sich bereits ein recht passables Oberflächenwissen zum Thema angeeignet hatte, war sie ganz sicher noch keine Expertin, doch sie hoffte, in den nächsten zwei Tagen mehr darüber zu lernen. Die Bücher entpuppten sich als viel weniger hilfreich als eins von Merediths Notizbüchern, das Sharla im Bücherregal unter der Fensterbank fand. Es war voller Material für den Filmunterricht, mit Dutzenden von Beispielen. Von Zeit zu Zeit gab Meredith Kurse, und dies war offensichtlich eine Quelle, die sie nutzte. Sharla studierte alles ganz genau, und als der Mittwochabend kam, fühlte sie sich einigermaßen gut vorbereitet und ziemlich zuversichtlich.

Emma hieß sie mit einem königlichen vegetarischen Festschmaus willkommen. Ihre Partnerin Elise war da, und sie aßen und redeten über das Filmemachen, und Sharla bemühte sich, das Schwelgen in Erinnerungen auf ein Minimum zu reduzieren, mußte sogar einige Male über ihr schlechtes Gedächtnis witzeln.

Der Film kam Sharla gut vor. Sie wünschte, sie hätte mehr gewußt, gab aber ihr Bestes, übte, wie sie hoffte, konstruktive Kritik, bediente sich dabei Merediths Vokabulars. Emma schien zufrieden und kein bißchen mißtrauisch. Was für ein Kick! Aber worauf Sharla sich wirklich konzentrierte, war das Drehbuch. Sie schlug einige größere Änderungen vor und bearbeitete gemeinsam mit Emma den Text und die Filmsequenzen. Emma war begeistert von ihren Ideen.

»Würde es dir was ausmachen, noch etwas für mich zu tun?« fragte Emma.

»Na ja, kommt drauf an, Emma«, antwortete Sharla und lächelte anzüglich. Sie liebte es, Dinge so zu sagen, harmlose, scherzhafte, verspielt anzügliche Dinge. Als Sharla hatte sie das nie getan. Sie hoffte nur, daß sie es jetzt nicht übertrieb.

»Laß es mich schnell holen. Ich habe den Entwurf...« Emma rannte in ein anderes Zimmer und kam eine Minute später mit ein paar Blättern zurück. »Sag mir, was du davon hältst.«

Sharla las schweigend. »Clever«, sagte sie. »Mehr als clever, wirklich gut. Ja, ich denke, es hat ein großes Potential, Emma. Willst du es verfilmen?«

»Ich brauche eine Drehbuchautorin.«

Sharla schaute sie an.

»Würdest du das machen, Meredith? Ich kann dir nicht die große

Knete versprechen, aber ich bin ziemlich sicher, daß wir finanziert werden.«

Sharla lächelte ein Meredith-Lächeln. In ihrem Inneren konnte sie ihre Freude kaum bändigen. »Ich könnte es ja mal probieren.«

Sie tranken noch mehr Wein und redeten noch mehr übers Filmemachen. Nach einer Weile verzog Elise sich zum Fernseher.

»Ich habe gestern Terri getroffen«, sagte Emma.

»Ja?«

»Wir haben geredet. Hauptsächlich über dich.«

»Hmhm.«

»Sie ... ehm. Sie macht eine schwierige Zeit durch.« Emma fiel es eindeutig schwer, das Thema anzusprechen. »Sie dachte anscheinend, ihr zwei hättet was laufen, irgend etwas ...«

»Tja, nun ... Ja, das kann ich verstehen.«

»Also hast du jemanden in San Francisco kennengelernt.«

Sharla schüttelte traurig den Kopf. »Nein, das ist es nicht«, sagte sie.

»Terri denkt, das wäre es.«

»Nein.«

»Sie ist echt sauer.«

»Tja, nun ... Was soll ich sagen?«

»Sie sagte, du wärst nur für ein paar Tage in Chicago.«

»Ich pendle hin und her.«

»Na ja, das Merkwürdige ist, daß Terri plant, über die Feiertage zum 4. Juli nach San Francisco zu fahren. Sie glaubt, du seist dann dort. Ich nehme an, sie plant, dich dort zu treffen. Will dich wohl konfrontieren.«

Alles Blut wich aus Sharlas Gesicht. »Oh, ja. Hmhm. Vielleicht rufe ich sie mal an.«

»Wann fährst du zurück?«

»Bald. Ja, sehr bald. Hey, hast du noch mehr von diesem Wein?«

»Es geht mich nichts an, stimmt's?«

»Stimmt.«

»Ich weiß. Aber Terri ist eine gute Freundin von mir. Ich hasse es, sie so fertig zu sehen.«

Sharla antwortete nicht, und Emma wechselte das Thema.

Am nächsten Tag rief Sharla Terri an, und sie verabredeten sich. Terri war überrascht, daß Meredith in Chicago war, und sehr wütend.

»Sie ist also Pilotin, ja? Dagegen ist natürlich nur schwer anzukommen«, sagte Terri. Sie waren im Zoo, in der Nähe der Seelöwen.

Sharla schaute die wunderschöne Terri an, wußte nicht, wie sie reagieren sollte, beobachtete dann die Pinguine.

»Ich habe am Montag angerufen. Du warst nicht da. Ich habe mit deiner Freundin Cora gesprochen. Sie ist sehr nett. Sie erwähnte eine großgewachsene Pilotin. Ich nehme an, sie ist diejenige, welche. Schaffst du es *deshalb*, von San Francisco aus zu pendeln, als wäre es ein Vorort von Chicago?«

»Ich bin im Moment durcheinander, Terri.«

»*Du* bist durcheinander? Was glaubst du denn, wie ich mich fühle?« Ihre Unterlippe zitterte. Sie biß darauf. »Zwei Monate ist es her, da haben wir jede freie Minute miteinander verbracht, so lange, bis du wegfuhrst. Du erzählst mir, du wärst drauf und dran, dich in mich zu verlieben. Erst vor einer Woche schreibst du mir in deinem letzten Brief, die Gefühle seien noch da und würden stärker. Und ganz plötzlich tauchst du auf einer Party in Chicago auf und benimmst dich, als würdest du mich kaum kennen. Erzähl du mir nichts von Durcheinander!«

»Tut mir leid, Terri.« Sharla tat es wirklich aufrichtig leid.

Terri war den Tränen nahe. Sie schaute in Richtung Seelöwen, wandte die Augen von Sharla ab.

»Mir ist etwas sehr Merkwürdiges passiert«, sagte Sharla langsam.

Terri drehte sich zu ihr um, wischte sich dabei mit dem Aufschlag ihrer Jeansjacke über die Augen.

»Du weißt, daß ich adoptiert wurde.«

»Ja.«

»Nun... Es ist unglaublich, aber, Terri, ich habe vor kurzem etwas herausgefunden, das mich echt umgehauen hat.« Sharla fuhr sich mit den Fingern durchs Haar. Es war eine Bewegung, die Meredith oft machte. »Ich habe herausgefunden, daß ich eine Zwillingsschwester habe. Einen Zwilling! Und ich habe nie etwas davon gewußt. Kannst du das glauben?«

»Du machst Witze!« Terri beugte sich zu Sharla hinüber, ihre ganze Haltung veränderte sich. »Wie hast du es herausgefunden?«

»Ganz zufällig. In San Francisco sind mir zwei Leute über den Weg gelaufen ... in einem chinesischen Restaurant in Noc Valley ... Sie nannten mich Sharla und fingen an, mit mir zu reden, als wäre ich eine alte Freundin von ihnen.«

»Sharla ist deine Schwester?«

»Ja, es sieht so aus. Seitdem versuche ich, sie zu finden. Wir müssen eineiige Zwillinge sein. Sie sieht genauso aus wie ich. Das macht mich total irre.«

»Das kann ich mir denken.«

»Aber das ist noch nicht alles.«

»Was noch?« Terri war zweifellos fasziniert und besorgt.

»Die Träume. Ich hatte früher immer diesen Traum. Immer und immer wieder. Ich träumte, ich würde Fahrrad fahren. Es fängt immer gleich an. Ich fahre irgendwo auf einem Fahrrad ... in einem Wald, aber in keinem guten Wald; es ist ein nebliger, moosbedeckter, gruseliger Wald. Die Bäume tragen kein Laub, und ihre Äste sehen aus wie Arme, du weißt schon, wie in diesen Disney-Trickfilmen. Ich fahre also immer drauflos, und mit einem Mal verwandelt mein Rad sich in ein Tandem. Und hinter mir sitzt noch jemand auf dem Fahrrad. Ich drehe mich um, versuche, die Person zu sehen, aber sie lehnt sich zur Seite, so daß ich kaum einen Blick auf sie erhasche. Ich versuche es immer wieder, und währenddessen radeln wir durch den unheimlichen Wald. Schließlich sehe ich sie ... und ... ich bin es selbst! Ein weiteres Ich. Nur die Augen sind anders. Sie starren ganz leer, so als wäre nichts in ihnen.«

An dieser Stelle erzitterte Sharla, und Terri berührte ihren Arm.

»Mit der Zeit rutscht sie immer näher, schleicht sich von hinten an mich heran. Ich trete immer schneller in die Pedale, versuche von ihr wegzukommen, doch sie rückt immer näher, Zentimeter um Zentimeter. Und dann kann ich ihr Bein fühlen, wie es sich zusammen mit meinem Bein bewegt, auf und nieder in die Pedale tritt, wie es sich über mein Bein legt und mit ihm verschmilzt, und dann werden unsere Beine zu einem einzigen Bein. Dann geschieht dasselbe mit dem anderen Bein, dann mit meinem Rumpf. Mit den Armen. Es ist, als ob sie in meinen Körper eindringt, Macht über ihn ergreift. Und dann ist nur noch ihr Kopf von mir getrennt. Und ich versuche wegzukommen. Ich lehne meinen Kopf ganz weit nach vorne, doch sie kommt näher. Ich habe eine Heidenangst, und sie kommt näher und näher, bis ihr Kopf sich über meinen legt und ich verschwunden bin.«

»Verschwunden?«

»Das war's. Das war nicht mehr ich. Sie hatte vollkommene Macht über mich. Dann gab es nur noch eine Person, die durch den Wald radelte. Sie. Ich war verschwunden.«

»Ein furchterregender Traum«, sagte Terri.

»Ich bin jedesmal schweißgebadet aufgewacht.«

»Du hattest ihn öfter als einmal?«

»Dutzende Male. In den letzten Jahren. Ich hatte ihn seit April nicht mehr, seit ich nach San Francisco gefahren bin. Dann diese Frauen und ihre Geschichten von meiner Doppelgängerin.« Sharla schüttelte den Kopf. »Es macht etwas mit mir, mit meinem Kopf.«

»Das überrascht mich nicht«, sagte Terri. »Das ist ganz schön irre.«

»Die haben mir ein Bild von ihr geschickt.«

»Von wem?«

»Von Sharla. Meiner Doppelgängerin. Die Frauen, die ich aus San Francisco kenne, haben es mir geschickt. Wir sind in Kontakt geblieben. Sie haben mir ein Bild von Sharla geschickt, und ich war darauf zu sehen, aber das war nicht ich. Es war an irgendeinem Ort, wo ich noch nie gewesen bin. Sie trug Klamotten, die ich noch nie anhatte.«

»Sie sieht so aus wie du?«

»Ganz genau wie ich.«

Terri schüttelte langsam den Kopf. »Du bist so ungefähr die letzte, von der ich erwartet hätte, daß sie seltsame, mystische Erlebnisse hat, Meredith.«

»Es macht mir angst.«
»Was tust du jetzt?«
»Ich mache mir Gedanken über die Wirklichkeit.«
»Klar.«
»Ich bin nach Chicago gekommen, weil sie mir gesagt haben, daß sie hier lebt. Ich versuche, sie aufzuspüren.«
»Und mit Erfolg?«
»Nein. Sie kommt aus Portland. Da bin ich auch schon gewesen, habe Dutzende von Telefongesprächen geführt.«
»Nichts?«
»Nichts. Glaubst du, sie existiert wirklich?« fragte Sharla.
»Ich weiß nicht, Meredith. Diese Frauen, das Bild... Was haben sie über diese Sharla gesagt?«
»Daß sie eine Hexe ist.«
»Was?«
»Das haben sie gesagt. Sie ist in einem Hexenzirkel. Versteht sich auf Hexerei, was immer das heißt.«
»Ich kenne ein paar Hexen. Das sind sehr coole Frauen.«
»So ist Sharla nicht. Ich kenne auch ein paar Hexen. So ist Sharla nicht... Sie ist...«
»Sie ist was?«
»Ich weiß es nicht. Die haben mir erzählt, daß sie vor ein paar Jahren völlig abgedreht ist. Hat sich mit echt komischen Leuten eingelassen. Männern und Frauen. Hexenmeister und -meisterinnen. Schwarze Kerzen und so ein Scheiß.«
»Das macht dir wirklich zu schaffen, Meredith. So habe ich dich noch nie erlebt.«
»Es macht mir eine Höllenangst. Aber ich versuche, dagegen anzugehen. Ich arbeite weiter an dem Film und versuche, so zu leben wie ich es immer getan habe. Alles muß für mich jetzt so sein, wie es immer war. Verstehst du, Terri? Diese Scheißangst macht mich fertig. Alles muß für mich jetzt so sein, wie es immer war. Wirst du mir helfen?«
»Natürlich.«
»Verstehst du, daß ich es nicht ertrage, darüber zu reden? Ich

mußte es dir sagen, weil ... Ich weiß, daß ich dich verletzt habe, deshalb mußte ich es dir sagen, aber daß ich darüber reden muß, zerreißt mir fast das Herz.« Sharla hatte Terris Arm ergriffen und drückte ihn fest.

»Ich verstehe. Ja. Du mußt jetzt einfach weitermachen und ... und nicht zulassen ...«

»Daß es Macht über mich ergreift.«

»Genau.«

»Bitte sprich mich nicht nochmal darauf an.«

»In Ordnung.«

»Niemals wieder.«

»Okay, Meredith.«

»Außer ich fange damit an. Bitte. Es ist mir ernst. Nichts, was irgendwie damit zu tun hat. Selbst diese Abstecher nach Chicago.«

Terri nickte. »In Ordnung. Aber vielleicht könnte ich helfen ... Ich meine, dir helfen, sie zu finden, oder dir irgendwie Rückendeckung geben, falls ...«

»Nein! Es ist mir ernst. Ich muß auf meine eigene Weise damit fertigwerden. Tu einfach so, als hätten wir dieses Gespräch nie geführt, als hättest du nie erfahren, daß ich in Chicago bin.« Sharla schüttelte den Kopf. »Ich hätte nicht zu dieser Party gehen sollen. Ich weiß nicht, warum ich es getan habe. Ich bin Allison über den Weg gelaufen, und sie hat mich eingeladen.« Sharla schüttelte wieder den Kopf. »Ich fliege morgen nach San Francisco. Von Zeit zu Zeit werde ich wahrscheinlich hierher zurückkommen, aber nur um weiterzusuchen ... Ich werde dich nicht anrufen, wenn ich komme. Nicht bis ich im August wieder für immer hier bin.«

»Aber warum denn nicht, Meredith? Wir müssen ja nicht darüber reden ...«

»Ich *kann* nicht. Verstehst du das denn nicht?«

Terris Gesicht war schmerzverzerrt. »Doch, schon.«

»Wir machen weiter wie bisher. Ich werde nicht mehr davon anfangen. Ich werde so sein wie immer. Schreib mir, ganz normal. Ich schreibe dir, ganz normal.«

»Ja, gut.«

Sharlas Schultern sanken zusammen. »Danke, Terri. Ich bin jetzt fertig. Wenn wir uns das nächste Mal unterhalten, wird es ganz normal sein.« Sharla erhob sich. »Ich gehe jetzt.«

Terri erhob sich ebenfalls und beobachtete, wie Sharla die Stufen vom Seelöwenbecken hinunterstieg und verschwand.

Während sie zur Wohnung zurückging, hatte Sharla das Gefühl, daß alles wahr gewesen war, und sie mußte sich schütteln und daran erinnern, daß sie es erfunden hatte, alles erfunden hatte. Als sie zu Hause ankam, hatte sie Kopfschmerzen. Sie nahm eine Dusche, eine lange, kühle Dusche, und ging dann schlafen. Am nächsten Morgen fühlte sie sich wieder ganz normal. Sie rief Allison an und lachte und flirtete und machte Pläne.

13. Kapitel

Gloria Jergens hatte elf Pfund abgenommen. Da sie sowieso schon dünn war, machte sich das schlecht, besonders in ihrem Gesicht, das jetzt ebenso hager wie blaß war. Auf ihrer Arbeitsstelle machte sie ihre Arbeit so schlecht, daß Mr. Gladstone sie schließlich darauf ansprach. Gloria Jergens war nie eine gewesen, die ihre Probleme an die große Glocke hängte, schon gar nicht vor ihrem Boß, doch diesmal, konfrontiert mit zahllosen Beispielen ihrer ungeheuerlichen Fehler, die das gestrenge Unternehmen durcheinander brachten, tat sie es.

»Sie haben K.C. McGregor & Company eine Rechnung über Dienstleistungen ausgestellt, die nie erbracht wurden«, sagte er kühl. »Gloria, wir versuchen seit Monaten, den Etat zu bekommen, und dies hat unsere Bemühungen jetzt vielleicht ruiniert.«

Gloria Jergens biß sich auf die Lippen und zwang die widerstrebende Halsmuskulatur, ihren Kopf aufrechtzuhalten.

»Sie haben die Geschäftsunterlagen verlegt, die wir nach Houston schicken mußten. Das hatte eine Verzögerung von zwei Wochen zur Folge.«

Gloria Jergens sprach demütig, derweil ihre Fingerknöchel weiß wurden. »Das tut mir sehr leid, Mr. Gladstone, ich ...«

»Wenn ich aus meinem Büro komme, sitzen Sie zumeist an Ihrem Schreibtisch und starren ins Leere.«

»Ich weiß. Ich versuche mein Bestes. Ich ... ich habe den Smith-Bericht fast fertig.«

»Was ist nur los, Gloria? Ich hatte noch nie Beschwerden irgendwelcher Art. Sind Sie mit Ihrem Job nicht zufrieden?«

»Nein, das ist es nicht.«

»Nun, was ist es dann?«

»Es ist ... Ich ... ich habe Probleme, Mr. Gladstone ... Familiäre Probleme.«

Er nickte. »Ihre Ehe?« Seine Ungeduld war offensichtlich.

»Nein, nein, es ist meine ...« Die Tränen kamen. »Es ist meine Tochter Sharla. Sie ... sie ist ... Ich weiß nicht, wo sie ist.« Gloria

Jergens gelang es nicht, ihre Stimme zu kontrollieren. Bebende Schluchzer begleiteten ihre Worte.

Mr. Gladstone rutschte auf dem Lederpolster hin und her. »Nun, es tut mir leid zu hören, daß Sie Probleme haben, Gloria. Gibt es eine Möglichkeit... Gibt es irgend etwas, das die Firma tun kann, um zu helfen?«

»Sie ist seit zwei Monaten verschwunden. An ihrem Geburtstag habe ich einen Anruf von ihr bekommen... am 28. Mai. Sie war... Es lief nicht gut. Seitdem habe ich nichts mehr von ihr gehört. Ich weiß nicht, wo sie lebt oder...«

»Tja, nun, unsere Kinder gehen alle ihren eigenen Weg. Ihre Tochter ist doch schon recht erwachsen, nicht wahr, Gloria? Glauben Sie nicht, daß Sie sich unnötig Sorgen machen?«

Gloria Jergens drückte eine Faust gegen ihren Mund. »Vielleicht. Vielleicht geht es ihr gut.«

»Würde es Ihnen helfen, ein paar Tage Urlaub zu nehmen, Gloria?«

Gloria Jergens nickte. »Vielleicht«, sagte sie.

Das war jetzt eine Woche her. Sie hatte das Haus seitdem kaum verlassen, war auf verbitterte Art und Weise untröstlich. Wenn ihr Ehemann Bud es doch versuchte, wurde er angeblafft, und so zog er sich zurück, ließ sie allein mit ihrem Schmerz, allein, bis auf ihre Freundin Edna Guersy, die sofort ebenso außer sich geriet wie Gloria und dann selbst getröstet werden mußte.

Sie fragte sich, ob es an den Genen lag, ob Sharlas unbekannte Vergangenheit vielleicht erbliche Schäden barg. Was für ein Mensch würde ein fünf Wochen altes Kind vor dem Boteneingang des Roseland-Community-Krankenhauses seinem Schicksal überlassen? Schlechte Saat. Verdorben. Ach was, Unsinn.

Gloria Jergens erinnerte sich an ihre Freude, als man ihr sagte, daß sie ein Baby für sie hatten, die Freude, als sie das winzige rotbäckige Kind mit den blauen Augen gesehen hatte; sie hatte sie zart in liebenden mütterlichen Armen gehalten, diese Antwort auf jahrelange sehnsüchtige Träume und fruchtlose Versuche. Buds Zeugungsfähigkeit stand außer Zweifel; *sie* war es, mit der irgend etwas nicht stimmte.

Gloria konnte sich ein Leben ohne Kind nicht vorstellen. Was wäre sonst der Sinn? War das Muttersein nicht das zentrale Ereignis im Leben einer Frau? Hatte sie sich nicht seit ihrem dritten Lebensjahr darauf vorbereitet, indem sie ihre Puppe gehätschelt, ihr die Flasche gegeben, die nassen Windeln gewechselt und den Hintern versohlt hatte, wenn sie unartig war? Und später, als sie Familie gespielt hatten, war sie immer die Mami gewesen, wußte einfach, daß dies ihre Sache war. Eine Mami zu sein, war ihre Bestimmung; die Parker Business School war nur ein Schritt auf dem Weg zur Arbeit in einem Büro, solange bis sie heiratete und ihre richtige Arbeit begann. Bud war ebenfalls erpicht darauf, so erpicht, wie Bud eben sein konnte. Er mochte Kinder. Zwei Jungs und ein Mädchen, das war der Plan gewesen. Jedesmal wenn sie auf dem alten Messingbett ihrer Großmutter zusammenkamen, dachte Gloria: »Diesmal vielleicht«, was die Tortur des Geschlechtsverkehrs etwas erträglicher machte, wenn man dabei an kleine Eier und Spermien dachte. Sie versuchten es vier Jahre lang, und mit jedem verdammten Monat, mit jeder Periode wurde Gloria deprimierter und wütender, auf das Schicksal, auf Gott, auf Bud. Am meisten auf sich selbst. Was läuft falsch bei mir? Bin ich denn keine Frau?

Den Adoptionsantrag einzureichen, hatte ihre geschwundenen Hoffnungen wiedererwachen lassen und Vorstellungen davon ausgelöst, wie es denn nun ganz genau sein würde. Sie würde den schlauesten, fähigsten, liebevollsten Sohn aufziehen, den es geben konnte, einen Sohn, der seine Mutter und seinen Vater abgöttisch liebte, ihnen gehorchte und sie mit Respekt behandelte, der aber auch unabhängig wäre. Er würde es weit bringen, ihr Sohn, ein leitender Angestellter werden wie sein Dad, vielleicht eines Tages sogar stellvertretender Aufsichtsratsvorsitzender.

Glorias Enttäuschung war nur gering, als sie ihnen ein Mädchen anboten. Sie würde hübsch werden und lieb und wohlerzogen. Ich werde sie in niedliche Kleidchen stecken, und sie wird Klavierspielen lernen und mir wunderbare Enkelkinder schenken und in der Nachbarschaft wohnen, und wir werden Kaffeetrinken und den Kindern gemeinsam beim Großwerden zuschauen. Sie wird im Alter für mich dasein. Meine Sharla, mein liebes Mädchen. Ich werde streng sein. Ich werde ihr beibringen, eine richtige Dame zu sein, höflich und charmant. Mein Mädchen.

Aber so glatt wie in ihren Träumen lief es nie. Sharla spielte nicht mit, jedenfalls nicht genug, um Gloria Jergens' klar skizzierte Bedürfnisse zu befriedigen. Deshalb versuchte sie es nachdrücklicher, schob und zog und zerrte, um den Lehm zu formen. Sharla *würde* glücklich werden. Aus ihr *würde* eine normale, richtige Frau werden und eine Mutter auch.

Den geblümten Bademantel um die dünnen Beine gewickelt, saß Gloria Jergens still in ihrem Wohnzimmer und versuchte, eine Zeitschrift zu lesen. Morgen war der 4. Juli, der amerikanische Unabhängigkeitstag. Am 4. Juli waren sie immer zu dritt ins Highschool-Stadion gegangen. Wie sehr Sharla das Feuerwerk geliebt hatte, nicht genug hatte sie bekommen können, wollte, daß es niemals aufhörte. Die Schritte des Briefträgers auf der Veranda beendeten ihre Erinnerungen. Seit Tagen rannte sie los, sobald die Post kam, in der Hoffnung auf den Brief, der ihr ihr verlorenes Mädchen endlich wiederbrachte. Seit Tagen war nichts dabei. Diesmal versuchte sie zu warten, die Enttäuschung zu verschieben, doch genau wie gestern schaffte sie es nicht, denn so war sie nicht beschaffen. Sie war schon am Briefkasten, bevor die Schritte die Stufen wieder unten waren, schaute den Stapel Rechnungen und Werbebriefe langsam durch und...da war er! Da war tatsächlich ein Brief von Sharla! Gloria drückte ihn an ihre Brust, während ihr die Tränen in die Augen stiegen.

Bitte, sag, daß es dir gutgeht. Sie öffnete den Brief mit nervösen Fingern. Sag, daß du nach Hause kommst, meine Süße, daß du es dir anders überlegt hast. Du wirst Andy heiraten. Wir werden über die Adoption reden. Ich *bin* eine gute Mutter. Du *bist* ein artiges Mädchen.

Liebe Mama,
entschuldige, daß ich so lange nicht geschrieben habe. Es geht mir gut. Es ist nicht leicht, eine geeignete Wohnung zu finden, deshalb ziehe ich

oft um. Sobald ich eine ständige Adresse habe und Telefon, lasse ich es Dich wissen.
Auf dem Regal in meinem Wandschrank steht ein grüner Karton. Ich brauche die Sachen, die darin sind, meine Manuskripte. Bitte schicke sie mir zu.
Ich habe eine Postfachadresse; sie lautet:
Postfach 1428, Chicago, Illinois 60614.

Bitte schick mir die Sachen umgehend.
Danke, Mama. Ich werde mich bald wieder bei Dir melden. Mach dir keine Sorgen, mir geht es gut.

Alles Liebe
Sharla

Gloria Jergens las den Brief und las ihn gleich nochmal. »Sie sagt nichts!« Sie warf den Brief auf den Tisch und begann auf- und abzulaufen. Blieb in Bewegung. Was bedeutet das? Postfach. Oh, Sharla, wie konntest du? Gloria Jergens lief rastlos zwischen dem Polstersofa und dem Beistelltisch mit der Glasplatte hin und her. Irgend etwas stimmt nicht. Vielleicht steckt sie in Schwierigkeiten. Sie will ihre Manuskripte, das ist wahrscheinlich ein gutes Zeichen. Aber, nein, irgend etwas stimmt nicht.

Gloria Jergens rief die Hauptpost in Chicago an. Man teilte ihr mit, daß man ihr die Information, die sie wollte, nicht geben konnte.

Dann fahre ich eben selbst hin. Ich gehe aufs Postamt und warte. Sie ging in Sharlas Zimmer, holte die grüne Schachtel und fing an, die Papiere durchzugehen.

14. Kapitel

Das Drehbuch für Emmas Film machte gute Fortschritte, sehr gute sogar, wenn man bedachte, wie eingerostet Sharla war. Sie hatte fast unverzüglich nach ihrem Treffen mit der Arbeit begonnen, fühlte sich auf Zack, voller Selbstvertrauen und der Aufgabe euphorisch gewachsen. Es wird eine erstklassige Arbeit werden, beschloß sie, des Namens Landor würdig. Vor kurzem erst hatte sie eine andere Schreibarbeit vollbracht, viel schwieriger als das Drehbuch – einen Brief an ihre Mutter in Portland.

Sie stellte fest, daß sie nur selten an ihre Vergangenheit dachte und fast überhaupt nicht an Sharla. Als sie zwei Einladungen zum Picknick am 4. Juli erhielt, kam es Sharla nicht einmal in den Sinn, daß sie Picknicks in großen Gruppen immer verabscheut hatte. An einem der Picknicks konnte sie auf keinen Fall teilnehmen: an dem, das nur so wimmeln würde von Merediths engsten Freundinnen, die hübsche Terri inklusive. Das andere Picknick wurde von den *Chicago Lavenders* gesponsort, einer Gruppe vor allem jüngerer Lesben. Tracy, die Sharla in *The Found* kennengelernt hatte, erzählte ihr von diesem Picknick, und sie gingen zusammen hin, gemeinsam mit Allison, die ihren Grill beisteuerte.

Sharla traf dort ein breites Spektrum von Frauen, und wieder einmal mochte sie sie, die meisten von ihnen, selbst einige der entrückteren, die ihre Gespräche mit Worten über die Göttin würzten und auf den Mond abfuhren, von Tofu und Menstruationsschwämmchen ganz zu schweigen. Sharla saß auf einer rotkarierten Decke und plauderte freundlich mit Allison und einigen Frauen vom Lesbenchor, scherzte dabei ganz im Stil von Meredith.

»Hey, ihr Sportskanonen, wir brauchen noch eine Spielerin für unser Team. Na los, Meredith, bist du dabei?«

Sharla hatte während der letzten zehn Minuten ab und zu das laute Volleyballspiel verfolgt, hatte Lust gehabt mitzumachen, aber gezaudert. Sie wußte, daß Meredith sehr sportlich war, während sie selbst sportliche Betätigung meist gemieden, den Worten ihrer Mutter über die Unangemessenheit solcher Betätigungen für Mädchen

Glauben geschenkt hatte, nach der Grundschule zumindest. Gehirngewaschene Idiotin! Ich hab das im Griff, dachte Sharla. Im Sportunterricht hatte man sie zum Volleyballspielen gezwungen, und obwohl es sie nie begeistert hatte, war sie recht passabel gewesen.

»Klar«, sagte sie und sprang von der Decke auf. Denke wie Meredith, rief sie sich ins Gedächtnis.

Das tat sie, und sie war gut. Tatsächlich war sie immer gut, wenn sie »wie Meredith dachte«, was sie mittlerweile fast immer automatisch tat. Allison applaudierte einigen heldinnenhaften Rückschlägen, die ihr gelangen. Sharla sonnte sich in dem Applaus.

Nach dem Picknick gingen sie das Feuerwerk anschauen, und zwar von einer Stadtwohnung aus, die im dreiundzwanzigsten Stock lag und der Freundin einer Freundin von Allison gehörte. Sharla fühlte sich wohl, wohin sie auch ging, auf welche Gruppe von Menschen sie auch traf. Manchmal dachte sie über den Kontrast zu früher nach. Noch seltener dachte sie über die Tatsache nach, daß sie ein geborgtes Leben lebte und die Uhr langsam ablief. Meistens blieb sie mit beiden Füßen fest im jeweiligen »Jetzt« verankert und davon gab es viele.

Die Beziehung zu Allison vertiefte sich, fühlte sich allmählich so aufregend an, wie das, von dem Sharla vermutete, daß die Menschen es »Liebe« nannten. Häufig merkte Allison an, wie sehr Sharla sich verändert habe.

»Du bist zugänglicher geworden«, sagte sie einmal. »Ich meine, du bist überhaupt nicht mehr so unnahbar wie du einmal warst.«

»Du bringst meine guten Seiten zum Vorschein.«

Als sie eines Tages mit Allison aus dem Kino kam, entdeckte Sharla Jude. Sie saß auf ihrem abgestellten Motorrad und sah aus, wie die alleinige Eigentümerin der Lincoln Avenue.

Sharla winkte. »Hey, Jude. Was gibt's Neues?«

Aus ihren Reaktionen ging hervor, daß Allison und Jude sich nicht kannten. Sharla stellte sie einander vor.

»Ich habe das Bild, das ich dir versprochen habe, nicht vergessen«, sagte Jude, und ihre strahlenden schwarzen Augen glitzerten.

»Es kommt schon noch, bestimmt. Du siehst toll aus, Frau. Deine Freundin tut dir wohl gut.«

Sharla glaubte, eine Spur Eifersucht zu entdecken. Gott, waren denn alle in Meredith verschossen? Eine Freundin von Jude kam dazu, und nachdem sie einander vorgestellt worden waren und sich ein paar Minuten lang unterhalten hatten, setzte Jude ihren Helm auf, erweckte ihr Motorrad zum Leben und fuhr dröhnend mit ihrer Begleiterin von dannen.

»Wow, wer war denn *das*?«

Sharla lächelte. »Eine alte Freundin«, sagte sie.

»Freundin, he?«

Sharla lachte in sich hinein und strich mit einem Finger über Allisons schmale Wangen. »Ich liebe es, wenn du eifersüchtig bist.«

»Früher hast du es gehaßt.«

»Ich hasse es, wenn du eifersüchtig bist.«

»Du bist total verrückt.«

Am nächsten Morgen hielt Sharla die Zeit für gekommen, zum Postamt Lincoln-Park zu gehen, um nach ihrem Postfach zu sehen. Es gab eine Kurzgeschichte, von der sie wußte, daß sie gut war. An der wollte sie arbeiten. Ein paar Verbesserungen, dann würde sie sie abschicken. Das Paket ist wahrscheinlich mittlerweile angekommen, dachte sie, doch dann riefen Allison und Emma an, und Sharla wurde abgelenkt und schaffte es an diesem Tag nicht mehr zum Postamt. Morgen aber ganz bestimmt.

Doch am nächsten Tag schaffte Sharla es wieder nicht. Sonst hätte sie nicht nur das bekommen, was sie wollte, sondern noch viel mehr. Gloria Jergens nahm ihren Beobachtungsposten auf der gegenüberliegenden Straßenseite ein. Sie wartete von 8 Uhr 30 bis 16 Uhr 30 und ging dann mit der festen Absicht, am nächsten Tag wiederzukommen, in ihr Hotel zurück. Sie wußte, daß das Paket angekommen, aber noch nicht abgeholt worden war. Das hatten sie ihr gesagt. Sie wartete.

Sharla ging an diesem Tag nicht zum Postamt, weil sie zu beschäftigt war. Sie arbeitete bis in die Nacht an dem Drehbuch, schrieb es mit der Hand vor, tippte es dann ab, überarbeitete es und schrieb noch mehr. Sie zeigte das, was sie bisher geschafft hatte, Emma, die sich vor Begeisterung fast überschlug.

»Gott, du kannst wirklich schreiben, Meredith. Ich meine, ich mag deine Filme wirklich sehr, aber dieses Zeug hier ist super.«

Sharla bekam viele Anrufe. Sie ließ immer erst die Anrufbeantworterin anspringen. Manchmal, wenn es ganz eindeutig für sie war, was meistens der Fall war, nahm sie den Hörer ab, während die Anruferin noch sprach.

»Hey, Pam. Hör dir das mal an.« Sie rezitierte zwei sentimentale, romantische Zeilen aus einem Gedicht, das sie in einem schwachen Moment für Allison verfaßt hatte.

»Hmmm, schmalzig.«

»Du bist so verdammt ehrlich.«

»Nur weil es mir ernst mit dir ist. Hast du heute abend was vor?«

»Na ja, kommt drauf an.« Diesen Satz benutzte Sharla bei jeder Gelegenheit, die sich ihr bot.

»Carla und ich, wir wollen dich ...«

»Ich gehöre euch ... Ein flotter Dreier?«

»Zum Essen, du Schlaumeierin. Ich meine, wir wollen dich zu uns zum Essen einladen. Allison auch, wenn sie Lust hat.«

»Oh, zum Essen ...« Sharla entschied, daß sie zu weit ging. »Hört sich gut an«, sagte sie und rief sich zur Ordnung. Sie sollte nicht *mehr* Meredith sein als Meredith selbst. »Ich werde Allison fragen. Um wieviel Uhr?«

»Ach, sagen wir sieben Uhr, Lesbenzeit, also gegen acht.«

»Pam, du bist eine anbetungswürdige Person.«

Pam kicherte. »Und du eine bizarre.« Sie kicherte wieder. »Ich mag dich.«

Sharlas Augen wurden feucht, denn sie wußte, daß es stimmte. »Dank dir«, sagte sie aufrichtig.

Mittwoch nachmittag kam Jude vorbei. Normalerweise ging Sharla nicht an die Tür, wenn sie niemanden erwartete, aber sie hatte das Motorrad gehört und aus dem Fenster gesehen. Sie drückte Jude auf.

»Ich hab doch gesagt, ich habe es nicht vergessen«, sagte Jude an der Tür. Sie reichte ihr einen braunen Umschlag.

Sharla ging in Gedanken schnell die Dinge durch, die sie über Jude Forerro wußte. »Komm rein.« Seit etwa anderthalb Jahren eine Freundin von Meredith. Hat sie im Frauencafé kennengelernt. Meredith fand sie amüsant, aber ein bißchen zu sehr KV für ihren Geschmack. Hat einen Kurierdienst und kann davon gut leben. Mag Videospiele, besonders Ms. Pac-Man. »Na, wie hoch ist dein Punktestand in letzter Zeit?« fragte Sharla, während sie den Umschlag öffnete.

»Punktestand? Ah, bei Ms. Pac-Man. Eins-Null-Sechs. Kannst du das glauben? Ich habe tatsächlich die Hundertergrenze durchbrochen. Das war vor ein paar Wochen. Seitdem geht es leider nur noch bergab.«

»Das hier ist toll, Jude! Super hingekriegt.« Sharla hielt die Fotografie auf Armlänge von sich.

»Dein Rat hat sich ausgezahlt. Schau dir diesen Kontrast hier an. Schau ihn dir an. Perfekt, was?«

»Das werde ich einrahmen. Und es in meine Sammlung einreihen. Vielleicht dorthin, neben den Turm.«

»Hey, ich fühle mich geehrt.« Jude griff in ihre Tasche. »Willst du high werden?« Sie zog einen Joint heraus, zündete ihn an und reichte ihn Sharla.

Sharla nahm einen kleinen Zug. Es war nicht das erste Mal, doch es war auch nicht alltäglich für sie. Meredith schien ziemlich regelmäßig zu rauchen.

»Komm in die Küche. Ich hab' ein Bier für dich.«

Sharla fand Jude sehr charmant. Stimmt schon, daß sie irgendwie maskulin ist, aber es paßt gut zu ihr, macht sie fast niedlich. Jude brachte Sharla mit ihren Geschichten von den Mißgeschicken auf ihrer Auslieferungsroute ständig zum Lachen. Sie blieb etwa zwei Stunden, und als sie ging, sagte sie: »Du magst mich jetzt lieber, nicht wahr, mehr als früher?«

Sharla war ein wenig erstaunt darüber, faßte sich aber schnell. »Ich mag dich«, sagte sie lächelnd.

Es war nach vier Uhr. Es war Mittwoch. Was bedeutete, daß es an der Zeit war, die Wohnung aufzuräumen und zu verschwinden. Die

Wasserfrau würde bald auftauchen. Sharla legte Judes Foto in eine Schublade, spülte die Gläser, die sie benutzt hatten, schaffte noch ein bißchen Ordnung und nahm den Müll die Hintertreppe mit hinunter, als sie ging. Es war zu spät, um heute noch zum Postamt zu gehen. Statt dessen ging sie zum Strand. Sie hatte ihren Notizblock dabei, hatte ihn in Merediths Rucksack gesteckt, den sie mittlerweile anstelle ihrer Handtasche benutzte.

Sie fand ein bequemes Plätzchen auf den Felsen und saß zufrieden da, genoß den Anblick der Sonne, die auf dem Wasser des Lake Michigan glitzerte. Ein Gedicht nahm Form an. Sie ließ es sich eine Weile durch den Kopf gehen, dann begann sie, es niederzuschreiben. Es war schlau und geradeheraus, ein Meredith-Gedicht, positiv, kraftvoll, nach vorne schauend; deutlicher Ausdruck dessen, wie Sharla sich seit einiger Zeit fühlte – zufrieden, ehrgeizig, voller Selbstliebe, kompetent.

»Entschuldigen Sie.«

Sharla schaute auf. Der Mann trug abgeschnittene Jeans und ein T-Shirt. Er schien um die dreißig zu sein und sah nicht schlecht aus für einen Mann.

»Es hört sich vielleicht komisch an«, sagte er, »aber ich muß unbedingt wissen, welches Datum wir heute haben.«

»Nur ein bißchen komisch«, antwortete Sharla lächelnd. »Den 11. Juli.«

»Den 11., vielen Dank.«

Sharla nickte.

Der Mann stand weiter da und schaute sie an, lächelte unbeholfen. »Schätze, das ist ein guter Platz zum Schreiben«, sagte er schließlich.

Sharla hatte den Notizblock auf den Knien und hielt den Stift in der Hand. Sie nickte ein weiteres Mal.

»Ich werde Sie nicht fragen, ob Sie oft herkommen.«

»Gut.«

»Ich mußte wirklich unbedingt wissen, was für ein Datum wir heute haben«, sagte er, immer noch grinsend. »Eine Freundin von mir kommt am 13. in die Stadt. Im Sommer kümmere ich mich nicht weiter um Datum oder Uhrzeiten.«

»Verstehe«, antwortete Sharla, überrascht, daß sie das hier ziemlich genoß.

Der Mann setzte sich auf einen Felsen neben sie. »Ich bin Lehrer. Den Sommer habe ich frei.«

»Das muß nett sein.«

»Und was machen Sie?«

»Was ich mache? Na ja, ich schreibe Gedichte.«

»Nett. Für den Lebensunterhalt?«

»Nein.«

»Wie verdienen Sie sich Ihren Lebensunterhalt?«

»Ich fische.«

»Sie fischen?«

»Richtig.«

»Ich habe noch nie eine Fischermannsfrau ... einen weiblichen Fischer getroffen. Veräppeln Sie mich?«

»Nein, warum sollte ich?«

»Weiß nicht. Weil ich Ihnen auf den Wecker gehe? Sie bei der Arbeit störe?«

»Hauptsächlich Seeforellen.«

»Hier, hm? Im Lake Michigan.«

Sharla nickte.

»Sie haben ein Boot?«

»Ein Wasserflugzeug.«

»Ein Wasser... Sie fischen vom Flugzeug aus?«

»Ja. So wird das heutzutage fast überall gemacht.«

»Das wußte ich nicht.«

Sharla kicherte.

»Was?«

»Sie erinnern mich an jemanden.«

»Oh.« Er schaute weg.

»An einen Typen namens Andy, den ich früher kannte.«

»Mein Name ist Bill.«

»Ich bin Wanda.«

Er nickte. »Du legst mich doch nicht rein, was das Fischen angeht, oder, Wanda?«

»Viele Leute sind erst einmal skeptisch«, erwiderte Sharla.

»Ja, nun, es ist ein ungewöhnlicher Beruf. Ist schwer, sich vorzustellen, wie man vom Flugzeug aus Fische fängt.«

»Ganz vorsichtig.«

Bill lachte.

Sharla blickte über den See. Sie erinnerte sich an eine Begebenheit, als sie »abgeschleppt« worden war. Es war am Kai von Seattle gewesen. Sie war dorthin gefahren, nachdem Allan, ein Mann mit dem sie kurz gegangen war, ihr eröffnet hatte, daß er sie nicht mehr sehen wollte. Sie hatte sich nicht besonders zu Allan hingezogen gefühlt, aber die Zurückweisung hatte doch weh getan. Sie hatte ihr die ganze lange Liste an Zurückweisungen ins Gedächtnis gerufen, und der Schmerz wurde so ungeheuer stark, daß Sharla beschloß, einen kleinen Abstecher zu machen, ein langes Wochenende in Seattle, um sich zu trösten. Sie nahm sich den Montag frei und fuhr am Freitag direkt nach der Arbeit nach Seattle. Sie fühlte sich ganz besonders häßlich und wertlos und inakzeptabel und unliebenswert, als sie am Kai saß, doch dann kam David auf sie zu.

Zu Beginn redete sie kaum mit ihm, doch er ließ nicht locker. Konfrontiert mit diesem attraktiven, charmanten, selbstsicheren Mann, fühlte sie sich scheußlich schüchtern und unzulänglich. Er ließ trotzdem nicht locker, und so tat sie ihr Bestes, das Gespräch nicht versiegen zu lassen. Sie war überzeugt, daß er ihrer bald müde und sich dann verabschieden würde, doch das tat er nicht. Er redete über eine Stunde mit ihr und lud sie dann zum Mittagessen ein. Sie gingen zur *Spaghetti Factory*. Sie fühlte sich weiterhin unbehaglich, und er war weiterhin freundlich und nett. Sie landeten schließlich in ihrem Hotelzimmer, wo er sie grob vögelte und mit der Zeit immer gemeiner wurde. Am Ende nannte er sie eine billige Schlampe und andere erlesene Namen, nahm all ihr Geld aus der Brieftasche und verschwand.

Sharla verließ das Hotelzimmer für den Rest des Wochenendes nicht mehr.

Die Erinnerungen brachten Gefühle mit sich. Die Gefühle brachten Sharla zurück und mit ihr eine ganze Flut anderer Erinnerungen, das nachhaltige Gefühl von Entfremdung und wie absurd es doch war, sich einzubilden, sie sei ein ganz normales menschliches Wesen.

»Ich muß gehen«, sagte Sharla.

»Darf ich Sie begleiten?« fragte Bill.

Sharla stopfte ihren Notizblock in den Rucksack. »Nein, ich muß gehen. Ich hab's eilig.«

Sie rannte fast zur Wohnung zurück. Es war nach sechs, und es war anzunehmen, daß die Wasserfrau schon wieder weg war. Kaum hatte sie die Tür hinter sich geschlossen, ließ Sharla ihren Tränen freien Lauf. Es war das erste Mal in einer langen Zeit, daß sie weinte, zum ersten Mal seit ihrem Entschluß, zu versuchen, ein Leben vor dem Tod zu haben. Das Schluchzen war quälend. Es war unerträglich. Natürlich muß ich sterben, das wußte sie. Meredith kommt zurück. Die echte Meredith Landor möge sich bitte erheben. Sie kommt zurück, um mich abzulösen. Das hier bin nicht ich. Ich bin Sharla. Die mitleiderregende Sharla Jergens. Widerling. Neurotische Ziege. Verliererin. Eine selbstmordgefährdete Depressive, die schon bald tot sein wird. Heute ist der 11. Juli, Lehrer Bill. Noch drei Wochen. Noch drei kurze, schnell verflogene drei Wochen, um den Rest eines ganzen Lebens hineinzupacken. Was für eine Schauspielerin ich doch gewesen bin. Nichts als Theater. Nichts hat sich verändert. Sharla Jergens. Sharla, der alte Trottel. Verliererin. Auswurf.

Um acht Uhr hatte Sharla eine Verabredung mit Tracy. Warum diese Scharade aufrechterhalten? Eine Farce. Lächerlich. Wenn Tracy wüßte, wer ich wirklich bin, müßte sie kotzen. Wenn Allison es wüßte... Wenn Pam und Jude und Ilene und Elise und... Sie würden alle kotzen. Wenn Dana es wüßte und Adele... Wenn Emma es wüßte... und Jodie.

Sharla wischte sich über die Augen. Das sind eine Menge Frauen. Sie hob das Kinn. Frauen, mit denen ich gerne zusammen bin. Sie richtete sich auf. Ich habe noch drei Wochen. Ich habe ein Drehbuch, das vollendet werden muß. Bei Gott, Sharla, mach, daß du verschwindest! Das wirst du mir nicht nehmen. Auf keinen Fall. Sharla ging ins Badezimmer und wusch sich das Gesicht mit kaltem Wasser. Sie betrachtete ihr Spiegelbild. »Hey, Meredith.« Sie lächelte sich an. »Heute abend steht dir ein gutes Gespräch über Bücher mit Tracy und Clair und Paula ins Haus.«

Und so kam es auch. Sie diskutierten über *Frau am Abgrund der Zeit* von Marge Piercy und wählten dann das nächste Buch aus, das sie lesen würden. Sie verabredeten sich für den 8. August, also vier Wochen später. In diesem Augenblick ließ Sharla den Gedanken kaum zu, daß *sie* dann wohl nicht dabeisein würde.

15. Kapitel

Allison hatte einen Auftritt. Ihre Musik ist ganz eindeutig sinnlich, dachte Sharla, die von einem Seitentisch aus zuhörte. Tatsächlich fand Sharla es sehr sexy. Vielleicht war sie voreingenommen. Ein ziemlich großes Publikum hatte sich für die Show eingefunden, und auch ihnen schien zu gefallen, was sie hörten und sahen. Allison war die Leadsängerin, sang vor allem Lieder, die sie selbst geschrieben hatte. Es gab außerdem eine Bassistin und eine Schlagzeugerin. Die Klänge waren auf eindringliche Weise monoton, erinnerten schon fast an einen *Chant*.

Sie beendeten den zweiten Teil des Auftritts um Mitternacht und blieben noch eine Stunde an der Bar, während Allison sich entspannte.

»Wenn ich die Wahl hätte zwischen Biologie und Musik, was glaubst, was ich sausen lassen würde?« sagte sie.

Sharla lachte leise in sich hinein. »Ist doch leicht. Lebt wohl, ihr Mäuse. Und wenn du zwischen mir und der Musik wählen müßtest?«

»Ooooh, tu mir das nicht an.« Allison gab Sharla einen schnellen, harten Kuß auf die Lippen. »Du liebst es, mich zu quälen.«

»Ich liebe es, mit dir zu schlafen.«

»Laß uns nach Hause gehen.«

Sharla liebte es sogar sehr, mit Allison zu schlafen. Ab und zu dachte sie flüchtig darüber nach, wie leicht er ihr gefallen war, der Übergang – denn nichts anderes war es – von Männern zu Frauen. All das andere allerdings auch, stellte sie fest, all die drastischen Veränderungen, die sie während des letzten Monats vorgenommen hatte. Natürlich hatte sie lange und sorgfältig geübt, hatte jede von Merediths Gesten nachgeahmt, war ihre Ausdrucksweise immer wieder durchgegangen, ihre Ansichten, Überzeugungen und Erfahrungen. Aber es hatte sich schnell sehr natürlich angefühlt. Der Gedanke an parallele Leben kam Sharla wieder in den Sinn, wie vor einigen Monaten schon. Vielleicht sind wir ja wirklich ein und dieselbe Person. Vielleicht ist es ja Teil des Plans, daß ich so gründlich und überzeugend vortäusche, Meredith zu sein, damit die Verschmelzung stattfinden kann. Vielleicht verblaßt Meredith schon in diesem Augenblick, jeden Tag, vielleicht wird sie immer undeutlicher, immer unwirklicher, bis sie verschwunden ist und ich weitermachen werde. Ich werde als sie weitermachen. Ach, das wäre schön.

Sharla ließ ihre Hand über Allisons Wange und Hals zu ihren nackten Schultern gleiten. »Ich hätte nie gedacht, daß ich mit einem Rockstar im Bett lande.«

»Ich hätte nie gedacht, daß ich eine zweite Chance bei Meredith Landor bekomme.«

»Ich würde sagen, wir sind zwei Lesbenbräute, die ziemlich viel Glück hatten.«

Sharla konnte den Riesenunterschied, den sie fühlte, wenn sie mit Allison schlief, verglichen mit dem Sex, den sie in der Vergangenheit gehabt hatte, nicht in Worte fassen. Es war fast so, als wären es zwei vollkommen verschiedene Erfahrungen, die verschiedene Seiten ihrer selbst ansprachen und ganz verschiedene Bedürfnisse befriedigten.

Allison glitt zum Fußende des Bettes und legte ihren Kopf einen Moment lang auf Sharlas Bauch, während sie Sharlas Oberschenkel sanft mit ihren langen Fingern streichelte. Sie wanderte abwärts, Zentimeter um Zentimeter, ließ ihre Lippen neckend Sharlas krauses Haar streifen, bis ihre Zunge die Spitze von Sharlas Klitoris fand. Instinktiv bog Sharla den Rücken durch und erschauderte. Allisons Zunge bewegte sich langsam, dann schnell und feucht, im Kreis und darüber hin, erzeugte Hitzewellen, die sie beide fortrissen.

Später sprach Allison ihre Gedanken aus. »Ich bin liebevoll, wenn ich mit dir zusammen bin.« Ihr Kopf ruhte auf Sharlas Brust.

»Es fühlt sich gut an, nicht wahr?«

»Nichts hat sich je so gut angefühlt. Das ist mein Ernst. Ich habe wirklich Glück.«

»Darf ich dich was fragen?« sagte Sharla.

»Was?«

»Warum magst du mich?«

»Wow!«

»Sag's mir.«

»Na ja ... Du meinst das ernst, nicht wahr?«

»Mm-hm.«

»Daß es dir aber nicht zu Kopf steigt.«

»Werd' mein Bestes versuchen.«

Allison setzte sich auf und lehnte sich gegen das Kopfteil des Bettes. »Ich versuche es mal der Reihe nach«, sagte sie und blickte sehr ernst drein.

»Okay.«

Sie atmete tief durch. »Tja, mal sehen ... Zuerst fühlte ich mich von dir angezogen, weil du so sicher wirktest, weißt du. Das war so vor drei Jahren, oder? Ich habe dich beobachtet, als du das Treffen bei den *Chicago Lavenders* gefilmt hast. Du warst einfach ... Du warst ganz offensichtlich die Frau, die das Sagen hatte. Das mag ich. Ich meine, so was mag ich wirklich sehr. Erinnerst du dich, was in dieser Nacht geschah?«

»An was erinnerst *du* dich?«

»Nach dem Treffen kam ich zu dir. Du packtest gerade die Ausrüstung weg, zusammen mit dieser anderen Frau ... Wie war noch gleich ihr Name?«

Sharla antwortete nicht.

»Egal, wer auch immer. Ich kam zu dir und sagte irgend etwas Blödes wie ... was für eine Kamera benutzt du? Oder so was in der Art. Du hast deine Arbeit unterbrochen und mit mir geredet. Ich meine, du hast mich nicht abserviert oder so. Du warst ganz gesprächig und nett.«

»Natürlich. Sieh doch, zu wem ich da das Glück hatte, nett zu sein.«

»Ha! Na egal, jedenfalls mochte ich das an dir. Als ich dich dann etwas näher kennenlernte, gefiel mir dein Humor, obwohl er manchmal ganz schön trocken und sarkastisch ist. Und dein tiefes Lachen. So wie das vor ein paar Minuten. Das mag ich. Ich mag die Dinge, für die du stehst. Deinen Feminismus, dein Engagement.«

»Und in letzter Zeit?«

»Na ja, immer noch das gleiche, und wie lieb du zu mir bist.«
»Ich bin lieb?«
»Natürlich bist du das. Was ist los, machst du dir Sorgen um deinen Ruf?«
Sharla lachte.
»Du kannst allerdings ziemlich bissig sein, wenn du dich über etwas ärgerst. Aber das habe ich in letzter Zeit gar nicht mehr an dir beobachtet. Ich erinnere mich noch daran, wie du Kristin Gaynor in der Luft zerfetzt hast. Sie drängte dich zu irgend etwas, ich weiß nicht mehr, was es war, und du hast sie mit deinem frechen Mundwerk plattgemacht.«
»Das hatte sie auch verdient.«
»Ich weiß. Aber grundsätzlich bist du weich und warmherzig. Besonders in letzter Zeit. Ich schätze, ich sehe deine besten Seiten.«
Sharla fühlte, wie ihr ein Schauer über den Rücken lief.
»Du bist schlau. Du bist kreativ. Das mag ich an dir. Du respektierst auch mein Wissen, und du interessierst dich für meine Arbeit, und du hältst mich für eine Klassesängerin. Wie könnte ich dich nicht mögen, Meredith Landor?«
Allison beugte sich vor, bis ihr Gesicht über Sharlas schwebte. Sie küßte sie innig. »Ich mag dich, weil ich dich liebe.«
Sharla verbarg die Tränen, die sie nicht zurückhalten konnte, und hielt Allison ganz fest. So schliefen sie, Arm in Arm, die ganze Nacht.
»Heute muß ich zur Post«, verkündete Sharla am nächsten Morgen.
Allison machte sich für die Arbeit fertig.
»Die Manuskripte, die du angefordert hast?«
»Genau. Die müßten mittlerweile da sein. Ich habe meiner Mutter geschrieben... Laß mal überlegen, heute ist der 13., das ist etwa zwei Wochen her.«
»Gestern waren sie wohl noch nicht da, hm?«
»Hab' nicht nachgesehen. Ich habe wieder den ganzen Tag an dem Drehbuch gesessen. Ich bin wirklich wie besessen davon.«
»Ich glaube, das Schreiben macht dir noch mehr Spaß als das Verfilmen nachher.«

»Scheint so.«

Allison nippte ein letztes Mal am Kaffee. »Ich muß los. Wir reden heute abend.«

»Ich wünsche dir einen schönen.«

Es war ein langer Fußmarsch von Allisons Wohnung zum Postamt Lincoln-Park. Sharla wollte erst den Bus nehmen, aber der Tag war wunderschön und der Spaziergang machte Spaß.

Jeder Tag, den Gloria Jergens vor dem Postamt verbrachte, war schlimmer als der vorherige. Sie versuchte, nicht zu spekulieren, warum Sharla nicht aufgetaucht war. Sie versuchte, Ruhe zu bewahren. Die Stunden zogen sich endlos dahin. Sie hatte Angst zu lesen. Sie mußte die Eingangstür des Postamts im Auge behalten, konnte es sich nicht leisten, woanders hinzuschauen, nicht einmal für einen Augenblick. Unzählige Phantasien leisteten ihr während der Warterei Gesellschaft, Phantasien über die Wiedervereinigung: Sharlas Überraschung, ihre anfängliche Verärgerung über die Anwesenheit der Mutter, doch dann würde sie freundlicher werden und mit ihr reden. Sie würden sich in der neuen Wohnung, die Sharla endlich gefunden hatte, lange unterhalten. Sie würde ihrer Tochter bei der Einrichtung und Dekoration helfen, ein paar Möbel für sie kaufen, und das würde Sharla *so* gefallen. Ich bin doch wirklich eine gute Mutter. Mein Gott, ich habe ihr mein Leben gewidmet. Ich habe ihr alles gegeben – Klavierunterricht, Ballett, Geburtstagspartys jedes Jahr, hübsche Kleider, Spielzeug, Spielzeug, Spielzeug, dann später die Stereoanlage, ihren eigenen Fernseher, ein eigenes Telefon. Es wäre so eine nette Hochzeit geworden. Das hätte der Höhepunkt sein sollen, oder? Warum ist sie fortgegangen? Uzufrieden mit ihrem Leben, hat sie gesagt. Sie müßte zu sich selber finden. Was sollte das heißen? Was für ein Unsinn! Sie hatte doch alles. Und warum fragt sie, ob sie adoptiert wurde? Vielleicht hätte ich es ihr längst sagen sollen. Wir werden darüber reden. Vielleicht wird sich alles in Wohlgefallen auflösen. Vielleicht wird sie den Arzt heiraten. Vielleicht wird mein Traum wahr werden, so wie er mit Andy fast wahr geworden wäre. Andy ist so ein anständiger junger Mann. Fast wäre es wahr geworden. Fast wäre mein Traum wahr geworden.

Eine Frau, die Sharlas Haare und Statur hatte, kam die Straße hinunter. Gloria Jergens richtete sich in ihrem auf und beobachtete voll gespannter Ungeduld, wie die Frau näherkam, strengte ihre Augen an und stand schließlich auf. Ihre Beine zitterten. Die Frau lief weiter den Bürgersteig entlang, war jetzt weniger als fünzig Meter entfernt.

Gloria tat ein paar erwartungsvolle Schritte auf sie zu, blieb dann stehen, während ihr Gesicht vor Enttäuschung in sich zusammenfiel. Sie konnte jetzt sehen, daß es nicht Sharla war, es war nicht ihre Tochter, und so setzte sie sich langsam wieder hin, um weiter zu warten. Mindestens ein halbes Dutzend Leute hatten ihr während der letzten vier Tage Fragen gestellt, Ladenbesitzer und Leute, die in der Gegend wohnten. Anfangs hatte sie die Wahrheit gesagt, aber als sie weiterbohrten, war das zu schmerzhaft gewesen, und sie behauptete inzwischen, sie arbeite für eine Detektei und observiere das Postamt wegen eines Schmugglers, einem großgewachsenen weißhaarigen Mann mit Bart. Diese Gespräche machten mehr Spaß, obwohl sie sich wegen der Lügen schuldig fühlte.

Gloria kehrte zu ihren Phantasien zurück. Sie würden bei einer Tasse Tee in Sharlas luftiger, kleiner Wohnzung sitzen und über die Zukunft reden.

»*Wenn das mit mir und Terry klappen sollte, werden wir nach der Hochzeit wahrscheinlich nach Portland ziehen. Seine Assistenz im Krankenhaus dauert nur noch ein Jahr. Du wirst ihn mögen, Mama. Er ist ein guter Arzt. Er kann es kaum erwarten, dich kennenzulernen. Er wird sich so freuen, daß du hier bist.*«

Ich dachte immer, nach der Pubertät würde es sich ändern, dachte Gloria Jergens. Ich dachte, sie würde zufriedener sein, aber es wurde nur schlimmer. Ich habe sie gut erzogen, oder? Ich habe ihr die richtigen Werte vermittelt. Sie sollte wirklich glücklich sein.

Es war 9 Uhr 45. Die Menschenmenge, die sich zur Öffnungszeit immer bildete, war kleiner geworden, und es traten jetzt nur noch vereinzelte Nachzügler durch die Eingangstür des Postamts. Viele von ihnen kamen oder gingen mit Paketen in braunem Packpapier. Gloria mußte zur Toilette. Das Restaurant an der Ecke hatte eine schäbige kleine Toilette ohne Handtücher, aber es war die nächstgelegene, und es schien denen nichts auszumachen, daß sie das Klo benutzte. Am zweiten Tag ihrer Wache hatte Gloria außer dem Mittagessen und dem Stuhl bereits Handtuch und Seife mitgebracht.

Sie versuchte den Druck in ihren Eingeweiden zu ignorieren, haßte den Gedanken, sich auch nur für eine Sekunde von hier entfernen zu müssen. Wenn sie es doch tat, ging sie danach unverzüglich ins Postamt und fragte, ob das Paket für Postfach 1428 schon abgeholt worden sei. Sie wartete noch eine halbe Stunde, dann wurde der Druck zu groß. Kurz bevor sie das Restaurant betrat, schaute sie die Straße hinauf und hinunter. Keine Sharla. Sie rannte zum Klo.

Sharla bog um die Ecke. Sie ging ganz langsam, war in eine Kurzgeschichte versunken, die sie vor sechs oder sieben Jahren geschrieben hatte. Sie handelte von einer Frau, die die Beziehung zu einem Mann beendete. Sharla faszinierte die Tatsache, daß die Geschichte gestern hätte geschrieben sein können. Vor sieben Jahren hätte sich ihr ein feministischer Blickwinkel nicht erschlossen, sie hätte ihn nicht weiter verfolgt, sich sogar davon einschüchtern lassen. Und doch war sie sicher, daß die Geschichte einen ausgesprochen feministischen Blickwinkel hatte. Sie ging an dem Ecklokal vorüber, überquerte die Straße und betrat das Postamt. Ich habe seitdem soviel gelesen und dazugelernt, aber irgendwie wußte ich das alles bereits, hatte schon damals ein Gespür dafür. Sie ging zum Postfach 1428. Ein Zettel lag darin. Sie reichte ihn der Angestellten und bekam ihr Paket ausgehändigt. Sharla war aufgeregt, wollte schnellstens nach Hause und sich die Manuskripte ansehen. Ein Bus kam näher. Sie rannte und erwischte ihn gerade noch.

Von der Ecke aus sah Gloria Jergens ihre Tochter laufen, sah das Paket unter ihrem Arm. Sie rannte hinter ihr her. »Sharla!« Ihre Stimme war schrill in ihrem Eifer und ihrer Not.

Sharla bezahlte ihren Fahrschein und setzte sich ganz hinten in den Bus.

Gloria, die immer noch rannte, konnte Sharlas Hinterkopf sehen, während der Bus, ungeachtet ihres fieberhaften Schreiens, davonfuhr.

Sie rannte hinterher. Ihr Absatz brach ab. Sie riß sich die Schuhe von den Füßen, stopfte sie in ihre Tasche und rannte weiter. Der Bus entfernte sich immer weiter. Sie hielt nach einem Taxi Ausschau. Wo war ein Taxi? Sie wurde immer verzweifelter. Ihr Haar hatte sich aus den Haarklemmen gelöst. Sie hielt ein Auto an.

»Bitte. Meine Tochter... sie sitzt in dem Bus da. Ich muß zu ihr. Bitte, würden Sie mich mitnehmen?«

Der Fahrer schaute sie mit verächtlichem Unmut an, murmelte etwas in sich hinein und fuhr weiter. Gloria Jergens konnte den Bus nicht mehr sehen.

16. Kapitel

Noch sechs Tage. Natürlich hatte Sharla von Anfang an genau gewußt, wann es würde enden müssen. Sie saß im Schneidersitz auf dem rostbraunen Teppich im Wohnzimmer, zog an ihrer Zigarette und fühlte sich ganz nostalgisch vom Schwelgen in Erinnerungen. Es war ein merkwürdiges Gefühl, wieder zu rauchen, andererseits auch wieder gar nicht merkwürdig. Erst vor kurzem hatte sie Merediths Quittung vom Reisebüro herausgekramt, hatte gehofft, daß sie auf magische Weise verschwunden sein könnte – ein Zeichen, daß ... Doch die Quittung lag in der Schublade, genau dort, wo sie immer gelegen hatte. Wütend griff Sharla nach dem mahnenden, schicksalsschweren Zettel, knüllte ihn zusammen und schleuderte ihn durchs Zimmer. Er landete zu Füßen des Rhododendrons.

Während der letzten Tage hatte das altbekannte Gefühl von Schwere, eine nervöse Ruhelosigkeit und Verärgerung sich ihrer hinterrücks bemächtigt. Anfangs wußte sie nicht, warum, und auch nicht, was der Rückfall in alte Stimmungen bedeutete. Nichts hatte sich verändert. Sie kostete weiterhin die befriedigende Fülle ihres Lebens als Meredith Landor aus; sie sah Allison regelmäßig und liebte es, liebte das Gefühl, geliebt zu werden und Liebe zu empfinden; sie arbeitete am Drehbuch, fühlte sich unbeschwert kreativ und fähig; sie war aktiv, hatte sich eingelassen auf Menschen und Gedanken. Nichts hatte sich verändert, nichts außer dem Datum, dem Strom der Zeit. In ihrem Hinterkopf, in irgendeinem spinnwebverhangenen Teil ihrer Gehirnwindungen hatte die schreckliche Realität sich festgesetzt, meldete sich dann und wann, leise erst, mittlerweile aber beharrlicher. Noch sechs Tage.

Wütend drückte Sharla die Zigarette aus und steckte sich eine neue an. Das Ende des »wahrgewordenen Traums«. Wurde es deshalb immer schwieriger, nicht aus der Rolle zu fallen? Drängten sich deshalb Sharla-Gedanken und -Gefühle dauernd dazwischen? Sharla wußte, daß das der Grund war. Das Ende kam viel zu schnell, und sie wollte nicht aufhören. Ihre Hände ballten sich zu wütenden Fäusten, die sich in den Teppich bohrten. Ich bin noch nicht bereit, es aufzugeben. Sie schlug mit den Fäusten auf ihre Knie. Ich brauche mehr Zeit. Wenn sie doch noch einen Monat in San Francisco bliebe. Nur noch einen einzigen Monat. Sie streckte sich auf dem Boden aus, den Kopf am Fuß des hölzernen Couchtischs, dachte wieder an Allison und an ihr neues Selbst, ihr liebenswertes, liebevolles, interessantes, lebendiges Selbst.

Aber du wußtest doch, daß es so nicht weitergehen würde, ermahnte Sharla sich, daß es nur ein Spiel war, auf Täuschung gegründet und dazu bestimmt, ein Ende zu finden. Sie dachte an ihr altes Selbst, ihr Sharla-Selbst. Direkt unter der Oberfläche lauerte ständig *Sharla*, oder nicht?

Sie erinnerte sich an die Zeit, als sie die Rolle der Anita in der *West Side Story* gespielt hatte. Sie war Anita *geworden*, stark und sensibel und fürsorglich. Wenn sie auf der Bühne stand, dann war sie Anita, und selbst auf dem Set, wenn sie mit den anderen Schauspielern und dem Regisseur und den Bühnenarbeitern verkehrte. Doch sobald sie ging, sobald sie das Theater verließ, wartete *Sharla* auf sie, ängstlich und entfremdet. Es hatten keine inneren Veränderungen stattgefunden. Natürlich nicht. Es war nur die Rolle in einem Stück, nichts als Vorspiegelung und Täuschung. War dieses Stück jetzt anders? Jetzt waren die Bühne und das Set immer bei ihr, wohin sie auch ging, selbst wenn sie allein war, selbst wenn sie mit Leuten zu tun hatte, die nicht den leisesten Schimmer hatten, wer Meredith Landor war. Und doch lauerte *Sharla* auch weiterhin in diesen kleinen Zwischenräumen, kam dann und wann urplötzlich zum Vorschein, mahnend, daß sich tief drinnen nichts veränderte, daß das Stück, wie alle Stücke, bald die letzte Szene erreichen würde. Noch sechs Tage.

Sharla fühlte, wie sich ihre Eingeweide verkrampften und ihr übel wurde. Ich kann unmöglich wieder werden, was ich wirklich bin! Sie hielt sich den Bauch und rollte über den Fußboden des behaglichen, warmen Wohnzimmers von Meredith Landor, die schon bald nach Hause kommen würde.

Der Himmel draußen wurde dunkel, derweil Sharla zusammengerollt auf dem Boden in ihrer Position verharrte. Der Tag neigte sich dem Ende zu. Sharla zu töten ist die einzige Lösung, dachte Sharla und setzte sich auf. Sie robbte zu einem Sessel und setzte sich mit geradem Rücken darauf, das Kinn entschlossen vorgereckt. Diese Entscheidung vollkommen richtig. Sie nickte. Mein letzter großer Spaß, dann das Ende. So lautet der Plan. Ja.

Doch das Gefühl von Frieden und Erleichterung wollte sich nicht einstellen. Nicht mal eine Spur des Hochgefühls, das ihre ursprüngliche Entscheidung zu sterben begleitet hatte. Der Spaß neigte sich seinem unwiderruflichen Ende zu, und sie war nicht im entferntesten einverstanden. Vielleicht stürzt das Flugzeug ja ab, dachte sie plötzlich. Sie spürte quälende Gewissensbisse.

Es muß doch einen Weg geben. Sie lehnte den Kopf im Sessel zurück, die Augen auf die Zimmerdecke geheftet, als wüßte der weiße Putz die Antwort. Unbewußt griffen ihre Finger nach ihren Nackenhaaren. Wäre es möglich, die Rolle weiterzuspielen? Die Decke antwortete nicht. Diesmal ist es anders, anders als bei diesen Schulaufführungen. Vielleicht ist es ja möglich. Sie ist Blut meines Blutes. Dies hier ist anders. Es ist nicht wie mit Anita. Vielleicht könnte ich es schaffen. Vielleicht muß das Stück nicht enden. Ich könnte in eine andere Stadt ziehen, dachte Sharla. Sie war mittlerweile aufgestanden und lief hin und her. Vielleicht nach New York. Ich könnte dort hinziehen und so tun, als sei ich Meredith. Ich könnte das tun, was ich auch hier getan habe, Ausflüge machen, in Bars gehen, Frauen kennenlernen, Freundinnen gewinnen, von vorne anfangen. Sie lächelte jetzt und nickte beifällig. Ich würde einen neuen Namen annehmen. Vielleicht Kate. Nein, nein, ich würde bei Meredith bleiben. Ich liebe diesen Namen, aber ich würde mir einen anderen Nachnamen suchen. Stone, Meredith Stone. Sharla runzelte die Stirn. Ja, klar doch. Meredith Garbo Stone, die große Schauspielerin, immer in der Rolle, immer schauspielernd. Die unangefochtene Hochstaplerin. Mit geschlossenen Augen lehnte sie sich gegen die Wohnzimmerwand.

Ich frage mich, wie lange es dauern würde, bevor *Sharla* sich wieder einschliche. Sie stellte sich eine Schlange vor, die sich durch ihr Ohr in ihr Bewußtsein stahl. Ich weiß, daß sie zurückkommen würde. Sie ist schon zu lange bei mir, um davonzukriechen und zu verschwinden. Es würde nicht funktionieren. Die Leute würden es wissen. *Ich* würde es wissen. Ich kann es nicht einfach nur *spielen*, der Zauber besteht darin, *Meredith Landor zu sein*. Sharlas Energien waren zurückgekehrt. Jawohl, und es war vorherbestimmt. Das weiß ich genau. Die andere sollte nicht zurückkehren. Sie durfte es nicht. Dies gehört jetzt mir. Es war vorherbestimmt. Ich kann nicht weg. Ich liebe dieses Leben. Sharla hastete mit ruckartigen, ziellosen Bewegungen durchs Zimmer. Sie dachte an Allison. Ich *will* nicht weg. Sie dachte an die Freundinnen, die sie gewonnen hatte, und wie sie sich ihr gegenüber verhielten, so als sei sie Jemand, und wie sie sie anblickten. Ich will nicht! Und ich sollte es nicht müssen. Ich sollte nicht sterben müssen. Ich habe das Recht auf eine Chance.

Sharla lief wütend auf und ab, erst zum Fenster, dann zurück quer durchs Zimmer. Vielleicht kommt sie ja nicht zurück. Ein leises Lächeln ließ ihr gequältes Gesicht weicher werden. Vielleicht ist sie ja bereits verschwunden. Das Lächeln wurde breiter. Ja, und ich bleibe einfach für immer und ewig hier. Sie blieb stehen und setzte sich immer noch lächelnd auf eine Sessellehne. Ich werde Drehbücher für Filme schreiben und mit Allison zusammensein. Ich werde ein Leben leben, in dem ich geliebt und geachtet werde, und ich werde mich selber lieben und achten. Ich werde mich achten, so wie ich Meredith Landor achte, denn ich werde Meredith Landor sein. Sie ließ diese Phantasie für eine Weile zu.

Ich will nicht sterben! Sharla weinte jetzt. Durch den Tränenschleier sah sie das zerknüllte Papier auf dem Wohnzimmerboden liegen. Noch sechs Tage. Sie stampfte mit ihrem Fuß heftig auf die geknüllte Papierkugel. Ich hasse dieses Miststück! Sofort stellten sich wieder Schuldgefühle ein. Es ist nicht ihre Schuld; sie hat ein Recht darauf, ihr eigenes Leben zurückzuverlangen. Sie ist Meredith, du bist Sharla. So sieht's aus, du Arschloch, akzeptiere das endlich. Es ist ihr Leben, nicht deins. Nein! Doch, du hast noch sechs Tage; versau wenigstens die nicht, genieße, was dir noch bleibt, du Idiotin.

Sharla ging ins Arbeitszimmer und holte das Drehbuch zu Emmas Film. Sie versuchte zu arbeiten, aber sie konnte sich nicht konzentrieren, konnte nicht umschalten und etwas vorgeben. Sie hielt es ein paar Minuten durch, dann kam *Sharla* zurück. Wer bin ich denn überhaupt? Wenn ich wirklich so gut war, wenn ich so viele Leute an der Nase herumgeführt habe, sogar mich selbst von Zeit zu Zeit, dann muß ich zum Teil *sie* sein. Die Verschmelzung findet statt, das ist es. Sharlas Gedanken rasten. Sie schob das Drehbuch beiseite.

Ich muß nachdenken. Sie hyperventilierte, während sie auf- und abging, hin- und herlief zwischen Diele und Wohnzimmer und Diele und Wohnzimmer. So lief sie sehr lange Zeit, fühlte sich immer erregter und merkwürdiger. Das Telefon klingelte, aber sie hob nicht ab, nahm das Geräusch kaum wahr. Was ist eigentlich Identität? fragte sie sich. Sind Zwillinge tatsächlich zwei verschiedene Personen? Was ist eine Person? Was macht eine Persönlichkeit aus? Bin ich immer noch Sharla? Muß ich sterben? Wie eine Furie lief sie auf und ab, bis ihre Besessenheit in Erschöpfung mündete und sie schließlich auf die Couch fiel und unruhiger Schlaf voll furchterregender Träume sie übermannte.

Der schlimmste dieser Träume ähnelte dem mit dem Fahrrad, den sie sich damals im Zoo für Terri ausgedacht hatte. In diesem Traum tanzte Sharla gerade eine Straße entlang, unbekümmert und frei, auf dem Weg zu Allison, als sie bemerkte, daß ihr jemand folgte. Sie drehte sich um, um nachzuschauen. Es war eine riesige Frau, gigantisch, zwei oder drei Meter groß, und sie sah genau aus wie Sharla, bloß riesengroß. Die Frau war wütend. Sharla rannte so schnell sie nur konnte, doch die Frau verfolgte sie, jagte sie durch Straßen, Alleen hinunter, über den Strand, in dunkle, menschenleere Bars und wieder hinaus. Zu Tode erschrocken rannte Sharla immer weiter, rannte so schnell sie konnte, trieb sich zu immer größerer Eile an, doch die Riesin folgte ihr auch weiterhin. Sie kam jetzt näher an Sharla heran, immer näher und näher. Sharla spürte den heißen, wütenden Atem ihrer Verfolgerin im Nacken, dann einen eisernen Griff um ihr Handgelenk, der sie mit einem Ruck zum Stehen brachte. Gezwungen, sie anzuschauen, starrte Sharla dieses überwältigende Abbild ihrer selbst voller Entsetzen an, wehrte sich kraftlos gegen den Schraubstockgriff, der sie umklammert hielt. Sharlas Kampf rief ein gelassenes Lächeln auf das Gesicht der riesigen Frau. Sharla zog und zerrte verzweifelt und mit aller Macht, um freizukommen, kämpfte gegen eine Kraft, die nicht im geringsten nachgab. Sie zog und zog, bis sich ihr festgeklemmter Arm schließlich von ihrem Körper zu lösen begann. Er riß immer weiter ab, bis er sich schließlich völlig abtrennte und aus dem Schultergelenk gerissen wurde. Mit einem animalischen Aufheulen rannte Sharla los, einarmig, bloß weg, während die Frau ihr lachend hinterherlief, sie leicht wieder einfing und ihr ein weiteres Körperteil nahm, dann noch eins und noch eins, bis die ganze Sharla, jedes noch so kleine Stück von ihr, verschwunden war, und Sharla schreiend erwachte.

Am nächsten Tag beantwortete sie weder Telefonanrufe noch verließ sie die Wohnung. Sie verbrachte den ganzen Tag allein, dachte nach und grübelte, vergaß darüber allerdings nicht ihre Verabredung mit Allison am Abend. Immer wieder zwang sie sich in ihre Meredith-Rolle zurück, versuchte, den Kontakt zum Meredith-Selbst wiederherzustellen. Kurzfristig gelang ihr das auch. Noch fünf Tage. *Ich will diese Tage, ich will sie genießen. Denk nicht an die Zukunft.* Sie zog sich an, bereitete sich auf Allisons Ankunft vor, versuchte, fröhlich zu sein, doch unerbittlich drängte die schmerzliche Realität sich immer wieder in ihr Bewußtsein. Sie kämpfte sich vor und zurück, bis Allison eintraf. Obwohl Sharla versuchte, so zu sein, wie sie gewesen war, bemerkte Allison die Veränderungen sofort.

»Meredith, sag mir, was los ist. Bist du über irgend etwas traurig? Rede mit mir.«

Doch natürlich konnte Sharla nicht mit Allison reden. Mit niemandem konnte sie über den Schmerz reden, der zurückkehrte, und warum er das tat. Ihr blieb nur eins übrig. Die Tabletten lagen bereit. Sie bewahrte sie in der obersten rechten Kommodenschublade in ihrem Schlafzimmer auf, in *Merediths* Schlafzimmer. Ja, *Merediths* Schlafzimmer. *Merediths* Wohnung. *Merediths* Freundinnen. Respekt und Liebe, die *Meredith* sich verdient hatte. *Merediths* Leben. *Ich habe kein Leben.*

Sharla kämpfte sich durch den Abend mit Allison. Im Kino ging es noch, aber beim Abendessen wurde es zu schwierig, die Scharade aufrechtzuerhalten, deshalb gab sie vor, stechende Kopfschmerzen zu haben und unverzüglich nach Hause gehen zu müssen, allein. Allison war besorgt und liebevoll und brachte sie nach Hause und bot ihr an, bei ihr zu bleiben, ging erst, als Sharla darauf bestand, daß sie sich viel besser fühlen würde, wenn sie schlafen könnte, allein, um die Kopfschmerzen zu vertreiben. Sie schlief sehr schlecht, wurde wieder von beunruhigenden Träumen heimgesucht.

Als Allison am nächsten Tag anrief, ging sie nicht ans Telefon.

Sie reagierte nicht auf das Läuten an der Tür.

Sie saß am Fenster, starrte vor sich hin, ohne etwas zu sehen, fühlte *Sharlas* ungebetene, unwillkommene Rückkehr, fühlte, wie sie sich ihrer bemächtigte.

Einmal, als sie vornübergebeugt dasaß und ihren bleischweren Kopf in den Händen hielt, brach sie unvermittelt in Lachen aus, lachte laut über sich selbst. Dumme Kuh! Das Lachen war häßlich. Verlogenes Leben. Lächerlicher Betrug. Hochstaplerin. Niemand. Rückgratlose ekelerregende nichtige Null.

Sie begriff, daß wieder das gleiche geschah wie an dem Tag, als dieser adrette Typ an ihre Tür gekommen war und nach ihrer Meinung gefragt hatte. Plötzlich war Meredith verschwunden; Sharla war wieder da.

Mit unerfreulicher Anschaulichkeit kehrte ihr Leben zurück. Leben am Rand. Außenseiterin. Mit niemandem in Verbindung. Kaum real. Nicht real. Allein. Ängstlich. Andere Menschen scheuend. Sich unsichtbar fühlend. Unberührbar. Unerkannt. Nicht existierend.

Und wenn ich weg bin, wird das niemanden kümmern. Ihr Gesicht hatte sich in eine bittere, schmerzverzerrte Grimasse verzogen. Mutter wird weinen, natürlich. Igitt. Tränen für ihr jämmerliches Selbst und ihr klägliches Scheitern. Soll sie doch die Schuld auf sich nehmen. Soll sie doch leiden, diese eklige Sau. Und Dad ... Sharlas Gesicht wurde weicher. In sich gekehrter, hinter Mauern verschanzter Dad. Du wirst leise in dich hineinweinen, nicht wahr, Daddy, und dann dein *Wall Street Journal* weiterlesen.

Sollte ich eine Nachricht hinterlassen? Sollte ich es Meredith sagen? Was war mit Allison? Liebe süße Allison. Tränen standen Sharla in den Augen. Das war der beste Teil: Allison zu kennen, sie zu lieben. Sharla zwang sich, die Gedanken an Allison zu verdrängen.

Es wird eine solche Verwirrung entstehen. Die Leute werden denken, Meredith sei verrückt. *Was soll das heißen, du bist während des Sommers nicht nach Chicago zurückgekommen?* wird Terri sagen. *Was soll das heißen, wir hätten uns nie ineinander verliebt?* wird Allison sagen. Sharla lachte. Es war ein merkwürdiges, unheimliches, hohes Lachen. Das Wohnzimmer war dunkel und still, düstere Stille, wenn man von Sharlas Lachen absah, diesem merkwürdigen gespenstischen Lachen, das von den Wänden widerhallte.

Und Emma wird wissen wollen, wie das Drehbuch vorankommt. *Was soll das heißen, welches Drehbuch?* Noch mehr wildes Lachen, das in Sharlas Kehle erstickte und sich in Schluchzer verwandelte. Sie ging ins Schlafzimmer. Sie öffnete die rechte obere Kommodenschublade, nahm die silberne Dose heraus und öffnete sie. Mit zitternden Händen kippte sie die kleinen weißen Ovale auf die Kommode. Sie zählte sie. Vierundzwanzig. Mehr als genug.

Sharla blieb vor der Kommode stehen, starrte auf die Tabletten und betrachtete sich dann in dem kalten Spiegel, der ihren Verfall abbildete. Sie wußte, daß sie dabei war, durchzudrehen. Sie stolperte zum Bett. O Gott. Stöhnend lag sie auf dem Rücken, während das sanfte Licht des warmen Zimmers die schmerzlichen Züge hervorhob, die sich in ihr Gesicht eingegraben hatten. »Willkommen zu Hause, Meredith«, sagte sie bitter. »Klar, komm nur zurück, Meredith. Nimm mir nur alles weg, Meredith. Nimm alles, Schwester. *Schöne* Schwester! Miststück! Du bist für mich keine Schwester. Grausames Monster.« Ein Tropfen Spucke lief von Sharlas Lippen auf ihr Kinn. »Herzlose, widerliche Diebin! Selbst-Räuberin.«

Ihr Unterkiefer spannte sich wütend an. »Nein!« schrie sie. »Nein, das werde ich nicht zulassen!« Sie war vom Bett aufgestanden und trommelte jetzt mit den Fäusten gegen die Wand. »Du bist nicht Meredith. *Du* bist nicht Meredith, *ich* bin es! Ich habe es verdient.« Sharlas Atem kam als tiefes Keuchen. »Ich habe hart gearbeitet. Ich habe es geschafft. Ich bin du geworden. Ich *bin* du. Ich *bin* Meredith, und du kriegst mich nicht.« Sie schrie die Worte. Im Kommodenspiegel auf der anderen Seite des Zimmers erhaschte sie einen Blick auf ihr Spiegelbild, und sie hielt unvermittelt inne. »Laß mich in Ruhe, Meredith«, schrie sie. Das Abbild sprach die Worte lautlos mit, verspottete sie. »Laß mich in Ruhe.« Sharlas zitternde Hände packten einen Blumentopf, warfen ihn mit aller Kraft gegen das schmähende Abbild und zerschlugen es. »Du kannst mich mir nicht selber wegnehmen. Mörderin! Seelenräuberin! Verschwinde! Verschwinde!«

Sharla fiel wieder aufs Bett; sie schwitzte stark. Sie krümmte und wand sich, ihr Gesicht war verzerrt von dem Haß und dem Schmerz, der ihr Innerstes zerriß. »Du hast nicht länger das Recht zu existieren, Seelenräuberin!« Ihre Stimme war heiser. »Ich bin an der Reihe!« Sie wiegte sich stöhnend und schluchzend auf dem Bett.

Aus dem Wohnzimmer kam ein grelles, summendes Geräusch. Die Klingel.

Sharla spannte sich an. »Ist sie das? Die Böse?«

Es klingelte wieder. »Verschwinde, Seelenräuberin!« Sharla blieb zitternd auf dem Bett sitzen.

Ein paar Minuten später klopfte es an der Hintertür.

Sharlas Augen weiteten sich panisch, ihr ganzer Körper wurde starr. Sie ist gekommen, um meine Seele zu holen! Die Panik übermannte sie. Sie kletterte vom Bett auf den Fußboden und schob sich zentimeterweise unter das Bett, zog das Bettzeug hinter sich her.

Allison lugte durchs Küchenfenster, konnte in der Dunkelheit aber nichts erkennen.

Sharla lag eingekeilt unter dem Bett; sie hatte die Beine wie ein Fötus an den Körper gezogen. Du kriegst mich nicht! Lange Minuten lag sie starr und unbewegt da, dann eine Stunde, noch eine Stunde und den größten Teil der Nacht. Das Telefon klingelte in regelmäßigen Abständen, versetzte sie in Panik, und jedesmal zog sie sich in ihr Innerstes zurück, drängte ihren Leib noch weiter in die Ecke auf dem Fußboden unter Merediths Bett, voll panischer, schrecklicher Angst.

17. Kapitel

Meredith lag unter dem Bett. Man konnte nur ihre Füße mit den Strümpfen sehen, die unter der bunten überhängenden Baumwolldecke hervorragten.

»Kannst du ihn sehen?« flüsterte Chris.

Meredith antwortete nicht, doch ein paar Sekunden später schlängelte sie sich mit dem Hamster, der nun wieder sicher in seinem Käfig saß, hervor. Immer noch auf dem Boden sitzend, reichte sie Cora den Käfig. »Der arme Liebling ist völlig traumatisiert«, sagte sie. »Er braucht ein wenig von deiner liebevollen Fürsorge.«

»Er bekommt ein Salatblatt und eine Standpauke, daß man nicht von zu Hause wegläuft«, sagte Cora streng. »Oh, seht mal, er hat wirklich Angst. Danke, Meredith. Bis nachher, ihr beiden.« Sie ging und schloß die Tür hinter sich.

Immer noch auf dem Boden lehnte Meredith sich gegen das Bett und klopfte sich den Staub von den Jeans.

»Wie war's da unten?« fragte Chris. Sie faltete ihren großen Körper zusammen und setzte sich im Schneidersitz Meredith gegenüber ebenfalls auf den Boden.

»Es war toll. Mein ganzes Leben ist vor meinen Augen revuepassiert. Vergangenheit und Zukunft.«

»Ah, wie beim Ertrinken. Erzähl mir, was du gesehen hast, vor allem in der Zukunft.«

Meredith lachte in sich hinein. »Es war alles sehr deutlich«, sagte sie. »Ich sah mich friedlich in meinem Bett liegen, in meiner ordentlichen, hübschen, aufgeräumten Wohnung, ausgeschlafen, keine Hamster oder Katzen oder chaotischen Coras weit und breit, die mir den Nerv rauben.«

Chris täuschte ein Schmollen vor. »Du hast es eilig, wegzukommen.«

Meredith lächelte und legte eine Hand auf Chris' Hüfte, schob dann ihre Bluse hoch, um die nackte, warme Haut zu fühlen. »Ich bin hin- und hergerissen«, sagte sie.

Chris packte Merediths Handgelenk und zog sie beim Aufstehen mit sich. »Es wird viel Zeit vergehen, ehe wir uns wiedersehen«, sagte sie lächelnd. »Ich glaube, ich werde über dich herfallen, bevor wir Lebewohl sagen.« Sie zog Meredith zu sich heran, hielt immer noch ihr Handgelenk fest und küßte leidenschaftlich ihre Lippen, ein langer, langer Kuß.

Meredith taumelte schwindlig und lachte dabei. »Ich glaube, ich könnte mich an deine Art, über mich herzufallen, wirklich gewöhnen.« Sie setzte sich aufs Bett, legte sich dann zurück und zog Chris mit sich.

Während des letzten Monats waren Meredith und Chris etwa ein halbes Dutzendmal zusammengewesen. Chris' Flugplan brachte sie regelmäßig nach San Francisco. Sie hatte sich einige Male das Flugzeug einer Freundin geliehen und war mit Meredith geflogen, meist nur kurze Abstecher, einmal nach Seattle. Chris hatte eine Geliebte in Tecumseh, die Fotoausrüstungen verkaufte und die meiste Zeit über durchs Land reiste. Sie hatte auch ein paar männliche Freunde, mit denen sie gelegentlich Sex hatte, und neben Meredith ein oder zwei Frauen.

Meredith empfand Chris' Gesellschaft als wunderbar, absolut angenehm, ob sie nun miteinander redeten, mit dem Flugzeug flogen oder sich im Bett in die Lüfte erhoben. Meredith kam zu dem Schluß, daß Chris eine Abenteurerin war, eine äußerst dynamische, interessante, sexuell feurige, politisch unkorrekte Einzelgängerin, die perfekte Frau für ein Abenteuer, ohne Ansprüche, ohne Gewissensbisse, ohne Angst vor Anschuldigungen, ohne verborgene Gefühlen oder andere Komplikationen, die sie nicht brauchen konnte.

Meredith hatte bereits einiges gutes Material über sie für den Pilotinnen-Film, und ganz wie sie gehofft hatte, gab Chris ihr völlig großzügig ein paar Flugstunden. Gestern hatte Meredith zum erstenmal den Steuerknüppel übernommen. Sie hatte das Fahrgestell im exakt richtigen Moment ausgefahren. Chris hatte beifällig genickt. Die Landebahn war in Sichtweite. Meredith konzentrierte sich mit jedem fein abgestimmten Sinn vollkommen auf das, was sie tat, nahm jeden relevanten Reiz wahr und keinerlei Notiz von überflüssigen

Dingen. Gelegentlich ließ Chris ein anspornendes »Gut« oder »Klasse, das machst du wirklich super« verlauten, dann waren sie auf dem Boden und bremsten ab.

Sie gingen zu *Mame's* in der Cole Street, um zu feiern. Als sie dort ankamen, waren Cora da und Sarah und einige andere Freundinnen, die jubelten, als Meredith und Chris durch die Tür traten, und dann in Gesang ausbrachen und im Chor »Über den Wolken« zum Besten gaben.

»Ich schmeiß' eine Runde«, sagte Chris. »Ihr sollt wissen, daß ich sehr stolz auf diese Schülerin bin.« Sie hatte den Arm um Merediths Schulter gelegt.

Cora hielt eine Bierflasche vor Merediths Mund. »Also, du Flugwunder, ein paar Worte zu deinen Fans. Was für ein Gefühl ist es, durch die Lüfte zu segeln ohne eine einzige Stewardess in der Nähe, die dir das Kissen aufklopft?«

»Ladys und Frauen«, sagte Meredith, nahm Cora die Flasche ab und sprach hinein. »Es war ein Spitzenerlebnis. Ich habe mich high gefühlt, ganz ehrlich, so als würde ich fliegen. Es war fast so, als berührten meine Füße nicht länger den Erdboden. Sehr erhebend.« Sie nahm einen tiefen Schluck aus der Flasche.

Von der Bar aus gingen Meredith, Chris und Cora in Coras Wohnung. Sie bastelten sich ein Abendessen, redeten und tranken Wein, und als Meredith und Chris sich in Merediths Schlafzimmer zurückzogen, war der Hamster entwischt.

»Ich muß schon sagen, dieser Fang war eine kühne Tat«, sagte Chris und streckte ihren endlosen Körper neben Meredith aus. »Jetzt werde ich *dich* einfangen.« Sie packte Merediths Handgelenke und hielt sie hinter deren Kopf fest, drückte sie auf die Matratze.

Meredith tat so, als würde sie sich wehren. »Das wird nicht leicht für dich. Ich bin eine Wildkatze, weißt du, und kein harmloser Hamster.«

Chris lachte in sich hinein. »Ich liebe Herausforderungen.« Sie ließ ihre Zunge über ihre Zähne gleiten. »Ich werde dich zähmen.«

Chris schob sich auf Meredith, drückte ihre Arme dabei immer noch flach auf das Bett. Während sie sie küßte, wanderte ihre freie

Hand zu Merediths Gürtelschnalle, öffnete sie und schob sich dann weiter hinunter zu dem pelzigen Hügel; zwei kraftvolle Finger drangen in sie ein.

Meredith keuchte. »Ich glaube zu bemerken, daß du heute abend ganz besonders aggressiv bist, Geliebte.«

»Das bin ich.«

»M-mm.«

Sie küßten sich wieder. Meredith veränderte ihre Position, wollte sich ausziehen.

»Du kommst hier nicht weg!«

»Ich versuche gar nicht, wegzu...«

Ein kraftvoller Kuß unterbrach ihre Worte. »Ich werde dich fesseln müssen«, sagte Chris.

Meredith zog die Augenbrauen hoch. »So?« Sie lächelte verführerisch.

»Keine Bewegung«, befahl Chris. Sie stand auf und ging zur Kommode, stöberte in der obersten Schublade herum und kam schließlich mit zwei Schals von Meredith zurück, einem malvenfarbenen und einem gemusterten.

Meredith stützte sich auf einen Ellenbogen und beobachtete sie vergnügt.

»Es ist ganz offensichtlich, daß du gefügig gemacht werden mußt«, sagte Chris, ließ die Schals vor Meredith baumeln und zog sie dann leicht über ihr Gesicht.

Sie zogen sich gegenseitig aus, lächelten, ohne ein Wort, dann nahm Chris einen Schal und schlang ihn um Merediths Handgelenk. »Ich werde dich fesseln.«

Meredith zuckte mit den Schultern.

Chris sah einen Augenblick sehr ernst aus. »Ist das okay?« fragte sie.

Meredith zuckte ein weiteres Mal mit ihren nackten Schultern. »Bis jetzt schon«, sagte sie, »du wildes Weib. Ich werde dich schon wissen lassen, wann es zu heftig wird für mich.«

»Hast du jemals...?«

»Nein.«

Chris ließ ihr Gesicht einen Ausdruck gespielter Strenge annehmen. »Du brauchst es«, sagte sie. Dann wurden ihre Züge wieder weicher. »Sag einfach, hm ... mal sehen, in Ordnung, sag ›Hamster‹, wenn du willst, daß ich aufhöre.«

Meredith fühlte sich sehr erregt. Sie fuhr mit der Hand zwischen Chris' Beine. Chris packte ihren Arm und zog ihn weg, hielt ihr Handgelenk wieder fest. »Noch nicht, Frau. Nicht, bevor ich es dir erlaube.« Sie band einen Schal um Merediths linkes Handgelenk und befestigte das andere Ende am Pfosten des alten Eisenbettes.

Meredith amüsierte sich, amüsierte sich über ihre eigene Erregung und Neugier und auch darüber, wie ungeheuer politisch unkorrekt das alles war. Sie kannte das Für und Wider der Debatte. Sie hatte eigentlich keine Meinung dazu. Chris band ihr anderes Handgelenk ebenfalls an den Bettpfosten.

»So, jetzt kann ich mit dir machen, was ich will.«

Meredith versuchte, nicht zu kichern, aber Chris sah das Glitzern in ihren Augen und fing selbst an zu lachen. »Das ist ernst hier«, sagte sie lächelnd.

»Ich weiß. Ich werde gezähmt.«

Chris trat einen Schritt zurück und sah Meredith hungrig an. »Ein ganz schön leckerer Körper«, sagte sie.

Meredith, die nackt und mit hinter dem Kopf gefesselten Händen auf dem Rücken lag, begann, ihre Hüften langsam zu bewegen.

Chris' Hände wanderten zu ihren Brüsten, dann langsam abwärts, über Merediths sich wiegende Taille und Hüften und Oberschenkel. »Du kannst nichts anderes tun, als es genießen«, sagte Chris.

Meredith lief bereits über. »Oh, in Ordnung«, konnte sie gerade noch sagen, als Chris ihre Beine weit spreizte und ihre Zunge auf Merediths Möse legte.

Es war nicht nötig, ›Hamster‹ zu sagen. Es war eine weitere Erfahrung, eine in vieler Hinsicht stimulierende, auch zum Nachdenken anregende, und Meredith wußte, daß sie in ihrem Tagebuch darüber schreiben würde, sobald sie nach Hause kam.

Am nächsten Tag flog Chris nach Idaho. Sie verabschiedeten sich liebevoll voneinander, waren sicher, daß sie sich wiedersehen würden, wußten nur noch nicht, wann. Der Film würde heute abgemischt werden, die Sponsoren würden ihre Meinung dazu kundtun, dann käme der endgültige Schnitt, und am Donnerstag würde Meredith nach Hause zurückkehren. Sie würde San Francisco vermissen, konnte es aber gleichzeitig kaum erwarten, nach Hause zu kommen, Terri wiederzusehen und in die friedliche Atmosphäre ihrer eigenen Wohnung zurückzukehren.

18. Kapitel

Schon seit Stunden war Ruhe eingekehrt in das Appartement 303 in der Fullerton Avenue. In keinem der hübschen, aufgeräumten Zimmer war ein Geräusch zu hören, außer in einem. Im Schlafzimmer drangen unter dem Bett die angestrengten Geräusche von Sharla Jergens' schwerem Atem hervor. Sie kauerte bereits seit vielen Stunden dort, war immer wieder in benommenen Schlaf gefallen. Ihre erschreckten Kaninchenaugen waren jetzt weit aufgerissen, waren es bereits seit geraumer Zeit. Langsam, vorsichtig, schob sie sich aus ihrem Versteck heraus.

Es war still. Vielleicht ist es jetzt sicher, dachte sie. Die Seelenräuberin muß sich fürs erste zurückgezogen haben. Doch sie wird wiederkommen. Das weiß ich.

Sharlas Beinmuskeln schmerzten. Sie konnte sich kaum aufrechthalten, als sie ins Badezimmer ging, wo sie fast eine Stunde blieb, auf der Toilette saß und lauschte.

Ich muß mich verstecken.

Sie machte sich wieder auf den Weg ins Schlafzimmer.

Nein, sie wird mich überall finden. Es gibt kein Versteck. Sie wird mich finden. Seelenräuberin. Sie ist nicht meine Schwester. Sie ist nicht einmal eine Person. Ein böser Geist. Sie will mich. Sie will mich wieder in Sharla verwandeln, damit ich sterbe.

Sharlas Augen waren verquollen, tiefe Falten hatten sich in ihr Gesicht gegraben.

Sie kommt.

Sharla rannte zur vorderen Wohnungstür, um das Schloß zu überprüfen, dann zur Hintertür. Sie ging von Fenster zu Fenster, schloß sie und ließ die Jalousien herunter.

Halt dich fern von mir, Böses.

Sie fühlte sich machtlos.

Ich muß sie aufhalten.

Sie rannte in die Küche, ihre nackten Füße klatschten schwer auf den Boden, und nahm ein Messer aus der Schublade. Und noch eins. Sie nahm alle Messer und reihte sie auf der Anrichte nebeneinander auf. Das Böse mit Bösem bekämpfen. Das ist der einzige Weg. Gott will mir nicht helfen. Niemand will mir helfen. Niemand kann mir helfen. Gott hilft denen, die sich selber helfen. Sie suchte die Küche nach weiteren Messern ab.

Vor sich hin murmelnd, trug sie einen Küchenstuhl ins Wohnzimmer und stellte ihn in einem Abstand von etwa zwei Metern vor die Tür. Sie setzte sich darauf, nahm ein großes Messer in jede Hand und starrte abwartend auf die Tür. Das Böse mit Bösem bekämpfen. Gott und das Böse. Gott und der Teufel. Wenn du nicht zu ihnen gehören kannst, bekämpfe sie. Wenn du nicht *sie* sein kannst, bekämpfe sie. Sie starrte auf die Tür, sprungbereit, lauschte auf jedes Geräusch, einen wilden Blick in den Augen, und während ihr der Schweiß vom Gesicht tropfte, wartete sie darauf, daß die Tür sich öffnete, wartete auf den Augenblick, da sie die Messer ins Herz der bösen Seelenräuberin stoßen würde.

Eine Stunde verging. Sharlas Gedanken rasten. Zwei von uns. Identisch. Ihre Hände, die die Messergriffe umklammerten, wurden langsam taub. Eine, die alles hat. Eine, die nichts hat. Sie schaukelte auf dem Stuhl hin und her, während die Gedanken auf sie einstürzten. Warum ist das geschehen? Wie? Es ist so unfair, unfair, unfair! Warum? Wie? Ihre verzweifelten Gedanken prallten aufeinander, vermischten und verdrehten sich, wirbelten durcheinander, wild.

Dann plötzlich verengten sich ihre Augen, und ihr Mund öffnete sich leicht. Es begann, klarer zu werden. Plötzlich, im Bruchteil einer Sekunde, war alles so klar. »Ja«, sagte Sharla laut. Endlich erkannte sie die Wahrheit. »Natürlich.«

Ein langer Atemzug entrang sich ihrem Mund. Jetzt verstehe ich. Sie strich eine Strähne des schweißnassen, fettigen Haars zurück. Wir waren eins, sie und ich. Ja, das ist es. Wir beide waren eins. Miteinander verbunden. Verwoben. Eine Person, ein vollständiges menschliches Wesen. Sharla hielt die Messer aneinander, Klinge an Klinge. So hat es angefangen, ja, jetzt verstehe ich.

Aber *sie* gab sich damit nicht zufrieden. Sharla starrte auf die Messer. Nein. Sie wollte alles haben. Miststück. Sie trennte sich. Sharla zog die Hände auseinander und trennte so die Messer. Das ist es, was geschehen ist. Sie schaute von einem Messer zum anderen. Sie machte zwei aus uns. Zwei identische Körper... mit gegensätzlichen Seelen. Tränen der Wut füllten Sharlas Augen. *Sie* hat alles genommen. Ihre Augen hefteten sich auf das Messer in ihrer rechten Hand. Es geschah im Mutterleib. Dort hat sie es getan. Sie hat sich alles gegrapscht, das selbstsüchtige Schwein. Hat mir nichts übriggelassen. Hat sich von mir gelöst, ohne mir etwas zu lassen. Sharla konnte es sich lebhaft vorstellen. Hat mich völlig leer zurückgelassen. Sie schaute das andere Messer an, das jetzt schlaff in ihrer linken Hand lag. Sharla konnte sich vorstellen, wie es passiert war, *in utero*, wie der eine sich windende, nasse Fötus den anderen wegstieß. Sie hat all die Freude, all die Hoffnung, all die Liebe genommen. Sie hat all die Stärke genommen. Das Messer in Sharlas linker Hand fiel zu Boden. Es blieb liegen, wo es auf den glänzenden Holzboden gefallen war. Sie hat alles genommen. Hat mir nichts gelassen.

»Hehe«, gackerte Sharla plötzlich. Aber ich habe sie ausgetrickst. »Hehe.« Ich habe mir etwas zurückgestohlen. Ihr trockenes Lachen hallte im Raum wider. Jetzt will sie meinen Tod. Sie kommt. Sie will nicht teilen. Sie will alles.

Sharla schaukelte auf dem Stuhl von einer Seite zur anderen, erfüllt von der ekelerregenden Einsicht, die sie soeben gewonnen hatte. Gemein, unfair. Sie hob das Messer auf, das zu Boden gefallen war, und immer noch schaukelnd, mit wildem, verfilztem Haar, wedelte sie die Messer durch die Luft. Ich bin an der Reihe. Die Selbstsucht dieses Miststücks wird wiedergutgemacht werden. Der Spieß wird umgedreht. Ich muß entschädigt werden. Maßnahmen gegen die Diskriminierung von Minderheiten. Sharla lachte dreckig. Jetzt ist *sie* an der Reihe, Sharla zu sein. Sharla nickte. Ja, das ist nur gerecht. So muß es sein. Sie und ich, wir müssen tauschen. »Hehe.« Seelen tauschen. »Hehehe.« Ich habe von deiner Seele gekostet, mieses Schwesterchen. Jetzt will ich alles! Sie bewegte die Messer langsam aufeinander zu. Ich werde dich nehmen. Ich werde dich zwingen. Du wirst mich nehmen. Ich werde mich mit Gewalt in dich zwängen, es in dich hineinquetschen, all die Angst, die Zweifel, die

Einsamkeit und den Schmerz. Sie drückte die beiden Klingen eng aneinander. Ich werde jeden Tropfen aus dir herauspressen und ihn mir zu eigen machen, zu mir machen. Sharla tauschte die beiden Messer gegeneinander aus, so daß das linke jetzt in der rechten Hand lag und das rechte in der linken.

Sie stand auf. Ihre Augen blickten jetzt klarer, waren grimmig und entschlossen. Es kann gelingen. Sie trug den Stuhl zurück in die Küche und die Messer auch. Sie legte die beiden Messer Klinge an Klinge auf die Küchenanrichte.

Ein einfacher Seelentausch, meine zu dir, deine zu mir. Sie stellte sich vor, wie ihre beiden Seelen, zwei in Dunst gehüllte Gebilde, sich in der Luft trafen, einander durchzogen und dann ineinander übergingen. Es kann gelingen, dachte Sharla. Priester tun das. Priester tun solche Dinge. Sie treiben böse Geister aus. Sie bringen Seelen zurück. Meine Seele muß zurückgebracht werden. Ich verlange, daß die mir rechtmäßig zustehende Seele zu mir zurückgebracht wird. Amen.

Sharla ging ins Badezimmer. Sie versuchte, sich rasch etwas zu erfrischen, zog die Bürste durchs Haar, spritzte sich Wasser ins Gesicht. Sie wechselte die Kleidung, wählte schwarze Hosen, ein graues T-Shirt und einen Blazer.

Es dürfte nicht schwierig sein. Die haben doch Zeremonien für alles. Er wird Lateinisch sprechen und die mächtigen Worte aussprechen, die unsere Seelen in Bewegung bringen. Sie aufrütteln, lockern. Meine hatte bereits einen guten Start. Merediths wird sich vielleicht wehren, doch die haben Worte, mächtige Worte für alles. Am Anfang war das Wort. Worte für den Seelentausch.

Sharla hatte keine Ahnung, wo die Kirchen waren. Sie lief aufs Geratewohl los. Es dauerte nicht lange, bis sie die erste gefunden hatte, eine Methodistenkirche. Nein, nein, die war nicht geeignet, das wußte sie. Sie fragte Passanten. Der dritte, ein stämmiger Mann mit schütterem Haar, wußte, wo es eine katholische Kirche gab. Sharla hatte sich schon gedacht, daß er es wissen würde, der dritte, drei, die Dreieinigkeit. Die Kirche, die sie suchte, lag nur ein paar Straßenzüge nördlich von dieser Stelle.

Sharla wartete nervös im Vorzimmer des Pfarrhauses.

Schließlich bat der Priester sie herein. Er sah nicht wie ein Priester aus.

»Sie sehen nicht wie ein Priester aus«, sagte sie eindringlich.

Er war jung und athletisch, hatte rosige Strahlebäckchen.

»Ich bin Pater Arlone«, sagte der Priester freundlich. »Was kann ich für Sie tun?«

»Sie sind ein katholischer Priester?«

»Ja.« Er bot ihr einen Stuhl an und setzte sich dann ihr gegenüber hin. »Sie sind kein Gemeindemitglied?«

»Ich bräuchte einen Seelentausch.«

Der Priester runzelte die Stirn. »Einen Seelentausch?«

»Es geschah im Leib meiner Mutter. Ich weiß nicht, wer meine Mutter ist. Die andere tauchte auf, dort im Mutterleib. Wir waren erst eins. Ich hätte mich damit zufriedengegeben. Ein Gleichgewicht. Stark und schwach. Schmerzen ja, aber auch glückliche Zeiten. Dann hätte ich mich liebhaben können, aber sie hat alles genommen. Und mir die kläglichen Überreste gelassen.«

»Ich bin verwirrt«, sagte der Priester, offenkundig unangenehm berührt. »Ich sehe, daß Sie sehr aufgebracht sind, aber vielleicht, Fräulein... Vielleicht sollten Sie mit einfacheren Dingen beginnen. Würden Sie mir Ihren Namen sagen?«

»Welchen Namen? Welchen Namen wollen Sie denn? Den Namen, den *sie* mir aufgezwungen hat, den alten? Oder den Namen, der mir zusteht, der, den Sie mir geben sollen?«

»Bloß Ihren Namen. Den, den Sie benutzen.«

»Meredith Landor.«

»Verstehe. Und wo wohnen Sie, Meredith?«

Sharla nahm die Brieftasche aus dem Rucksack und zog eine Karte heraus. Es war ein alter Studentinnenausweis vom Columbia College. »Sehen Sie. Meredith Landor.« Sharla betrachtete die Karte. »Aber hier steht keine Adresse.« Sie schien ziemlich außer sich zu sein, so als würde sie gleich anfangen zu weinen.

»Schon gut«, sagte der Priester beschwichtigend. »*Sagen* Sie mir doch einfach, wo Sie wohnen.«

»Man sollte doch meinen, es stünde eine Adresse darin«, sagte Sharla abwesend.

»Eigentlich ist es gar nicht wichtig«, sagte der Priester. »Was tun Sie, Meredith? Haben Sie eine Arbeit?«

Sharla hob stolz das Kinn. »Ich bin Filmemacherin.«

»Oh, verstehe, hm, und was für Filme machen Sie?«

»Dokumentarfilme«, sagte Sharla wichtigtuerisch. »Mit sozialem Anliegen meistens. Manche sind künstlerisch. Feministische Filme. Ich bin eine Feministin. Und eine Lesbe. Ich bin auch eine Lesbe. Da ist nichts Schlimmes bei, wissen Sie.«

»Nein«, antwortete Vater Arlone. »Gott liebt alle seine...« Er schwitzte leicht, direkt unter dem Haaransatz. »Aber Sie sind beunruhigt, Meredith. Sie scheinen mir sehr beunruhigt zu sein. Können Sie langsam reden und mir sagen, was los ist?«

Sharla wollte ihn sympathisch finden. Er war behutsam, nicht wahr? Er nahm Anteil. Er würde helfen. »Ich weiß, daß Sie mir helfen können.«

»Ich würde es gerne versuchen. Welche Art von Hilfe brauchen Sie?«

Sharla lehnte sich vor, ihr Gesicht nurmehr weniger als einen halben Meter vom Gesicht des Priesters entfernt. »Ich bräuchte eine Zeremonie«, sagte sie. »Eine katholische, geistliche Zeremonie.« Sie nickte beim Sprechen. »Es gibt da eine Frau, die bald zurückkommt, und was sie getan hat, ist folgendes, sie hat meine Seele gestohlen, meine mir rechtmäßig zustehende Seele, verstehen Sie, und die will ich zurück. Ich will meine Seele zurück. Das ist nur gerecht.« Sharla hielt inne, ein kleines Lächeln auf den Lippen, ein ziemlich merkwürdiges Lächeln. »Ich will, daß Sie unsere Seelen austauschen«, sagte sie.

Pater Arlone schürzte die Lippen. »Meredith«, sagte er sanft und blickte ihr fest in die Augen. »Es ist unmöglich, jemandem die Seele zu stehlen. Niemand kann Ihnen die Seele nehmen.«

»*Sie* hat es getan. Sie hat sie genommen.«

»Warum glauben Sie das?« fragte der Priester geduldig.

»Ich weiß es. Sie hat die gute Seele gestohlen.«

»Sie sind mit Ihrer Seele nicht zufrieden?«

»Nein, ich will ihre.«

»Was ist denn mit Ihrer nicht in Ordnung?«

»Meine Seele ist ... Ich hasse sie!«

»Hm. Es kann sein, daß mit Ihrer Seele alles in Ordnung ist, Meredith, es kann aber auch sein, daß Sie daran arbeiten müssen, um sie so zu verändern, daß sie sie haben wollen.«

»Nein, nein, das hilft nicht.« Sharla schüttelte vehement den Kopf. »Ich habe eine Anrecht auf ihre Seele. Mit meiner eigenen will ich nichts zu tun haben.«

»Haben Sie sich schon einmal überlegt, daß es andere Wege gibt, als die Seelen zu tauschen, um ...«

»Nein,« sagte Meredith ungestüm. »Das ist die Lösung, die einzige Lösung. Ich habe ein Recht darauf.« Sie lehnte sich noch weiter vor. »Werden Sie es tun?«

Der Priester änderte seine Sitzposition und schlug die Beine übereinander. »Ich fürchte, wir glauben nicht an Seelentausch, Meredith.« Er sah sehr aufrichtig aus. »Aber was Sie vielleicht tun könnten, ist ...«

»Sie wollen es nicht tun?«

»Vielleicht sollten Sie mit einem Psychologen reden.« Er faltete die Hände. »Es hört sich an, als suchten Sie den leichtesten Ausweg, so als ...«

»Sagen Sie mir etwa, daß Sie es nicht tun wollen?« Sharla funkelte ihn böse an.

»Worum Sie bitten, nun, nein, das kann ich nicht tun. Es geht nicht.«

Sharla stand auf. »Leben Sie wohl, Priester!« Sie schaute ihn nicht mehr an. »Es gibt andere Möglichkeiten ...«

Sie ging durch die Tür, hinaus auf die Straße. »Nutzloser Idiot«, murmelte sie. Sie wanderte fast eine Stunde lang wie wild umher, ohne Ziel. Ihre Gedanken rasten. Es mußte einen Weg geben. Ihre Kehle war trocken, ihre Lippen aufgesprungen und wund. Sie ging zu McDonald's, holte sich eine Cola und setzte sich ans Fenster. Sie kippte die Flüssigkeit hinunter und betrachtete die Leute in ihrer

Umgebung. Sie alle hatten die ihnen rechtmäßig zustehenden Seelen. Es war nicht gerecht.

Auf der anderen Straßenseite waren eine Reinigung, eine Boutique und ein Buchladen. Sharlas Augen wanderten von einem Laden zum anderen und blieben schließlich beim Buchladen hängen. Astro-Okkult-Buchladen las sie. Okkult, okkult, was bedeutete das? Mystik. Geheimnis. Magie! Genau das, was ich brauche. Ich brauche Magie. Ich brauche sie sogar sehr.

Im Buchladen roch es süßlich, und es war still. An den Wänden hingen astrologische Tabellen. Sharla lief die Gänge zwischen den Bücherregalen auf und ab. Ich brauche Magie. Hier und da griff sie wahllos nach einem Buch, blätterte es durch und stellte es wieder weg. Sie ging zum Ladentisch. »Haben Sie Bücher über Seelentausch?«

»Seelentausch. Mmm«, sagte der Verkäufer. »Mal sehen. Ich bin mir nicht ganz sicher, welches Buch sich speziell beschäftigt mit...«

»Ich brauche dringend einen Seelentausch. Sie müssen doch irgend etwas darüber haben.«

Ein Mann stand in der Nähe der Ladentheke und hörte zu.

Der Verkäufer rieb sich das Kinn. »Ich bin nicht sicher, ob ich genau verstehe, was Sie...«

»Vielleicht kann *ich* Ihnen helfen.« Der Mann war sehr groß und sehr dünn. Sein Gesicht war besonders dünn. Seine Augen waren blau und glitzerten.

Sharla wandte sich ihm begierig zu. »Sie wissen Bescheid über Seelentausch?«

Der Mann nickte. »Das tue ich tatsächlich.« Er schaute ihr tief in die Augen. »Kommen Sie«, sagte er sanft und geleitete Sharla zum Ausgang »Ich glaube, Sie und ich, wir sollten uns einmal unterhalten.«

19. Kapitel

Sharla rief Allison an. Es kostete sie alle Kraft, es durchzuziehen und in ihrer Rolle zu bleiben. »Ich habe ein richtig schlechtes Gewissen, daß ich dich nicht früher angerufen habe. Du hast dir bestimmt Sorgen gemacht.«

»Ich bin fast verrückt geworden! Erst hast du diese schrecklichen Kopfschmerzen, und dann höre ich tagelang nichts von dir. Ich wollte schon die Krankenhäuser abtelefonieren, dann dachte ich, vielleicht ist sie ... du weißt schon, vielleicht will sie mich nicht mehr sehen ... Gott, jedenfalls tut es wirklich gut, deine Stimme zu hören. Ich kann dir gar nicht sagen, wie erleichtert ich bin. Aber wie ist die Operation verlaufen? Wird deine Mutter wieder gesund?«

»Ja, im Augenblick sieht es so aus. Eine Zeitlang war es ziemlich schlimm. Ich bleibe noch eine Weile bei ihr, vielleicht noch eine Woche oder so. Ich hätte dich früher anrufen sollen.«

Sie redeten zehn oder fünfzehn Minuten miteinander, und jeder Augenblick war eine schmerzliche Anstrengung für Sharla. Doch es klappte. Sie war sicher, daß Allison ihr glaubte.

»Ich ruf' dich bald wieder an.«

»Das mit deiner Mutter tut mir sehr leid. Ich vermisse dich.«

»Ja. Geht mir auch so. Ich rufe dich bald an, Allison. Ich halte dich auf dem laufenden.«

Sie vermißte Allison tatsächlich. Das Telefongespräch machte ihr klar, wie sehr. Die gottverdammte Seelenräuberin wird mich nicht aufhalten. Bald werde ich wieder mit Allison zusammensein, dachte sie. Alles, was ich jetzt tun muß, ist warten. Sie blieb in der Wohnung, wußte, daß sie sie nicht verlassen konnte, das Risiko, gesehen zu werden, nicht eingehen konnte. Sie ging nur ein einziges Mal raus, um die Pistole und andere Vorräte zu besorgen. Ramal würde es tun. Er war ganz begierig darauf, den Seelentausch vorzunehmen, und guter Hoffnung. Sharla war bereit. Sie hatte alles, was sie brauchte, und was sie jetzt noch tun mußte, war, auf Merediths Ankunft zu warten.

Sie war stolz auf sich, ganz sicher, daß es wirklich und wahrhaftig geschehen würde, daß sie schon bald Meredith Landor sein würde, vollkommen, hundertprozentig. Und Meredith, Sharla, würde tun können, was sie wollte. Vielleicht wird sie nach Portland zurückkehren, dachte Sharla. Vielleicht entschließt sie sich ja, Andy zu heiraten. Sharla lächelte und fuhr fort, ihr Haar zu bürsten. Sie hatte geduscht, ein gutes Essen zu sich genommen und fühlte sich jetzt viel besser. Vielleicht wird sie sich ja umbringen. Ich würde es ihr nicht vorwerfen. Arme Sharla. Wenn dir das der einziger Ausweg scheint, würde ich es dir nicht vorwerfen. Ich würde es verstehen. Dieses leere Leben. Nein, so ein Leben willst du nicht. Du wirst nicht nach Portland zurückkehren. Du wirst natürlich Selbstmord begehen, Sharla, das ist dein Los. Sharla war traurig für ihre Seelenschwester, aber die Trauer war nur von kurzer Dauer. Du warst schon an der Reihe, auf meine Kosten. Sie nahm eine Zeitschrift und streckte sich auf der Couch aus. Sobald die Zeremonie vorüber war, würde sie dort weitermachen, wo sie aufgehört hatte. Sie würde wieder mit Allison zusammensein. Bei diesem Gedanken wurde es Sharla ganz warm ums Herz. Sie würde das Drehbuch beenden. Ich werde sein, was ich immer sein sollte, dachte sie, *das* Leben führen, das mir zusteht.

Es war der 31. Juli. Nur noch zwei Tage. Ab und zu klingelte das Telefon. Manchmal war es für sie; manchmal für die andere Meredith. Sharla ging nie an den Apparat. Ich sollte das Band löschen, dachte sie. Sie spulte zurück bis zu dem Tag, als sie den ersten Anruf erhalten hatte, und löschte alles, was danach kam. Noch zwei Tage. Morgen ist Mittwoch, dann Donnerstag, dann wird sie hier sein. Ramal ist bereit. Mittwoch. Wasserfrautag, ich darf die Wasserfrau nicht vergessen.

Sharla verbrachte am Mittwoch nachmittag eine Stunde im Wandschrank des Arbeitszimmers, genau wie damals, als sie zum erstenmal in die Wohnung gekommen war. Als die Wasserfrau gegangen war, lagen ein Zettel und ein Schlüssel da. *Willkommen zu Hause. Deine Pflanzen haben sich ohne Dich ganz einsam gefühlt. Ich hoffe, Du hast Dich gut amüsiert. Dein Auto ist vollgetankt und fahrbereit. Es steht am Hügel beim Konservatorium. Ruf mich bald mal an. Bobbie.*

Also hat die Wasserfrau doch einen Namen, dachte Sharla und spielte mit den Autoschlüsseln. Sie dachte an all die Lügen, die sie als Meredith erzählt hatte, warum sie ohne Auto war. Reparaturprobleme, schwer zu beschaffende Ersatzteile. Niemand hatte Genaueres wissen wollen. Es war leicht gewesen, Meredith zu sein, unglaublich leicht. Es würde noch leichter werden. Sie war ganz und gar bereit. Alles war bereit.

Am darauffolgenden Abend um sieben Uhr fünfunddreißig stellte Sharla sich das landende Flugzeug vor. Noch eine Stunde, schätzte sie. Das einzig gute Versteck war der Wandschrank im Arbeitszimmer. Sie war sicher, daß Meredith keinen Grund hatte, ihn heute abend noch zu öffnen, aber falls sie es doch tat, war sie auch darauf vorbereitet. Um acht Uhr bezog sie Stellung im Wandschrank. Es war nicht schwer gewesen, die 45er zu bekommen. Sie handelte so, wie Meredith ihrer Meinung nach gehandelt hätte; fragte herum, tat eine Kontaktperson auf, kaufte die Waffe schnell im Hinterzimmer eines Herrenfriseurs. Kein Problem. Sie war während des ganzen Vorgangs nicht einmal richtig nervös gewesen. Sie hielt die Waffe jetzt ganz locker in der Hand, war zuversichtlich. Es wurde acht Uhr dreißig. Die Zeit verging. Sharla fühlte sich allmählich ein wenig unwohl. Um neun Uhr war sie nervös. Um neun Uhr dreißig aufgebracht. Das Miststück versucht besser nicht, mich wieder zu enttäuschen, dachte sie wütend. Oder vielleicht... Ihre Augen weiteten sich in der Dunkelheit. War das möglich? Sie lächelte böse. Vielleicht kommt sie gar nicht zurück. Niemals mehr. Weil sie vielleicht überhaupt nicht mehr existiert.

Gegen neun Uhr fünfundvierzig hatte Sharla sich fast selbst davon überzeugt, daß Meredith tatsächlich verschwunden war, daß es keine Heimkehr geben würde, weil es keine andere Meredith gab, doch dann hörte sie ein Geräusch an der Wohnungstür. Es war das vertraute Wasserfrau-Geräusch, doch Sharla wußte, daß es diesmal nicht die Wasserfrau war. Ihr Herz klopfte im dunklen Wandschrank. Sie lauschte, lauschte darauf, wie die Tür sich öffnete und dann... hörte sie Stimmen. Nein! Möge Gott sie verdammen, sie ist nicht allein!

Sie konnte Merediths Stimme deutlich hören. Sie klang ganz genau wie ihre eigene. Ein komisches Gefühl. Und die andere Stimme war Terris. Natürlich – Terri hatte sie am Flughafen abgeholt. Verdammt! Sharla war fuchsteufelswild, atmete zischelnd. Scheiße!

Es ist schon in Ordnung, sagte sie nur wenige Augenblicke später zu sich selbst und versuchte, eine bequemere Position in dem beengten Wandschrank zu finden. Terri wird bald gehen. Sie bemühte sich, dem Gespräch zu folgen.

»Ich habe dich *wirklich* vermißt.«

Stille. »Die Liebe wächst mit der Entfernung.«

»Mit jedem Meter?«

»Mit jedem Zentimeter.«

»Ist es zu früh, um ins Bett zu gehen?«

Lachen. »Dafür ist es nie zu früh.«

»Vielleicht erstmal ein Glas Wein?«

»Bist wohl ganz wild darauf, von meinem Abschiedsgeschenk zu kosten.«

»Ich bin wild darauf, alles mögliche zu kosten.« Noch mehr Lachen. »Soll ich dir beim Auspacken helfen?«

»Nein, darum kümmere ich mich morgen.«

»Oder übermorgen.«

»Oder irgendwann. Alles sieht noch genau gleich aus. Gutes Gefühl, wieder hier zu sein. Erwähnte ich schon, daß ich dich vermißt habe?«

»So nebenbei.«

Dann war die Unterhaltung nur noch gedämpft zu hören. Sie müssen in der Küche sein, dachte Sharla, oder im Schlafzimmer. Ob sie den zerbrochenen Spiegel schon entdeckt hat? Zweifellos wird sie Bobbie Wasserfrau die Schuld geben. Hört sich an, als würde Terri die Nacht hier verbringen *müssen*. Das Miststück. Verdammt, verdammt! Sharla wünschte sich, sie hätte ein Kissen oder eine weiche Unterlage mit in den Wandschrank genommen. Sah aus, als würde sie eine ganze Weile hier drin verbringen müssen. Sie lehnte den Kopf nach hinten gegen die Wand. Die Pistole lag in ihrem Schoß.

Sie fing noch ein paar Gesprächsfetzen auf, dann kamen Schritte ins Arbeitszimmer. Sharla umklammerte nervös die Pistole, legte den Finger an den Abzug. Öffne nicht den Wandschrank, Meredith, was immer du tust, öffne nicht... Sie bekam mit, wie Meredith die Mitteilungen auf ihrer Anrufbeantworterin abhörte. Sie fühlte sich erleichtert, hielt die Pistole aber immer noch im Anschlag. Ich hoffe, es macht sie nicht mißtrauisch, daß es keine Anrufe mehr gab, nachdem... Sharla atmete tief ein. Entspann dich, befahl sie sich. Sie hörte, wie Meredith das Zimmer verließ. Alles wird glattgehen. Dann war es still in der Wohnung, über eine Stunde lang gab es keine Geräusche mehr. Es muß fast Mitternacht sein, dachte Sharla. Sie war versucht, ihren Plan durchzuführen, obwohl Terri da war. Aber sie zwang sich abzuwarten. Sie schlief ein wenig, wachte häufig auf. Ihr Nacken war steif. Sie tätschelte die Waffe und die Tasche neben sich, dann döste sie wieder ein. Schließlich sah sie durch den Türspalt, wie es langsam hell wurde im Zimmer. Es mußte ungefähr sechs Uhr sein, als sie erste Regungen vernahm. Ein paar Minuten später begann eine Unterhaltung.

»Ich *will* mit dir aufstehen. Hör auf, mich immer wieder ins Bett zurückzuschicken. Glaub mir, sobald ich dich verabschiedet habe, krieche ich wieder zurück. Kaffee, Sauerteigbrot und Orangenmarmelade. Gib zu, das hört sich gut an.«

»Ich geb's ja zu. Willst du mit mir duschen?«

Meredith lachte. »Diesmal lehne ich ab«, sagte sie. »Ich will noch nicht völlig wachwerden.« Sie gähnte laut. »Heute morgen darf ich total faul sein. Gott, darauf freue ich mich schon seit Tagen.«

Sharla wartete. Sie brauchten eine Ewigkeit. Schließlich hörte sie, wie die Wohnungstür geöffnet wurde, noch ein Wortwechsel, dann wurde die Tür geschlossen.

Langsam, leise erhob Sharla sich vom Fußboden. Ihre Beine waren steif und schmerzten. Geh jetzt ins Bett, Meredith. Schließe deine Augen. Schlaf ein. Die Aussicht, ihre Doppelgängerin gleich zu sehen, wühlte sie auf. Natürlich war sie neugierig, aber auch angeekelt. Schlaf, Meredith. Sharla hatte die Pistole an den Gürtel gesteckt. Die Tasche hielt sie in der Hand. Alles war bereit. Ein kleiner Aufschub, doch das machte nichts. In der Wohnung war es vollkommen still. Sie wartete noch zehn Minuten, dann trat sie leise und geräuschlos aus dem Wandschrank und ging zur Tür des Arbeitszimmers. Das Wohnzimmer war verlassen und still. Neben der Tür standen zwei Lederkoffer. Auf Zehenspitzen ging Sharla an ihnen vorbei durch die Diele. Die Schlafzimmertür war angelehnt. Lautlos schlich sie darauf zu.

Meredith lag unter den pfirsichfarbenen Laken. Ein Kissen hatte sie unter dem Kopf, auf dem anderen ruhte ihr Arm. Ihr Haar lag locker ausgebreitet auf dem Kissen, die rotbraunen Strähnchen setzten sich schimmernd von den dunkleren ab. Sharla stand im Türrahmen. Merediths Augen waren fest geschlossen, ihr Kiefer nur leicht. Mit wachsamen, hin- und herschießenden Augen nahm Sharla alles in sich auf, die Zähne fest aufeinandergepreßt.

Sie hatte die Flasche aus der Tasche genommen. Jetzt öffnete sie sie. Der Geruch stieg ihr in die Nase. Sie trat ein paar Schritte zurück und schüttete die klare Flüssigkeit auf das Tuch, das sie in der Hand hielt, befeuchtete es gerade genug.

Die Pistole immer noch am Gürtel, betrat Sharla barfuß das Schlafzimmer, näherte sich der friedlich und arglos Schlafenden Schritt für Schritt. Sie stand am Kopfende des Bettes, hielt das Tuch an zwei Enden und bewegte es immer näher auf das Gesicht zu, das jeder Mensch für das ihre gehalten hätte.

Sharla senkte das Tuch hinab. Meredith regte sich. Sharla ließ den am stärksten durchtränkten Teil über Merediths Nasenlöcher fallen. Meredith bewegte sich, öffnete die Augen und wollte sich aufsetzen. Sharla drückte ihr das Tuch fest aufs Gesicht. Meredith kämpfte einen Augenblick matt, dann wurde ihr Körper schlaff. Sharla hielt das Tuch eine halbe Minute lang dort, wo es war, dann zog sie es weg.

Sie betrachtete Merediths weiches Gesicht. Sie konnte nicht aufhören zu starren. Es war genau das, was sie zu sehen erwartet hatte, und doch war sie hocherstaunt. Sie verharrte einige Minuten über die bewußtlose Frau gebeugt, verdaute den Anblick.

Dann schritt sie zur Tat. Sie verließ eilig das Zimmer. Sie rannte in die Küche und öffnete die unterste Schublade des Schränkchens unter der Spüle. Die Kette rasselte in ihren Händen, als sie sie zusammen mit den Handschellen aus der Schublade zog.

Meredith kam nur langsam wieder zu Bewußtsein. Ihr Kopf fühlte sich schwer an, wie benebelt. Ich muß den halben Tag verschlafen haben, dachte sie. Mein Kopf. Sie griff danach. Es gab ein klirrendes, metallisches Geräusch. Sie machte die Augen ganz auf. Um ihr rechtes Handgelenk lag eine silberne Fessel, daran hing eine Kette.

»Was zum Teufel!«

Sie schoß in die Höhe, griff nach der Kette und blickte im Raum umher.

»Guten Morgen.«

Merediths Unterkiefer klappte herunter, ihre Augen wurden groß wie Unterteller. Sie schloß die Augen fest, dann riß sie sie wieder auf. Sie schüttelte heftig den Kopf, schlug mit den Fingern gegen ihre Stirn, die Augen wieder geschlossen. Dann schaute sie Sharla ein weiteres Mal an. »Existierst du wirklich?«

Sharla lächelte. »Jeden Tag ein wenig mehr.«

»Wer bist du? Was geht hier vor?« Was für ein realistischer Alptraum. Ich wäre dann jetzt bereit, wieder aufzuwachen.

»Erinnerst du dich nicht?«

Merediths Augen verengten sich, bohrten sich auf direktem Wege in Sharlas. Sharla zuckte mit keiner Wimper, obwohl sie sich zwingen mußte, nicht wegzusehen. Meredith schleuderte das Laken von sich und sprang in einer schnellen, wütenden Bewegung aus dem Bett. Sie zog an der Kette. Mit einem Mal straffte sich diese. Das andere Ende war an einem Heizungsrohr befestigt.

»Was zum Teufel geht hier vor?«

Sharla lächelte.

Die Kette gab Meredith einen Bewegungsradius von etwa zwei Metern. Sie trat so nah an Sharla heran, wie sie konnte. Es lagen immer noch etwa anderthalb Meter zwischen ihnen. Sharla lehnte sich gegen den Türrahmen. Meredith stand da und schaute sie wütend an; sie war nur mit einem losen braunen Top und einer Unterhose bekleidet.

»Würdest du das bitte mal erklären, Herrgottnochmal?«

»Stellst du eine Ähnlichkeit fest?«

»Wer bist du? Warum tust du das? Nimm mir diese gottverdammte Kette ab!« Meredith schwang ihren Arm heftig hin und her, so daß die Kette dumpf auf den Teppich schlug.

»Beruhige dich.« Sharla ging ein paar Schritte zurück.

»Wer bist du?«

»Kannst du das nicht erraten?«

»Ich faß' es nicht!«

»Was?«

»Dich. Du... ich. Sind wir Zwillinge... Zwillinge?« In zorniger Verwirrung breitete Meredith die Arme aus, ihre Augen funkelten vor Wut.

»Sieht so aus.«

»Sag es mir! Was...«

»Du bist neugierig.«

Meredith ging rückwärts zum Bett und ließ sich schwer daraufallen. »Ich bin neugierig. Klasse«, sagte sie sarkastisch. »Würdest du gefälligst mit mir reden?«

»Ja.«

Meredith blickte Sharla abwartend an.

»Du hast mir in Mamas Leib die Seele gestohlen.«

»Was?« Oh Gott. Die Frau ist wahnsinnig. Zu Merediths Wut und Verwirrung kam jetzt Angst.

»Ich bin gekommen, um sie mir zurückzuholen.«

»Du bist verrückt!« Meredith sprang wieder auf.

Sharla funkelte sie haßerfüllt an. »Sag das nicht!«

Meredith wägte die Situation ab. »In Ordnung«, sagte sie. Sie atmete ein paar Mal tief ein. »Warum das hier? Warum die Kette?«

»Ich traue dir nicht.«

»Du traust mir nicht. Was willst du von mir?«

»Deine Seele.«

»Gute Güte.« Meredith ließ sich auf das Bett hinab, saß dann sprachlos da, starrend. Schließlich sprach sie. »Und – wie bist du... Wie bist du hierhergekommen? Erzähl mir, wie du mich entdeckt hast. Sind wir wirklich Zwillinge? Wußtest du, daß du eine Zwillingsschwester hast?«

»Erst seit kurzem.«

»Wie hast du es herausgefunden?«

Sharla schien willens zu sprechen, begierig sogar. Sie erzählte ihrer Gefangenen, wie Pam sie für Meredith gehalten und wie Jude sie mit dem Motorrad zur Wohnung gefahren hatte. Sie berichtete Meredith von den Fotos und ihrer Erkenntnis, daß sie beide eineiige Zwillinge sein mußten.

Während des gesamten Vortrags blieben Merediths Augen auf Sharla geheftet; sie hörte ganz offensichtlich fasziniert zu. »Das ist erstaunlich!« sagte sie, als Sharla eine Pause machte. »Zwillinge! Gott.« Sie schüttelte immer wieder den Kopf und starrte Sharla weiter an. »Ich kann es nicht glauben. Ich will dich umarmen, ich will weinen und mich freuen, aber diese Kette ...« Sie hob ihr Handgelenk. »Dieser Quatsch, daß du meine Seele haben willst ...«

»Das ist kein Quatsch.« In Sharlas Augen kehrte dieser merkwürdige Ausdruck zurück.

»Okay, okay. Erzähl mir mehr. Erzähl mir von dir. Von deinem Leben. Wo hast du all die Jahre gelebt?«

»Hab' ich nicht.«

»Wie meinst du das?«

»Ich habe nicht gelebt. Ich werde heute nacht geboren werden.«

Meredith verspürte eisige Angst – und Zorn. »Es ist manchmal sehr schwierig, mit dir zu reden.«

Sharla lachte. »Wenn ich nicht das sage, was du hören willst?« Ihr Gesicht verzog sich wütend. »Deine Zeit ist vorbei, Kleine. Die Zeit, da du alles hattest, ist vorbei. Du wirst Sharla werden.«

»Wovon redest du? Wer ist Sharla?«

»Der Name, den meine falsche Mutter mir gegeben hat.«

»Oh.«

Stille.

»Sharla. Und weiter?«

»Jergens. Häßlicher Name, findest du nicht? Aber all diese Dinge wirst du noch früh genug erfahren. Du wirst alles über Sharla

Jergens erfahren, weil du noch heute nacht Sharla werden wirst. Dann wirst du genau wissen, wie es all die Jahre für mich gewesen ist.«

Meredith zwang sich, ihre Wut und ihre Angst unter Verschluß zu halten. »Du hattest ein schwieriges Leben, Sharla?«

»Nenn mich nicht Sharla.«

»Dein Leben war hart?«

Sharla ging zum Stuhl neben der Tür und setzte sich. Sie war immer noch außerhalb von Merediths Reichweite. »Es war fürchterlich.«

»Wie?« Merediths Augen waren ganz sanft. »Wie das?«

Sharla starrte ins Leere. »Unglücklich. Einsam.«

»Mm-mm. Erzählst du mir davon?«

»Ich habe mich immer anders als die anderen gefühlt ...«

Während Meredith darauf wartete, daß Sharla weiterredete, rasten ihre eigenen Gedanken. Ein eineiiger Zwilling. Schon unglaublich genug. Doch sie ist ... nicht ganz normal. Geisteskrank. Leidet unter Wahnvorstellungen. Bin ich wirklich wach? Passiert das hier wirklich? Gefährlich. Vielleicht sehr gefährlich. Sorge dafür, daß sie weiterredet. Gewinne ihr Vertrauen. Bring sie dazu, dich loszubinden. Eine Zwillingsschwester! Ich frage mich, ob Mama das weiß. Nein, natürlich nicht, sonst hätte sie es mir gesagt. Ein Zwilling. Wer wohl unsere Eltern sind? Wurde Sharla von ihnen aufgezogen? Warum haben sie mich nicht behalten? Gott, sie sieht genauso aus wie ich. Ganz genau. Sogar die Art, die Stirn zu runzeln, wie sie es jetzt gerade tut. Und ihre Haare. Und ihre Kleidung. Hey, das ist mein T-Shirt, das sie da trägt.

»... solange ich denken kann. Manchmal habe ich gedacht, das kommt daher, weil ich besser bin als all die anderen. Einzigartig. Besonders. Aber meistens fühlte ich mich minderwertig. Ich hatte immer Angst vor anderen Menschen. Mama sagte, ich sei eben schüchtern und daß ich da schon rauswachsen würde.« Da schaute Sharla Meredith an. »Aber ich bin da nie rausgewachsen!« sagte sie wütend. »Ich war nicht schüchtern. Das war nicht das Problem. *Du* warst das Problem, und ich habe es nie gewußt.« Sie schaute wieder weg. »Ich spürte, daß ein Teil fehlte, und jetzt weiß ich auch, welcher. Du hast sie mir gestohlen. Meine Seele. Du hast mich als Hülle zurückgelassen, als furchtsame, leere Hülle.«

»Wie hätte ich das tun können?« fragte Meredith leise. »Das verstehe ich nicht.«

»Du *erinnerst* dich nicht, das ist alles. Es geschah, bevor wir geboren wurden. Du hast mich entzweigebrochen und dir den besten Teil genommen.«

»Wie?«

»Ich weiß nicht, *wie*. Das ist unbedeutend.«

»Du glaubst, du bist unglücklich gewesen, weil ich dir etwas genommen habe.«

Sharla nickte. »Genau das ist passiert.«

»Gibt es keine andere Möglichkeit?«

Sharla antwortete nicht. Ihr Gesicht bekam wieder diesen verrückten Ausdruck, deshalb wechselte Meredith das Thema. »Wie sind denn deine Eltern?«

»Das willst du nicht wirklich wissen.«

»Doch, das will ich.«

»Dad ist nichtssagend.«

»Nichtssagend.«

»Ruhig. Unzugänglich.«

»Er hat sich nicht viel mit dir beschäftigt?«

»Mit niemandem. Ich schätze, er kann das gar nicht. Er ist kein schlechter Mensch, nur ... nicht zu erreichen.«

»Gefühlsmäßig meinst du.«

»Ja. Er ist Geschäftsmann. Büromöbel. Er ist Experte für Büromöbel. Er ist große Klasse, wenn es um Geschäftsverträge geht, um Buchführung, um Fusionen, geschätzte Verkaufszahlen und überseeische Märkte. Sowas mag er lieber als irgend etwas sonst.«

»Lieber als dich.«

»Lieber als irgend etwas sonst. Weißt du ...« Sharlas Augen waren feucht. »Tief in seinem Innersten, glaube ich, ist er ein guter Mann, liebevoll. Er wußte eben einfach nie, wie ... wie ...«

»Wie er es zeigen sollte?«

Sharla nickte. Sie wischte sich mit dem Ärmel von Merediths T-Shirt über die Augen. »Und dann ist da noch Mama.«

Meredith wartete. Sie verspürte Hoffnung. Solange Sharla vernünftig redete, fühlte sie, daß es Hoffnung gab.

»Manchmal glaubte ich, daß sie mich haßt.«

»Mm-m.«

»Sie sagte immer, daß sie mich mehr liebt als das Leben, daß ich ihr einfach alles bedeute. Sie ist total verkorkst. Sie hatte keine Ahnung, wie man ein Kind großzieht. Sie war überängstlich, hat immer rumgenörgelt und kritisiert... Ich hatte Angst vor ihr. Ich wollte ihre Anerkennung so sehr, doch wie sehr ich mich auch bemühte...«

»Du konntest es ihr nie rechtmachen.«

»Nie. Ich hätte fast Andrew Borman geheiratet, um es ihr rechtzumachen.«

»Hast du aber nicht.«

»Nein.« Sie schaute auf und sah Meredith an. Sie lächelte. »Ich bin jetzt lesbisch.«

»Ach, echt? Erst seit kurzem?«

»Seit kurzem. Es würde Mama umbringen. Das würde es. Sie würde sich wahrscheinlich das Leben nehmen. Sie würde denken, daß sie absolut und total versagt hätte.«

»Schade.«

»Ich weiß. Eine Ignorantin. Ich mag es wirklich, lesbisch zu sein. Ich bin jetzt in eine Frau verliebt.«

»Wirklich?«

»In eine alte Freundin von dir.«

»Eine Freundin von mir? Wer?«

»Sie ist auch in mich verliebt. Wirklich verliebt. Ich glaube, es ist das allererste Mal, daß ich mich geliebt fühle. Sie respektiert mich.«

»Ja.«

»Sie nennt mich Meredith.«

»Sie denkt, du bist ich?« Merediths Herz raste. Was hatte diese Frau getan? War das, was sie sagte, die Wahrheit?

»Ich werde es bald sein.«

Ups. Schnell ablenken. »Es war also schwer, die Anerkennung deiner Mutter zu gewinnen?«

Sharla schüttelte den Kopf. »Es war unmöglich. Es ist, als hätte sie eine bis ins letzte ausgefeilte Vorstellung davon, wie ich zu sein habe, und dem habe ich nie ganz entsprochen. Ich denke, daß ich dieser Vorstellung nie auch nur annähernd entsprochen habe.«

»Hat sie dich deshalb abgelehnt?«

Sharla dachte darüber nach. »Irgendwie schon. Sie wich mir nie von der Seite, wollte immer, daß ich bei ihr bin, aber auf eine subtilere Art und Weise lehnte sie mich ab. Sie hat immer wieder versucht, mich in eine Person zu verwandeln, die sie lieben konnte, in diese *eine* Person, in dieses Bild, das sie im Kopf hatte.«

»Das hört sich ziemlich schlimm an. Ist sie immer noch so?«

»Immer noch. Du wirst sie bald kennenlernen.«

»Das werde ich?«

»Ja, nach dem Tausch. Ich schätze, du wirst für eine Weile nach Portland zurückgehen.«

»Portland. Da kommst du her?«

»Du bist schon mal dort gewesen. Vielleicht sind wir sogar schon einmal auf der Straße aneinander vorbeigegangen, ohne einander zu sehen.«

»Es ist wirklich aufregend, herauszufinden, daß man einen Zwilling hat«, sagte Meredith. Das war es wirklich, doch daran war Meredith im Augenblick nicht interessiert. Sie mußte dafür sorgen, daß diese merkwürdige, verstörte Frau ruhig blieb, sie mußte ihr zuhören und so lange mit ihr reden, bis sie sie dazu bringen konnte, die verdammten Handschellen aufzuschließen.

Sharla lächelte sie an. »Ist das nicht erstaunlich! Es ist einfach... erstaunlich. Ich meine, ich bin sicher, es gab Zeiten, wo ich mich als Kind gefragt habe, wie es wohl wäre, ein Zwilling zu sein, doch ich habe nie vermutet, daß ich wirklich einer war.«

»Ich auch nicht.«

»Aber wir sind nicht wie andere Zwillinge. Du hast im Mutterleib meine...«

»Wie bist du eigentlich nach Chicago gekommen?«

Sharla schüttelte den Kopf. »Ich weiß es nicht. Es war wahrscheinlich Schicksal. Ich würde wetten, daß es das war. Ich glaube, es war vorherbestimmt, daß wir uns treffen, weil ich jetzt an der Reihe bin.«

»An der Reihe wofür?« Sobald sie diese Frage gestellt hatte, wünschte Meredith, sie hätte es nicht getan.

»Ein gutes Leben zu haben. Du zu sein.«

Meredith schauderte. Wie verrückt war sie? »Vielleicht könntest du ja als *du selber* ein gutes Leben bekommen«, versuchte sie.

»Ha! Das wirst du nach der heutigen Nacht nicht mehr sagen. Wenn du erst einmal spürst, was es bedeutet, ich zu sein, wirst du es verstehen.«

»O Mann, ich könnte was zu trinken vertragen. Ich habe gestern abend etwas Orangensaft gekauft. Möchtest du was davon?«

Sharla schüttelte den Kopf. »Nein, aber ich könnte dir ein Glas holen, falls du wirklich durstig bist.«

»Ich könnte es mir genausogut selber holen. Ich wünschte, du würdest das hier aufschließen. Ehrlich, mein Handgelenk ist gleich hinüber.«

»Das geht nicht. Ich hole den Saft.«

Während sie fort war, untersuchte Meredith die Kette. Es gab keine Möglichkeit, ohne Schlüssel freizukommen. Sie fragte sich, ob Sharla den Schlüssel bei sich trug. Vielleicht in der Hosentasche. Mögliche Manöver schossen ihr durch den Kopf. *Wenn sie in meine Reichweite kommt, kann ich vielleicht...*

Sharla kam mit dem Saft, stellte ihn dort auf den Boden, wo Meredith ihn erreichen konnte, und zog sich dann wieder zurück. »Bisher habe ich es genossen, du zu sein«, sagte sie.

»Ich zu sein?«

»Ich habe mich als du ausgegeben. Die Leute denken, ich bin du. Deine Freundinnen. Ich habe sie alle an der Nase herumgeführt.«

»Du hast tatsächlich vorgegeben, ich zu sein?«

»Ich werde nicht länger etwas vorgeben müssen.«

Meredith trank etwas Saft und schaute Sharla eingehend an. »Weißt du, es berührt mich sehr, dich anzusehen. Ich meine, wenn ich es mir bewußt mache. Du bist meine Schwester. Vom selben Blut. Wir könnten uns kennenlernen. Unsere Herkunft gemeinsam zurückverfolgen, herausfinden, wie wir getrennt wurden. Ich wünschte, du hättest nicht diese Idee vom Tauschen. Wir könnten uns kennenlernen und Freundinnen sein, Dinge zusammen tun. Was tust du gerne?«

Sharla blieb auf Abstand, bewegte sich nicht von der Tür weg. »Filmemachen«, sagte sie.

»Du machst Witze.«

»Nun ja, es interessiert mich erst seit kurzem. Eigentlich schreibe ich.«

»Ehrlich? Und ich mache Filme. Vielleicht könnten wir zusammenarbeiten. Hast du schonmal ein Drehbuch geschrieben?«

Sharlas Gesicht leuchtete auf. »Ich arbeite gerade an einem. Mit Emma.«

»Emma? Emma Greigh? Du kennst sie?«

»Ja, ich habe dir doch gesagt, ich kenne deine Freundinnen. Einige von ihnen. Ich weiß alles über dein Leben. Bald werde ich sogar noch mehr wissen.«

Meredith runzelte nachdenklich die Stirn. »Haßt du mich?« fragte sie.

Sharla zuckte zurück, als hätte man sie geschlagen. »Dich hassen? Hasse ich...? Eigentlich finde ich dich wirklich toll. Ja, ich hasse dich. Ich hasse dich für das, was du mir angetan hast.«

»Du mußt das nicht glauben.«

»Doch, das tue ich! Es ist die Wahrheit. Du hast meine Seele gestohlen, und dafür hasse ich dich. Das ist unverzeihlich. Es war total selbstsüchtig und unfair von dir.«

»Was, wenn ich es nicht getan habe?«

»Du hast es getan.«

»Was, wenn nicht?«

Sharla wich noch ein paar Schritte weiter zurück. »Du versuchst, mich reinzulegen oder so etwas. Ich darf dir nicht trauen. Daran muß ich denken. Ich darf dir nicht trauen.«

»Vielleicht darst du es doch.«

»Nein!«

Sharla verließ das Zimmer.

»Wohin gehst du?« rief ihr Meredith hinterher.

Sharla ging ins Arbeitszimmer und wählte eine Telefonnummer. »Ramal. Ich bin es, Meredith... Wir sind bereit... Heute nacht, ganz sicher heute nacht...Ja...Sie hat keine Wahl. Ich habe dir doch gesagt, daß ich dafür sorgen würde. Sie wird hier sein... Gut. Ja. Elf Uhr. Ja.«

»Könntest du mal herkommen?« rief Meredith.

»Nein. Ich darf nicht mehr mit dir reden. Ich darf dir nicht trauen.«

»Ich kann dir nicht weh tun. Komm einfach her.«

»Nein.« Sharla stand in der Diele.

»Ich muß mal aufs Klo.«

Sharla ging zur Tür. »Mußt du wirklich?«

Meredith nickte. »Ich würde auch gern duschen.«

»Ich traue dir nicht. Ich muß mich von dir fernhalten, bis Ramal kommt.«

»Wer ist Ramal?«

»Das wirst du schon noch rausfinden.« Sharla schickte sich an zu gehen.

»Hey, was ist jetzt mit dem Klo?«

»Ich bringe dir einen Eimer.«

»Also bitte.«

»Das ist mein Angebot.«

»Verdammt nochmal, das ist doch lächerlich.« Meredith ging in Richtung Schlafzimmerfenster. Die Kette reichte nicht ganz bis dort hin. »Hey, da draußen!« schrie sie, so laut sie konnte. »Phyllis. Phyllis Tremaine, ruf die Polizei. Ein Einbrecher...«

»Halt die Klappe!«

In Sharlas Stimme klang Panik. Meredith hielt die Klappe. »In Ordnung. Schon gut, ich werde nicht schreien. Aber, hör zu, ich hasse diese Kette wirklich. Warum machst du sie nicht auf? Ich laufe bestimmt nicht weg.«

»Nein.«

»Warum nicht?«

»Ich darf dir nicht trauen. Ich bringe dir jetzt einen Topf zum Pinkeln, und dann bin ich weg. Ich gehe ins andere Zimmer. Und du bleibst ganz ruhig hier.« Sharla schloß das Fenster, brachte einen Plastikeimer und verließ das Schlafzimmer, ohne Meredith anzusehen.

20. Kapitel

Meredith blieb endlose, sorgenvolle Stunden lang an das Heizungsrohr gekettet. Sharla reagierte nicht, wenn sie nach ihr rief. Sie versuchte es mit Drohungen und Bitten; sie versuchte, vernünftig mit ihr zu reden, doch Sharla reagierte nicht. Mittags tauchte sie endlich auf, brachte Meredith ein Sandwich und eine Dose Pepsi. Sie sah Meredith weder an, noch sprach sie mit ihr, stellte nur das Essen ab und ging sofort wieder.

Meredith lag angespannt auf dem Bett. Schmale Augen unter gerunzelter Stirn, versuchte sie angestrengt zu verstehen, was eigentlich vor sich ging, versuchte, einen Plan zu fassen. Wer mag dieser Ramal sein, fragte sie sich. Was zum Teufel haben die sich für heute nacht ausgedacht? Sie dachte daran, eine Nachricht zu schreiben, sie an der Holzschatulle zu befestigen, in der sie ihren Schmuck aufbewahrte, und das Ganze durchs Fenster zu schleudern. Sie dachte daran, zu brüllen und zu schreien, bis sie eine Reaktion von Sharla bekam. Wie verrückt ist sie, fragte Meredith sich. Wie gefährlich? Nicht ein einziges Mal war Sharla nah genug herangetreten, daß sie sie hätte berühren können. Sie ist nicht dumm. Natürlich nicht, sie hat ja dieselben Gene wie ich. Doch so verschieden in so vieler Hinsicht. So ähnlich auch. Unheimlich. Wie funktioniert ihr Verstand? Was mußte geschehen, damit ein gestörter Verstand glaubte, Seelen könnten ausgetauscht werden? Meredith setzte sich am Kopfende in den Schneidersitz. Ich kann es mir nicht vorstellen. Wer mochte Ramal sein? Ramal, merkwürdiger Name. Ist er ein Swami? Ein religiöser Spinner?

Merediths Schlafzimmer ging auf die Straße hinaus. Links daneben lag Phyllis Tremaines Wohnung. Das nächstgelegene Fenster wäre das von ihrem Klo. Rechts war nichts, die Hausecke. Unten die Straße. Leute gingen vorbei. Das mit der Schmuckschatulle würde vielleicht funktionieren. Jemand würde sie aufheben, hoffentlich nicht gerade ein Kind, das nicht lesen konnte. Jemand würde die Nachricht lesen und die Polizei rufen. Meredith hielt die Schmuckschatulle jetzt in der Hand. Natürlich würde Sharla den Krach hören, dachte sie. Sie würde wahrscheinlich rausfinden, was ich getan habe. Meredith trommelte mit den Fingern auf die Schatulle. Ich könnte vorher noch viel, viel mehr Krach machen. Dauernd falscher Alarm, bis sie anfängt, es zu ignorieren. Kann natürlich sein, daß sie es nicht ignoriert. Vielleicht gerät sie in Panik. Vielleicht betäubt sie mich wieder... oder Schlimmeres. Meredith legte sich wieder aufs Bett. Sie war erschöpft, wußte aber, daß sie nicht schlafen konnte.

Sharla schlief. Sie lag fast friedlich auf der Couch. Die Stunden vergingen. Als sie erwachte, dachte sie freudig an die Zukunft. Sharla würde fortgehen, dachte sie. Ich bringe sie weg, setze sie höchstpersönlich ins Taxi. Sie wird fortgehen und sterben, und ich werde hierbleiben und leben. Auf ihrem Konto ist Geld. Das werde ich benutzen und außerdem mit Filmemachen und Schreiben noch dazuverdienen. Sharla lächelte. Es wird wundervoll sein. Das Telefon klingelte ein paarmal und unterbrach ihren Tagtraum. Sharla lauschte den Botschaften von Merediths Freundinnen und der einen für sie von Emma. Schon bald werde ich in der Lage sein, meine Anrufe zu beantworten.

Um sechs Uhr brachte Sharla Meredith das Abendessen. Sie schaute sie wieder nicht an und ging im selben Moment, da sie das Tablett auf dem Bett abgesetzt hatte, schon wieder rückwärts hinaus, doch Meredith griff mit Lichtgeschwindigkeit nach ihr und packte Sharlas Handgelenk, bevor sie verschwinden konnte. Sie rangen auf dem Bett miteinander, und da sie etwa gleich stark waren, hatte mal die eine, mal die andere die Oberhand. Meredith kämpfte mit den mieseren Mitteln. Sie rammte ihren Ellenbogen gegen Sharlas Kehle und stieß zu, versuchte gleichzeitig mit der anderen Hand in Sharla Hosentasche zu greifen. Es klappte. Sie durchsuchte sie alle. Der Schlüssel war nicht da.

Ihre Hände lagen jetzt um Sharlas Hals. »Wo ist der verfluchte Schlüssel? Antworte mir, oder ich erwürge dich. Ich schwöre dir, ich werde es tun.«

Sharlas Augen traten aus den Höhlen.

Meredith lockerte die Umklammerung ein wenig. »Los, sag schon.«

»In der Küche«, keuchte Sharla. »In der Besteckschublade.«

»Versprich mir, daß du ihn holst, sonst würge ich dich und höre nicht mehr auf damit.«

»Ich hole ihn.«

»Das will ich dir auch geraten haben.« Meredith ließ sie los.

Sharla hustete und atmete schwer. Ihr Gesicht war rot, ihr Hals fleckig.

»Das will ich dir auch geraten haben.«

»Ich hole ihn.«

Sharla ging langsam zur Tür. Dort angekommen, blieb sie stehen und wandte sich zu Meredith um. »Bösartiges Miststück«, sagte sie. »Ich wußte, ich habe recht. Du hast verdient, was du bekommen wirst.«

»Hol den Schlüssel.«

»Fick dich.« Sie sagte es genau so, wie Meredith es auch gesagt hätte, dann knallte sie die Tür zu und kam nicht mehr zurück. Meredith fluchte.

Draußen war es jetzt dunkel. Meredith lag reglos auf dem Bett. Sie hatte die Lampe auf ihrer Frisierkommode eingeschaltet und das Zimmer so in warmes Licht getaucht. Das reflektierte Licht betonte den rötlichen Schimmer ihrer Haare und die Sorgenfalten auf ihrem Gesicht.

Es klingelte an der Tür.

Meredith ging so nah an die Schlafzimmertür, wie sie konnte. Es verging etwa eine Minute, dann hörte sie ein leises Klopfen an der Wohnungstür.

»Wer ist da?« fragte Sharla.

Meredith konnte die Antwort nicht hören, wohl aber, wie die Tür geöffnet wurde, dann eine sanfte Männerstimme. Sie stieg in ein Paar Jeans und zog gerade den Reißverschluß hoch, als das Pärchen das Schlafzimmer betrat.

Ramal war groß und dürr, hatte blaue Augen und einen dünnen, mattschwarzen Vollbart. Sein Haar war etwa so lang wie ihr eigenes und Sharlas, jedoch wesentlich spärlicher. Er trug ein loses graues Hemd, auf dessen Ärmeln und Nackenpartie ein Muster kleiner, rautenförmiger Figuren gedruckt war; außerdem trug er einen großen Ranzen.

Sharla stand neben ihm und sah sehr aufgeregt aus. Ramal starrte Meredith an, sah dann zu Sharla hinüber und wieder zu Meredith. Seine Lippen verzogen sich zu einem kleinen Lächeln, das graue Zähne entpuppte, einige davon mit Goldrand.

»Wir müssen den Raum vorbereiten«, sagte er. Er ging lautlos zum Fenster und zog die Vorhänge zu. An den Füßen trug er graue Wildledermokassins ohne Socken.

»Ob Sie wohl so freundlich wären, mir zu erklären, was hier vor sich geht«, sagte Meredith wütend zu ihm. »Ihnen ist doch hoffentlich klar, daß ich gegen meinen Willen hier festgehalten werde. Sie sind an einer gesetzeswidrigen Handlung beteiligt. Sie sollten lieber aufhören, bevor...«

»Schsch.« Er legte einen Finger seiner beringten Hand auf seine gespitzten Lippen.

Aus dem Ranzen holte er Kerzen und Fläschchen, große bedruckte Stofftücher, ein Skalpell, einen Cassettenrecorder, noch mehr Kerzen und Räucherstäbchen.

»Wer sind Sie?« wollte Meredith wissen.

Ramal stellte den Cassettenrecorder auf die Kommode und drehte sich zu ihr um. »Seien Sie still«, sagte er streng.

Sein autoritäres Gebaren ließ Meredith verstummen, doch nur für einen Moment. »Ist Ihnen eigentlich klar, daß Sie zum Trupp einer geistig höchst verwirrten Frau gehören?«

»Halt die Klappe!« schrie Sharla.

Ramal hob seine Hand ein wenig, um Sharla zu beruhigen. Er wandte sich zu Meredith um. »Die Atmosphäre ist sehr wichtig. Wir brauchen Ruhe für die Zeremonie. Stille Ruhe. Ich will Sie nicht knebeln. Halten Sie bitte Ihre Zunge im Zaum.«

Die Art, wie er sprach, ließ alles so vernünftig erscheinen. Meredith beobachtete ihn schweigend. Er fuhr mit seinen Vorbereitungen fort, arrangierte ein gemustertes Tuch auf dem Bett, bedeckte es vollständig damit, sogar das Kopfteil.

»Noch einen Stuhl, bitte«, sagte er zu Sharla.

Sie ging hinaus.

In die Mitte des mit dem Tuch bedeckten Bettes legte er eine dicke milchig weiße Matte, ungefähr sechzig Zentimeter im Quadrat.

Sharla kam mit dem Stuhl zurück. Ramal stellte ihn so neben das Bett, daß die Sitzfläche zum Bett gewandt war, und bedeckte ihn mit einem Stofftuch. Den zweiten Stuhl stellte er auf die andere Bettseite und umhüllte ihn ebenfalls.

Dann verteilte Ramal die Kerzen im Raum, sechs Stück an der Zahl, und während eine Kerze nach der anderen sich am Feuer des langen Stocks, den er benutzte, entzündete, stimmte er einen Sprechgesang an, dessen Worte nicht zu verstehen waren. Er schaltete die Lampe aus. Ein unheimliches Glühen erleuchtete den Raum, und schon bald war er erfüllt vom süßen Geruch der Räucherstäbchen. Er wies Sharla an, die Tür zu schließen. Sie stand mit vor Aufregung weit aufgerissenen, wilden Augen da und beobachtete jede Bewegung, die der eigenartige Mann machte.

Um den Hals trug Ramal ein großes Medaillon, dessen zentraler Stein rubinrot und riesengroß war. Er schaltete den Cassettenrecorder ein. Musik erklang, schwermütig und unheimlich, hoch und fließend, mit einem Rhythmus, der dem Sprechgesang eines *Chants* glich. Mit einer Handbewegung wies er Sharla an, sich auf einen der Stühle zu setzen. Sie tat es, kerzengerade, bereit.

Er wies Meredith an, sich auf den anderen Stuhl zu setzen. Sie zögerte, tat es dann doch, murmelte dabei »Hokuspokus«.

Ramal stellte sich hinter Sharla und hielt einen dicken, schweren schwarzen Umhang in die Höhe. Er stieß einige merkwürdige Töne aus und drapierte den Stoff behutsam um ihre Schultern. Um ihren Hals hängte er eine silberne Kette, an der ein schwarzer, blanker Holzklotz mit einem blutroten Mittelstück befestigt war. Während er dies tat, setzte er seine Beschwörungsformel fort.

Danach näherte er sich Meredith und stellte sich hinter sie. Sie wandte sich zu ihm um. Sanft drehte er sie zurück. Die merkwürdigen Formeln rezitierend, drapierte er einen schneeweißen, dicken bestickten Umhang behutsam um ihre Schultern, und um ihren Hals hängte er einen glatten, weißen Holzkreis, der an einer goldenen

Kette befestigt war. Im Zentrum des weißen Kreises war ein roter Tropfen.

Ramal ging zur Frisierkommode, auf die er ein kleines, farbiges Glasfläschchen gestellt hatte. Während er es entkorkte, ging er zu Sharla.

»Fuu-huu-rah-mii-ai-ii«, sang er. Er gab etwas vom Inhalt des Fläschchens in eine winzige Keramiktasse. »Trink«, sagte er und reichte sie ihr.

Sharla hob die Tasse an die Lippen und trank mit geschlossenen Augen.

Ramal ging zu Meredith.

»Fuu-huu-rah-mii-ai-ii«, sang er. Ein weiteres Mal goß er etwas aus dem Fläschchen in die kleine Tasse und reichte sie Meredith. »Trink«, sagte er.

»Auf keinen Fall.«

Er nickte ruhig. »Trink.«

»Und was ist das?«

»Es ist dazu bestimmt, von dir getrunken zu werden«, sagte er leise.

»Ich trinke das nicht. Woher soll ich wissen, daß es kein Gift ist?«

Ramal hob die Tasse zur Zimmerdecke, dann an seine Lippen und trank sie leer. Wieder goß er etwas ein. »Trink.«

Meredith schaute Sharla an. Sie schien ruhig zu sein und glücklich. Meredith wägte ihre Möglichkeiten ab, hielt die kleine Tasse zwischen den Fingern und trank dann.

Ramal nahm die Tasse und das Fläschchen und trug sie zur Kommode zurück. Er ging ans Fußende des Bettes und stellte sich kerzengerade zwischen die beiden Frauen, die aussahen wie das Spiegelbild der jeweils anderen. Niemand sprach. Niemand bewegte sich.

Nach ein paar Minuten fing Merediths Kopf an, sich benebelt anzufühlen und angenehm leicht. Sie starrte wie hypnotisiert auf eine Kerze, entzückt vom flackernden, weichen gelben Schein.

Zeit verging. Meredith war nicht sicher, wieviel. Ramal begann, sich im Raum hin- und herzubewegen, es schien fast, als schwebte er. Die Musik hörte sich lauter an, befreiender, und Meredith merkte, wie sie sich zur Musik wiegte, als diese durch die Ohren in ihre Gedanken gelangte und sich immer und immer wieder im Kreis durch ihren Kopf bewegte.

Ramal stellte sich wieder an das Fußende des Bettes zwischen die sich wiegenden Schwestern. Er nahm Sharlas Hand, zog sie sanft zur Mitte des Bettes und plazierte sie behutsam auf der weißen Matte. Dasselbe tat er mit Meredith: Er nahm den Arm, der nicht angekettet war, und legte ihn neben Sharlas. Meredith wehrte sich nicht. Ihre Hände lagen auf der weichen, weißen Matte nah beieinander, ihre Finger berührten sich fast.

Ramal beugte sich über das Bett, und indem er eine Schnur mit Goldtressen locker um die Handgelenke beider Frauen legte, band er ihre Arme aneinander. Meredith konnte sehen, daß er ein Skalpell in der Hand hielt, und in Gedanken hörte sie sich protestieren, ihn abwehren und sich wegdrehen.

Mit der Spitze des Skalpells wurde rasch der fleischige Teil von Sharlas Mittelfinger eingeschnitten. Ein runder Blutstropfen trat heraus und blieb dort, wo sie ihre Hand kraftlos hielt, die Handinnenfläche nach oben. Ramal nahm Merediths Finger zwischen seine eigenen. Sie versuchte nicht, ihn wegzuziehen, sondern beobachtete, wie der Blutstropfen, den Ramal freilegte, auf ihrer Fingerspitze groß und größer wurde.

Der beißende Geruch der Räucherstäbchen füllte Merediths Nase mit süßem Duft, die Musik erfüllte ihre Ohren, zusammen mit Ramals melodischem Singsang. Er legte Sharlas Finger auf Merediths, und während er mit geschlossenen Augen die besonderen Worte sprach, dabei ihre Finger zusammenhielt, Fleisch auf Fleisch, vermischte sich ihr Blut.

Die Leichtigkeit in Merediths Kopf wurde immer angenehmer, während sie nachspürte und zuhörte und voll entrückter Faszination beobachtete, wie beider Blut zu einem wurde. Zwar kam der spöttische Gedanke: *Seelentausch – ha!*, doch er hatte keine Macht. Sie fühlte weder Skepsis noch Überzeugung, nur neutrales Da-Sein und Nicht-Da-Sein.

Sharla war vollkommen versunken. Als Ramal ihr eine weitere Tasse brachte, schlürfte sie die Flüssigkeit weg wie befreienden Nektar, spürte geradezu, wie die Wandlung vor sich ging. Auch Meredith trank ohne weiter nachzudenken, und schon bald schwanden den Seelenschwestern die Kräfte, bis sie schließlich eingeschlafen waren.

Ramal bewegte sich langsam durchs Zimmer, zog das gemusterte Tuch unter dem schlafenden Pärchen hervor und faltete es zusammen; dann schob und zog er die beiden behutsam, bis sie ganz auf dem Bett lagen, ein Körper ausgestreckt neben dem identischen anderen; eine freie Frau, eine in Ketten.

Er beendete seine Aufräumarbeit und packte seine Sachen ein. Die Musik verstummte. Die Kerzen waren verloschen. Ramal war gegangen, und je weiter die Nacht voranschritt, desto schwächer wurde der Geruch der Räucherstäbchen.

Vielleicht träumte keine der beiden Frauen. Vielleicht aber träumte Sharla von ihrer am Ende doch befreiten Seele, davon, daß sie endlich ihr gehörte, und möglicherweise träumte Meredith vom Tod.

21. Kapitel

Sharla erwachte als erste. Durch die geschlossenen Vorhänge drang kaum etwas von der Morgensonne ins Zimmer. Sharla stand auf, um sie hineinzulassen, dann stand sie da und betrachtete den Himmel.

Ich fühle mich gut.

Sie schloß die Augen. Ja, das tue ich. Ich fühle mich stark, sehr stark.

Sie begann zu lächeln, doch das Lächeln verwandelte sich in nachdenkliches Stirnrunzeln. Sie schüttelte den Kopf, die Augen immer noch fest geschlossen. Die Erinnerungen... Das dürfte eigentlich nicht sein. Die Erinnerungen sind noch da. Ich dachte, sie würden verschwinden. Hat Ramal das nicht behauptet? Bin ich Meredith oder nicht? Sie versuchte, dieser Frage tief in sich selbst nachzuspüren.

Ich fühle mich gut.

Ich fühle mich stark.

Ich muß Meredith sein.

Aber Sharla ist zu lebendig. Das dürfte eigentlich nicht sein. Ich erinnere mich an alles, was sie betrifft. Und Meredith, ja, ich erinnere mich, aber nicht genug, nicht an alles. Ich müßte mich eigentlich an alles erinnern. Ich will die Erinnerungen berühren, sie umschließen; will wissen, wie es war am Strand an meinem zehnten Geburtstag; will den Schmerz spüren über den Hund, den ich liebte und verlor. Ich will an Terri denken und voll zärtlicher Liebe sein; doch ihr fiel Allison ein. Das dürfte eigentlich nicht sein. Es müßte Terri sein. Der Strand stammt von den Fotos und aus meiner Phantasie. Es ist nicht meiner. Sharla spürte Tränen der Enttäuschung aufsteigen und biß sich auf die Lippe. Es hat nicht funktioniert, dachte sie, ich bin immer noch Sharla. Die alten Erinnerungen sind immer noch in mir; die neuen sind es nicht. Es hat nicht funktioniert! Ihr ganzer Körper war angespannt und zitterte vor Enttäuschung und Wut.

Sie schaute zu Meredith hinunter, die sich jetzt regte.

Bei mir hat es nicht funktioniert, aber... Oh nein! Bei ihr? Könnte es bei ihr funktioniert haben? Sharla vergrub ihr Gesicht zwischen zitternden Fingern. Dann hätte ich überhaupt keine Seele mehr. Sie stöhnte.

Meredith bewegte sich wieder; ihre Augen waren jetzt halb geöffnet.

Aber nein, das konnte nicht sein. Sicher war so etwas unmöglich. Sharla starrte Meredith an. Vielleicht teilen wir uns dieselbe Seele. Gibt es jetzt etwa zwei Sharlas? Ein häßliches quietschendes Lachen entrang sich ihrer Kehle. Ironie.

Meredith setzte sich auf. Sie beobachtete, wie Sharla sie ansah. »Wie geht es dir?« fragte sie und rieb sich die Augen.

Sharla sprach nicht, nur ein Geräusch, einem Knurren nicht unähnlich, kam aus ihrem Mund.

»Der Dreckskerl hat uns unter Drogen gesetzt«, sagte Meredith. »Wir müssen die ganze Nacht geschlafen haben. Geht es dir gut?«

»Wer *bist* du?« zischte Sharla.

Merediths Augen sahen sehr traurig aus. »Du willst, daß ich ›Sharla‹ sage.«

»Und?«

»Ich fühle mich nicht anders.«

»Ich auch nicht.«

»Mit Magie kann man da nichts ausrichten, Sharla.«

»Nenn mich nicht so, du Miststück!«

»Lerne, sie zu lieben.«

»Lerne du, sie zu lieben. Ich will sie nicht.« Sharla stampfte durchs Zimmer und drehte sich dann wieder zu Meredith um, die Arme trotzig vor der Brust verschränkt. »Wir können noch viel mehr probieren, weißt du. Das hat Ramal mir gesagt. Es gibt viele Wege. Er kann die Puppen benutzen. Davon hat er geredet. Er sagte, er könne zwei identische Puppen benutzen und es auf diese Weise tun. Er hätte die Puppen benutzen sollen.« Sharla hatte begonnen, im Raum auf- und abzugehen, und sie sprach wie unter Zwang. »Ich werde ihn anrufen. Er wird wiederkommen. Er wird die Puppen benutzen und es wird funktionieren.«

Sie rannte zum Telefon. »Könnte ich bitte mit Ramal sprechen... Und wo ist er hingegangen?... Das ist unmöglich... Wann kommt er denn zurück? Das ist unmöglich, er hat doch gesagt, wir könnten es mit den Puppen versuchen. Ich glaube Ihnen nicht. Wie kann ich ihn erreichen? Sie müssen mir sagen, wie ich ihn erreichen kann ... Nein! Ich glaube Ihnen nicht.« Sharla knallte den Hörer auf. »Ich glaube diesem Hundesohn nicht. Ich werde ihn finden. Ich werde Ramal finden.« Ihre Stimme war voller Panik. Einige Minuten verstrichen. Sie wählte aufs neue.

»Auskunft ... Ja, würden Sie mir bitte die Nummer vom Astro-Okkult-Buchladen in der Clark Street geben ... Danke schön ...«

Wieder wählte Sharla eine Nummer. Nach einer halben Minute knallte sie den Hörer auf und kam ins Schlafzimmer zurück, schaute Meredith aber nicht an. Ihre Bewegungen waren fiebrig. Sie holte ein Paar Schuhe hinter der Tür hervor und schnürte sie mit zitternden Fingern ungeschickt zu. Sie blieb außerhalb von Merediths Reichweite.

»Sharla, setz dich doch mal eine Minute hin. Laß mich dir helfen.«

Da schaute Sharla Meredith an. Ihre Augen blickten wild. »Mir helfen!« schrie sie. »*Du*. Mir helfen. *Du*, der Fluch meines Lebens.«

»Ich kann deine Freundin sein.« Merediths Stimme blieb ruhig und bedächtig. »Laß es mich versuchen.«

Sharlas Schultern sackten in sich zusammen. Sie stand weit weg von Meredith, die sie immer noch anschaute. Langsam schwand die Wildheit aus ihrem Blick. »Ich habe keine Freundinnen«, sagte sie.

»Laß es mich versuchen.«

»Du willst bloß, daß ich dich gehen lasse, und dann wirst du versuchen, mich loszuwerden. Ich weiß, daß du mich haßt. Du wirst mich verhaften lassen.«

»Nein.«

»Du denkst, ich bin verrückt.«

»Du hast ein paar verrückte Ideen.«

»Ich bin nicht verrückt.« Sharlas Augen waren feucht.

»Du bist verzweifelt.«

»Ich will nicht sterben.«

»Das mußt du auch nicht.«

»Ich will du sein.«

»Du willst einige der Dinge, die ich besitze. Die kannst du auch kriegen, ohne ich zu sein.«

Beide hielten den Blick der anderen lange fest. Meredith saß ruhig auf dem Bett, Sharla stand immer noch weit weg von ihr an der Tür. Merediths Augen waren weich und aufrichtig und einladend. Sharla geriet ins Wanken.

»Meinst du?«

»Ja.«

»Das ist mir aber vorher nie gelungen.«

»Das kann sich ändern. Wird ein hartes Stück Arbeit.«

Sharla griff nach der Türkante, ihr Gesicht war verzerrt. »Ich weiß nicht.«

»Gestatte dir, es zu versuchen. Laß mich daran teilhaben.«

»Das willst du?«

»Ja.«

Plötzlich schüttelte Sharla den Kopf. »Ich glaube dir nicht. Du würdest alles sagen. Du versuchst, mich zu manipulieren. Nein, darauf falle ich nicht rein. Ich weiß, wie ihr Leute vorgeht. Du wirst dir von mir nehmen, was du willst, und mich dann abservieren.«

»Das ist nicht wahr.«

»Warum würde jemand wie du *meine* Freundin sein wollen? Ich glaube es nicht.«

»Du bist meine Schwester.«

»Ich glaube dir nicht!« Die Wildheit kam zurück. »Ich bin noch nicht am Ende. Ich gebe nicht auf.« Sie sprach jetzt nicht mehr mit Meredith, sondern zu sich selbst. »Ich werde Ramal finden. Ich gehe zum Astro-Buchladen. Wir werden es schaffen, das weiß ich genau.«

Sharla verließ das Schlafzimmer und knallte die Tür hinter sich zu.

»Scheiße«, zischte Meredith. Sie zerrte an der Kette, ließ ihrem Ärger freien Lauf, wohl wissend, daß das Metall nicht nachgeben würde. Sie fuhr sich mit den Händen durch die Haare und schüttelte den Kopf. »Das kann doch alles nicht wahr sein«, murmelte sie. Sie goß sich ein Glas Wasser aus der Karaffe auf der Kommode ein und setzte sich wütend aufs Bett.

Sharla wartete an der Bushaltestelle, stieg nervös von einem Fuß auf den anderen. Sie konnte nicht stillstehen, deshalb lief sie los. Die Hauptverkehrszeit war gerade zu Ende, der Verkehr ließ nach. Sharla lief immer weiter, den Kopf voller Pläne. Ich werde ihn finden, dachte sie. Er wird mir helfen. Er hat es versprochen. Er hat von Puppen gesprochen. Er sagte, das wäre ein Weg. Er wird es tun. Er wird es auf diesem Weg tun. Er hat die Stadt nicht verlassen. Der Mann hat doch gelogen. Ramal würde mich nicht im Stich lassen. Ich habe ihm fünfzehnhundert Mark bezahlt. Er hatte keinen Zweifel, daß es funktionieren würde. Er würde nicht wegfahren. Er wird das mit den Puppen machen.

Als Sharla den Astro-Okkult-Buchladen erreichte, war es halb zehn. Die Tür war abgeschlossen. Sie hämmerte wütend dagegen, lugte in den Laden hinein, machte die Hände hohl und legte sie um die Augen, um etwas zu erkennen, dann hämmerte sie weiter. Auf dem Schild an der Tür stand »Täglich von 10 Uhr bis 20 Uhr geöffnet«. Sharla sah es erst um Viertel vor zehn. Da waren ihre Hände schon wund vom Hämmern, ihre Kehle rauh vom Schreien.

Sie schaute auf die Uhr. Fünfzehn Minuten. Fünfzehn Minuten lang lief sie hin und her, und als der Inhaber endlich kam, rannte sie auf ihn zu, noch ehe er die Tür erreicht hatte. »Wo ist Ramal?« wollte sie von ihm wissen.

»Wie bitte?«

»Ramal, Ramal. Wo ist er?«

»Ramal? Oh, Sie meinen Winkelmann. Den großen Kerl mit dem Bart?«

»Ja, Ramal.«

»Sein Name ist Ronald Winkelmann.«

»Wo ist er?«

Der Mann öffnete die Tür. Sharla folgte ihm hinein. »Ich habe Winkelmann seit ein paar Tagen nicht mehr gesehen. Vielleicht ist er weggefahren.«

»Weggefahren?«

»Er hat davon gesprochen, nach Los Angeles zu fahren.«

»Sie lügen doch.«

Der leise sprechende, blasse Buchladenbesitzer schaute Sharla wütend an. »Hören Sie, gute Frau, ich kann Ihnen nicht weiterhelfen, was Winkelmann... Ramal angeht. Ich habe nicht den leisesten Grund, Sie anzulügen, und es ärgert mich, daß Sie...«

»Ich muß ihn finden.«

»Nun, ich hoffe, das werden Sie.« Er trat hinter den Ladentisch.

»Sie verstehen nicht«, sagte Sharla.

»Ich weiß nicht, ob wirklich was dran ist, aber – ich möchte Sie warnen«, antwortete der Mann. »Wenn ich Sie wäre, würde ich mich vor Winkelmann in acht nehmen. Ich weiß ja nicht, was zwischen Ihnen läuft, aber... ehm... verlassen Sie sich nicht zu sehr auf ihn.«

»Lügner!«

»In Ordnung, Lady, ich versuche nur, Ihnen zu helfen. Vergessen Sie's. Machen Sie, was Sie wollen. Hier können Sie allerdings nicht bleiben. Wenn Sie eine Nachricht für ihn hinterlassen wollen, okay. Schreiben Sie's auf, und ich werde es ihm geben, falls...«

»Ich gehe hier nicht weg. Er wird hierherkommen. Er hat mir erzählt, daß er dauernd hierherkommt. Er hat gesagt, daß Sie ihm Tee geben.«

»Ich gebe ihm Tee.«

»Im Hinterzimmer.«

»Ja.«

»Ist er jetzt dort?«

»Nein, ist er nicht. Ich habe Ihnen bereits gesagt, daß ich nicht weiß, wo er ist.«

»Sie wollen ihn für sich alleine haben. Ich weiß, daß er da hinten ist.« Sharlas Augen hatten den wilden Blick. Sie schickte sich an, in den hinteren Teil des Ladens zu gehen.

»Hey, wo wollen Sie hin?« Der Mann folgte ihr und verstellte ihr den Weg.

Sharla stieß ihn beiseite. Er packte ihren Arm. »Lady, Sie müssen jetzt gehen.«

»Er ist da hinten. Das weiß ich genau.« Sharla riß ihren Arm los und versuchte, sich an ihm vorbeizudrücken.

»Raus! Sofort!«

»Ramal!« schrie Sharla.

Zwei Kunden hatten den Laden betreten.

»Sie machen hier eine Szene. Gehen Sie jetzt bitte.«

»Ramal!«

Die Kunden starrten herüber.

»Er hat versprochen, unsere Seelen auszutauschen«, sagte Sharla zu den Leuten. »Er hat es versucht, aber es hat nicht geklappt.« Sie fing an zu schreien. »Ramal, ich bin es. Wir brauchen dich wieder. Wir brauchen die Puppen.«

Dem Ladeninhaber gelang es, Sharla zur Tür hinauszukomplimentieren. »Ich will wirklich nicht die Polizei rufen«, sagte er. »Bitte gehen Sie einfach weg. Machen Sie nicht noch mehr Schwierigkeiten.«

»Weggehen. Immer weggehen, weggehen. Ramal!«

Leute blickten sich auf der Straße nach ihnen um.

Der Buchladenmann schüttelte den Kopf und ging in den Laden zurück.

Sharla lief auf und ab, murmelte vor sich hin und ging schließlich die Straße hinunter. Schon bald hämmerte es an den Hintereingang des Ladens. Der Inhaber konnte die Schreie hören.

»Ramal!«

Als das Polizeiauto einige Minuten später in die Straße einbog, hämmerte Sharla immer noch.

»Was ist Ihr Problem, Lady?«

Sharla blickte ihn kaum an. »Ramal ist dort drinnen, ich weiß es genau. Ich muß mit ihm sprechen.«

»Sie verursachen hier eine Ruhestörung. Sie müssen jetzt gehen.«

»Ich werde nicht eher gehen, bis ich Ramal gesehen habe.«

»Sie müssen gehen, Lady, sonst nehmen wir Sie fest.«

»Sie hat meine Seele gestohlen. Nur Ramal kann sie mir wiederbringen.«

Der Beamte sah seinen Kollegen an.

»Ramal!« Sharla hämmerte wieder gegen die Eisentür. »Wir brauchen die Puppen. Sie wartet. Wir sind bereit. Das mit dem Blut hat nicht funktioniert, wir brauchen die Puppen.«

»Wovon reden Sie?« fragte der Beamte.

Sharla richtete ihren wilden Blick auf ihn. »Das könnten Sie nicht verstehen«, sagte sie garstig. »*Sie* sind im Besitz Ihrer eigenen Seele, nicht wahr?« Ihre Stimme war sehr laut. Sie starrte dem Beamten in die Augen. »Das Miststück hat sie mir gestohlen, im Mutterleib, bevor ich eine Chance hatte. Kapiert? Sie sieht mir so ähnlich, daß Sie staunen würden. Sie Idiot könnten uns nicht mal auseinanderhalten, aber verstehen Sie: sie hat die gute Seele, und die werde ich kriegen.« Sharla drehte ihm den Rücken zu. »Ramal!« schrie sie. Bumm! Bumm!

22. Kapitel

Der Raum, in dem man sie warten ließ, hatte eine senfgelbe Farbe, die bereits abblätterte, und eine flackernde fluoreszierende Deckenbeleuchtung. Ihr gegenüber saß ein Krankenpfleger und untersuchte seine Fingernägel. Sharla war jetzt ruhig. Sie schrie nicht länger nach Ramal. Von dem ganzen Hämmern taten ihr die Hände weh, und ihre Handgelenke waren ganz wund. Sie hatten Handschellen benutzt. Sie versuchte zu erklären, daß sie keinen Arzt brauchte, daß sie unmöglich in ein Krankenhaus gehen konnte, aber die hatten darauf bestanden. Als sie um sich geschlagen hatte, als sie versucht hatte, wegzulaufen, hatten sie ihr Handschellen angelegt. Ob sie die auch aus einem Laden für Ledermonturen haben, so wie ich, dachte Sharla. Nein, Polizisten besorgten sich die woanders, da war sie sicher.

Das Krankenhaus war groß und häßlich, voller merkwürdiger Menschen und schlechter Gerüche. Vielleicht war das ja gar kein Krankenhaus, dachte Sharla. Hat dieser kränklich aussehende, lügnerische Büchermann das arrangiert, um mich von Ramal fernzuhalten?

Die Tür öffnete sich, und ein kleiner, rundlicher Mann betrat den Raum.

»Ich bin dann nebenan, Herr Doktor«, sagte der Pfleger und ging.

»Ms. Landor, ich bin Dr. Eventon. Ich würde gern mit Ihnen sprechen, Ihnen ein paar Fragen stellen. Sie brauchen nicht zu antworten, aber es würde helfen, wenn Sie es täten.« Er setzte sich auf einen Stuhl ihr gegenüber. »Ich möchte Ihren Geisteszustand überprüfen. Was Sie sagen, könnte vor Gericht verwendet werden. Verstehen Sie, was ich sage?«

»Mein Geisteszustand ist in Ordnung.«

»Mm-hm. Wie fühlen Sie sich im Moment?«

»Ich werde Ihre Fragen beantworten.«

»Gut. Wie fühlen Sie sich?«

Sharla funkelte ihn zornig an. Sie rieb sich die Handgelenke. »Wütend«, sagte sie.

»Sie fühlen sich wütend. Wissen Sie auch, worüber Sie wütend sind?«

Sharla sah traurig aus. »Alles«, sagte sie.

»Was alles?« fragte der Arzt.

Sharla atmete tief ein und seufzte. »Das Verschwinden von Ramal.« Ihre Augen blickten sehr traurig. »Das Scheitern des Seelentauschs.« Dann sah sie wieder wütend aus. »Daß diese Männer mich gezwungen haben, hierherzukommen. Was ist das für ein Ort? Sind Sie auch ein Hexenmeister?«

»Ich bin Arzt, Psychiater. Das hier ist ein Krankenhaus. Wissen Sie, warum Sie hier sind?«

»Damit ich Ramal nicht finden kann, nehme ich an. Die wollen nicht, daß ich ihn finde. Die wollen nicht, daß der Seelentausch gelingt.«

»Seelentausch? Was meinen Sie damit?«

Sharla sah Dr. Eventon von seinem kahl werdenden Kopf bis hinunter zu seinen abgewetzten schwarzen Schuhen an. »Sagen Sie mir eins, guter Mann«, sagte sie. »Gibt es irgendwo auf dieser Welt irgend jemanden, der genauso aussieht wie Sie, ganz genauso wie Sie?«

»Gibt es jemanden, der so aussieht wie Sie?«

»Genau.«

»Wer ist das?«

»Sie nennt sich Meredith.«

»Derselbe Name wie Ihrer.«

»Genau.«

»Es gibt also noch eine Meredith Landor, die genauso aussieht wie Sie?«

»Ja, sie hat mir die Seele gestohlen.«

»Verstehe.«

Sharla entspannte sich ein wenig. Wer immer dieser Mann war, es sah aus, als könne sie sich vernünftig mit ihm unterhalten. »Ich habe das Recht, sie zurückzubekommen.«

»Ja. Erzählen Sie mir von sich, Meredith. Waren Sie schon einmal länger im Krankenhaus?«

»Länger? Ja, einmal.«
»Wann war das?«
»Als ich zwölf war, hatte ich eine Lungenentzündung.«
»Schonmal in der Psychiatrie gewesen?«
»Nein. Warum sollte ich?«
»Ich weiß nicht. Wissen Sie, was für einen Tag wir heute haben?«
»Ja, natürlich. Warten Sie, lassen Sie mich nachdenken. Meredith ist am Donnerstag angekommen. Ich habe die ganze Nacht im Wandschrank verbracht. Am Freitag kam dann Ramal, und wir haben unser Blut vermischt und den Zaubertrank getrunken und geschlafen. Wir haben wohl eine Nacht geschlafen. Dann müßte heute Samstag sein.«
»Gut. Und welches Datum?«
»Der 4. Der 4. August. Ein Typ am Strand hat mich nach dem Datum gefragt. Ich glaube, der wollte mich anmachen. Und Sie? Wollen Sie mich anmachen?«
»Nein, ich will nur eine Weile mit Ihnen reden. Wissen Sie, wo Sie sind?«
»Sie behaupten, das hier sei ein Krankenhaus. Könnte sein.«
»Könnte sein?«
»Könnte sein. Oder ein anderer Ort.«
»Was für ein anderer Ort?«
»Ich weiß nicht viel über Hexenmeister.«
»Hm. Sagen Sie mir, angenommen, Sie fänden einen Brief auf der Straße, zugeklebt, adressiert und frankiert – was würden Sie tun?«
Sharla schaute ihn an, als wäre er ein Spinner. »Das ist unter den momentanen Umständen wirklich eine merkwürdige Frage.«
Der Psychiater lächelte. »Ja. Was würden Sie tun?«
»Ich schätze, ich würde ihn in einen Briefkasten werfen.«
»Mm-hm.«
Der Arzt stellte Sharla noch mehr Fragen, eine nach der anderen. Es machte ihr nichts aus, sie zu beantworten. Er fragte sie nach der Bedeutung verschiedener Sprichwörter und ließ sie in Dreierschritten rückwärts zählen.
»Und leben Sie schon lange in Chicago?«

»Ja und nein.«

»Wie meinen Sie das?«

»Im Moment noch nicht, aber nach dem Seelentausch werde ich schon einige Jahre hier gelebt haben. Ich bin hierhergekommen, um Film zu studieren. Am Columbia College.«

»Ja, wir haben bereits gesehen, daß Sie einen Ausweis von dort haben. Andere Papiere aber nicht. Warum?«

»Ich habe ein Identitätsproblem.« Sharla lächelte, spürte die Meredith in sich, dann kicherte sie.

»Verstehe. Haben Sie einen Job?«

»Nein.«

»Sind Sie verheiratet?«

»Nein.«

»Wie bestreiten Sie Ihren Unterhalt?«

»Ich schreibe. Meistens Drehbücher.«

»Leben Sie bei Ihrer Familie?«

»Nein.«

»Allein?«

»Ja.« Der traurige Blick kehrte zurück.

»Sind Sie einsam?«

Sharla schaute weg. »Ich muß jetzt gehen«, sagte sie. »Ich muß Ramal finden.«

»Wo ist Ihre Familie?«

»Wir müssen mit dem Seelentausch weitermachen.«

»Sie wollten bei der Aufnahme Ihre Adresse nicht nennen. Sagen Sie sie mir?«

»Nein.«

»Warum nicht?«

»Ich will nicht, daß Sie Meredith finden. Sie muß dort bleiben. Ich muß Ramal finden und dorthin zurück.«

»Wohin zurück?«

»In die Wohnung. O Gott, ich bin so müde.«

»Ja, Sie dürfen gleich schlafen. Sie sind sehr durcheinander, Miss Landor. Wir wollen Sie eine Weile hier behalten. Sie können sich hier im Krankenhaus ausruhen.«

»Ich kann nicht bleiben.«

»Das wäre aber besser. Sie verstehen das doch, oder?«

»Ich bin mir nicht ganz sicher, ob Sie ein Arzt sind oder ein Hexenmeister.«

»Ich bin Arzt. Ich möchte, daß Sie sich in dieses Krankenhaus einweisen lassen. Ich möchte, daß Sie ein Papier unterschreiben, auf dem Sie einwilligen, hierzubleiben.

»Ich werde nicht unterschreiben.«

»Dann können Sie sich ausruhen und sich helfen lassen.«

»Können Sie Ramal finden? Das ist die Hilfe, die ich brauche.«

»Darüber reden wir noch. Zuerst müssen Sie das Papier unterzeichnen.«

»Nein! Ich würde diesen Hundesohn liebend gern umbringen!«

Der Arzt zog eine Augenbraue hoch. »Wen würden Sie liebend gern umbringen?«

»Den Buchladenmann.«

»Den Mann, der die Polizei gerufen hat?«

»Ja. Der Hundesohn. Er hat das veranlaßt. Ich werde ihn umbringen und dann in das Hinterzimmer gehen und Ramal finden.«

»Wie würden Sie ihn umbringen?«

»Ich habe eine Pistole«, sagte Sharla und lächelte kokett. »Versteckt. Ich habe sie bei einem Herrenfriseur gekauft. Ich werde ihn umbringen, und dann wird Ramal den Seelentausch vornehmen.«

»Sie müssen hier im Krankenhaus bleiben, Ms. Landor«, sagte Dr. Eventon. »Denken Sie darüber nach, das Papier zu unterzeichnen. Ich werde Sie später noch einmal fragen. Wenn Sie sich entschließen, nicht zu unterschreiben, bringe ich Sie am Montag vor den Richter, und der wird dann entscheiden, ob Sie hierbleiben müssen, auch wenn Sie nicht unterschreiben.«

»Ich kann nicht bleiben. Ich habe zuviel zu tun.« Sharla wußte, daß sie begriff, was vor sich ging, und daß sie gleichzeitig nicht zuließ, es zu begreifen. »Sie sind tatsächlich ein Hexenmeister.«

Der Arzt ging, und der Pfleger kam zurück. Er führte sie durch mehrere lange Korridore zu einer verschlossenen Tür, auf der »Station 6« stand, dann noch weitere Gänge hinunter bis zu einem

Schlafzimmer. »Das hier ist Ihr Bett, Meredith. Ihre Zimmergenossinnen gehen gerade ihren verschiedenen Betätigungen nach. Das werden Sie auch tun, heute aber noch nicht. Wenn Sie uns jemanden nennen, an den wir uns wenden können, könnten wir Ihnen eine Zahnbürste, einen Schlafanzug und solche Dinge besorgen.«

Sharla schüttelte den Kopf. »Nein, das will ich nicht tun.«

»Wir können das rausfinden, wissen Sie, aber es würde die Dinge vereinfachen, wenn Sie es uns sagen. Wenn Sie wollen, können Sie in den Aufenthaltsraum am Ende des Ganges gehen. An der Toilette sind wir auf dem Weg hierher vorbeigekommen. Ich sehe später nach Ihnen. Mein Name ist übrigens Bill Riley.«

Bill Riley ließ Sharla in einem Zimmer mit vier Eisenbetten zurück, einigen Spinden und einem Fenster, vor dem dicker Maschendraht befestigt war. Sie konnte nicht genau sagen, wie sie sich fühlte. Benommen, benebelt, unwirklich, aber auch faßbar und klar. Eine staatliche psychiatrische Einrichtung. Das wußte sie, und doch konnte sie den Gedanken nicht vertreiben, daß Ramals Feinde sie hierhergebracht hatten. Hexenmeister.

Sie trat auf den Flur. Niemand schien in der Nähe zu sein. *Ich brauche Ramal.* Der Gedanke hallte durch ihren Kopf. Er kann es in Ordnung bringen. Ich brauche ihn. Ganz ruhig, ermahnte Sharla sich selbst. Ruf ihn an. Vielleicht ist er ja jetzt da und sein verlogener Freund verschwunden. Der Freund könnte ein Hexenmeister sein, dachte Sharla. Ich muß Ramal anrufen. Sie wußte nicht, wo ihr Rucksack war. Sie versuchte, sich zu erinnern. Ja, sie hatten ihn ihr gleich nach der Ankunft in diesem Büro weggenommen. Warum hatten sie ihn ihr weggenommen? Sie brauchte Geld zum Telefonieren. Sharla lief den Korridor in der Richtung entlang, aus der sie gekommen war, vorbei an den Büros und Schlafräumen. Sie suchte die eiserne Eingangstür. Als sie um die Ecke bog, stieß sie fast mit einer alten Frau zusammen. Die Frau, die zwei oder drei Röcke trug und mehrere Blusen, murmelte Sharla im Vorbeigehen etwas zu. Es klang wie »...die Möse meiner Mama verschlingen«. Sharla beeilte sich, die Tür zu finden. Sie war aus Eisen und hatte ein kleines Fenster, daran erinnerte sie sich. Und da war sie. Vor der Tür, bei den

Aufzügen hatte sie ein Telefon gesehen. Die Tür war verschlossen. Sharla klopfte laut.

»Na, Schatz, wo gehen wir denn hin?« Eine kleine, rundliche schwarze Frau, um die dreißig war von hinten an Sharla herangetreten.

»Ich muß unbedingt telefonieren. Kann ich mir von Ihnen etwas Geld borgen?«

»Sie brauchen einen Passierschein, eine Erlaubnis, um hier rauszukommen.«

»Eine Erlaubnis? Tja, hätten Sie vielleicht eine, die ich benutzen kann?«

Die Frau lachte. »Ich bin nicht Gott. Gott, ich bin nicht Gott. Ich bin nicht Gott.« Sie hob die Arme hoch über den Kopf und ließ sie dann sinken. »Wegen einer Erlaubnis müßten Sie an eine Krankenschwester herantreten. Es ist aber nicht erlaubt, den Krankenschwestern zu nahe zu treten.«

»Tja, und wo finde ich eine Krankenschwester?« fragte Sharla. »Können Sie mir das sagen?«

»Das weiß nur Gott.« Die Frau kicherte.

»Wissen Sie, wo eine Krankenschwester ist?« beharrte Sharla.

»Gott ist es erlaubt, Krankenschwestern zu nahe zu treten.«

»Jetzt kommen Sie schon, um Gotteswillen, wo ist eine Krankenschwester?« Sie fühlte die Meredith in sich.

»Um Gotteswillen, wo *ist* Gott?«

»Schätze, er hatte einen Passierschein«, sagte Sharla. Sie drehte sich um und ging weg, lief denselben Weg durch die Gänge zurück bis zum Aufenthaltsraum. Ein halbes Dutzend Leute saß vor dem Fernseher. Das Bild flimmerte, aber es schien niemandem etwas auszumachen. Ihre Gesichter waren ausdruckslos, entrückt. An einem Tisch spielten zwei Leute Karten. Sharla näherte sich ihnen.

»Wissen Sie, wo eine Krankenschwester ist?«

»Wer sind Sie?«

»Wo ist eine Krankenschwester?«

»Sind Sie 'ne Psychologin oder so was?«

»Nein, das ist 'ne Patientin.«

»Echt? Na, da soll doch gleich... Ich finde aber, sie sieht aus wie 'ne Psychologin. Ich glaube, Miss Harley ist drüben auf der Schwesternstation.« Sie zeigte in Richtung eines angrenzenden Zimmers.

Sharla ging dort hin, und Miss Harley erklärte ihr, daß sie jetzt noch nicht telefonieren könne, daß am Montag eine Anhörung stattfände und daß sie danach beschließen würden, ob sie telefonieren dürfe oder nicht.

»Ich muß jetzt telefonieren.«
»Sie werden sich gedulden müssen.«
»Ich will mich nicht gedulden.«
»Tut mir leid.«
»Nein, tut es nicht.«
»Gehen Sie in den Aufenthaltsraum.«
»Ich gehöre hier nicht hin.«
»Mm.«

»Ich bin nicht verrückt, wissen Sie«, sagte Sharla ruhig. »Das ist ein Irrtum. Ich bin ungeheuer gesund, können Sie das nicht sehen?« Ihre Stimme wurde lauter. »Ich bin verständig, richtig? Ich habe die Kontrolle über meine geistigen Kräfte. Bin im Gleichgewicht. Ich erfreue mich absoluter und perfekter geistiger Gesundheit.« Den letzten Satz sprach sie besonders nachdrücklich aus.

Die Krankenschwester lachte. »Ich wünschte mir, *ich* wäre das alles. Ich kann mich jetzt nicht mit Ihnen unterhalten. Ich muß arbeiten.«

Sharla verließ das Schwesternzimmer und lief über die Station, erkundete sie. Es gab den Aufenthaltsraum, Schlafzimmer, zwei Waschräume, Büros, einen großen leeren Raum mit Stühlen, die im Kreis zusammenstanden, eine Cafeteria. Da war die Tür, durch die sie gekommen war, und noch eine Tür, der Notausgang – beide waren verschlossen.

Ich bin eine Gefangene, dachte sie. Wie Meredith. Wir sind es beide. Ich darf nicht einmal telefonieren. Ich bin eingeschlossen. Das ist ein Knast hier. Nicht fair. Das ist nicht fair. *Ich brauche Ramal.* Das Gefühl von Panik kehrte zurück. Jedesmal, wenn sie an Meredith dachte, kehrte das Gefühl zurück, und ihr Kopf fühlte sich wieder wie benebelt an.

Die Patientinnen kamen langsam auf die Station zurück. Sharla wollte nichts mit ihnen zu tun haben. Sie war nicht wie die, und sie machten sie nervös. Eine ihrer Zimmergenossinnen versuchte, sich mit ihr zu unterhalten. Trotz Sharlas Versuchen, sie zu überhören, fand sie sich schon bald im Gespräch mit ihr wieder. Die Frau war jung und freundlich. Ihr Name war Sandra. Nur ganz selten kam sie Sharla merkwürdiger vor als die Leute, die sie ihr Leben lang kennengelernt hatte. Sie zeigte Sharla ein Bild, das sie gezeichnet hatte.

»Ich arbeite an meinen Feindseligkeiten.« Es war mit einem dicken Bleistift gezeichnet. Ein Mann, der auf einem Hügel lag und aus dessen verschiedensten Körperteilen zehn oder zwölf Messer herausragten.

»Da ist aber 'ne Menge Feindseligkeit drin«, sagte Sharla.

»Ich übertreibe es. Die Kunsttherapeutin mag es, wenn ich solche Bilder zeichne.«

»Wo findet diese Kunsttherapie statt?«

»Im Nebengebäude. Du kommst auch noch hin. Du kannst zeichnen, was du willst, aber hinterher mußt du drüber reden. Haste was zu rauchen?«

»Nein, tut mir leid.«

Sandra wandte sich der anderen Frau im Raum zu. Sie saß mit dem Rücken zu ihnen auf dem Bett. »Hey, Arschgesicht, gib mir 'ne Kippe.« Die Frau ignorierte Sandra. »Ich geb' dir auch immer welche, wenn du keine mehr hast, also her damit.«

Die Frau ignorierte sie.

»Kann man hier irgendwo Zigaretten kaufen?« fragte Sharla.

»Dieses Miststück kann nie was abgeben. Sie ist selbstsüchtig. Das ist ihr Problem. Das habe ich ihr gestern schon bei der Stationsbesprechung gesagt. Weißt du, was die getan hat, als ich das sagte?«

»Was?«

»Gespuckt.«

»Sie hat gespuckt?«

»Jawoll, aber nicht auf mich, sonst hätte ich ihr eine verpaßt. Sie hat auf den Boden gespuckt. Die Schwester hat sie's wegputzen lassen. Hey, Arschgesicht, gib mir 'ne gottverdammte Kippe.«

Die Frau beugte sich vor und spuckte auf die Fensterbank, immer noch mit dem Rücken zu Sharla und Sandra.

»Ach, zum Teufel mit ihr. Komm rein, bevor die Straßenlaternen angehen«, sagte Sandra und verließ abrupt das Zimmer.

Sharla ging noch einmal zum Schwesternzimmer. »Wann kann ich hier raus?« fragte sie.

»Das weiß ich nicht. Warum versuchen Sie nicht, einige der anderen Patientinnen kennenzulernen? Sehen Sie die Frau dort in der Ecke. Ihr Name ist Anna. Eine nette Lady. Gehen Sie und reden Sie mit ihr.«

»Ich will nicht mit ihr reden. Hören Sie, ich weiß, daß ich Rechte habe. Ich weiß, daß ich das Recht auf eine legale Anhörung habe, bevor Sie mich hierbehalten können.«

»Sind Sie eine Nicht-Freiwillige?«

»Was?«

»Haben Sie sich selber einweisen lassen oder nicht?«

»Ich unterschreibe überhaupt nichts. Ich will nicht hier drin sein.«

»Ihr Fall wird Montag morgen vor die Kommission gebracht. Sie sollten sich wirklich auf eigenen Wunsch einweisen lassen, das macht es leichter.«

»Für wen?«

Die Krankenschwester schaute Sharla an. Sie sah alt aus, aber Sharla hatte das Gefühl, daß sie jünger war, als es den Anschein hatte. »Reden Sie mit Anna.«

»Ich will mit einem Arzt reden.«

»Montag.«

»Ich kann nicht bis Montag warten.«

»Das müssen Sie aber.«

Dieser Ort ist völlig durchgeknallt, dachte Sharla. Wenn ich hierbleibe, wird sie sterben, dann bekomme ich ihre Seele nie. Wenn sie stirbt, bin ich eine Mörderin. Dann habe ich meine eigene Schwester getötet. Oh, Sharla, nein, das würdest du nie tun. So schlecht bist du nicht. So schlecht bin ich nicht, oder, Mami?

»Hören Sie, Schwester, bitte hören Sie mir zu.« Sharla sprach schnell, ihre Augen brannten. »Ich habe jemanden in meiner Wohnung zurückgelassen, meine Doppelgängerin. Sie ist dort angekettet. Wenn ich hier nicht rauskomme, wird sie sterben. Sie hat nichts zu esssen, nur etwas Wasser.«

»Ihre Doppel-was?«

»Meine Zwillingsschwester.«

»Ach so.«

»Sie wird sterben.«

»Warum ist sie angekettet?«

»Weil ich ihr nicht trauen kann. Sie wird versuchen, abzuhauen.«

»Wovor abzuhauen?«

»Vor mir. Sie will unsere Seelen nicht austauschen. Das kann ich ihr eigentlich nicht vorwerfen, ich würde das auch nicht wollen, wenn ich die gute hätte. Ich bin jetzt an der Reihe, die gute zu bekommen.«

»Warum schauen Sie nicht ein wenig Fernsehen?«

»Meredith wird sterben.«

»Sie reden in Rätseln. Wenn Sie sich mit mir unterhalten wollen, müssen Sie vernünftig reden.«

»Ich will einen Arzt sehen.«

»Am Montag.«

»Jetzt.«

Die Krankenschwester wandte Sharla den Rücken zu.

Sharla ging in die andere Ecke des Aufenthaltsraums und setzte sich in einen Sessel. Sie dachte an Ramal. Es muß doch einen Weg geben, hier rauszukommen. Wahrscheinlich ist er jetzt zu Hause. Ich weiß, wenn ich mit ihm reden könnte, dann würde er alles in Ordnung bringen.

Sharla aß an einem langen Tisch in einem Raum voller Patientinnen. Niemand sagte viel. Es gab Makkaroni mit Käse und Hackfleischpastetchen. Sie aß kaum etwas. Sandra spürte sie auf und gab ihr eine Zigarette.

»Die hab' ich gefunden. Auf einem Tisch im Aufenthaltsraum. Schwein gehabt, was?«

Sharla rauchte schweigend, dann ging sie zur Eisentür, in der Hoffnung, daß die sich öffnete und sie hinausschlüpfen könnte. Sie öffnete sich einige Male, Pflegepersonal mit Schlüsseln kam und ging, aber sie wollten sie nicht gehen lassen. Sie ließen andere Patientinnen raus, sie aber nicht.

Sharla schlief unruhig. Irgend jemand schrie in der Nacht und weckte sie auf, und sie hörte Schritte auf den Gängen. Sie träumte, daß sie mit Meredith auf einem Fahrrad in den Wald fuhr. Sie hielten an einem Flüßchen und gingen nackt schwimmen. Sie bluteten beide. Sie saßen nebeneinander auf einem glatten Felsstein und bluteten, und ihr Menstruationsblut vermischte sich und wirbelte zusammen über den glatten Stein, und dann verschwand Meredith, und die Sonne kam zwischen den Bäumen hervor.

Der Sonntag schleppte sich mühselig voran. Den meisten Patientinnen war es erlaubt, die Station zu verlassen und in die Kantine oder den Sportraum im Nebengebäude zu gehen, doch Sharla erklärte man, sie dürfe das nicht. Die blieben, schienen die Verrücktesten zu sein. Einige wirkten fast apathisch; andere liefen auf und ab, gestikulierten und redeten unzusammenhängend. Mehrmals am Tag stellten sich alle an, um kleine Papierbecher mit Pillen in Empfang zu nehmen. Sharla tat dies nicht, und man forderte sie auch nicht dazu auf.

Sie versuchte zu lesen. Sie versuchte zu schlafen. Sie versuchte, Karten zu spielen oder sich zu unterhalten, wurde aber nur immer ruheloser. Außer Sandra sprach sie nur selten jemand an. Sandra redete liebenswürdig mit ihr, war sehr freundlich und verschwand dann immer urplötzlich.

Eine der Helferinnen unterhielt sich mit ihr. Elena war ihr Name. Sharla versuchte, Elena die Situation zu erklären, und die Helferin hörte zu, schüttelte aber den Kopf. Sie wollte wahrscheinlich nichts über Seelentausch und angekettete Doppelgängerinnen hören. Es sah so aus, als wolle sie nur über Jobs reden, die Sharla gehabt hatte, oder über Dinge, die sie gerne tat, denn wann immer Sharla ihre Doppelgängerin erwähnte, drehte Elena den Kopf weg oder wechselte das Thema.

Sharla langweilte sich zu Tode und war völlig frustriert, während die Stunden sich endlos dahinzogen. Montag morgen begleitete sie einer der Helfer, Bill Riley, zum Anhörungsraum. Dort saßen vier Leute. Einer war Dr. Greenberg, ein Psychiater, dann gab es noch eine Krankenschwester und zwei weitere Personen, einen Mann und eine Frau. Sharla fand später heraus, daß es sich bei der Frau um eine Psychologin handelte, ihre Psychologin, mit der sie sich zweimal die Woche zur Therapie treffen sollte. Der andere Mann, ein Sozialarbeiter, eröffnete die »Anhörung«.

»Aufnahme am 4. August. Von der Polizei hergebracht. Verursachte eine öffentliche Ruhestörung. Wahnvorstellungen. Weigert sich, Persönliches zu erzählen. Es liegt keine Adresse vor. Nennt keine Namen von Angehörigen. Vorläufige Diagnose von Dr. Eventon ist eine schizophrenie-ähnliche Funktionsstörung; akute paranoide Störung ausgeschlossen.«

»Wissen Sie, wo Sie sind, Miss Landor?« fragte der Psychiater.

Die Fragen waren im großen und ganzen dieselben, die ihr Dr. Eventon gestellt hatte. Wieder wurde Sharla darüber informiert, daß sie das Recht hatte, die Aussage zu verweigern, und daß alle Informationen, die sie preisgab, vor Gericht verwendet werden konnten, um sie gegebenenfalls zwangseinzuweisen. Es schien Sharla das Beste zu sein, die Situation zu erklären, damit die begriffen, wie wichtig ihre Freilassung war. Der Gedanke, daß sie ihr vielleicht nicht glauben würden, kam ihr in den Sinn, doch es zu versuchen, schien ihr der beste Weg zu sein.

»Ich kann mein Problem gut alleine lösen, wenn Sie mich nur gehen lassen. Ich werde Ramal finden, und alles wird gut.«

»Wie lautet sein Nachname?«

»Nur Ramal. Er ist ein Hexenmeister.«

»Was würden Sie tun, wenn Sie ihn gefunden hätten?«

»Ihn zu Meredith zurückbringen. Er würde die Puppen benutzen und den Seelentausch vornehmen.«

»Was Sie sagen, ergibt keinen Sinn, Miss Landor. Wenn Sie uns den Namen eines Familienangehörigen oder anderen Bekannten nennen, könnte der uns vielleicht helfen, Ihre Geschichte zu verstehen.«

»Das kann ich nicht.«

»Was ist mit dem Mann im Buchladen?«

»Dieser Hundesohn.«

»Warum sind Sie wütend auf ihn?«

»Er wollte mich nicht zu Ramal lassen. Verstehen Sie denn nicht, ich *muß* Ramal finden.«

»Wollen Sie dem Buchladeninhaber etwas antun?«

»Ich will, daß er mir nicht länger im Weg steht, Teufel nochmal«, sagte Sharla wütend.

»Die Dinge, die Sie uns erzählen, lassen uns zu dem Schluß kommen, daß Sie geisteskrank sind, Miss Landor. Sie drohen damit, Leute umzubringen...«

»Ich will einfach nur hier raus.«

»Es hat den Anschein, als seien Sie eine Gefahr für andere, Miss Landor...«

»*Sie* ist die Gefahr. Seelenräuberin. Sie hat mir meine Seele gestohlen. *Die* sollten Sie einsperren, nicht mich.«

»Wir würden gern Kontakt mit Ihrer Familie aufnehmen.«

Sharla antwortete nicht.

»Sagen Sie uns, wir wir sie erreichen können?«

Sharla antwortete nicht.

»Ich rufe das Columbia College an«, sagte der Sozialarbeiter. »Es sollte möglich sein, Auskünfte von dort zu bekommen.«

»Gut. Sie will nicht unterschreiben, deshalb müssen wir sie vor den Richter bringen. Miss Landor, es wird heute morgen noch eine Anhörung geben.« Dr. Greenberg schaute auf seine Uhr. »Der Richter müßte bereits hier sein.« Er wandte sich an die Psychologin. »Es sollte mit der Einweisung keine Probleme geben. Wollen Sie den Fall übernehmen?«

Die Psychologin nickte und sprach Sharla an. »Wir werden zusammenarbeiten, Meredith. Wir werden über all die Gefühle reden, die Sie empfinden, und über Ihre Doppelgängerin und Ramal und Ihre Vergangenheit. Wie hört sich das an?«

»Tut mir leid«, sagte Sharla. »Ich kann wirklich nicht bleiben. Nein, das hört sich überhaupt nicht gut an.«

Der Sozialarbeiter, Dr. Greenberg und ein Helfer begleiteten Sharla in einen Raum des Nebengebäudes, wo ein Richter in Robe an einem langen Tisch saß. Dr. Eventon war ebenfalls anwesend. Sie stimmten alle darin überein, daß Sharla unter einer Psychose litt, die sie zu einer Gefahr für andere machte. Dr. Eventon diagnostizierte es als schizophrenie-ähnliche Funktionsstörung, er widersprach aber auch nicht Dr. Greenbergs Beharren auf einer paranoiden Störung.

Das Verfahren war schnell vorüber und ließ Sharla verwirrt, doch sich der Tatsache bewußt zurück, daß sie soeben in das Regan Zone Center zwangseingewiesen worden war. Sie teilten ihr mit, daß ihr Fall in sechs Wochen noch einmal überprüft würde, falls sie nicht vorher einer freiwilligen Einweisung zustimmte. Die Psychologin Dr. Granser vereinbarte mit Sharla einen Termin nach dem Mittagessen, dann brachte Bill Riley sie zurück zur Station.

Sharla saß wie betäubt auf dem Bett, und ein übermächtiges Bild erfüllte ihre Gedanken. In dem Augenblick, als sie begriffen hatte, daß sie sie nicht gehen lassen würden, war das Bild gekommen, und jetzt ging es nicht mehr weg. Es hatte sich zwischen die anderen gedrängt, sie beiseite gestoßen, bis es ganz alleine dastand. Das Bild zeigte, wie Meredith Landor, die echte Meredith, entkräftet auf dem Bett lag, angekettet, dem Tode nah, ohne Essen, ohne Wasser. Ramal verblaßte, Sharlas Wut auf Meredith verblaßte; die Hoffnung, ihre beiden Seelen austauschen zu können, verblaßte. Was übrigblieb, war das Bild der angeketteten, sterbenden Meredith.

Sharlas Finger krampften sich in das weiße Bettuch. »Ich kann sie nicht sterben lassen«, sagte sie laut. Ihr Atem kam stoßweise. Ich kann doch meine Schwester nicht töten, mein eigen Fleisch und Blut. Ihre Augen waren fest geschlossen, ihre Fäuste geballt.

Sie hat deine Seele gestohlen.
Nein.
Doch.
Nein.
Dann mußt du sterben.
Vielleicht.

Laß sie sterben.
Nein! Sie ist meine Schwester. Sie ein menschliches Wesen.
Seelenräuberin.
Nein. Guter Mensch.
Hat sie dir genommen.
Nein. Ich mag sie so sehr.
Du kannst sie sein. Laß sie sterben.
Nein, ich muß sie retten. Sie hat mir niemals weh getan.
Hat deine Seele genommen.
Nein. So etwas gibt es nicht.

Sharla riß die Augen auf. Sie war ganz allein im Schlafraum. Sie erhob sich vom Bett und ging zum Fenster, starrte durch den Maschendraht hinaus, ohne wirklich etwas zu sehen. »So etwas gibt es nicht«, sagte sie laut. Sie ließ den Gedanken sich setzen. *Gab* es so etwas? *Hat* sie mir die Seele weggenommen? Das hat sie doch, oder? Ist es nicht ihr Fehler? Sharla fühlte sich wackelig auf den Beinen; sie mußte sich wieder hinsetzen. O Gott, ich weiß es nicht. Sie sank aufs Bett; ihr drehte sich alles. Den schmerzenden Kopf in beiden Händen, saß sie vornübergebeugt auf der Bettkante. Hatte sie es nicht verdient, zu sterben? War es nicht vorherbestimmt?
Doch.
Nein!
Seelenräuberin.

So etwas gibt es nicht. Oh, hilf mir, o Gott, o Gott, was ist die Wirklichkeit? Sharla stöhnte jetzt, sie hatte die Augen wieder geschlossen, vergrub ihr Gesicht zwischen den Händen.

»Oh je, Sie haben Probleme, Mädchen«, sagte die sanfte Stimme. »Kann ich Ihnen irgendwie helfen?«

Sharla blickte auf. Eine mütterlich aussehende Helferin stand in der Tür. Sharla hatte sie bereits ein-, zweimal gesehen. Sie kannte ihren Namen nicht.

»Was ist los, Mädchen? Was ist das Problem?« Die ältere Frau trat ein paar Schritte weiter in den Raum.

Sharla starrte sie aus rotgeränderten Augen an. »Ich weiß nicht, was ich tun soll«, sagte sie.

»Sie wissen nicht, was Sie tun sollen?«

Sharla schüttelte den Kopf. »Ich kann mich nicht entscheiden, ob ich meine Schwester töten soll oder nicht«, sagte sie unumwunden.

Die Helferin schürzte die Lippen. »Meine Güte«, sagte sie. »Tjaja, das ist echt ein Riesenproblem.« Sie trat etwas näher an Sharla heran. »Nun, wollen Sie meine Meinung dazu hören?« Sharla nickte, die Lippen zu einem Schmollmund verzogen.

»Na ja, so wie ich das sehe«, sagte die Frau und setzte sich neben Sharla aufs Bett, »so wie ich das sehe, sind Schwestern ein seltenes Gut. Selbst wenn du ein ganzes Rudel hast, kannst du nie genug davon haben.«

Sharla schwieg.

»Wie viele Schwestern haben Sie denn?«

»Eine«, antwortete Sharla leise.

»Ooh, nur eine, he? Hm-m. Na ja, wenn Sie mich fragen, dann sollten Sie sie nicht töten.« Die freundliche Frau legte ihre Hand auf Sharlas. »Wenn sie Ihnen Kummer macht, dann sollten Sie ihr vielleicht einfach aus dem Weg gehen, ihre Nähe meiden. Sie sind eine erwachsene Frau und haben zwei Beine. Wenn alle Mühe nichts nutzt, dann machen Sie sich auf und gehen Sie weiter auf Ihrem eigenen Weg.«

Sharla lächelte, ließ ihre Hand unter der warmen faltigen Hand der alten Frau liegen. »Wie Sie das sagen, hört es sich ganz leicht an.«

»Nichts ist leicht, meiner Erfahrung nach.«

»Sie ist mein eineiiger Zwilling.«

Die Helferin schaute Sharla an und zögerte einen Augenblick. »Tja nun, wenn das so ist, ist es wohl sogar noch schwerer, nehme ich an. Eineiige Zwillinge, he? Versuchen, rauszufinden, wo sie aufhört und wo du anfängst und wer genau wer ist.« Sie lachte inbrünstig. »Das ist schwer.«

»Manchmal glaube ich, sie hat ... meine Identität gestohlen.«

»Das glaub' ich Ihnen gern. Aber meistens wissen Sie doch, daß das nicht stimmt, oder?«

Sharla nickte langsam. »Ja, meistens.«

Die Frau stand auf. »Gut«, sagte sie. Sie ging zur Tür, wandte sich dann wieder um. »Wie wär's mit einem Spiel Rommé?«

Sharla antwortete nicht sofort. Ihre Gedanken waren woanders. »Ich muß ... ich ... ich muß mit jemandem reden«, murmelte sie. »Jemand, der mir ...« Sie schaute auf und sah die matronenhafte Gestalt an. »Ich muß zur Psychologin. Danke, ehm ... vielen Dank, aber ich muß jetzt Dr. Granser suchen.«

Sharla versuchte, Dr. Granser direkt zu sehen, doch eine Krankenschwester erinnerte sie daran, daß ihr Termin erst um ein Uhr war und daß sie sich bis dahin würde gedulden müssen.

Laß sie sterben, das ist es doch, was du willst.

Nein, so ein Mensch bin ich nicht.

Doch, bist du wohl.

Nein, bin ich nicht. Oder?

Doch.

Nein!

Um ein Uhr war Sharla völlig außer sich und aufgelöst.

»Mein wirklicher Name ist Sharla Jergens«, platzte es aus ihr heraus, sobald sie sich der grauhaarigen Psychologin gegenüber hingesetzt hatte. »Ich bin aus Portland in Oregon. Ich habe herausgefunden, daß ich eine Zwillingsschwester namens Meredith Landor habe, und ich ... ich bin neidisch auf sie. Ich wollte *sie* sein. Das kann nicht sein. Es ist falsch. Es ist dumm und ... und, wie ich glaube, nicht möglich. Sehen Sie, Seelen können nicht wirklich gestohlen oder ausgetauscht werden. Da bin ich ziemlich sicher ...« Sharla geriet für einen Moment ins Wanken. »Doch, ich bin mir sicher. Was ich jetzt tun muß, ist meinen Weg weitergehen. Ich muß weitergehen, doch ich habe sie verletzt. Ich habe sie angekettet. Die Adresse lautet West Fullerton 286. Bitte, gehen Sie dorthin. Schicken Sie jemanden.«

»Okay, ganz langsam, Meredith. Lassen Sie mich mal sehen, ob ich Sie richtig verstehe.«

Doch die Psychologin verstand nicht. Sie kam zu dem Schluß, daß Meredith Landors Wahnvorstellungen sich in eine neue Richtung entwickelten. Sie sagte jedoch zu, einen Sozialarbeiter die Nummer in Portland anrufen zu lassen, die Sharla genannt hatte, um mit der Frau zu sprechen, von der Sharla behauptete, sie sei ihre Mutter. Sie versprach ebenfalls, die Wohnung in der Fullerton überprüfen zu lassen. Sharla nannte Dr. Granser weitere Namen und Telefonnummern, die die Psychologin notierte, doch Sharla war überzeugt, daß nichts geschehen würde oder zumindest nicht schnell genug.

Dr. Granser stellte Sharla Fragen zu ihrer Person, doch Sharla antwortete nicht. Meredith wird sterben, dachte sie. Vielleicht ist sie schon tot. O Gott. Ich finde meine Schwester und töte sie. Oh nein! Sie versuchte, sich selbst zu beruhigen. Ich muß hier raus. Ich muß Meredith selber retten. Meredith, ich liebe dich. Ich bin nicht so ein Mensch. Vielleicht kannst du mir irgendwie vergeben. Ganz ruhig, sagte sie zu sich selbst. Wenn du ruhig bist, fällt dir ein Weg ein, hier rauszukommen. Sie beantwortete die Fragen der Psychologin, sprach von ihrem Leben in Portland, von ihrer Eltern, von ihrer Traurigkeit.

»Ich finde es echt langweilig hier«, sagte sie zu der Psychologin, als das Gespräch sich dem Ende näherte. »Es gibt so überhaupt nichts zu tun.«

»Es gibt heute eine Gruppe für Beschäftigungstherapie. Möchten Sie daran gerne teilnehmen?«

»Ja.«

»Das könnte arrangiert werden.«

»Danke. Sie schicken jemanden zur Fullerton?«

»Wir überprüfen das. Wir sehen uns am Donnerstag. Selbe Zeit, ein Uhr. Nicht vergessen.«

Auf dem Weg zur Beschäftigungstherapie im Nebengebäude und in der Gruppe selbst war Sharla freundlich und kooperativ und benahm sich völlig angemessen. Sie machte eine Collage und half anderen Patientinnen und zwang sich, heiter und freundlich zu sein. Sie spielte die Rolle, schauspielerte, wie Meredith es ihres Wissens nach getan hätte. Als Bill Riley kam, um sie und einige andere Patientinnen der geschlossenen Abteilung zur Station zurückzueskortieren, sah er keinen Grund, besonderes Augenmerk auf Sharla zu haben.

Es fiel ihr nicht schwer, sich wegzustehlen. Erst sorgte sie dafür, daß sie ganz am Ende der Gruppe lief. Als sie dann an der Toilettentür auf dem Korridor des Nebengebäudes vorbeigingen, schlüpfte sie hinein. Sie zählte bis sechzig, verließ dann die Toilette und ging in genau die entgegengesetzte Richtung durch das Gebäude, bis sie draußen war. Sie befand sich auf dem Krankenhausgelände, auf der Rückseite des Nebengebäudes, außer Sichtweite des Hauptgebäudes. Sie lief ganz ruhig und nicht zu schnell den Bürgersteig entlang auf die offene Pforte zu und dann hinaus auf die Straße.

23. Kapitel

Nur Augenblicke, nachdem Sharla am Samstag morgen die Wohnung auf der Suche nach Ramal verlassen hatte, führte Meredith ihren Plan aus. Sie schrieb eine Nachricht, befestigte den Zettel mit Gummibändern an der Holzschatulle, schlug das Schlafzimmerfenster mit Hilfe eines Stuhls ein und schleuderte die Schatulle nach draußen. Dann wartete sie, voller Zuversicht, daß bald jemand kommen und sie befreien würde.

Doch die Stunden vergingen und niemand kam, und auch Sharla kehrte nicht zurück. Meredith blieb den ganzen Tag ihren Gedanken überlassen; die Stille wurde nur gelegentlich vom Läuten des Telefons unterbrochen. Wenn sie ganz nah an die Schlafzimmertür trat, konnte sie die Nachrichten auf der Anrufbeantworterin hören. Mit zwei Ausnahmen waren sie alle von Terri; sie hatten für den Abend ein ganz besonderes Wiedersehensfest geplant. Terri wird herkommen, dachte Meredith und versuchte, sich zu entspannen.

Der Abend kam, es gab viele AnruferInnen, die keine Nachricht hinterließen, und dann kam Terri tatsächlich. Wenigstens vermutete Meredith, daß es Terri war, als es an der Tür klingelte; eine Zeitlang klingelte es unablässig, schließlich hörte es auf. Meredith schrie und hämmerte auf den Boden und brüllte Terri zu, sie solle zur Hintertür kommen, doch sie wußte natürlich, daß man sie in der Halle unmöglich hören konnte. Nachdem das Klingeln an der Tür aufgehört hatte, wurde es wieder still.

Meredith wurde immer unruhiger, und mit jeder verstreichenden Stunde wuchs ihre Besorgnis. Wo zum Teufel war Sharla? Hat sie die Absicht, mich einfach hier zurückzulassen? Begreift sie denn nicht, was dann geschehen wird? Ist es das, was sie will? Warum hat noch niemand meine Nachricht gefunden? Meredith fühlte sich völlig machtlos, ein Gefühl, das sie mehr haßte als alles andere. Sie versuchte, sich selbst zu beruhigen, doch Bilder ihres aufgedunsenen, dehydrierten, verhungerten Körpers quälten sie und weckten Gefühle der Panik in ihr. Sie kämpfte die Bilder nieder. Sie schrie durch das zerbrochene Fenster; sie versuchte, den Verschluß der

Handschelle mit ihrer Nagelfeile zu öffnen, dann mit einer Haarnadel; und sie weinte. Sie dachte fast unablässig an Sharla, überwiegend wütend, manchmal voller Trauer oder Mitleid, doch meist verspürte sie Wut und Zorn und Ekel und Haß.

Am Samstag um halb zehn kam Terri wieder in die West Fullerton 286. Sie klingelte an der Tür, lief nervös der Halle auf und ab. Immer noch keine Antwort. Sie wurde immer wütender und verwirrter. Als sie am Donnerstag abend zusammengewesen waren, schien alles in Ordnung zu sein, mehr als in Ordnung. Am Freitag morgen auch noch. Warum sollte Meredith sie versetzen? Wo war sie gestern den ganzen Tag und heute gewesen? Das machte doch keinen Sinn. Terri fragte sich, ob Meredith wütend war wegen des Meetings gestern abend. Versuchte sie, es ihr heimzuzahlen? Nein, das war nicht Merediths Stil, absolut nicht. Außerdem zeigte sie immer Verständnis dafür und bezeichnete sich an solchen Abenden sogar scherzhaft als »grüne Witwe«. Irgend etwas stimmte nicht. Vielleicht war ihr etwas zugestoßen. Vielleicht hatte es etwas mit diesem Traum zu tun und der Sache mit ihrer Zwillingsschwester, mit ihrer Schwester, der Hexe. Diese ganze bizarre Angelegenheit von letztem Monat beunruhigte Terri immer noch. Sie hatte nicht mehr mit Meredith darüber gesprochen, wollte es aber bald einmal tun – trotz Merediths Bitte. Terri schüttelte den Kopf. Vielleicht ist sie ja dabei, durchzudrehen, dachte sie.

Sie ging zur Hintertür und klopfte ein paarmal dagegen, schaute in die dunkle Küche. Nichts. Sie ist ganz offensichtlich nicht zu Hause, dachte Terri. Sie ist wahrscheinlich unterwegs und amüsiert sich. Miststück. Terri wollte gerade gehen, als sie plötzlich innehielt. Sie glaubte, drinnen etwas gehört zu haben. Rufe. Sie lauschte, legte den Kopf auf die Seite, ihren Mund leicht geöffnet. Nichts. Habe ich mir wohl nur eingebildet, dachte sie und stapfte die Treppe hinunter.

Meredith war sicher, daß sie jemanden an der Hintertür gehört hatte. Das Schlafzimmer war der am weitesten von der Küche entfernte Raum. Jetzt wünschte sie sich, sie hätte das Arbeitszimmer zum Schlafzimmer gemacht. Sie hatte daran nachgedacht. Wenn sie jetzt bloß im Arbeitszimmer wäre, dann hätte die Person am Hintereingang ihr Rufen gehört. Sie rief noch einmal. Nichts. Vielleicht war ja gar niemand da. Habe ich mir wohl nur eingebildet, dachte sie.

In dieser Nacht schlief sie unruhig. Ihre Kehle war trocken, der Hunger krampfte ihren Magen zusammen. Sie erwachte vor der Sonne, einen sandigen Geschmack im Mund, ein Gefühl von Schwindel im Kopf. Wieder wühlte Panik durch ihre Innereien.

Um acht Uhr klingelte das Telefon. Den ganzen Sonntag über klingelte es regelmäßig. Pam rief an und Emma und Paula, doch die meisten Anruferinnen hinterließen keine Nachricht.

Meredith konnte es nicht fassen, daß niemand ihren Zettel gefunden hatte. Sie fing damit an, Gegenstände aus dem Fenster zu werfen. Das würde doch bestimmt irgend jemand sehen. Sie warf fast alles hinaus, was sie in ihrem angeketteten Zustand erreichen konnte, heftete Nachrichten an jedes Ding, bis ihr das Papier ausging. Sie warf sogar einen Stuhl hinaus.

Zwei Stockwerke tiefer, direkt unter Merediths Fenster, war ein Stück unkrautbewachsener Rasen, außerdem Mülltonnen und die Straße. Der Rasen- und Mülltonnenbereich war mittlerweile mit den Sachen, die Meredith hinausgeworfen hatte, übersät. Sie lagen wahllos im hohen Gras verstreut, versteckt und unbemerkt.

Gegen ihren Willen dachte sie immer häufiger an den Tod. Sie versuchte, dagegen anzukämpfen, doch die Gedanken kamen immer wieder und mit ihnen ein Rückblick auf ihr Leben, auf die Dinge, die noch zu tun waren und die sie jetzt nicht mehr tun würde. Sie dachte an die Menschen, die sie liebte und die sie liebten. Ihr kamen die Tränen. Sie wischte sich übers Gesicht, fing eine salzige Träne mit der Fingerkuppe auf und starrte sie an. Ohne Wasser würde sie sterben. Wie lange das wohl dauert, dachte sie. Sie hatte sich die Karaffe Wasser, die Sharla zurückgelassen hatte, eingeteilt, doch jetzt war sie leer. Sie dachte an ihre Eltern. Sie dachte an das Meer und an ihre Freundinnen, an die lustigen Dinge und die Kämpfe und Triumphe ihres Lebens. Sie dachte an die Dinge, die ihr Freude gemacht hatten, und an die traurigen Dinge, an die Enttäuschungen und die Verluste. Sie dachte an Robin und vermißte sie. Sie dachte an Frauen, an deren Art, *unsere* Art, unseren Kampf. Sie dachte an Terri und an ihre Schwester Jean und ihren Bruder Philipp. Sie dachte an all die Dinge, die ihrem Leben eine Bedeutung gaben, an die Aufregung, wenn sie die ersten ungeschnittenen Aufnahmen eines neuen Films sah, an Krabben in Butter geschwenkt, an Reisen, die sie unternommen hatte, sie dachte an Sex, an Musik, an ihre Mutter, an Terri. Sie hatte dieses Leben gemocht. Das machte sie glücklich, aber sie hatte noch soviel Leben vor sich gehabt, das sie verwirklichen wollte. Sie dachte an all die Dinge, die sie nie mehr tun würde, und weinte leise in sich hinein, betrauerte ihren eigenen Tod, starrte auf die Träne auf ihrer Fingerkuppe, die immer kleiner wurde, bis sie sich vollständig in Luft aufgelöst hatte. Danach wurde Meredith merkwürdig ruhig. Sie legte sich zurück und schloß die Augen.

Abgesehen vom gelegentlichen Klingeln des Telefons am nächsten Tag herrschte tödliche Stille in Appartement 303.

24. Kapitel

Sharla lief die Bryn Mawr in östlicher Richtung, beschloß dann aber aus Sicherheitsgründen, die Nebenstraßen zu benutzen. Sie lief kontinuierlich südöstlich, bis sie Halsted und Belmont erreichte. Die Halsted lief sie weiter in südlicher Richtung bis zur Wellington, östlich weiter zur Clark und südlich zur Fullerton.

Unter dem Blumentopf, auf der Untertasse, fand Sharla den Schlüssel. Sie hatte einen Ersatzschlüssel anfertigen lassen und ihn vor drei Wochen dort hingelegt, ein alte Angewohnheit, die sie von ihrer Mutter übernommen hatte.

Als sie hineinging, fürchtete sie sich vor dem, was sie finden könnte. Falls Meredith tot war, wußte Sharla, daß auch ihr eigenes Leben unwiderruflich vorbei war. Sie hatte nicht gerade einen Plan gefaßt, aber irgendwie wußte sie, was sie tun würde. Sie würde die Handschelle vom Handgelenk ihrer Schwester lösen, sie sanft aufs Bett legen und zudecken, ihr Gesicht ausgenommen. Es störte sie immer, daß sie die Gesichter zudeckten. Dann würde sie die Tabletten aus der Kommodenschublade holen. Während sie darauf wartete, daß die Tabletten ihr wertloses Leben auslöschten, würde sie eine Nachricht schreiben: *Liebe Mrs. Landor...* Es würde ein trauriges Schuldbekenntnis werden, eine nutzlose Entschuldigung. Sie würde Meredith loben und auch Mrs. Landor würde sie loben dafür, daß sie eine so wundervolle Tochter großgezogen hatte. Sie würde sich selber anprangern und sich dann noch einmal entschuldigen, alles erklären, wohl wissend, daß keine Erklärung oder Entschuldigung der Welt Mrs. Landors Schmerz lindern und ihre eigene Schuld schmälern konnte.

Nach Beendigung des Briefes würde sie einen Stuhl neben Meredith stellen und das leblose Gesicht betrachten, das ihrem so ähnlich sah, würde sich selbst tot sehen und wissen, daß sie starb.

Sharlas Hand zitterte, als sie den Schlüssel im Schloß herumdrehte.

Es war beängstigend still in der Wohnung. Leblos. Sie ging auf Zehenspitzen durch die Küche, vorbei am leeren Wohnzimmer und am Bad. Sie ging durch die Diele auf das Schlafzimmer zu, hielt dann aber wenige Schritte vor der Tür inne, unfähig, weiterzugehen.

»Meredith«, rief sie schwach.

Sie spitzte die Ohren und hörte nichts als Stille.

Widerwillig ging sie voran, einen schwerfälligen Schritt nach dem anderen, bis sie schließlich die Tür erreichte. Sie zwang sich, die Klinke herunterzudrücken und ins Zimmer hineinzuschauen.

Das Zimmer war leer, sehr leer. Die Frisierkommode war leergeräumt, selbst eins der Kissen war verschwunden und ein Stuhl. Die Fensterscheibe war zerbrochen, Glassplitter glitzerten auf dem Boden.

Sharla starrte mit weit aufgerissenem Mund, ihr Körper zitterte. Die Kette hing immer noch am Heizungsrohr, doch sie war durchgesägt worden und ein Teil von ihr fehlte, der Teil mit der zweiten Handschelle, der Teil, mit dem Meredith angebunden worden war.

Sharla, die am ganzen Leib zitterte, fiel zwischen Tür und Zimmer schwer zu Boden. *O Gott, es ist geschehen! Ich habe sie getötet! Ich habe meine Schwester getötet!* Sie biß in die Knöchel ihrer zitternden Hand; ihre Augen waren rot und feucht. *Hier auf diesem Bett ist sie gestorben, und sie mußten die Kette durchsägen, um ihre Leiche mitzunehmen.* Sharla spürte eine Welle der Übelkeit aufsteigen. Sie rannte ins Bad und übergab sich. Während sie kraftlos neben der Toilette auf dem Boden lag, unfähig, sich zu bewegen, erfüllte das häßliche Bild des leeren Schlafzimmers ihre Gedanken. Weg, sie ist weg. Tot.

Weg, aber vielleicht nicht tot, dachte Sharla plötzlich voller Hoffnung. Vielleicht ist sie ja entkommen. Vielleicht hat sie jemand gerettet. Sie schwitzte, ihren Lippen bebten. Was soll ich tun? Die Krankenhäuser anrufen? Die Leichenhalle? Terri anrufen? Die Wohnung nach Hinweisen durchsuchen?

Sharla hievte sich schwerfällig vom Badezimmerboden hoch und fing an, die Wohnung zu untersuchen.

In der Küche fand sie den Rest der Kette, die Handschelle und den Schlüssel zur Handschelle, auch schmutziges Geschirr, das sie nicht zurückgelassen hatte. *Sie lebt!* Das muß sie wohl. Ich habe ihr gesagt, wo der Schlüssel ist. Ja, sie ist ganz sicher noch am Leben. Bitte, sei am Leben.

Sharla ließ sich auf einen Küchenstuhl fallen. Gott, sie muß mich hassen. Sie schüttelte den Kopf. Gott, was habe ich bloß getan? Was habe ich ihr angetan. Sie ist keine Seelenräuberin, oder? Sharla fühlte sich wieder schwindlig. Sie starrte die fürchterliche, häßliche Kette an und wünschte, ein bloßer Wunsch könnte alles ungeschehen machen. Sie nahm die Kette vorsichtig in ihre verschwitzten Hände und hielt sie auf Armlänge von sich weg. Das habe ich in ihr Leben getragen. Ekelhaft! Sie nahm den Schlüssel, rannte ins Schlafzimmer und entfernte die andere Handschelle, nahm dann Handschellen und Kette, die handfesten Erinnerungen an ihre geisteskranke Grausamkeit, und steckte sie in eine Papiertüte. Im Wandschrank entdeckte sie eine alte zerbeulte Aktentasche, in die sie die wenigen Dinge legte, die ihr gehörten: die Tabletten, ihre Brieftasche, den Seehund aus Messing, einige Toilettenartikel und Briefumschläge. Die Aktentasche in der einen Hand, die Papiertüte in der anderen, verließ Sharla Jergens die Wohnung durch die Hintertür und stieg die Treppe hinunter.

25. Kapitel

Meredith war erst zu früher Stunde an diesem Morgen darauf gekommen. Ihre Kehle war ausgedörrt, ihre Hoffnung fast ganz geschwunden. Sie lag auf dem Rücken auf dem leeren Bett, die Augen ausdruckslos und trocken, da fiel es ihr endlich ein. Sie erinnerte sich daran, daß sich in ihrem Rucksack, im Schlafzimmerschrank, in einer kleinen Seitentasche, eine Säge befand, eine Campingsäge. Trotz ihrer Erschöpfung verspürte sie plötzlich einen Energieschub. Sie brauchte sechs Stunden. Während Sharla ihre Flucht aus dem Nebengebäude des Regan Zone Centers plante, sägte Meredith schwitzend, Blasen an den wunden Händen, den letzten Eisenstrang eines Kettenglieds durch und war frei.

Sie hatte seit drei Tagen nichts gegessen und war seit über zwanzig Stunden ohne Wasser. Im Badezimmer zwang sie sich, langsam zu trinken. Das Wasser war wie Nektar. Sie gestand sich ein Glas zu, stand dann über das Waschbecken gelehnt da und betrachtete sich. Sie sah nicht so schlimm aus, wie sie sich fühlte, ein wenig ausgezehrt, aber längst nicht so verändert, wie sie es erwartet hatte.

Sie ging auf wackeligen Beinen in die Küche und machte sich einen Toast. Erst dann gestattete sie sich ein weiteres Glas Wasser. Sie aß und trank langsam und fühlte ihre Kräfte bereits wiederkommen. Der Schlüssel war in der Besteckschublade, genau wie Sharla gesagt hatte.

Meredith löste die Handschelle von ihrem Handgelenk und rief Terri an.

»Du wirst es nicht glauben«, begann sie; es war merkwürdig, die eigene Stimme wieder zu hören, »was mit mir geschehen ist, seit du Freitag morgen weggegangen bist.«

»Hast du die Stadt verlassen?«

»Oh nein.« Meredith lachte fast in sich hinein. »Nein, ich war hier.« Sie rieb sich das Handgelenk. Es war rot, aber die Haut war unverletzt.

»Ich habe mir Sorgen gemacht.«

»Darauf würde ich wetten. Ich will dir alles erzählen, Terri. Es ist... eine ziemlich unglaubliche Geschichte. Hast du nach der Arbeit Zeit?«

»Ja. Klar. Was ist passiert, Meredith?«

Merediths Kopf tat weh. »Nicht jetzt«, sagte sie. »Ich erzähle dir alles, wenn wir uns sehen. Es ist eine lange Geschichte. Ich muß sie wirklich erzählen.«

»Und ich muß sie wirklich hören. Soll ich zu dir kommen?«

»Ich komme in die Stadt und treffe dich nach der Arbeit. Ich muß mal raus hier. Wie wär's mit *Miller's Pub*?«

»In Ordnung. Viertel nach fünf?«

»Bis dann.«

»Meredith, bist du in Ordnung?«

»Ja.« Nur schwach, dachte sie. »Mir geht es gut. Wir sehen uns um Viertel nach fünf.«

Meredith wollte noch mehr Anrufe machen, ihre Freundinnen wissen lassen, daß sie wieder da war, fragen, wie es ihnen ging; aber sie mußte sich jetzt hinlegen. Sie fühlte sich schwindlig. Sie ruhte sich eine Stunde aus, dachte die meiste Zeit an Sharla, fragte sich, wo sie war, warum sie war, *wie* sie war, verachtete sie, hoffte aber auch, daß es ihr gutging, hoffte, daß sie beide... was? Freundinnen werden könnten, Schwestern? Die Wut war mächtig, und doch wollte Meredith nicht glauben, daß Sharla sie hier ihrem Tod überlassen hatte. Sie ist geisteskrank, aber nicht durch und durch schlecht. Oder?

Während Meredith duschte, marschierte Sharla gerade durch die Eingangspforte des Regan Zone Centers und lief die Bryn Mawr in östlicher Richtung. Meredith trank etwas Fruchtsaft, aß ein gekochtes Ei und noch mehr Toast und legte sich dann wieder hin. Sharla lief weiter. Es war zehn nach vier. Meredith versuchte, Paula zu erreichen. Niemand ging ran. Sie versuchte es bei Nikki. Nikki war in einer Besprechung.

Wieder quälte Meredith sich mit Fragen über Sharla. Hatte sie die Absicht gehabt, zurückzukehren, und ihr war lediglich etwas dazwischengekommen? Oder hat sie mich wirklich zum Sterben alleingelassen? Hatte sie beschlossen, daß, wenn sie meine Seele nicht bekommen konnte, ich sie auch nicht haben durfte? Wie gestört ist sie? Wird sie gesundwerden? Wut und Traurigkeit und Sorge kämpften immer noch miteinander. Vielleicht hat dieser Ramal sie irgendwie beeinflußt und unter Drogen gesetzt oder sowas. Er trug wahrscheinlich die Verantwortung für die ganze Seelentausch-Angelegenheit; er hat sich an diese verletzliche, gutgläubige Frau gehängt und ihr verrückte Dinge in den Kopf gesetzt. Würde er ihr ein Leid zufügen? Meredith dachte daran, die Polizei anzurufen, beschloß aber statt dessen, es im Buchladen zu versuchen, dem Astro-Okkult-Buchladen. Vielleicht konnten die ihr sagen, wo sie Ramal finden würde, und dann könnte sie vielleicht herausfinden, was mit Sharla geschehen war.

Meredith suchte die Nummer heraus und rief an. Es war besetzt. Sie versuchte es weiter, entschied schließlich, auf dem Weg zur Verabredung mit Terri dort vorbeizugehen. Sie besorgte sich die Adresse und fuhr zum Buchladen, fühlte sich immer noch etwas schwach, befürchtete aber nicht länger, sie könnte ohnmächtig werden. Als sie den Astro-Okkult-Buchladen betrat, wurde das Gesicht des Inhabers käseweiß.

Offensichtlich hat er Sharla schon kennengelernt, dachte Meredith, und offensichtlich ist er verärgert.

»Ich suche Ramal.«

»Ich rufe ihn an und sage ihm, daß Sie hier sind.«

»Vielen Dank.«

Merkwürdig, dachte Meredith, als sie beobachtete, wie er ins Hinterzimmer ging. Sie sah sich im Laden um, überlegte, was sie tun würde, falls und wenn Ramal kam.

»Er ist unterwegs.«

Meredith nickte und betrachtete weiter die Bücher, ohne sie wirklich zu sehen. Es waren einige Kunden im Laden. Meredith fragte sich, ob sie sich dumm verhielt. War Ramal gefährlich? Hatte er Sharla irgendwo hingebracht, sie verletzt, und würde er Meredith jetzt als Bedrohung empfinden? Meredith schüttelte den Kopf. Ich kriege langsam Verfolgungswahn. Wenn Ramal mich finden wollte, wußte er genau, wo ich war. Außerdem kam er mir nicht gewalttätig vor, nur bizarr, vielleicht ein bißchen verrückt. Wußte er, daß Sharla mich alleingelassen hat?

Drei oder vier Minuten später betraten zwei uniformierte Polizisten den Laden. Sie schauten den Inhaber an, der mit einer Handbewegung auf Meredith zeigte. Die Beamten näherten sich ihr.

»Miss Landor, wir müssen Sie zurückbringen.«

Meredith starrte sie an. »Verzeihung?«

»Los geht's.«

»Wovon reden Sie? Wohin mich zurückbringen?«

»Ins Krankenhaus. Kommen Sie.«

»Warten Sie. Was meinen Sie?« Ihre Schläfen pochten.

Sie packten sie, und Meredith wich zurück.

»Machen Sie keine Schwierigkeiten, Lady.«

»Sagen Sie mir, was hier vor sich geht«, beharrte Meredith.

Der Beamte sah seinen Kollegen an, der bloß die Augen verdrehte. »Sie gehören ins Krankenhaus«, sagte er. »Sie waren noch nicht soweit, entlassen zu werden. Vielleicht erinnern Sie sich ja nicht. Die Ärzte werden Ihnen alles erklären.« Er nahm Merediths Arm.

Sie wehrte sich nicht, verstand aber jetzt, wo Sharla gewesen war. Sie hätte den Polizisten sagen können, daß sie eine Zwillingsschwester hatte und daß sie einen Fehler machten. Sie lachte in sich hinein. Das würden die ihr auch glauben. Ich muß mit meinen Erklärungen warten, bis ich im Krankenhaus bin.

»Ich habe gleich eine Verabredung«, sagte sie. »Dürfte ich anrufen, bevor wir gehen?«

»Bereden Sie das mit Ihren Ärzten«, antwortete der Beamte. »Machen Sie Ihre Anrufe vom Krankenhaus aus.«

Sie brachten sie zum Regan Zone Center. Meredith kannte diesen Ort. Er war angeblich übel, aber sie hatte auch gehört, daß es im Lauf der letzten Jahre besser geworden wäre.

»Schau an, wer wieder da ist«, sagte Bill Riley.

Meredith blickte ihn verständnislos an.

»Ich bin stinkwütend auf Sie«, fuhr er fort. »Sie haben mich in große Schwierigkeiten gebracht, Lady, indem Sie einfach so abgehauen sind.«

»Dürfte ich mit einem Arzt sprechen?«

Sie hatten sie direkt zur Station gebracht. Bill Riley hatte offensichtlich auf sie gewartet. »Sie haben Ihren Termin mit Dr. Granser am Donnerstag.«

»Ich würde gern sofort mit einem Arzt sprechen. Es ist wichtig.«

»Ach, ist das wahr? Was ist denn so wichtig? Sagen Sie es *mir*.«

Meredith schaute den Korridor hinunter. Er schien ziemlich sauber zu sein. Es waren einige Leute in Straßenkleidung da, wahrscheinlich Patientinnen, und eine Krankenschwester. »Schwester«, rief Meredith.

»Meredith, wie freundlich von Ihnen, zu uns zurückzukommen.«

»Kann ich mit Ihnen reden?«

»Nicht jetzt, meine Liebe, ich bereite die Medikationen vor.«

»Nur eine Minute.«

»Aber, aber, Meredith, fangen Sie nicht gleich wieder an, Schwierigkeiten zu machen.«

»Kommen Sie, ich bringe Sie auf Ihr Zimmer«, sagte Bill Riley.

Meredith folgte ihm.

»Und? Was haben Sie gemacht, während Sie weg waren? Offensichtlich sind Sie nicht sehr weit gekommen. Sie waren ... schauen wir mal ...« Er blickte auf seine Uhr. »Ungefähr eine Stunde waren Sie weg.«

»Ich bin noch nie zuvor hier gewesen.«

»Ist das wahr?«

»Die Frau, für die Sie mich halten, heißt Sharla Jergens.«

»Mm-hm. Sie hat Ihre Seele, richtig?«

»Sharla ist meine Zwillingsschwester. Sie ist eine sehr verstörte Frau. Offensichtlich ist sie vor kurzem von hier abgehauen, und die Polizei hat gedacht, ich wäre sie.«

»Jaja, diese Polizisten, immer bauen sie Mist.«

»Ich muß wirklich mit einem Psychiater reden.«

»Da stimme ich Ihnen zu.«

»Könnten Sie das arrangieren?«

»Sie könnten an Ihren Abgeordneten schreiben.«

»Sie sind ein Arsch.«

»Nana. Passen Sie bloß auf, Handgreiflichkeiten sind verboten. Liefern Sie mir keinen Grund, es Ihnen heimzuzahlen.«

Meredith wandte ihm den Rücken zu. »Welches ist mein Bett?«

»Wie schnell sie doch immer vergessen«, sagte Bill Riley und verließ das Zimmer.

Meredith betrachtete die vier Eisenbetten und das vergitterte Fenster und die Ansammlung von Gegenständen; dann verließ auch sie das Zimmer.

Im Aufenthaltsraum trat Sandra an sie heran. »Ich dachte schon, du hättest dich verdrückt.«

Meredith fühlte sich unbehaglich. »Ich bin hier.«, sagte sie.

Sandra lachte. »Stimmt, wie wär's mit 'ner Partie Rommé?«

»Ich muß mit einem Arzt reden. Wie stelle ich das am besten an?«

»Zeitverschwendung.«

»Weißt du, wie?«

»Frag Harley.«

»Wer ist das?«

»Wer ist das? Du Gans! Geh und steck Tante Rhodies fetten Kopf in den verdammten Mühlbach.« Sandra ging weg.

Es gelang Meredith an diesem Abend nicht mehr, einen Arzt zu sehen, und auch mit den Krankenschwestern dauerte kein Gespräch länger als zwei Minuten. Nur die Nachtschwester war willens, mit ihr zu reden. Meredith mochte sie und brauchte auch dringend eine normale Unterhaltung mit jemandem.

»Wie lange arbeiten Sie schon hier?«

»Drei Jahre.«

»Mögen Sie die Arbeit?«

»Ist ein Job. Die Bezahlung ist lausig.«

»Würde ich drauf wetten.« Meredith legte den Kopf auf die Seite. »Komme ich Ihnen wie eine Verrückte vor?« fragte sie.

Die Helferin lachte. Sie war eine fröhliche, mondgesichtige Schwarze. »Ich weiß nicht«, sagte sie. »Was heißt das überhaupt – verrückt?«

»Ich weiß nicht. Eine Menge der Patientinnen hier scheinen verrückt zu sein. Andere wieder nicht.«

»Sie haben alle ihre fünf Minuten.«

»Hatte ich die auch, seit ich hergebracht wurde?«

Die fröhliche Helferin lachte wieder. »Oh, das kann man wohl sagen.«

»Was habe ich getan?«

»Sie wissen es nicht?«

»Nein.«

»Ich weiß nicht.«

»Doch, das tun Sie.«

»Nun, warum darüber reden? Es wird Sie nur aufregen.«

»Was habe ich getan?«

»Eigentlich nichts.«

»Nichts?«

»Nur dieses Gerede von der Seelenschwester.«

»Hm-hm.«

»Glauben Sie wirklich, daß Ihnen jemand die Seele gestohlen hat?«

»Nein.«

»Hätte ich auch nicht gedacht. Warum sagen Sie solche Dinge?«

»Ich mache nur Witze.«

Die Pflegerin lachte, dann redeten sie über andere Dinge. Am nächsten Tag fragte Meredith Miss Harley, ob sie einen Arzt sprechen könnte.

»Warum wollen Sie das?«

»Ich muß etwas mit ihm besprechen.«

»Was denn?«

»Das ist privat.«

Die Krankenschwester drehte sich um und schickte sich an, wegzugehen.

»Warten Sie.«

Sie wandte sich wieder um.

»Es geht um diese Sache mit dem Seelentausch.«

»Habe ich es mir doch gedacht.« Wieder wollte die Schwester weggehen.

»Warten Sie. Ich will erklären, warum ich diesen Kram früher geglaubt habe und warum ich das jetzt nicht mehr tue.«

»Warum?«

»Kann ich einen Arzt sprechen?«

»Sie haben am Donnerstag einen Termin bei der Psychologin. Solange wird es warten müssen.«

»Ich kann nicht warten.«

»Oh doch, das können Sie. Sie müssen lernen, ein wenig geduldiger zu sein, Meredith. Nun gehen Sie schon. Können Sie sich nicht mit irgend etwas beschäftigen?«

»Nein.«

»Und warum nicht?«

»Warum nicht? Sehen Sie sich doch um. Der Laden hier ist das Allerletzte. Es *gibt* hier nichts zu tun.«

»Sie müssen lernen, sich selber zu beschäftigen«, sagte die Krankenschwester. Sie ging von dannen.

Meredith brachte die Zeit damit herum, sich im Aufenthaltsraum mit Patientinnen zu unterhalten. Den ganzen Dienstag über durfte sie die Station nicht verlassen. Sie durfte nicht telefonieren. Sie sah keine Ärzte, keine Psychologen, keine Sozialarbeiter. Das einzige Personal waren Schwestern und Pflegerinnen und der Hausmeister, und die ignorierten sie meist, von der gelegentlichen Bemerkung einer Pflegerin einmal abgesehen. Die Patientinnen faszinierten Meredith. Sie hörte ihnen zu, wenn sie von ihren Ängsten erzählten und von ihren Wahnvorstellungen, und sie gewöhnte sich rasch daran, mit fast allem zu rechnen. Diejenigen, die wie Zombies herumliefen, beunruhigten sie am meisten, und auch die, die herumschrien.

Dienstagabend fühlte Meredith sich langsam, als wäre sie tatsächlich geisteskrank. Es war kafkaesk. Niemand wollte ihr zuhören, oder wenn sie es taten, nahmen sie das, was sie sagte, nicht ernst. Es gab Zeiten, da fühlte sie sich unsichtbar und völlig wirkungslos, so als wäre die Bühne vorbereitet, das Stück geschrieben und ihre Rolle unveränderlich. Man betrachtete sie als geisteskrank. Sie benahm sich so, wie eine innerlich gefestigte, sich im Gleichgewicht befindende Person sich in ihrer Situation benommen hätte, und doch betrachtete man sie unerbittlich weiterhin als geisteskrank. Schließlich war sie ja Patientin in einer psychiatrischen Anstalt.

Der Mittwoch verlief nicht viel anders als der Dienstag. Zu den meisten Patientinnen konnte man gefühlsmäßig nicht durchdringen, obwohl es einige gab, zu denen Meredith dann und wann Zugang fand. Die Krankenschwestern waren herablassend, die Helferinnen entweder ruppig oder angenehm freundlich, nur in keinster Weise hilfreich. Von Sandra abgesehen, sprachen Merediths Zimmergenossinnen sehr wenig. Es gab Augenblicke, da schien Sandra präsent und zugänglich zu sein, dann sagte sie urplötzlich etwas sehr Bizarres und verschwand.

Die Stationsbesprechung war das schlimmste. Man befahl Meredith, daran teilzunehmen. Sie hatte sowieso nichts anderes zu tun, aber die Art, wie man sie aufforderte, hinzugehen, machte deutlich, daß ihre Wünsche absolut keine Rolle spielten.

Miss Harley saß dem Treffen vor. Die meisten Patientinnen saßen schweigend im Kreis, manche meldeten sich auf Zuruf, andere beschwerten sich darüber, daß ihnen Geld gestohlen worden war oder über Urin auf dem Toilettenfußboden. Passierscheine wurden beredet.

Meredith verlangte einen für sich.

»Sie gehören nicht zum in Frage kommenden Kreis«, antwortete Miss Harley scharf. »Sonst noch jemand?«

»Warum gehöre ich nicht dazu?«

Die Frage wurde ignoriert.

»Ich will nicht mehr zur Beschäftigungstherapie gehen«, sagte eine blasse, rothaarige Frau.

»Warum nicht?« fragte eine Helferin. »Es tut Ihnen doch gut.«

»Ich mag es nicht.«

»Wir versuchen, Ihnen zu helfen«, sagte eine Krankenschwester.

»Ich geh' da nich' mehr hin.«

»Amity, Sie wissen nicht, was gut für Sie ist. Ich glaube, Sie sollten auch in Zukunft hingehen.«

Amity stand auf und versuchte, den Kreis zu verlassen.

»Kommen Sie zurück!«

Sie zögerte, dann ging sie weg. Eine Helferin ging ihr hinterher. Flüche und ein Handgemenge waren zu hören.

»Ich glaube, ihre Thorazin-Medikation müßte mal wieder geändert werden«, flüsterte Harley der Schwester zu ihrer Rechten zu.

»Ich möchte mich mit einer Anwältin beraten«, sagte Meredith.

Miss Harley schaute sie kalt an. »Sie also auch, Meredith. Anwälte sind nicht das, was ihr Leutchen braucht.«

»Ich bestehe darauf. Ich habe das Recht.«

»Ach, ist das so?«

»Es ist mein gutes Recht.«

Harley verdrehte die Augen. »Dieser Scheiß mit den Rechten – das ist es, was unsere Arbeit so öde macht.«

»Ich bestehe darauf.« Meredith stand auf.

»Hinsetzen.«

»Ich bestehe darauf, meine Anwältin zu sehen.«

»Setzen Sie sie hin.«

Ein Helfer näherte sich Meredith.

Meredith blickte ihm in die Augen. »Fassen Sie mich nicht an«, sagte sie.

»Hinsetzen!«

»Gestapo!«

»Setzen!« Er kam näher an sie heran.

Meredith wägte ab. Ihre Chancen standen schlecht. Sie setzte sich. Die Diskussion wandte sich dem Toilettenpapier zu.

Am Donnerstag um ein Uhr wurde Meredith zu ihrem Termin mit Dr. Granser gebracht. Endlich, dachte sie voller Hoffnung.

»Ich würde meine Situation gerne erklären.«

»In Ordnung.«

»Ich wurde adoptiert. Ich wurde vor einem Krankenhaus ausgesetzt. Über meine Eltern wurde nie etwas herausgefunden. Vor einer Woche bin ich aus San Francisco zurückgekommen, wo ich mich drei Monate aufgehalten habe. Eine Frau kam in meine Wohnung. Sie sah genauso aus wie ich, ganz verblüffend. Ihr Name ist Sharla Jergens, jedenfalls hat sie mir das gesagt. Meine Schlußfolgerung ist folgende: Wir sind eineiige Zwillinge, die im Alter von ungefähr zwei Monaten getrennt wurden. Sie wurde in Portland aufgezogen. Sie ist zufällig nach Chicago gekommen, und die Leute haben sie für mich gehalten. Sie ist geistig verwirrt, hatte ein unglückliches Leben. Sie fing an, sich für mich auszugeben. Die Leute glaubten es, und als ich zurückkam, wollte sie nicht wieder aufhören damit. Sie fing an zu glauben, daß ich ihre Seele gestohlen habe, und sie dachte, unsere Seelen könnte mit Hilfe einer merkwürdigen Zeremonie ausgetauscht werden, die ein Mann namens Ramal vornahm. Sie fesselte mich mit Handschellen an die Heizung in meinem Schlafzimmer. Als der Quatsch mit dem Seelentausch nicht funktionierte, wurde sie panisch. Sie versuchte, Ramal zu finden, und ließ mich letzten Samstag angekettet im Schlafzimmer zurück. Montag nachmittag konnte ich mich endlich befreien. Ich ging dorthin, wo ich glaubte, Sharla finden zu können, in eine okkulte Buchhandlung, und die Polizei kam und brachte mich hierher. Offensichtlich war Sharla Patientin hier und ist entwischt. Sie ist immer noch irgendwo da draußen. Ich gehöre ganz eindeutig nicht hierher.«

Die Psycholgin nickte, während sie Merediths Geschichte zuhörte. »Verstehe«, sagte sie, als Meredith verstummte. »Manchmal sind Sie Sharla und manchmal Meredith. Stimmt das?«

Meredith schaute Dr. Granser ungläubig an. »Nein, in keinster Weise. Was ich sage, ist die Wahrheit. Ich weiß, daß es sich bizarr anhört, aber...«

»Es hört sich an, als lebten Sie in verschiedenen Rollen, Meredith, so als würde manchmal die Sharla in Ihnen Überhand gewinnen...«

»Nein, nein, ich verstehe, worauf Sie hinauswollen, aber das ist es nicht. Es gibt wirklich noch eine andere Person. Es wäre ganz leicht zu überprüfen. Nehmen Sie Kontakt zu ihren Eltern in Portland auf.«

»Letztes Mal sagten Sie, es seien *Ihre* Eltern.«

»Es gibt kein letztes Mal, Doktor. Ich bin eine andere Person als die, die Sie bereits getroffen haben.«

»Ja, Sie verhalten sich tatsächlich anders. Sie sind jetzt ruhiger, vernünftiger. Wie sehen *Sie* Sharla, was ist sie für ein Mensch?«

Meredith seufzte. »Verstört«, sagte sie. »Depressiv, unsicher, irgendwie verrückt, aber bedürftig, voller Schmerz, verletzlich, ängstlich, gefährlich. Ich würde ihr gerne helfen, wenn ich könnte. Ich glaube, daß es möglich ist, aber ich weiß nicht, wo sie ist. Ich mache mir Sorgen. Dieser Ramal könnte ...«

»Und Meredith, was für ein Mensch ist sie?«

»Ich?« Meredith wurde ungeduldig. »Ich hatte mehr Glück als Sharla. Ich bin in ziemlich guter Verfassung. Gesund, im Grunde genommen glücklich. Ich bin ... Einen Moment mal, glauben Sie mir überhaupt? Glauben Sie, daß es wirklich noch eine zweite Person gibt?«

Dr. Granser nickte. »Ja, metaphorisch gesehen ...«

»Verdammt!«

»Das macht Sie wütend?«

»Hören Sie zu. Lassen Sie Ihre Mutmaßungen für einen Augenblick beiseite. Stellen Sie sich vor, daß das, was ich sage, die Wahrheit ist. Zum einen würde das bedeuten, daß ich illegalerweise hier festgehalten werde, richtig? Außerdem wäre es dann ein höchst faszinierender Fall, den Sie da mit Ihren Kollegen und Kolleginnen diskutieren könnten, viel interessanter als ... als ...«

»Multiple Persönlichkeiten.«

»Multiple Persön ... *Das* denken Sie?«

Die Psychologin antwortete nicht.

»Sie haben da ein Telefon.«

Dr. Granser nickte.

»Auf die winzige Chance hin, daß ich vielleicht die Wahrheit sage – würden Sie jetzt auf der Stelle einen Anruf für mich machen oder mich telefonieren lassen?«

Dr. Granser schob das Telefon zu Meredith herüber.

Meredith wählte eine Nummer. »Es macht ein merkwürdiges Geräusch.«

»Wählen Sie zuerst eine 9.«

Meredith tat es. »Terri ... Ja, ich weiß, ich habe es schon wieder getan. Es tut mir leid, ich konnte nichts dafür. Ich bin in der Psychiatrie. Kannst du das glauben? Regan Zone. Die ganze Sache ist unglaublich ... Verwechselte Identitäten ... ja ... sieht so aus, als hätte ich eine Zwillingsschwester, die durch die Stadt streift ... Was? ... Wie meinst du das? Ich habe sie vorher noch *nie* erwähnt. Ich habe ja nicht gewußt, daß es sie gibt... Ich erzähle dir keine Märchen... Eine lahme Ausrede dafür, daß ich dich versetzt habe? Nein, es ist wirklich wahr, ich bin in einem Krankenhaus. Ich kann hier niemanden dazu bewegen, mir irgendwas zu glauben. Ich fange schon selber an zu überlegen, was die Wahrheit ist... Verdammt, Terri, du mußt herkommen und für mich bürgen und mir hier raushelfen. Die denken, ich bin durchgeknallt...«

Die Psychologin saß zurückgelehnt auf ihrem Stuhl und hörte zu.

»Würdest du bitte herkommen... Ich verarsche dich nicht. Hier, hier sitzt direkt eine Psychologin vor mir. Sie wird dir meine Worte bestätigen.«

Meredith reichte Dr. Granser den Hörer.

»Hallo, hier ist Dr. Granser aus dem Regan... Nein, nein, es stimmt schon... Ich fürchte, darüber darf ich nichts sagen... Tut mir leid, das kann ich nicht sagen. Die ärztliche Schweigepflicht verbietet es... Ja... Ja, das dürfen Sie...«

Sie gab Meredith das Telefon zurück.

»Gut... Ja, sobald wie möglich. Station 6. Komm sofort, bitte, Terri, das ist echt ein ganz schöner Kuddelmuddel. Ich muß hier raus... Ja... Ich weiß... Geht mir genauso... Okay, beeil dich. Bis nachher.«

Meredith legte auf. »Sie kommt.«

»Ist sie eine Freundin von Ihnen?«

»Ja.«

»Auch von Sharla?«

»Nein, Sharla hat sie nie getroffen.«

»Verstehe. Sie haben getrennte Freundeskreise.«

»Natürlich. Wir haben ja nichts voneinander gewußt, bis... Sie glauben mir kein Wort, stimmt's?«

»Ich glaube Ihnen, und es liegt eine Menge Arbeit vor mir.«

26. Kapitel

Terri legte den Hörer auf und saß dann reglos da. Das Gespräch hatte sie aufgewühlt; sie war nicht ganz sicher, was sie davon halten sollte. Sie legte die Stirn in Falten, so wie sie es immer tat, wenn ihr etwas auf der Seele lag, dann nahm sie einen Stift in die Hand und fing an herumzukritzeln. Bei Meredith war sie Überraschungen gewöhnt; das war von Anfang an Teil der Anziehung gewesen. Aber Patientin in der Psychiatrie! Das mußte ein Fehler sein. Oder war es vielleicht ein Witz? Sie schattierte die linke Ecke des Würfels, den sie gezeichnet hatte. Nein, das war kein Witz, dachte Terri und ging das Gespräch in Gedanken noch einmal durch. Meredith hatte sich ängstlich angehört oder zumindest außer sich, und Meredith war ganz bestimmt kein hysterischer Mensch.

Terri wußte, daß sie sich auf den Weg machen sollte, daß Meredith sie brauchte, doch irgend etwas hielt sie zurück. Das nachdenkliche Stirnrunzeln vertiefte sich. Sie begriff, daß sie selbst auch Angst hatte, daß es ihr widerstrebte, dorthinzugehen und Meredith so vorzufinden... Wie vorzufinden? Als Verrückte? Unmöglich. Aber was tut sie dann in der Klapse? Terri zeichnete eine Reihe von Fragezeichen, das nachfolgende immer ein wenig größer als das davor. Sie erinnerte sich an vergangenen Juli, an das merkwürdige Gespräch mit Meredith im Zoo. *Zwillingsschwester... Es macht mich verrückt... Hexenmeister... Sprich bitte nie darüber.*

Das Gespräch hatte Terri von Anfang an Sorgen bereitet, große Sorgen sogar, besonders aber seit letztem Samstag, als Meredith verschwunden war. Und dieser merkwürdige Traum. Zwillingsschwester, dachte Terri, während ihre Hand zwei identische, sich überschneidende Kreise zeichnete. Ist das wahr? Gibt es eine Zwillingsschwester, oder...? Gott, in der Psychiatrie. Sie schien so normal zu sein, als sie zurückkam, vollkommen normal. Nein, das konnte einfach nicht sein. Meredith ist eine der zurechnungsfähigsten Frauen, die ich kenne.

Terri rief sich in Erinnerung, wie sie sich kennengelernt hatten. Es war vor ungefähr zwei Jahren gewesen, bei einem Treffen der

Lesbisch-Sozialistischen Allianz. Terri war zu dieser Zeit die Koordinatorin gewesen und hatte dem Treffen vorgesessen. Meredith war die einzige Neue. Sie schien sofort Zugang zu dem zu finden, was in der Gruppe vor sich ging, machte ein paar Kommentare und sogar einen Vorschlag, den die Gruppe am Ende aufgriff. Terri hatte sich augenblicklich zu ihr hingezogen gefühlt, und nach dem Treffen hatte sie sich während des Umtrunks zu ihr gesellt.

»Ich bin froh, daß du heute abend zu unserer Veranstaltung gekommen bist«, sagte sie. »Du hast wirklich einige gute Dinge gesagt.« Und deine Lippen sind wunderschön. »Wie hast du von uns erfahren?«

»Ich habe dich im Fernsehen gesehen«, antwortete Meredith.

»Oh, bei der Podiumsdiskussion über geschlagene Frauen letzte Woche.«

»Mm-hm. Du erwähntest diese Gruppe.«

»Hast du vor, dich uns anzuschließen?« Terri versuchte, nicht zu eifrig zu klingen.

»Ich bin hergekommen, um dich genauer unter die Lupe zu nehmen.« Meredith schaute sie sehr genau an, und ihre Mundwinkel verzogen sich zu einem winzig kleinen Lächeln.

»Mich?« Terri hatte das Gefühl, als sei sie vielleicht rot geworden.

»Richtig.«

»Ich fühle mich geschmeichelt, aber...«

»Du bist fotogen.«

»Oh, dann bist du Fotografin?«

»Filmemacherin. Ich arbeite an einem Film über linke Politikerinnen, die nicht zum Mainstream gehören. Du kannst auch gleich zugeben, daß du eine von denen bist.«

Terri lachte. »Ich geb's zu.«

»Als du im Fernsehen diese Gruppe erwähntest, habe ich beschlossen, sie mir mal anzusehen und herauszufinden, ob du Teil des Films werden könntest.«

Terri nickte. »Ich würde gerne mehr darüber hören«, sagte sie. »Vielleicht schließt du dich uns am Ende ja doch noch an.«

Meredith lachte. »Da habe ich meine Zweifel. Die Geduld mit

Ausschüssen habe ich schon vor langer Zeit verloren.« Sie lächelte herzlich. »Aber wer weiß, was hieraus entstehen wird.«

Meredith hatte sich der Allianz nie angeschlossen. Den Film hatte sie jedoch gemacht, und sie und Terri hatten sich kennengelernt. Es war deutlich, daß es eine gegenseitige Anziehung gab, aber da Meredith zu dieser Zeit heftig mit Karen liiert war, hatte sich in romantischer Hinsicht nichts entwickelt. Nach den Dreharbeiten sahen sie sich gelegentlich. Erst letzten Winter hatte sich mehr ergeben. Terri hatte von Anfang an gehofft, daß sie eines Tages zusammenkommen würden. Sie hielt Meredith für eine der interessantesten und aufregendsten Frauen, die sie je getroffen hatte.

Zu Beginn neckte Meredith sie, sagte, sie sei viel zu beschäftigt für Romantik in ihrem Leben. »Du bist in die Bewegung verliebt«, sagte sie. »Oder etwa nicht? Das ist deine allereinzigste Bindung.«

Terri lachte. »Auf welche Bewegung spielst du an?«

»Das weißt du verdammt genau. Diese Femi-Lesbo-Rosa-Bewegung.

»Ach die.«

»Verheiratet mit ihren Meetings.«

»So schlimm ist es nun auch wieder nicht.«

»Beweise es, indem du Samstag abend mit mir ausgehst.«

Das tat Terri, und das war der Anfang. Es fiel ihr nicht schwer, in ihrem Leben Platz für Meredith zu schaffen. Sie kamen einander immer näher, und dann fuhr Meredith nach San Francisco. Die Trennung minderte ihre Gefühle für Meredith nicht, ganz im Gegenteil, sie wurden sogar noch stärker, und Meredith sagte, ihr ginge es genauso. Die einzige Sache, die einen Schatten auf das Ganze warf – und das war wirklich eine merkwürdige Sache, das mußte Terri zugeben –, war die Angelegenheit vom Frühsommer, dieser Zwillingsschwesternkram.

Terri ging in das Büro im Nebenzimmer. »Ich muß heute früher weg, Marge. Ist was Wichtiges passiert.«

Fünfundvierzig Minuten später wurde Terri in den tristen, höhlenähnlichen Aufenthaltsraum geführt, in dem Meredith wartete. Es verursachte ihr ein merkwürdiges, flaues Gefühl, Meredith hier zu sehen. Eine Patientin. Eingesperrt. Hinter verschlossenen Türen. Sie umarmten sich, und es gab Tränen.

»Gott, bin ich froh, dich zu sehen.«

»Ja, ich auch. Was bedeutet das alles, Meredith? Was ist passiert?«

Sie setzten sich an einen Ecktisch, und dann erzählte Meredith die ganze Geschichte, fing damit an, wie sie aufgewacht war, sich gefesselt im Bett wiedergefunden hatte, konfrontiert mit der unfaßbaren Gegenwart einer zweiten Ausgabe ihrer selbst. Sie erzählte die Geschichte langsam, erwähnte alle Einzelheiten über Sharla und ihre eigenen Reaktionen, und endete dann schließlich mit ihrem Besuch im Buchladen und ihrer Einkerkerung. Hier und da warf eine Terri eine Frage ein, doch meistens hörte sie zu.

»Niemand glaubt mir«, sagte Meredith schließlich. »Die denken, ich bin Sharla. Die denken, Sharla und ich sind ein und dieselbe Person. Das ist so irre.«

»Das ist wirklich irre«, schlußfolgerte Terri. »Es ist wirklich unglaublich, wie das alles passiert ist. Irgendwie ist es wie dein Traum, oder?«

Meredith runzelte die Stirn. »Welcher Traum?«

»Dieser... du weißt schon, dieser immer wiederkehrende Traum... wie ihr beide mit dem Fahrrad durch den Wald fahrt.«

»Wovon redest du?«

»Meredith, Schluß damit. *Jetzt* kannst du doch wohl zu mir davon sprechen, nach allem, was passiert ist.«

»Ich weiß wirklich nicht, wovon du redest.« Meredith sah besorgt aus.

Terri auch. »Du erinnerst dich nicht an unser Gespräch im Zoo?«

»Welches Gespräch? Wann?«

»Letzten Monat, ein paar Tage nach Jodies Party.«

»Terri, was machst du da? Keine Spielchen. Das ist nicht witzig.«

»Ich spiele nicht.«

»Du weißt genau, daß ich letzten Monat nicht in Chicago war. Das weißt du. Warum sagst du solche Sachen?«

»Du erinnerst dich nicht?«

Merediths Atem kam stoßweise. Sie sah erregt aus, dann wurde

sie plötzlich ruhig und lächelte. »Natürlich. Ist doch klar.« Sie lehnte sich vor, legte die Unterarme auf den Spieltisch. »Das war Sharla! Verstehst du nicht? Natürlich, das ist die Lösung. Sie sagte, sie hätte sich als ich ausgegeben. Das war Sharla.«
»Sharla?«
»Ja. Gott, Terri, sie muß es gewesen sein. Erzähl mir genau, was passiert ist.«
Terri erzählte es ihr.
»Das war ich nicht. Das war Sharla. Hast du das nicht bemerkt? Hast du den Unterschied nicht gespürt?«
»Du schienst irgendwie merkwürdig.«
»Siehst du! Aber sag bitte nicht ›du‹, das war ich nämlich nicht.«
»In Ordnung, Meredith.«
Meredith schaute Terri an, schaute sie sehr intensiv an, schaute ihr direkt in die Augen. »Terri, du glaubst mir doch, oder?«
Terri zögerte. »Ich glaube schon, Meredith. Ich weiß nicht. Das ist alles so merkwürdig. Wo ist Sharla jetzt?«
Meredith schüttelte den Kopf. »Wenn ich das wüßte, könnte ich hier raus. Ich habe keine Ahnung, wo sie ist. Vielleicht ist sie bei Ramal. Vielleicht hat sie sich umgebracht. Vielleicht ist sie zurück nach Portland gefahren. Vielleicht ist sie jetzt gerade in meiner Wohnung. Ich habe keine Ahnung.«
Terri nickte, ohne etwas zu sagen.
»Terri, ich muß hier raus. Die glauben mir nicht. Die denken, ich habe eine Psychose. Multiple Persönlichkeit. Die werden mich nicht gehen lassen. Du mußt mir helfen.«
»Okay, Meredith. Wie? Was soll ich tun?«
»Erzähl es denen. Erzähl denen die Wahrheit. Ich bin ich, nicht sie. Überzeuge sie.«
»Okay, ich werd's versuchen. Was denkst du denn, wie ich ... Wie kann ich sie überzeugen?«
Meredith dachte nach, schaute sich dabei im Raum um. Die Jungfrau Maria saß vor dem Fernseher, bekreuzigte sich und murmelte irgend etwas. Sally lief zwischen den Pfosten hin und her. Eine Patientin schlief in der Ecke, hatte ihr Kleid hochgezogen und

das pockige Fleisch ihrer mächtigen Oberschenkel entblößt. Zwei Helferinnen spielten Dame.

»Das beste wäre natürlich, Sharla zu finden, aber wer weiß, wie lange das dauert. Vielleicht indem Beweise gefunden werden, daß sich Sharla letzten Monat in Chicago herumgetrieben und sich als ich ausgegeben hat, während ich in San Francisco war.« Sie nahm ein Bonbonpapier in die Hand und knüllte es zusammen. »Ich weiß! Bring diese Seelenklempnerin Granser dazu, Cora in San Francisco anzurufen. Cora wird bestätigen, daß ich zur selben Zeit dort war, als du Sharla hier getroffen hast, daß ich die ganze Zeit in San Francisco war.«

Sobald sie den Satz vollendet hatte, runzelte Meredith die Stirn und ein leises Stöhnen entrang sich ihrer Kehle.

»Was ist?«

Merediths Hand ballte sich zu einer Faust. Sie schlug damit auf den mit Initialen übersäten Tisch. »Ich habe ein paar Ausflüge gemacht. Ich war nicht die ganze Zeit in San Francisco. Wann hattest du dieses Gespräch mit Sharla im Zoo, wie ist das genaue Datum?«

»Ich bin mir nicht ganz sicher«, sagte Terri. Sie wich intuitiv ein paar Zentimeter zurück. »Laß mich nachdenken. Die Party war Anfang Juli, glaube ich, oder Ende Juni.«

»Ich kann mich auch nicht mehr ganz genau daran erinnern, wann ich die Stadt, also San Francisco, verlassen habe. Ich bin einige Male weggefahren. Einmal, um meine Eltern zu besuchen, und dann... Ich habe doch Chris erwähnt, oder? Die Pilotin?«

»Ja.« Terri sah nicht erfreut aus.

»Ich habe ein paar Ausflüge mit ihr unternommen. In ihrem Flugzeug.«

»Aha.«

»Ich hoffe nur, wir waren nicht gerade unterwegs, als...«

»Wohin seit ihr denn geflogen?«

Meredith schaute Terri an. Sie war so wunderschön und so liebenswert. Gott, habe ich sie vermißt. »Es war nichts, Terri, wirklich. Sei nicht eifersüchtig, okay? Dafür gibt es keinen Grund.«

Terri nickte und zuckte mit den Schultern.

»Es muß doch andere Leute geben, die Sharla in Chicago gesehen haben, während ich in San Francisco war. Alles, was wir tun müssen, ist, das zu beweisen. Regle das. Vergleiche die Geschichten ...«

»Du hast diesen Traum nie gehabt?«

Meredith funkelte Terri zornig an. »Das war ich nicht, verdammt nochmal! Du glaubst mir nicht, stimmt's?«

Terris Augen füllten sich mit Tränen.

Meredith weinte jetzt auch. »Du denkst, ich bin verrückt.«

Terri versuchte, Dr. Granser zu überzeugen. Sie redeten über eine Stunde miteinander. Als Terri ging, war sie sehr traurig. Sie hatte versucht, überzeugt und überzeugend zu klingen, aber es hatte nicht lange gedauert, da hatten sie beide über Merediths pathologischen Zustand gesprochen, die möglichen Gründe dafür und auch über die Behandlung, die Dr. Granser probieren würde. Trotzdem bestand Terri darauf, daß sie versuchen sollten, diese Mrs. Jergens in Portland zu erreichen, und sie beschloß auch, in Merediths Wohnung zu gehen, um nachzuschauen, ob es dort irgendwelche Ketten gab. Meredith hatte darauf bestanden, daß sie diese beiden Dinge tat, aber auch, daß sie sich umhörte, um herauszufinden, ob eine der Frauen, die sie kannte, Sharla in Chicago gesehen hatte, während sie, Meredith, in San Francisco war.

Dr. Granser und Terri besorgten sich gemeinsam eine Liste aller Leute namens Jergens in Portland. Ein paar von ihnen riefen sie von Dr. Gransers Büro aus an. Niemand von den Leuten, die sie erreichten, kannten eine Sharla Jergens. Terri sagte, sie werde es allein weiter versuchen. Sie versprach, Meredith morgen abend wieder zu besuchen, ihr ein paar Klamotten und andere Sachen mitzubringen. Sie ließ sich Merediths Wohnungsschlüssel geben und verließ das Regan Zone Center sehr betrübt und voller Sorge um die Frau, die sie liebte und von der sie sich wünschte, daß sie wieder ganz die alte war.

Es überraschte Terri nicht, daß am Heizkörper im Schlafzimmer keine Ketten hingen und in der Küche keine Handschellen lagen. Die Wohnung sah genauso aus wie immer. Außer dem Schlafzimmer. Es war fast völlig leergeräumt. Arme Meredith, dachte Terri.

27. Kapitel

Das Telefon klingelte in dem Moment, als Terri die Nachrichten auf der Anrufbeantworterin abhören wollte. Meredith hatte gesagt, es könnte vielleicht eine Nachricht von Sharla dabeisein.

»Hallo.«

»Hallo, bist du das Meredith?«

»Wer ist dort?«

»Allison.«

»Oh, Allison, hey, hier ist Terri. Meredith ist nicht da.«

»Terri Bannister. Oh gut, dich habe ich auch schon versucht, zu erreichen. Weißt du, wo Meredith ist? Hast du sie in letzter Zeit gesehen?«

»Na klar. Du hörst dich irgendwie... Warum fragst du?«

»Na ja, es ist was Komisches passiert. Ich versuche bloß... Ich bin total verwirrt und versuche rauszufinden, was eigentlich los ist. Ich habe gestern Marla getroffen. Sie hat etwas total Merkwürdiges gesagt. Und jetzt drehe ich mich nur noch im Kreis. Meredith ist nicht in der Stadt, richtig? Sie ist bei ihrer Mutter, oder? Wieso bist du in ihrer Wohnung?«

»Ich weiß nicht, wovon du redest, Allison.« Terri klang gereizt. »Warum sollte ich nicht in ihrer Wohnung sein?«

»Na ja, du sagst, sie sei nicht da.«

»Das stimmt.«

»Marla hat mir diese merkwürdige Geschichte erzählt, daß du Meredith vor etwa einer Woche vom Flughafen abgeholt hättest...«

»Ja? Und?«

»Das hast du wirklich? Ist sie denn zurück aus Eureka?«

Terri wurde zusehends ungeduldiger und ärgerlicher. »Was soll das alles, Allison?«

»Terri, du weißt doch wohl, daß Meredith und ich uns seit einiger Zeit wieder sehen, oder? Daß wir... zusammen sind. Wir sind schon fast den ganzen Sommer zusammen.«

»Du spinnst! Wovon zum Teufel redest du eigentlich?«

»Ich rede von Meredith, meiner Geliebten, davon rede ich.« Jetzt hörte sich Allison ebenso gereizt an wie Terri. »Ich weiß, daß ihr beiden vor einiger Zeit eine kurze Affäre hattet. Sie und ich, wir sind zusammen, seit sie im Juni aus San Francisco zurückgekommen ist, Terri. Ich kann nicht glauben, daß sie dir das nicht erzählt hat. Hast du etwa gedacht...?«

»*Deine* Geliebte?« Terri schrie es fast. »*Kurze Affäre*.« Sie wollte den Hörer schon auf die Gabel knallen, da hielt sie plötzlich inne. »Halt mal«, sagte sie. »Allison, erzähl mir mehr. Wann hast du zuletzt von Meredith gehört?«

»Vor etwa zwei Wochen. Sie rief aus Eureka in Kalifornien an, vom Haus ihrer Mutter. Ihre Mutter lag im Krankenhaus und...«

»Nein, Allison...«

»Was meinst du?«

»Oh, wow!« Terris Herz klopfte. »Allison, wir müssen uns unterhalten. Bist du gerade beschäftigt? Können wir uns treffen? Oh, wow!«

Sie verabredeten sich für denselben Abend. Als sie aufgelegt hatte, saß Terri fast zehn Minuten lang völlig außer sich an Merediths chaotischem Schreibtisch im Arbeitszimmer und durchdachte die Möglichkeiten. Schließlich spulte sie das Band der Anrufbeantworterin zurück.

Hey, Meredith. Hier ist nochmal Nikki. Wo bist du? Ruf mich an.

Es gab noch einige in dieser Art und ziemlich viele, die einfach aufgelegt hatten. Terri wußte, daß die meisten von ihr waren. Sie hörte das Band weiter ab, erwartete mittlerweile, daß es vielleicht tatsächlich einen von Sharla geben könnte. Nach sechs Anrufen ohne Nachricht erklang eine Stimme.

Meredith, hier ist Sharla.

Terri bekam eine Gänsehaut. Es hörte sich an wie Meredith.

Ich hoffe, es geht dir gut, ging die Nachricht weiter. *Ich mache mir solche Sorgen um dich. Es gibt so viel, was ich sagen möchte. Du wirst mir wahrscheinlich niemals vergeben. Ich würde dir daraus keinen Vorwurf machen. Ich weiß nicht genau, was ich tun werde. Ich bin total verwirrt. Ich muß einfach nachdenken. Ich kann dir gar nicht sagen, wie leid es mir tut.* Es gab eine Pause, dann ein

Geräusch, das sich wie Schluchzen anhörte. *Ich wünschte...* Noch mehr Schluchzen, gefolgt von einem Klicken. Piep. Bzzz.

Terri starrte auf das Gerät. Sie konnte nicht sicher sein. Gab es eine Sharla? Oder kam der Anruf von Meredith in ihrer Sharla-Persönlichkeit? Hatte sie zwei Leben gelebt, war immer hin- und hergeflogen von San Francisco? Sie sah dem Treffen mit Allison voll gespannter Ungeduld entgegen. In der Zwischenzeit, so beschloß sie, würde sie es mit ein paar weiteren Anrufen nach Portland versuchen. Sie wählte den nächsten Jergens auf ihrer Liste an.

»Hallo.«

»Hallo, spricht dort Ms. Jergens?«

»Hier ist *Mrs.* Jergens.«

»Kennen Sie eine Sharla Jergens?«

»Wer ist dort? Geht es Sharla gut?«

»Ms. Jergens, mein Name ist Terri Bannister. Ich rufe aus Chicago an...«

»Geht es Sharla gut? Es geht ihr doch gut, oder? So sagen Sie mir doch, daß sie nicht...«

»Es geht ihr gut. Soviel ich weiß, geht es ihr gut. Sind Sie Ihre Mutter?«

»Ja, das bin ich. Was...?«

»Ich bin... Ist das schwierig...«

»Was ist? Ist Sharla etwas zugestoßen?«

»Ich fürchte, ich kann Ihnen nicht viel über Sharla erzählen. Hier gehen einige sehr verwirrende Dinge vor sich. Ich muß Ihnen einige Fragen stellen.«

»Was für Fragen? Wie meinen Sie...?«

»Sharla. Wie alt... Wann wurde sie geboren, Ms. Jergens?«

»Warum fragen Sie das? Was ist los?«

»Bitte. Ich werde Ihnen gleich alles so gut ich kann erklären, nur antworten Sie bitte.«

»Sie wurde am 28. Mai 1955 geboren.«

»Hat... Gibt es rein zufällig einen Zwilling?«

»Einen Zwilling?«

»Ja.«

»Nein.«

»Keinen Zwilling.«

»Ich weiß nicht.«

»Sie wissen nicht, ob ...«

»Wir haben Sharla adoptiert.«

»Ah, ich verstehe. Und ihre leiblichen Eltern, wissen Sie etwas über ...?«

»Nichts. Sie wurde vor einem Krankenhaus ausgesetzt. Es gab keine Mitteilungen über ihre Herkunft. Warum? Warum fragen Sie danach?«

»Sie ist jetzt nicht bei Ihnen?«

»Nein, sie ist bei Ihnen, oder nicht? In Chicago. Sie kennen Sie doch, oder? Sie sind eine Freundin von ihr?«

»Ich habe sie kennengelernt«, sagte Terri. Sie glaubte jetzt, daß sie das getan hatte. »Sie ist also nach Chicago gekommen?«

»Ja, letzten April. Ich habe kaum etwas von ihr gehört. Ich bin krank vor Sorge.«

»Hat sie irgend etwas von einem Zwilling erzählt?«

»Nein, gibt es denn ...?«

»Sie hat nie ...«

»Sie fragte, ob sie adoptiert wurde. Danach hat sie erst kürzlich gefragt, aber einen Zwilling hat sie nie erwähnt.«

»Wie sieht sie aus?«

Gloria Jergens beschrieb ihre Tochter. Mit jedem Wort entstand Merediths Gestalt deutlicher vor Terris Augen.

»Könnten Sie mir ein Bild von ihr schicken?«

»Würden Sie mir jetzt bitte sagen, was eigentlich los ist«, beharrte Gloria Jergens. Ihre Stimme war der Hysterie nahe.

Terri atmete tief ein. Wo anfangen? »Ich habe eine Freundin namens Meredith«, begann sie. »Meredith hat mir erzählt, sie hätte gerade herausgefunden, daß sie eine Zwillingsschwester namens Sharla Jergens hat. Es ist sehr verwirrend, Ms. Jergens, aber was wahrscheinlich geschehen ist, ist, daß Sharla in Schwierigkeiten geraten ist, in emotionale Schwierigkeiten und in einem Krankenhaus gelandet ist ...«

»Oh nein. Was für ein Krankenhaus? Sagen Sie es mir. Ich komme sofort.«

»Lassen Sie mich ausreden. Sie hat das Krankenhaus verlassen... wissen Sie, ohne Erlaubnis. Sie ist einfach weggelaufen. Weil sie sich äußerlich anscheinend vollkommen ähnlich sehen, hat die Polizei nun...«

»Die Polizei!«

»Sie haben Meredith gefunden und gedacht, es sei Sharla, und sie statt dessen ins Krankenhaus gebracht.«

»Wo ist Sharla?«

»Das weiß ich nicht. Würden Sie bitte das Bild schicken, vielleicht sogar viele Bilder, auch ältere, Examensfotos, solche Dinge. Sehen Sie, wir müssen beweisen, daß Meredith nicht Sharla ist. Sie halten sie im Krankenhaus fest.«

»Aber wo ist Sharla, wo ist mein Kind?«

»Sie hat angerufen. Vor nicht allzu langer Zeit. Sie hat nicht gesagt, wo sie ist, aber sie hat angerufen. Das wird sie wahrscheinlich wieder tun. Sobald wir etwas hören, lassen wir es Sie wissen, in Ordnung?«

»Ich komme sofort.«

»Hierher?«

»Ja. Wie war Ihr Name? Terri, sagten Sie. Terri und weiter?«

»Bannister.«

»Sharla hat den Namen ›Terri‹ mal erwähnt, aber... nein. Und Ihre Adresse? Ich brauche Ihre Adresse und Telefonnummer.«

Terri gab sie ihr. Sie nannte ihr auch Merediths Nachnamen und deren Telefonnummer und die Adresse des Krankenhauses.

»Ich komme unverzüglich.«

»Sie bringen die Bilder mit?«

»Ja. Ja, das tue ich.«

Sie legten auf, und Terri ließ sich auf die Couch fallen. Ihr Kopf drehte sich.

28. Kapitel

Das Treffen fand im Konferenzraum des Regan Zone Centers statt. Gloria Jergens war da und Marian Landor, die von Terri angerufen und aus Eureka eingeflogen worden war. Terri war anwesend und Meredith und Dr. Granser und Allison.

Meredith saß zwischen ihrer Mutter und Terri. Sie war angespannt, obwohl sie wußte, daß dieses Treffen ihrer Einkerkerung ein Ende bereiten würde, diesem Alptraum, in dem ihr Gesundheit und Identität abgesprochen wurden. Sie wollte weit, weit weg von diesem Ort.

Zuerst wollte Gloria Jergens nicht glauben, daß Meredith nicht ihre Tochter war. Sie nannte sie Sharla und befahl ihr, mit diesem Unsinn aufzuhören, doch als sie die Fotos sah, die Marian Landor mitgebracht hatte, und der Geschichte lauschte, die Meredith erzählte, blieb ihr nichts anderes übrig, als die bizarre Wahrheit zu akzeptieren. Beide Mütter hatten einen ganzen Stapel Fotos ihrer Töchter mitgebracht, Babyfotos, Kinderfotos und auch welche neueren Datums. Jede erzählte vom Leben ihrer Tochter. Die anfängliche Skepsis der Ärzte verwandelte sich – genau wie die von Gloria Jergens – unaufhaltsam in Verblüffung.

»Meredith wurde vor einem Krankenhaus ausgesetzt«, sagte Marian Landor. »Sie fanden sie eines frühen Morgens in einem Pappkarton. Das war in Miranda in Kalifornien. Das ist ungefähr sechzig Kilometer vom damaligen Wohnort meines Mannes und mir in Eureka entfernt. Es war 1955. Sie wurde am 20. Juli dort ausgesetzt. Wir adoptierten sie eine Woche später.«

»Sharla wurde ebenfalls vor einem Krankenhaus ausgesetzt«, sagte Gloria Jergens. »In Portland. Am 3. Juli 1955. Über ihre Eltern haben wir nie etwas herausgefunden.« Glorias knochige Finger umklammerten ihre Handtasche. »Ich war so glücklich, sie zu haben.«

»Das waren wir auch.« Marian drückte Merediths Hand. »Joel und ich konnten keine eigenen Kinder bekommen. Wir haben drei adoptiert. Meredith war die mittlere. Sie ist diejenige, über die wir so wenig wußten. In der Schachtel bei ihr lag ein Zettel mit einer Nachricht, das war alles. Sie haben mir damals eine Kopie davon gemacht.«

»Bei Sharla lag keine Nachricht«, sagte Gloria. »Überhaupt nichts. Darüber haben wir uns oft Gedanken gemacht, auch über ihre Abstammung; wir haben uns gefragt, wie jemand sie weggeben konnte. Sie war gesund und ... sie war so wunderschön.«

»Oh ja, das waren sie, nicht wahr? Die vielen Haare.« Marian lächelte Sharlas Mutter herzlich an.

Gloria schien den Tränen nah.

»Was stand auf dem Zettel?« fragte Dr. Granser.

Meredith lächelte. Sie wußte, daß ihre Mutter es auswendig konnte. Vor Jahren hatte ihre Mutter ihr den Zettel gezeigt, und er hatte eine ganze Reihe von Phantasien über ihre leiblichen Eltern ausgelöst.

Marian lachte in sich hinein. »Ich erinnere mich an jedes Wort.« Sie legte den Kopf nach hinten, während sie die Worte aufsagte. »*Bitte finden Sie ein gutes Zuhause für sie. Ich kann jetzt keine Mutter sein. Sie ist ein gutes Baby. Sie wurde am 1. Juni 1955 geboren. Sie ist gesund und hat gerade...*«

»Am ersten Juni?« Gloria sah bestürzt aus. »Nein, es war der 28. Mai. Sharla wurde am 28. Mai geboren. Das haben die Ärzte gesagt.« Sie schaute Dr. Eventon an, dann Marian Landor. »Ich schätze, die konnten das wohl nicht so genau festlegen. Sie sagten, sie sei fünf Wochen alt. Sie notierten den 28. Mai. Wir dachten, ihr Geburtstag wäre der 28. Mai.«

»Das muß hart gewesen sein«, sagte Marian. »Überhaupt keine Informationen zu haben.«

Gloria starrte zu Boden. »Tut mir leid«, sagte sie. »Ich habe Sie unterbrochen. Sie hatten gerade von der Nachricht erzählt.«

»Ja. Darauf stand geschrieben: *Sie ist am 1. Juni 1955 geboren und sie ist gesund und sie hat gerade damit begonnen, Haferflocken zu essen und pürierte Karotten.*«

»Ach, wie niedlich.« Glorias Augen glitzerten. »Sharla liebte Karotten. Karotten und Pflaumen, die hatte sie am liebsten.«

Meredith fühlte eine tiefe Traurigkeit für Sharlas Mutter. Den anderen ging es ebenso.

»*Ich bin neunzehn Jahre alt*«, fuhr Marian fort. »*Ich bin College-Studentin. Ich bin irischer, ungarischer, deutscher und französischer Abstammung. Die einzigen Familienkrankheiten, von denen ich weiß, sind von meinem Onkel, der an Gaumenkrebs gestorben ist, und einer Tante, die den grauen Star hat. Der Vater des Babys ist Halbitaliener und was noch, weiß ich nicht. Wir haben versucht, Eltern zu sein, aber es hat nicht funktioniert. Wir konnten es einfach nicht. Ich hoffe, eines Tages noch mehr Kinder zu bekommen. Ich werde ans College zurückkehren. Bitte finden Sie ein gutes Zuhause für mein Baby. Es tut mir leid.*«

Beide Mütter weinten. Meredith auch.

Die anderen warteten schweigend.

»Ich habe mir schon gedacht, daß vielleicht italienisches Blut im Spiel ist«, sagte Gloria schließlich. »O Gott, oh, meine Sharla. Ich liebe sie so sehr.«

Marian legte ihre Hand auf die von Gloria. Alle im Raum waren sichtlich bewegt.

»Es scheint sich, daß ist ganz offensichtlich«, sagte Dr. Granser nach einer langen Pause, »in der Tat um eineiige Zwillinge zu handeln.«

»Ich frage mich, warum keine Nachricht bei Sharla hinterlassen wurde«, sagte Gloria zu niemand Speziellem.

»Ich habe so etwas noch nie gehört«, sagte Dr. Eventon. »Das ist ja wie im Fernsehen.« Es schien ihn fast zu amüsieren.

Die Mütter der Zwillinge fuhren fort, Erinnerungen auszutauschen und Fotografien zu vergleichen, während die anderen schweigend zuhörten. Allison war erschüttert, überwältigt von dem, was sie da erfuhr, und es fiel ihr schwer, all das zu verdauen. Sie war verliebt in eine Frau, die nicht die Frau war, in die sie verliebt war. Seit ihrem langen Gespräch mit Terri vor zwei Tagen hatten Verwirrung und Angst sie gequält.

Von Zeit zu Zeit starrte Gloria Jergens Meredith an, musterte sie prüfend und schüttelte dann den Kopf. »Wenn wir Sharla bloß finden könnten«, sagte sie einmal und schaute Dr. Eventon flehentlich an. »Was könnte ihr fehlen, Doktor? Ist sie krank?«

»Ja, ich fürchte, das ist sie«, sagte Dr. Eventon. Er sprach in leisem, kühlem Ton. »Sie durchlebt eine Form von Geisteskrankheit, Mrs. Jergens, eine ernste Geisteskrankheit, aber wenn die Behandlung fortgesetzt wird ...«

»Es ist so«, unterbrach Dr. Granser. »In Anbetracht dessen, was wir heute erfahren haben, Mrs. Jergens, bin ich der Auffassung, daß ihre Tochter, obwohl sie einen psychotischen Schub hatte, nicht mehr akut psychotisch war, als ich am Montag mit ihr sprach.«

Gloria Jergens starrte die Psychologin konzentriert an, nickte, versuchte zu verstehen.

»Als sie eingeliefert wurde«, fuhr Dr. Granser fort, »litt sie eindeutig unter Wahnvorstellungen. Unglücklicherweise«, die Psychologin zuckte mit den Schultern, »doch begreiflicherweise hielten wir mehr von dem, was sie uns erzählte, für Wahnvorstellungen, als tatsächlich der Fall war. Trotzdem hatte vieles von dem, was sie sagte, selbst im Licht der Wahrheit, die wir jetzt kennen, keinerlei Bezug zur Realität – die Sache mit der Seele, die ihr gestohlen wurde, und so weiter.«

Die Psychologin richtete ihre folgenden Ausführungen an Dr. Eventon. »Angesichts dessen, was wir durch dieses Treffen, *unseren* ›Realitätstest‹ sozusagen, erlangt haben, betrachte ich Sharlas Verhalten bei mir am Montag im nachhinein als sehr angemessen und einsichtig, sehr anders als ihr früheres Verhalten. Sie bezeichnete ihre Besessenheit bezüglich des Seelentauschs als Auswirkung ihres Neides auf Meredith und sah ein, daß dies kein wirklicher Ausweg ist. Natürlich wußte ich in diesem Moment nicht, daß es wirklich eine Zwillingsschwester gibt. Im Licht dieser neuen Information kommt es mir jetzt so vor, als sei Sharla bei unserem letzten Gespräch nicht länger psychotisch gewesen, was sie vorher ganz eindeutig war. Und ich denke, daß es ihre Angst war, die Angst, daß Meredith sterben könnte, die sie wachgerüttelt hat. Das ist eine positive Entwicklung, eine Stärke, die Gutes für sie hoffen läßt.«

»Kann das nicht einfach so wieder weggehen?« fragte Allison.

Alle blickten auf Allison. Sie sprach zum ersten Mal, seit sich alle zu Beginn vorgestellt hatten.

»Es ist möglich, daß Menschen streßbedingt kurze psychotische Schübe haben, doch«, antwortete Dr. Granser. »Zum jetzigen Zeitpunkt glaube ich, daß dies bei Sharla der Fall war.«

»Ach, ich hoffe, es geht ihr gut.« Sharlas Mutter weinte. Bevor Sharla nach Chicago gezogen war, hatte Gloria Jergens nie vor anderen geweint. Sie schaute Dr. Granser hoffnungsvoll an.

»Wir wollen hoffen, daß sie bald Kontakt zu uns aufnimmt.«

»Nun, wenn sie nicht psychotisch ist, Doktor, heißt das dann, daß sie in Ordnung ist? Ich meine, sie wird doch wieder gesund werden, oder?« Gloria Jergens bettelte.

Dr. Gransers Stirn legte sich in tiefe Falten. »Ich wünschte, ich könnte ›Keine Sorge‹ zu Ihnen sagen«, antwortete sie. »Ihre Tochter ist eine verstörte Frau, Mrs. Jergens. Die Wahnvorstellung über den Seelentausch war meines Erachtens ein Schutzmechanismus gegen eine tiefe Depression. Es gab vielleicht die Wahl zwischen Psychose und … nun ja, extremer Hoffnungslosigkeit. Sie …«

»Oje«, stöhnte Gloria Jergens. »Sharla … sie hat mehrmals … sie hat sich die Pulsadern aufgeschnitten. Ich konnte nie verstehen, warum sie so etwas …«

»Hoffentlich setzt sie sich mit uns in Verbindung«, sagte Dr. Granser.

Nach dem Treffen sprach Marian Landor einige Minuten auf dem langen gelben Korridor mit Gloria Jergens. Sie tauschten Telefonnummern aus und verabredeten, in Kontakt zu bleiben. Allison fuhr Gloria Jergens in ihr Hotel, ging dann zum Strand und saß einfach da, starrte wie betäubt auf die Wellen, ihr Blick tränenverhangen.

Meredith und Terri und Merediths Mutter verließen das Krankenhaus gemeinsam und fuhren in Merediths Wohnung. Terri war ungewöhnlich still. Sie hoffte, daß Sharla für immer verschwunden war. Marian Landor sorgte sich um Sharlas Mutter. Meredith sorgte sich um Sharla. Würde sie plötzlich auftauchen, vielleicht wieder verrückt? Gefährlich? Oder hatte sie sich vielleicht so weit erholt, daß sie irgendwo anders neu angefangen hatte? Würde sie jahrelang kein Wort mehr von ihr hören, vielleicht sogar nie wieder? Würden sie eines Tages von ihrem Selbstmord erfahren? Würde sie eine andere Wahnvorstellung entwickeln? Meredith wünschte sich verzweifelt, daß Sharla sich bei ihr meldete. Sie wußte, daß sie nicht eher Ruhe finden würde, bis sie diese magnetische Anziehungskraft befriedigen konnte, die sie zu Sharla hinzog: Sie wollte sie kennenlernen, mit ihr zusammensein, wie eine Schwester mit dieser unglücklichen, facettenreichen, verlorenen Frau reden, die genetisch vollkommen identisch mit ihr war. Die Aussicht auf eine solche Verbindung ängstigte sie gleichzeitig.

Am nächsten Tag – Samstag – kehrte Marian Landor nach Eureka zurück. Sie und Meredith stimmten darin überein, daß die ganze Angelegenheit so faszinierend wie beunruhigend war. Sie hatten lange über ihre Gefühle darüber gesprochen, daß Meredith eine Zwillingsschwester hatte, darüber, was geschehen war, und auch über Sharlas Zustand. Sie fühlten sich einander noch näher als zuvor und verabschiedeten sich herzlich voneinander, jedoch nicht ohne daß Marian Landor Meredith ganz anders als gewohnt dazu ermahnte, vorsichtig zu sein.

Sharla hatte nicht angerufen.

Meredith und Terri redeten endlos. Es schien, als sei Terri noch viel beunruhigter über die ganze Angelegenheit und ihre Konsequenzen als Meredith. Sie konnte nicht davon aufhören, fühlte sich offensichtlich irgendwie bedroht. Es trübte ihr Wiedersehen.

»Ich kann mich einfach nicht an die Tatsache gewöhnen, daß es da draußen eine Frau gibt, die genauso aussieht wie du und sich benimmt wie du und Leute an der Nase herumführen kann, die dich kennen, sogar mich. Sie hat mich an der Nase herumgeführt, Meredith«, sagte Terri zum fünften oder sechsten Mal.

»Ich weiß«, sagte Meredith geduldig, fühlte, wie ihre Geduld langsam nachließ. »Trotzdem wünschte ich, sie würde anrufen.«

»Ich nicht.«

Gloria Jergens blieb noch einige Tage in der Stadt. Sie sprach mit der Polizei. Die sagten ihr, sie seien auf der Suche. Sie sprach noch einmal mit Dr. Granser und mit Dr. Eventon. Die sagten ihr, die Prognose stünde gut, falls Sharla Hilfe bekäme, daß sie sich wegen der Depressionen jedoch Sorgen machten. Sie wollte mit Meredith sprechen, konnte sich aber nicht dazu durchringen. Später, dachte sie. Sie sprach mit Allison. Allison wünschte, sie könnte Ms. Jergens sagen, wie tief ihre Zuneigung ging, daß sie und Sharla mehr waren als bloße Freundinnen, doch sie wußte, daß sie das nicht konnte.

Allison schwankte zwischen Niedergeschlagenheit und Wut und Verwirrung. Hatte sie sich in Sharla verliebt, weil sie sie für Meredith gehalten hatte, zu der sie sich seit langem hingezogen fühlte und über die sie nie hinweggekommen war? Liebte sie sie immer noch, jetzt, wo sie wußte, daß sie nicht die war, für die sie sie gehalten hatte? Oder liebte sie die echte Meredith? Meredith zu sehen hatte Allison sehr weh getan, zu wissen, daß sie nicht die Meredith war, in die sie sich verliebt hatte; es fiel ihr schwer, das zu akzeptieren, und sie war eifersüchtig auf Terri. Sie beschloß, daß sie mit Meredith reden mußte. Als sie sie anrief, war Meredith mehr als bereit zu einem Treffen. Sie verabredeten sich für den nächsten Tag.

»Ich kann mir gut vorstellen, was das alles in dir auslöst«, sagte Meredith. »Mein Kopf dreht sich immer noch von diesem merkwürdigen Who-is-Who-Trip.«

»Ich dachte, sie sei du.«

»Ich weiß, natürlich hast du das gedacht. Sie hat das echt gut hingekriegt.«

»Ich meine, ich habe mich in sie verliebt, und es war alles ein Betrug. Sie war nicht...«

»Das glaube ich nicht, Allison, ich meine, das mit dem Betrug. Wie hätte es das sein können? Ja, ich weiß, auf eine gewisse Weise war es das – mich zu imitieren und alles – aber es muß etwas in ihr gewesen sein, das sie das tun ließ, ich meine, es so überzeugend zu tun, daß sie selbst Terri und dich getäuscht hat.« Meredith machte eine Pause. »Du und ich, wir kennen uns ziemlich gut, weißt du«, sagte sie liebevoll. »Sie hätte nicht vorgeben können...«

»Das tun wir, nicht wahr... einander gut kennen. Ich bin nie wirklich darüber hinweggekommen, weißt du, ich meine, meine Gefühle für dich, und als du dann ... als Sharla mich anmachte und als wir dann zusammenkamen und es so toll war ... Gott ... ich ...«

»Ja.«

»Wenn ich es nicht besser wüßte, würde ich schwören, du bist ...« Sie schüttelte den Kopf. »Was ich im Moment fühle ... dir gegenüber, hier mit dir zu sitzen ... Ich fühle im Augenblick dasselbe, hier mit dir, wie den ganzen letzten Monat über ... Ich ...«

Meredith legte ihre Hand auf Allisons Schulter. Sie saßen im Gras in der Nähe der Lincoln-Park-Lagune. Allison erschauderte wohlig unter der Berührung.

»Ich weiß nicht, in wen ich verliebt bin.«

Allison hielt Meredith fest, und Meredith umarmte sie ebenso, herzlich, liebevoll. Meredith fühlte, wie sich einige der alten Gefühle für Allison in ihr regten. Sie fragte sich, wie es wohl gekommen wäre, wenn sie sich damals nicht so sehr vor diesen Gefühlen gefürchtet hätte. Die beiden blieben noch lange im Park und redeten.

Einen Tag später, nachdem Gloria Jergens nach Portland zurückgeflogen war, rief Sharla Meredith an. Als sie die Stimme hörte, spürte Meredith, wie ihr Puls augenblicklich hochschnellte. »Sharla?«

»Du bist es wirklich, Meredith!«

»Ja.«

»Dann geht es dir gut. Gott sei Dank!«

»Mir geht es gut.«

»Ich hätte es nicht ertragen, wenn dir etwas zugestoßen wäre.«

»Mir geht es gut, Sharla, ja. Ich habe gehofft, daß du anrufst. Ich habe mir auch Sorgen gemacht. Um dich.«

»Sorgen? Tatsächlich? Du hast dir um mich Sorgen gemacht? Haßt du mich denn nicht?«

»Nein.«

»Was ich getan habe ... Ich kann nicht glauben, daß ich das getan habe.« Die Worte blieben ihr im Hals stecken. »Ich schäme mich so. Du mußt rasend sein vor Wut, angeekelt.«

»Ich bin wütend.«

»Es tut mir leid. Es tut mir *wirklich* leid, so leid.«

»Ich glaube dir.«

»Ich wünschte, alles wäre anders gekommen.«

»Ja, nun ... Vielleicht kann es das ja noch, Sharla.«

»Ich kann nicht ungeschehen machen, was ich dir angetan habe. Mein Gott, ich ...«

»Das ist wahr, du kannst es nicht ungeschehen machen. Was du getan hast, war ziemlich schlimm. Sehr schlimm. Aber du warst nicht ... Es war ein Zwang, dieses ... Sharla, es ist vorbei, oder? Du bist nicht länger ... Du ...«

Sharla war den Tränen nah. »Ich hatte große Angst, daß du verdurstet.«

»Die Angst hatte ich auch.«

»Wie hast du dich ...?«

»Ich habe die Kette durchgesägt.«

»Es tut mir so leid, Meredith.«

»Ich weiß. Du hörst dich besser an, nicht mehr so ... aufgebracht. Wo bist du? Was hast du die ganze Zeit gemacht?«

»Ich verstecke mich. Habe mich zurückgezogen und denke nach. Hauptsächlich über dich, über das, was ich getan habe, und über mein Leben, darüber, wie es war, als ich mich als du ausgegeben habe.«

»Als du dir gestattet hast, dich kostbar und liebenswert zu fühlen, meinst du?«

»Ja.«

»Da ging es dir gut.«

»Mehr als gut.«

»Du kennst also das Geheimnis.«

»Was?«

»Dich *so* zu fühlen, kostbar, nützlich.«

»Das ist nicht einfach. Ich konnte es, wenn ich vorgab, du zu sein, wenn die Leute mich wie jemanden behandelten, der jemand war.«

»Das bist du, Sharla. Du warst diese Person. Siehst du das denn nicht? Du *bist* jemand, und deshalb haben sie dich so behandelt. Diese Person warst du.«

»Ich kann nicht glauben, daß du so lieb zu mir bist.«

Meredith umklammerte das Telefon ganz fest. »Na ja...« Sie fand die Worte nicht. Schließlich brachte sie eines heraus. »Schwester«, sagte sie. Sie weinte.

Sharla antwortete nicht. Sie weinte auch. Als sie sprach, brach ihre Stimme. »Weißt du, ich habe dir gesagt, daß ich über mein Leben nachdenke, mein wirkliches Leben, meine ich, mein Sharla-Leben.«

»Ja?«

»Diesmal ist es anders. Nicht die ganze Zeit, aber phasenweise. Ich fühle mich nicht mehr so...hoffnungslos, und jetzt, wo ich weiß, daß es dir gutgeht, na ja, vielleicht...Ich weiß nicht, ich...«

»Ich denke, daß jetzt eine ganze Menge passieren kann, Sharla, wenn du es nur zuläßt. Du kannst Dinge verändern, du kannst...«

»Meredith.« Sharla mußte das Thema wechseln. Aus irgendeinem Grund störte es sie, daß Meredith so fürsorglich war, daß sie ihr anscheinend helfen wollte. War sie herablassend? Hatte sie Mitleid mit ihr?

»Ja?«

»Daß wir Zwillinge sind...Hast du...Ich habe sehr viel darüber nachgedacht, weißt du, habe mich gefragt, wie das alles gekommen ist und...Bist du neugierig...?«

»Auf unsere Eltern?«

»Ja.«

»Klar bin ich das. Ich weiß einige Dinge. Ich würde sie gerne mit dir teilen. Ja, ich *bin* neugierig auf unsere Eltern, aber an dir bin ich noch mehr interessiert.«

»Ehrlich?« Leute interessieren sich nicht für mich.

»Ich würde dich gerne kennenlernen.«

»Wirklich? Ich...ich bin überrascht, besonders nachdem...«

»Nach dieser Sache mit der gestohlenen Seele? Denkst du immer noch...?«

»Nein. Ich kann dir gar nicht sagen, wie komisch das für mich gewesen ist, ich meine, zu wissen, daß ich...Ich weiß, daß es verrückt war, Meredith. Ich weiß, daß das, was ich dachte, glaubte, absurd war, vollkommen lächerlich, zu denken, daß du meine Seele gestohlen hast, und irgendwie wußte ich damals schon, daß es lächerlich war, und trotzdem, zu dieser Zeit, war ich... Ich weiß nicht... Ich war so verzweifelt.«

Meredith zweifelte überhaupt nicht an Sharlas Aufrichtigkeit, trotzdem drängte es sie, dies weiter auszutesten. Terri hatte sie angesteckt. »Na, ich weiß nicht«, sagte sie. »Vielleicht ist es ja wirklich so passiert, vielleicht habe ich dir ja wirklich etwas weggenommen, das...«

»Hey, jetzt fang du nicht auch noch damit an.« Sharla lachte. »Das ist nicht dein Ernst, oder?«

»Nicht wirklich. Was, wenn doch?«

»Dann würde ich mir Sorgen um dich machen. Das sind verrückte Gedanken, Meredith.«

»Bist du sicher?«

»Du testest mich.«

Meredith schwieg einen Augenblick. »Ja. Du warst ganz schön außer Kontrolle.«

»Okay, tja... Ja, ich verstehe. Ich rufe eigentlich auch nur an, um ganz sicherzugehen, daß du nicht tot bist, das bist du also nicht, wie ich nun weiß – und jetzt mach dir keine Sorgen, ich werde dich bestimmt nicht wieder belästigen. Vergiß es einfach, vergiß daß ich jemals...«

»Sharla!« sagte Meredith laut.

»Was?«

»Hör auf damit, okay? Ich habe doch bloß... Erzähl mir von deinen Plänen. Was wirst du jetzt tun?«

»Ich weiß es nicht.« Sharla hörte sich bedrückt an.

»Warum kommst du nicht her, dann können wir reden, komm zu mir. Bist du in der Nähe?«

»Nein.«

»Wo bist du?«

»Ich habe den Bus genommen.«

»Warum kommst du nicht zurück? Ich will wirklich... mit dir zusammensein, mit dir reden. Ich denke, wir haben eine Menge zu bereden. Wir sind Schwestern, wir...«

»Die werden mich festnehmen.«

»Nein, das werden sie nicht. Ich meine, du könntest zum Krankenhaus gehen und die Dinge bereinigen, aber das ist keine große Sache. Dr. Granser sagt, daß es dir schon viel besser geht.«
»Du kennst sie? Du weißt davon, vom Krankenhaus?«
»Oh ja, ich weiß davon.«
»Suchen die nicht nach mir?«
»Ja, aber nicht, um dich einzusperren, das glaube ich nicht. Wenn du erst mit denen geredet hast, wird sich herausstellen, daß du nicht ins Krankenhaus gehörst. Die können dich nicht zwingen, dort zu bleiben, wenn du nicht verrückt bist.«
»Ich habe ganz schön wirres Zeug geredet.«
»Jetzt redest du kein wirres Zeug.«
»Ich hatte so eine Angst, daß du stirbst, daß ich für deinen Tod verantwortlich bin.«
»Und das wolltest du nicht. Du hast versucht...«
»Vorher wollte ich es *schon*, weißt du. Es war eine Möglichkeit, die ich in Betracht gezogen habe, deine Identität zu übernehmen, nachdem du... Ist das nicht ekelhaft?«
»Ja. Aber du hast es nicht getan.«
»Nein, das habe ich nicht. Dieser Ramal. Er hat mich in meinen blöden Ideen noch bestärkt. Er hat mich abgezockt, weißt du, dieser Hundesohn.«
»Er ist nicht wichtig.«
»Nein.« Für einen Moment war es still. »Nun, ich rufe wirklich nur an, um sicherzugehen, daß es dir gutgeht, Meredith. Und um dich wissen zu lassen, wie leid es mir tut.«
»Ja, darüber bin ich froh...«
»Also, ich... Ich weiß nicht. Vielleicht melde ich mich bald nochmal bei dir.«
»Wie kann ich dich erreichen, Sharla?«
»Oh, ich glaube nicht...«
»Können wir uns nicht irgendwo treffen?«
»Du willst das wirklich, oder? Ich meine, das tust du doch?«
»Sehr sogar.«
»Du willst es wirklich.«

»Ja.«

»Das ist kein Trick, um mich zu überreden, zurückzukommen, damit die mich einsperren können, oder?«

»Nein.«

»Ich glaube dir. Ich kenne dich sehr gut, weißt du, wie du denkst und...« Sharla lachte in sich hinein. »Na ja, vielleicht könnten wir uns ja wirklich treffen. Es macht mich allerdings nervös, es macht mir angst, dich zu...«

»Mir macht es auch angst.«

»Dort können wir uns aber nicht treffen, ich will dort nicht hin, Meredith.«

»In Ordnung. Wir treffen uns woanders. Du sagst, wo.«

»Verrate es niemandem.«

»In Ordnung.«

Sharla war ein paar Sekunden lang still. »Es ist aber ziemlich weit weg.«

»Was?«

»Wo ich bin.«

»Wo ist das?«

»Ein Ort namens Silver Lake. Das ist in Michigan.«

»So weit weg ist Michigan nun auch wieder nicht. Hast du denn eine Bleibe?«

»Ja.«

»Bist du allein?«

»Ja. Du bringst doch niemanden mit, oder?«

»Nein. Ich will schon bald kommen. Vielleicht morgen. Wäre das okay?«

»Ich sollte meine Mutter benachrichtigen. Ich weiß, daß sie sich bestimmt Sorgen macht.«

»Das tut sie.«

»Du hast mit ihr geredet?«

»Sie war hier.«

Sharla war wieder eine Weile still. »Ich werde sie anrufen. Vielleicht heute noch. Meinst du, das sollte ich tun?«

»Ich glaube, sie wäre sehr erleichtert, von dir zu hören.«

»Ich habe ihr schon genug Sorgen bereitet. Nicht einmal sie hat das verdient.«

»Nein. Sie wird sehr froh sein, von dir zu hören. Soll ich morgen kommen, Sharla?«

»Ja, morgen. Kommst du mit dem Auto?«

»Ja.«

»Du hast dein Auto wohlbehalten dicht beim Konservatorium gefunden?«

»Ja.«

»Ich bin mit dem Bus gefahren.«

»Ich nehme das Auto. Wohin soll ich kommen?«

»Du kommst morgen?«

»Ja.«

»Mit dem Auto dauert es fünf Stunden, glaube ich.«

»In Ordnung. Ich könnte nachmittags dasein. Wohin soll ich kommen?«

Sharla sagte ihr, wo Silver Lake lag. »In der Stadt Shelby gibt es ein Restaurant. Es heißt *Dunesbury*. Es ist leicht zu finden. Dort können wir uns treffen.«

»Sagen wir um drei. Geht das in Ordnung?«

»Ja, drei Uhr. Ich werde dort sein.«

»Wir haben eine Menge zu bereden.«

»Ich bin so froh, daß du bist, wie du bist.«

»Ich glaube, die Dinge werden sich regeln. Ich werde um drei dasein.«

»Bis dann, Meredith.«

»Bis dann, Sharla.«

Terri protestierte vehement. »Woher weißt du, daß du ihr trauen kannst? Vielleicht knallt ihr ja wieder 'ne Sicherung durch. Es ist nicht sicher, dorthinzugehen, schon gar nicht ganz alleine.«

»Ich denke, es ist sicher.«

Sie stritten sich heftig. Meredith war wild entschlossen, und Terri wußte das. Es stand nicht besonders gut um ihre Beziehung. Sie verbrachten die Nacht zusammen, gingen aber nicht liebevoll miteinander um und schliefen auch nicht zusammen. Am nächsten

Morgen ging Terri mit einem sehr unguten Gefühl zur Arbeit. Um halb zehn fuhr Meredith los nach Michigan.

29. Kapitel

Es gab viel Zeit zum Nachdenken, mehr als fünf Stunden. Meredith war sich im unklaren darüber, was sie von Sharla zu erwarten hatte, aber völlig im klaren darüber, was *sie* wollte – sie wollte sie kennenlernen, und sie wollte auch, daß Sharla dazu bereit war. Warum das so wichtig war, wußte sie nicht, und doch hatte sie das Gefühl, daß gerade dies ihr momentan wichtigstes Bedürfnis war, das, was sie zu diesem »unglückseligen Rendezvous« trieb, um es in Terris Worten zu sagen. Es war stärker als ihre Wut und ihre Angst. Ohne Frage war Sharlas Verhalten verabscheuungswürdig – in ihr Heim einzudringen, sich ihren Besitz anzueignen, ihr Leben, sie dann anzuketten, fast ihren Tod herbeizuführen. Wäre es irgendein anderer Mensch gewesen außer dieser einen Frau, dann diese abscheuliche Tat für Meredith absolut unverzeihlich gewesen.

Während sie den Highway entlangfuhr, versuchte sie sich vorzustellen, wie es sein würde, was in Michigan geschehen würde. Die Zweifel nagten an ihr, ließen sich nicht wegschieben. Wird mein Anblick es wieder auslösen? Könnte Terri doch recht haben? Dr. Granser war optimistisch, Eventon skeptischer. Es könnte sich lediglich um eine temporäre Besserung handeln, hatte er gesagt. Der Ausgang ist unvorhersehbar. Meredith riß das Steuer herum, wich nur knapp einem Stinktier aus. Unvorhersehbar, dachte sie. Wie wahr. Ich hätte wahrscheinlich darauf bestehen sollen, daß sie nach Chicago kommt. Meredith versuchte, die nervöse Anspannung abzuschütteln. Nein, dachte sie, es fühlt sich richtig an, sich auf neutralem Boden zu treffen. Sie dachte wieder an die Dinge, die Sharla ihr von ihrem Leben erzählt hatte, vom Schmerz und von der Einsamkeit. Sie dachte an den Kontrast. Es war wirklich unfair. Wer würde daran zweifeln?

Der alte, aber treue Volvo fuhr über die Grenze von Indiana nach Michigan. Meredith hatte schon von Silver Lake gehört. Es war ein Urlaubsgebiet am Lake Michigan, ein kleiner See umgeben von Sanddünen. Wunderschön, hatte man ihr gesagt. Ich frage mich, wie Sharla dort gelandet ist. Ich frage mich, wie sie sein wird.

Das Restaurant *Dunesbury* fand Sharla ohne Mühe. Als sie es betrat, starrte die Kellnerin sie mit ziemlich großen Augen an, schaute dann zu einer Nische im hinteren Teil des Restaurants. Sharla war da. Sie lächelte Meredith nervös zu.

»Hallo«, sagte Meredith herzlich, doch auch ein wenig vorsichtig, während sie sich an den Tisch setzte.

»Hey. Du bist gut angekommen.« Sharla wich Merediths Blick aus.

»Ja, ich ... ehm, klar, war kein Problem, es zu finden. Deine Wegbeschreibung war gut.«

»Danke.« Sharla blickte ihre Schwester immer noch nicht direkt an. »Bist du hungrig? Sollen wir essen oder ... oder was?«

»Ich könnte was vertragen. Und du?«

Sharla nickte.

Sharlas Schüchternheit verursachte Meredith Unbehagen. Sie kam ihr jetzt so harmlos vor, so vollkommen unbedrohlich. »Das ist eine schöne Gegend hier«, sagte sie, suchte einen Weg, die Spannung zu lösen.

»Ja.«

»Bist du zufällig hergekommen oder ...?«

»Zufällig, ja.«

»Es ist ganz schön schwer das alles, was?« sagte Meredith mit Nachdruck.

Sharla nickte, blickte Meredith jetzt an. »Ja ... ich ... Das ist es. Ich fühle mich schrecklich ... ehm, ich weiß nicht ...«

»Ich habe mich den ganzen Weg über gefragt, wie es wohl sein würde.«

»Mache ich es dir schwer?«

»Nein, nein, ich ...«

»Man hat mir schon öfter gesagt, daß es schwer ist, mit mir zu reden.«

Die Kellnerin kam. »Ich habe so eine Ahnung, daß du Cornedbeef magst, Sharla. Richtig?« fragte Meredith.

»Ja, ich liebe Cornedbeef.« Sharla schien erfreut zu sein.

»Habe ich mir gedacht. Ich auch.«

Sie bestellten beide ein Cornedbeef-Sandwich und machten etwas Smalltalk, was ihnen zunehmend leichter fiel. Meredith sprach über ihre Fahrt von Chicago hierher, von den Rehen, die sie auf der Straße gesehen hatte, und Sharla redete ein wenig über Silver Lake.

»Wie war das für dich, Sharla?« fragte Meredith nach einer Weile. »Als du das zum erstenmal begriffen hast... Das mit uns, meine ich.«

»Daß ich einen Zwilling habe?«

»Ja.«

»Zuerst war es ein Schock, aber auch aufregend, faszinierend.« Sharlas Augen leuchteten. »Als ich das allererste Foto von dir sah, war ich gleich wie besessen davon, so viel ich nur konnte über dich herauszufinden.« Sie schaute auf ihre Hände. »Ich habe alle deinen Sachen durchwühlt, Meredith. Es... es tut mir leid. Ich hatte das Gefühl, als könnte ich überhaupt nichts dagegen tun. Ich konnte mich nicht zurückhalten. Ich habe mir auch alle deine Filme angeschaut.«

»Ehrlich?« Meredith wußte das längst. Sharla hatte es erwähnt, hatte sogar damit angegeben, damals im Schlafzimmer, als sie Meredith gefangenhielt. Ihre Haltung war jetzt eine völlig andere. »Wie fandest du die Filme?«

»Und dein Tagebuch.«

»Hm-mm.«

Sharla konnte Meredith nicht anschauen, während sie sprach, doch sie verspürte einen Zwang, mit ihrem Geständnis fortzufahren. »Ich habe deine Briefe an Robin gelesen.«

Meredith nickte. Sie wußte, daß dieser Eingriff in ihre Privatsphäre sie fuchsteufelswild gemacht hätte, wäre es jemand anderes gewesen als Sharla. »Es war mehr als bloße Neugierde, stimmt's?«

»O Gott, ja.« Sharla hob den Kopf. »Ich habe noch nie herumgeschnüffelt in anderer Leute... Ich habe die Privatsphäre anderer immer respektiert, Meredith. Meine Mutter hat meine Sachen immer durchwühlt, und das habe ich so gehaßt. Es war wie...« Sharla hielt inne, ihr Gesicht war schmerzerfüllt.

»Wie ein Verletzung der Persönlichkeit? Fast wie eine Vergewaltigung?«

»Ja! Verdammt, Meredith. Ich fühle mich schrecklich... Ich wollte bloß...«

»Also hast du alles durchsucht und alles über mich herausgefunden. Wie hast du darauf reagiert, Sharla? Ich meine, welche Art von...«

»Es ging schrittweise. Zuerst war ich wie eine Detektivin, fasziniert von jeder neuen Sache, die ich über dich herausfand.«

»Und dann?«

»Na ja, dann entdeckte ich, daß du lesbisch bist. Es widerte mich an.«

Meredith lächelte. »Das war schwer zu verdauen, was?«

»Aber nicht für lange. Es fing an, mich zu faszinieren. Ich weiß nicht, warum. Ich las deine Bücher.«

Meredith hob die Augenbrauen. »Gut«, sagte sie. »Du hast ein paar Dinge gelernt.«

»Ich glaube, ich war mehr als bereit. Doch nach einer Weile habe ich mich so in dich und dein Leben versenkt, daß ich anfing, mich selbst zu verlieren. Ich bekam es mit der Angst zu tun. Eigentlich wurde ich eher wütend als ängstlich. Ich *wollte* mich verlieren. Ich wollte du sein. Aber ich konnte mich nicht selber täuschen. So durchgeknallt war ich dann doch nicht. Ich wußte, daß ich mein eigenes widerliches Selbst am Hals hatte und nicht loswurde.«

Meredith griff nach Sharlas Hand, doch Sharla wollte diese Geste nicht akzeptieren. Sie zog sie weg.

»Ich haßte dich. Gott, wie ich dich haßte. Ich war so verflucht neidisch. Ich rutschte in eine tiefe Depression. Ich bin mir nicht sicher, wie lange sie anhielt, doch dann verschwand sie langsam.« Sharla hob den Kopf. In ihren tränennaßen Augen lag die Andeutung eines Lächelns.

»Wie?«

»Ich beschloß, mich umzubringen.«

Meredith nickte traurig.

»Ich fühlte mich unglaublich erleichtert. Wirklich, ein tolles Gefühl. Ich war in absoluter Hochstimmung. Ich hatte endlich völlig akzeptiert, daß es vergeblich war... daß ich niemals auch nur ansatzweise erreichen konnte, was du warst. Und damit kam dieses wunderbare Gefühl von Frieden.« Sharla lächelte. »Es fühlte sich wirklich gut an. Ich fühlte mich frei. Ich brauchte nicht zu kämpfen. Ich konnte sterben, und alles war vorüber.«

Meredith wollte diese Frau in die Arme nehmen und sie halten, nichts als halten. Statt dessen wartete sie, daß Sharla weiterredete.

»Doch aus irgendeinem Grund ... Ich bin mir jetzt nicht mehr sicher, wie es kam, aber aus irgendeinem Grund ... Vielleicht hatte ich nur Angst vor dem Sterben, ich weiß es nicht; wie auch immer, ich beschloß, eine Zeitlang vorzugeben, ich sei du, und wenn ich eine Weile erlebt hätte, was für eine Freude es ist, du zu sein ... na ja, dann wäre ich bereit zu gehen.«

»Ich verstehe«, sagte Meredith und nickte. »Und was geschah dann?«

Sharla erzählte ihr Schritt für Schritt, wie sie sich auf die Rolle vorbereitet hatte, dann von jedem Vorstoß in die Welt als Meredith Landor. Sie erklärte wieder und wieder, wie aufregend und befriedigend es gewesen war, akzeptiert und respektiert und geschätzt zu werden, begehrt zu sein. Ihr Gesicht leuchtete, während sie sprach, besonders wenn sie von Allison sprach.

Meredith hörte fasziniert zu, stellte sich vor, wie die Leute, die sie kannte, sich Sharla gegenüber verhielten, als wäre sie Meredith. »Und niemand hegte den leisesten Verdacht, daß du nicht wirklich ich warst.«

Sharla schüttelte den Kopf. »Wie auch? Ich meine, sieh uns doch an.«

»Ja.«

»Wie ich schon sagte, ließ ich mir sogar die Haare schneiden wie du und trug deine Kleidung.«

Meredith nahm einen Schluck von ihrer Limonade. »Haben die Leute nicht über Dinge geredet, von denen du nichts wußtest, haben sie nicht auf Dinge angespielt, die ...«

»Klar. Es gab einige unangenehme Augenblicke. Besonders, als Terri auf dieser Party auftauchte.«

»Das war hart für sie.«

Sharla Gesicht verdüsterte sich. »Ich hoffe, ich habe nichts kaputt gemacht zwischen euch. Wie geht es denn ...«

»Ganz okay, glaube ich. Ich weiß nicht, ein bißchen gespannt vielleicht. Na ja, eigentlich stehen die Dinge nicht so gut, aber das hat nichts mit dir zu tun, jedenfalls nicht direkt. Ich weiß nicht, irgendwie kommt sie mir verändert vor. Sie hat mir im Krankenhaus nicht geglaubt.« Meredith erzählte Sharla die Geschichte. »Möglicherweise kriegen wir das wieder auf die Reihe«, sagte sie schließlich. »Wer weiß, was geschehen wird?«

»Diese Krankenhaus-Sache tut mir wirklich leid«, sagte Sharla. Ihre Unterlippe bebte. »Alles, Meredith. Alles tut mir leid ...«

»Ich weiß. Das weiß ich doch. Wir machen einen neuen Anfang. Du hast Senf an der Wange.«

Sharla wischte ihn weg.

»Weißt du«, sagte Meredith, »es ist interessant, daß du und Allison ...« Sie hatte einen merkwürdigen Ausdruck im Gesicht. »Für eine Weile standen sie und ich uns wirklich nah. Wußtest du das? Ja, ich schätze, das wußtest du. Ich glaube, ich war in sie verliebt. Ich glaube aber auch, daß ich damals nicht in der Lage war, mit der Art von Nähe, die sie wollte, richtig umzugehen. Ab und zu denke ich noch über sie nach. Sie und ich, wir haben uns gestern unterhalten. Es war ... Ich weiß nicht. Egal, jedenfalls macht sie eine schwere Zeit durch, weißt du. Rufst du sie mal an?«

Sharla blickte aus dem Fenster. »Glaub' schon«, sagte sie. »Ich hänge immer noch in der Luft, Meredith. Ich weiß nicht, was ich tun werde.«

»Ja. Du hast 'ne Menge zu verarbeiten, das steht fest.«

Sie verließen das Restaurant, und Sharla führte Meredith zu der Hütte, die sie gemietet hatte. Meredith merkte, daß sie hoffte, die Hütte sei nicht zu abgelegen, daß es immer noch an ihr nagte, daß diese liebenswerte, schüchterne Frau eine potentielle Gefahr für sie darstellte.

»Die Hütte ist klein, aber fein«, warnte Sharla.

Das war sie tatsächlich, klein und fein, und umgeben von anderen Hütten. Sie setzten sich auf Gartenstühle vor das kleine Holzhaus und blickten auf den See. »Hast du Sommersprossen auf deinem Rücken?« fragte Sharla.

Meredith lachte. »Wie bitte?«

»Hast du? Ich schon.«

»Ja, habe ich tatsächlich auch.« Sie lachten wieder. Sie wußte genau, was Sharla empfand, die Neugier auf die kleinsten Einzelheiten einer Person, die genetisch völlig identisch mit ihr war. Sie hatte dieselben Fragen gehabt. »Wie sind deine Zähne?« fragte sie, immer noch kichernd, schon fast albern. »Hast du Probleme damit?«

»Ja. 'ne Menge Füllungen. Ein paar Wurzelbehandlungen.«

»Ich auch.«

Sie lachten.

»Hast du irgendwelche Narben? Bist du schon mal operiert worden oder hast dir die Knochen gebrochen?«

»Nein. Du?«

»Nein.« Sharla rieb sich das linke Handgelenk. »Ich hatte ein paar Narben«, sagte sie leise. »Aber die sind verblaßt.«

Meredith nickte. »Wie alt warst du, als du deine Tage bekommen hast?« fragte sie leichthin.

Einmal auf diesem Weg, schienen sie gar nicht mehr aufhören zu können. Keine von beiden wollte das. Sie redeten stundenlang, stellten Vergleiche an, wobei sie vorsichtig die Bereiche aussparten, die Sharla hätten weh tun können, genossen beide das Gespräch und entspannten sich in der Gegenwart der anderen. Mit jeder Stunde, die verging, war Meredith sicherer, daß es richtig gewesen war, herzukommen, daß Sharla bei ziemlich klarem Verstand war und nicht im mindesten gefährlich und daß ihr Bedürfnis, ihre Schwester kennenzulernen, befriedigt werden würde. Kurz vor Sonnenuntergang gingen sie schwimmen. Beiden war klar, daß sie den Körper der anderen genau unter die Lupe nahmen, einander sehr ähnliche, athletische Körper, obwohl Merediths besser in Form war.

Wieder in der Hütte, redeten sie weiter. »Wir sind uns so ähnlich und doch so verschieden«, bemerkte Sharla. »So verschiedene Persönlichkeiten.«

»Ja, in vielerlei Hinsicht. Natur contra Erziehung, schätze ich mal.«

»Es ist faszinierend. Warum, glaubst du, ist es so gekommen? Ich meine, daß du dich entwickelt hast zu einer... Ich weiß nicht... Zu einer selbstbewußten Person, glaube ich, und ich...«

»Ich weiß es nicht. Ich könnte mir vorstellen, daß unsere Kindheit viel damit zu tun hat.«

»Ja. Ich bin der Frosch geworden. Und du der Prinz.«

»Du hast dir angewöhnt, so von dir zu denken.«

»Hm.«

»Ich bin manchmal ganz schön arrogant«, sagte Meredith.

»Ich weiß. Aber besser, als so befangen zu sein wie ich.«

»Du bist dafür wahrscheinlich viel sensibler als ich... empfänglicher für die Gefühle anderer.«

»Was es heißt, zurückgewiesen und verschmäht zu werden, dieses Gefühl kann ich ganz bestimmt gut nachempfinden.«

»Ich bin wahrscheinlich öfter auf der eher zurückweisenden, verschmähenden Seite gewesen.«

»Oh, das glaube ich nicht.«

»Es ist wahr, Sharla. Manchmal bin ich nicht geduldig genug mit Leuten und kann ganz schön sarkastisch und kritisch sein.«

»Oh, aber das bin ich auch. Nur meistens nicht so direkt. Du bist kühner.«

»Narren überstürzen alles.«

»Nein, du kannst dich behaupten.«

»Ja, für gewöhnlich. Manchmal ein wenig egoistisch, fürchte ich.«

»Das rührt von deinem starken Selbstbewußtsein her.«

»Zu stark, das hat man mir schon öfter gesagt.«

»Ich frage mich, warum du lesbisch geworden bist und ich nicht.«

Sie saßen in alten Schaukelstühlen in der rustikalen Küche der Hütte. Meredith fing an, leicht vor- und zurückzuschaukeln. »Ich weiß es nicht«, sagte sie. »Hast du dich jemals zu Frauen hingezogen gefühlt?«

Sharla antwortete nicht sofort. »Da ist Allison«, sagte sie schließlich.

Merediths Gesicht verdunkelte sich für einen Augenblick. »Und davor?« fragte sie.

»Vielleicht.«

Meredith lächelte. »Erzähl mir davon.«

Sharla erzählte von Greta, zögerlich erst, dann ganz frei und ohne Befangenheit. Sie weinte dabei.

Meredith konnte sich unglaublich gut in ihre Schwester hineinversetzen. »Gott, ich wünschte, ich hätte dich viel früher kennengelernt.«

»Ich auch.«

»Hätte es nicht Spaß gemacht, zusammen aufzuwachsen?«

Sharlas Gesicht erhellte sich für einen Augenblick, dann runzelte sie die Stirn. »Bei *meinen* Eltern aber nicht.«

»Es wäre vielleicht anders gewesen, wenn wir zu zweit gewesen wären. Wir hätten füreinander eintreten und uns gegenseitig unterstützen können.«

»Schätze auch.«

»Das können wir immer noch.«

»Du brauchst meine Unterstützung nicht.«

Meredith schaukelte vor und zurück, ohne zu antworten.

»Du haßt es, wenn ich solche Dinge sage.«

»Es ist nicht so, daß ich es hasse, nur...«

»Ich wünschte, ich wäre anders.«

»Ich glaube, du bist dabei, dich zu verändern.«

»Ich wünschte, ich wäre du.«

Meredith hörte auf zu schaukeln. Ihr Herz begann zu hämmern. Sie schaute ihren Zwilling an. »Du fängst doch jetzt nicht wieder damit an, oder?« Es war inzwischen draußen dunkel und ganz still geworden.

»Ich bin echt ausgeflippt, nicht wahr?«

»Schätze schon.«

»Ich war nicht mehr ganz bei Trost. Hatte den Kontakt zur Realität verloren. Ich bin einfach durchgeknallt.«

Meredith antwortete nicht.

»Ich habe es wirklich und wahrhaftig geglaubt.«

Meredith schwieg weiter, fühlte sich zunehmend unwohl. Sie ertappte sich dabei, wie sie Strategien entwickelte für den Fall, daß Sharla irgend etwas versuchte.

»Aber das ist vorbei.«

Meredith atmete hörbar aus. Ich kriege langsam Verfolgungswahn, dachte sie. »Wie ich höre, schreibst du«, sagte sie, begierig darauf, das Thema zu wechseln.

»Wer hat dir das gesagt?«

»Du. Du hast kurz darüber gesprochen... neulich in der Wohnung. Aber Emma hat es mir auch erzählt. Sie sagte, du arbeitest an einem Drehbuch für sie.«

»Das habe ich getan.«

»Wirst du damit weitermachen?«

Sharla schaute aus dem kleinen Fenster mit der Gingan-Gardine. »Ich weiß nicht«, sagte sie kopfschüttelnd.

Sie gingen zu *Pizza Hut* zum Abendessen, gingen danach am Seeufer spazieren und redeten noch mehr. Meredith rief Terri an, um sie wissen zu lassen, daß alles gut lief. Immer noch nicht überzeugt, drängte Terri sie, die Nacht nicht dort zu verbringen, was Meredith ärgerte. Das Gespräch endete abrupt.

»Bist du religiös?« fragte Sharla während ihres Spaziergangs am See.

»Nein. Und du?«

»Ich war es mal. Bist du Demokratin oder Republikanerin?« Sharla hatte offensichtlich immer noch nicht genug von Vergleichen, obwohl sie das meiste längst wußte.

»Sozialistin.«

»Wirklich?« fragte Sharla und fügte hinzu: »Du hast es in deinem Tagebuch erwähnt, aber ich wollte es gern von...«

»Klar doch. Und du? 'ne rote Socke bist du wohl nicht, oder?«

»Früher war ich Republikanerin.«

Meredith lachte.

»Der Einfluß meines Vaters.«

»Mr. Business.«

»Genau.«

»Und jetzt?«

»Ich weiß nicht. Ich weiß nicht, was ich bin.« Sharla schaute weg. »Ich weiß nicht, *wer* ich bin.«

»Du wirst dich schon finden, Schwester«, sagte Meredith sanft, hörte sich dabei ihrer Sache sicherer, auch entspannter, als sie war.

Sie schliefen nebeneinander in zwei Einzelbetten. Meredith hatte Probleme mit dem Einschlafen, da sie diese verdammten Gedankenblitze nicht völlig abstellen konnte, diese von Terri inspirierten Bilder, die Sharla zeigten, wie sie sie im Schlaf fesselte oder mit dem Messer erstach. Sie redete sich gut zu, und schon bald konnte sie sich entspannen und dem Wohlgefühl ihrer angenehmen Träume hingeben.

Sie träumte von zwei identischen Frauen, die auf identischen Pferden über Hügel ritten, sich gegenseitig antrieben, immer schneller, immer ausgelassener, bis sie so schnell dahinschossen, daß die Pferde den Boden nicht länger berührten. Sie stiegen höher und höher. Die Pferde, geflügelte Pferde mittlerweile, trugen sie über den Himmel, um den Erdball herum, und landeten immer dann auf der Erde, wenn die Reiterinnen sich ausruhen oder Seite an Seite neue Welten erforschen wollten.

Sharla träumte von einer Puppe. Es war eine ausnehmend schöne Puppe mit zarter, weicher Haut und vollem rotbraunem Haar. Doch im Innern war die Puppe voller Schlamm – schwarzem, trübem, matschigem, schmierigem Schlamm. Über dem linken Auge hatte die Puppe eine undichte Stelle, und der schwarze Schleim drückte sich durch die Augenhöhle nach draußen, tropfte über die zartrosa Wange der Puppe und bedeckte ihre Pfirsichhaut mit dampfendem, teerigem Schmutz. Dann trat Schlick durch ihre Nasenlöcher und aus ihrem süßen, kleinen Mund. Schlamm floß aus den Ohren und aus der Vagina und aus dem Anus, bedeckte die hübsche Puppe, begrub sie, ertränkte sie in pechschwarzem, stinkigem Schleim.

Am nächsten Morgen fuhren sie mit einem Buggy über die Dünen. Meredith war begeistert, über die bernsteingelben Hügel zu fliegen, und auch Sharla hatte Spaß daran. Sie schwammen und redeten und kauften frische Lebensmittel, um sie auf dem kleinen Herd in der

Hütte zu kochen. An diesem Abend schlug Meredith vor, bowlen zu gehen.

»Ich war noch nie zum Bowling«, sagte Sharla.

»Versuch es.«

»In Ordnung.«

»Willst du fahren?« fragte Meredith, als sie zum Auto gingen.

Sharla schaute ihre Schwester an. »Ich habe immer Angst davor gehabt«, sagte sie. »Ich habe aber einen Führerschein und lasse ihn auch immer wieder verlängern. Ich hatte Fahrstunden, aber ich kann mich nicht daran erinnern, wann ich zum letzten Mal gefahren bin, vor ein paar Jahren, glaube ich. Ich bekomme jedes Jahr eine Belobigung wegen unfallfreien Fahrens.«

Meredith lachte. »Na ja, hier ist nicht viel Verkehr. Willst du es versuchen?«

Sharla zögerte.

Meredith beobachtete sie.

»Ja«, sagte Sharla. »Das will ich.«

Sie fuhr angemessen, langsam, doch die Grundlagen waren vorhanden, sie brauchte nur ein wenig Übung. Sie chauffierte sie beide zur Bowlingbahn.

Sharla begriff das Spiel schnell, und sie lachten viel. Mitten im zweiten Spiel kamen zwei Männer zu ihnen.

»Na, Mädels, woher wißt ihr eigentlich, wer von euch welche ist? Führt ihr euch schon mal gegenseitig an der Nase herum?«

Sharla spürte unverzüglich, wie ein Gefühl von Befangenheit sich um sie schlang und sich ihrer bemächtigte.

Meredith schaute die Männer kühl an.

»Was dagegen, wenn wir euch Gesellschaft leisten?« fragte einer von ihnen.

»Ja, wir haben was dagegen. Besser, Sie lassen es«, antwortete Meredith.

»Wir beobachten euch zwei schon länger«, sagte er und ignorierte Merediths Antwort. »Ihr seid Zwillinge, häh?«

»Wir wollen nicht, daß Sie uns Gesellschaft leisten«, wiederholte Meredith.

Sharla fühlte sich immer unwohler. Sie wußte, daß sie die Angelegenheit vor ein paar Wochen in Chicago noch genauso geregelt hätte wie Meredith jetzt.

»Nun sei doch mal nicht so kratzbürstig«, sagte der Mann zu Meredith. »Ist deine Schwester immer so unfreundlich?« fragte er Sharla.

»Okay, Jungs«, sagte Meredith scharf. »Das reicht. Ich will, daß ihr jetzt verschwindet.«

»Und was ist mit dir, Schätzchen?« Der Mann streckte die Hand nach Sharlas Wange aus. »Du bist bestimmt die Nettere von euch beiden. Ich wette, du läßt dich von deiner Schwester rumschubsen.«

»Verpißt euch!« sagte Sharla.

»Hey, wow. Knallharte Tante.« Der Mann kicherte. »Okay, okay«, sagte er. »Wir lassen euch zwei allein. Sie treiben's wahrscheinlich miteinander«, sagte er zu seinem Freund. Sie gingen weg.

»Arschlöcher«, sagte Meredith.

Sharla lachte. »Ja«, sagte sie. »Da hast du sie wieder, die miese, alte Chauvi-Mentalität. Ich weiß, daß es eine Menge Typen gibt, die so sind wie die, aber ich glaube, ich habe mit meinen Männerbekanntschaften immer ziemliches Glück gehabt. Die meisten waren ganz anständig. Na, mach weiter, Meredith, du stehst kurz vor einem *Spare*.«

In dieser Nacht hatte Meredith keine Probleme mit dem Einschlafen. Sie fühlte sich ihrer Schwester immer näher, genau so, wie sie es gehofft hatte. Sie hatte Terri noch einmal angerufen, und obwohl das Gespräch diesmal erfreulicher verlief, hinterließ es bei Meredith ein Gefühl der Unruhe. Am nächsten Tag fuhren die Zwillinge zum Lake Michigan, schwammen und spielten Minigolf. In einem der schickeren Fischrestaurants der Gegend aßen sie gemütlich zu Abend. Sharla machte sich Gedanken wegen ihrer legeren Kleidung. Meredith sagte, das sei nicht weiter wichtig.

Sharla übernahm den größten Teil der Autofahrten an diesem Tag. Sie wurde langsam sicherer, hielt das Steuer aber immer noch fest umklammert und lehnte sich beim Fahren nach vorn. Meredith lobte und ermutigte sie, und Sharla wurde immer besser. Nach dem

Essen hielten sie vor einem Straßenlokal, etwa fünfzehn Kilometer von Silver Lake entfernt.

»Warst du jemals fischen?« fragte Sharla.

»Ein paarmal.«

»Ich mache das gerne. Meine besten Phantasien kommen mir, wenn ich einfach nur dasitze und auf das Zucken der Leine warte.«

»Aaah. Erzähl mir von deinen Phantasien«, säuselte Meredith und strich sich über ihr glattes Kinn, als hätte sie einen Bart.

Sharla lachte. Sie saßen an einem Ecktisch in dem fast leeren Lokal. Sharla nahm einen Schluck Bier. »Deshalb gehe ich fischen. Wegen der Phantasien.«

»Erzähl schon.« Meredith lächelte. »Oder sind sie zu persönlich?«

»Nicht für dich.« Sharla lächelte herzlich. »Meist beginnen sie damit, daß ich mich verliebe.«

»Guter Anfang.«

»Ich treffe also diesen Typen...« Sharla kicherte. »Wenn ich jetzt fischen ginge, wäre es wahrscheinlich eine Frau, die ich treffe.«

Meredith nickte, lächelte immer noch. Sie mochte diese Frau.

»Also, ich treffe diese wunderbare Person. Er oder sie ist sehr sensibel, taxiert mich nicht. Ich fühle mich auf der Stelle unheimlich wohl. Überhaupt nicht schüchtern. Wir reden stundenlang, und dann gehen wir in irgendeine Hütte, irgendwo im nahen Wald. Es gibt einen Kamin und ...«

»Und ihr macht ganz großartig und leidenschaftlich – Popcorn. Ha! Ha! Ihr liebt euch vor dem Feuer.«

»Woher wußtest du das?«

»Ich habe übersinnliche Kräfte.«

»Es entwickelt sich dann weiter. Wir unternehmen Dinge zusammen, ich meine, außer Liebemachen, alle möglichen Dinge, wir reisen, teilen vieles. Sie ist sehr gut zu mir und ich zu ihr, und ich bin überhaupt nicht nervös. Dieses Gefühl, weißt du, dieses Gefühl von Schwere, von dem ich dir erzählt habe, dieses Gefühl, das immer da ist, in meiner Brust, in meinem Magen ...«

»Mm-hm.«

»Es verschwindet. Ich beginne, mich glücklich zu fühlen, richtig glücklich. Und sie mag mich wirklich. Wir lernen einander kennen, und sie ist auch weiterhin liebevoll und ... respektvoll.«

»Respektvoll?«

»Ja. Nicht auf diese ... du weißt schon, distanzierte Art, die man gegenüber Autoritäten empfindet, sondern einfach ... Sie achtet mich. Respektiert mich, weil ich die bin, die ich bin. Meine Art. Meine Ideen. Meine Gefühle.«

»Hört sich toll an. Und dann?«

»Ich glaube, ich werde telefonieren.«

Meredith nickte. »Mit Allison?«

»Woher wußtest du das?«

Meredith lächelte. Sie spielte Pac-Man, während ihre Schwester telefonierte, konnte sich aber nicht konzentrieren. Ihre Gedanken waren bei Sharla und Allison. Sie war eifersüchtig, verdrängte das Gefühl aber. »Wie ist es gelaufen?« fragte sie, als Sharla zurückkam.

»Allison macht eine schwere Zeit durch, wie du gesagt hast, aber ... Ich glaube, es ist ganz gut gelaufen. Sie will mich treffen. Sie hat aber Angst. Ich auch. Sie sagt, sie sei total verwirrt, was ihre Gefühle angeht.«

Meredith nickte. Sie war selber verwirrt. »Allison ist ein ganz besonderer Mensch«, sagte sie und wich Sharlas Blick aus. »Ich denke, ich werde Terri nochmal anrufen.«

Terri wurde allmählich ungeduldig. »Also sie benimmt sich immer noch gut, okay, toll, aber wie weit willst du es eigentlich treiben? Warum kommst du nicht zurück? Die Frau ist nicht ganz in Ordnung. Du kannst nicht sicher sein ...«

»Es geht ihr gut, Terri. Sie ist wie ausgewechselt, ganz anders ... als sie vorher war. Sie hat eine Menge durchgemacht, aber sie ist auf dem besten Weg. Ich denke, sie wird es schaffen. Und ich mag sie wirklich. Ich will ihr helfen, und ich glaube, daß meine Anwesenheit ihr guttut.«

»Wie lange gedenkst du zu bleiben?«

»Ich weiß es nicht. Ich improvisiere. Ich will, daß Sharla mit mir zurückkommt. Ich bin nicht sicher, ob sie schon soweit ist.«

»Ich habe das Gefühl, daß ich dich verliere, Meredith. Zwischen uns hat sich etwas verändert.«

Meredith antwortete nicht direkt. »Nun, wir haben beide ziemlich viel Scheiße erlebt«, sagte sie schließlich. »Ich empfinde das genauso, weißt du. Diese ganze Angelegenheit ist... Ich denke, wir stehen beide ziemlich unter Druck, Terri. Wir müssen uns Zeit lassen.«

»Ja, klar. Und? Was treibt ihr beiden so?«

»Reden hauptsächlich. Wir sind gerade in so einer spießigen Hinterwäldlerbar, weißt du, echt volksnah und so.«

Terri lachte. »Sie wird doch nicht in Chicago bleiben, oder?«

Meredith antwortete nicht. Sie spürte ein schmerzlich wütendes Gefühl aufsteigen.

»Meredith...«

»Ja.«

»Ich habe Probleme damit. Ich will nicht, daß es zwei von euch gibt.«

»Scheiße, Terri. Wovon sprichst du da? Wir sind zwei getrennte Menschen. Sehr verschiedene Menschen.«

»*Mich* hat sie getäuscht.«

Meredith schwieg wieder. Sie wünschte, Terri würde darüber hinwegkommen. »Sie hat eine Rolle gespielt«, sagte sie schließlich. »Wir sind wirklich sehr verschieden.«

»Vielleicht will sie ja nach Portland zurückgehen.«

»Terri, mir gefällt nicht, wie du mit der ganzen Sache umgehst.«

»Ich bin nicht sehr sensibel, was?«

»Nein. Bleib cool, okay? Laß es geschehen. Sieh zu, was passiert. Ich glaube, du bist voreingenommen.«

»Es ist so gruselig, daß ich ein langes Gespräch mit einer Person geführt habe, von der ich dachte, es sei die Frau, die ich liebe, und sie war es nicht.«

»Ich weiß, ich weiß.« Sie hatten das schon etliche Male durchgekaut. »Die ganze Sache macht mich immer noch panisch. Zum Teil tut sie mir leid. Aber es ist mehr als das. Ich fühle dieses... dieses Band. Es ist wie eine unwiderstehliche Anziehung.«

»Was für eine Art von Anziehung?«
»Jetzt werd nicht fies, Terri.«
»Du kennst doch den Spruch – ein Laster ist was Feines, aber Inzest ist das Beste.«
»Dieses Gespräch gefällt mir nicht.«
»Tut mir leid ... Ich verhalte mich abscheulich.«
»Du warst schon netter.«
»Ich arbeite dran. Ich wünschte bloß ...«
»Ich weiß. Aber wir müssen irgendwie damit klarkommen.«

Sie redeten noch ein paar Minuten, dann versprach Meredith, am morgigen Abend anzurufen und sie legten auf.

Die Schwestern blieben noch eine halbe Stunde in dem Lokal. Sie tranken beide noch ein Bier, bevor sie gingen. Sharla hatte immer noch die Autoschlüssel. Sie fuhr.

Es war eine dunkle Nacht, bedeckter Himmel, die Sterne gaben nicht viel Licht. Sharla dachte darüber nach, was in den letzten Tagen alles passiert war, wie sehr sie Meredith mochte und bewunderte. Und beneidete, das auch. Was würde die Zukunft bringen? Meredith wird zurückkehren in ihr behagliches, interessantes, erfülltes Leben, und ich werde ... was? In Chicago in ihrem Schatten leben? Scheiße. Die Verliererin des Duos.

Meredith war schläfrig. Das Bier und das rhythmischen Schaukeln des Autos lullten sie ein.

Ich könnte woanders hinziehen, dachte Sharla. Ein neues Leben beginnen.

Ihr Fuß lag schwer auf dem Gaspedal, ihr Kopf war ganz von ihren Gedanken besetzt.

Vielleicht will Allison immer noch mit mir zusammensein.

Sie fuhren mittlerweile hundert Stundenkilometer. Merediths Kopf nickte, sie hatte die Augen geschlossen.

Ich könnte mich umbringen.

Das Auto flog mit hundertzehn Sachen dahin.

Vielleicht hat Meredith recht. Vielleicht verändere ich mich wirklich. Vielleicht war die Art, wie ich war, als ich vorgab, sie zu sein, wirklich ein Teil von mir.

Sie rasten mit über hundertzwanzig Stundenkilometern über den Highway.

Wäre sie bloß nicht zurückgekommen.

Würde sie bloß verschwinden. Pfui, was für häßliche Gedanken. Ich sollte sterben.

Plötzlich eine Kurve. Sharla hatte das Warnschild übersehen. Sie fuhren hundertdreißig. Sie trat die Bremse durch. Die Reifen quietschten, der Wagen fuhr Schlangenlinien. Meredith schreckte mit einem Ruck hoch, ihr Herz klopfte, ein Schrei lag auf ihren Lippen. Dann der ohrenbetäubende Knall, der grelle Aufprall, der Lärm von zertrümmertem, scheppernden Metall und zerbrochenem Glas und zerbrochenen Körpern, dann Schwarz und Stille.

30. Kapitel

Der Zustand beider Frauen war kritisch; keine hatte bisher ihr Bewußtsein wiedererlangt.

Marian Landor lief im Wartezimmer auf und ab, während ihr Mann Joel sie nervös beobachtete. Der Kaffee in den Papierbechern war kalt. Der Anruf hatte sie kurz vor Mitternacht in Eureka erreicht. Da wären zwei verletzte Frauen, Zwillinge offensichtlich, hatte die Anruferin gesagt, doch nur ein Satz Ausweispapiere. Marian Landor hatte Gloria Jergens unverzüglich angerufen, dann waren sie und Joel zum Flughafen gerast.

»Wir sagen Ihnen sofort Bescheid, wenn eine Veränderung eintritt«, hatte die Krankenschwester gesagt und sie ins Wartezimmer geleitet. Marian Landor konnte nicht still sitzen, obwohl das Auf- und Abgehen auch nicht half.

Beide Elternteile drehten sich erwartungsvoll zur Tür, als sie geöffnet wurde. Ein weiteres Paar in etwa ihrem Alter betrat das Zimmer. Marian Landor ging zu der Frau und legte die Arme um sie. Sie weinten zusammen. Die Männer schüttelten sich die Hände und stellten sich einander vor.

»Hast du sie gesehen?«

»Ja.«

»Es ist ironisch, oder nicht?« sagte Marian Landor. Tränen benetzten ihre Wangen. »Unsere Töchter... Und wir wissen nicht einmal, welche welche ist.« Sie wischte sich mit ihrem großen karierten Taschentuch die Augen. »Wir sehen keinen Unterschied. Und ihr, Gloria?«

Gloria Jergens schüttelte den Kopf. Sie sah sehr dünn und blaß aus. »Meine eigene Tochter, und ich bin mir nicht einmal sicher...«

»Wir haben schon daran gedacht, Merediths zahnärztliche Unterlagen anzufordern, falls...«

»Weiß man, wer von beiden am Steuer saß?« fragte Bud Jergens.

Joel Landor schüttelte den Kopf. »Sie wurden beide aus dem Wagen geschleudert. Es ließ sich nicht mehr feststellen.«

»Sharla ist nie gern Auto gefahren«, sagte Gloria Jergens.

Für eine Weile sagte niemand etwas. Sie saßen in einem Halbkreis auf Plastikstühlen.

»Am meisten Sorgen machen mir die Kopfverletzungen«, sagte Joel Landor.

»Oh, arme Sharla.« Gloria Jergens weinte kläglich. Sie nahm Marian Landors Hand. »Arme Meredith. Oh, Gott stehe ihnen bei.«

»Der Arzt sagte, die perforierte Milz sei kein Problem. Sie würde gut verheilen.«

»Und das gebrochene Bein auch, das ... das die andere hat.«

»Es sind ihre Köpfe.«

»Glaubst du, es könnte bleibende Schäden geben?«

Marian Landor schüttelte den Kopf. »Das weiß niemand.«

Der Tag schleppte sich dahin. Von Zeit zu Zeit sprach ein verzweifeltes Elternteil mit einem anderen oder bot eine tröstende Hand. Meist schwiegen sie.

Um halb fünf am Nachmittag betrat ein Arzt das Wartezimmer.

Vier Augenpaare richteten sich hoffnungsvoll und ängstlich auf das Gesicht des jungen Mediziners.

»Ich muß Ihnen leider mitteilen ...«, begann er.

Jemand stöhnte auf.

»... daß wir eine der beiden verloren haben. Es tut mir leid. Eine Gehirnblutung. Wir konnten nichts mehr tun.«

Zwei Frauen weinten und ein Mann, Joel Landor. Seine Lippen zitterten, als er sprach. »Und die andere?«

»Der geht es besser. Ihre Lebenszeichen sind stabil. Es besteht eine gute Chance, daß sie durchkommt.«

Alle spürten die verwirrende Mischung aus Hoffnung und Verzweiflung.

»Das ist sehr ungewöhnlich«, sagte der Arzt. Er stand unbehaglich vor der Gruppe, seine Finger spielten mit der Gummischnur seines Stethoskops. »Wir wissen nicht, welche ...«

»Ja, das wissen wir«, sagte Joel Landor.

»Möchten Sie den Körper der Frau sehen, die ... wir verloren haben?« Der Arzt sprach sie alle vier an, und alle vier erhoben sich wie benommen und folgten ihm den Gang entlang.

Sie lag still und bleich da. Die Eltern wußten nicht, was sie tun sollten. Sie schauten die junge Frau an, die leblos vor ihnen lag.

Vielleicht war es das Kind, das sie aufgezogen und geliebt hatten. Vielleicht war sie eine Fremde, bedauerlicherweise tot.

Um drei Uhr morgens döste Bud Jergens unruhig auf dem Plastiksofa, Marian Landor hatte den Kopf an die Schulter ihres Mannes gelegt, und Gloria Jergens saß steif da, mit leerem Blick, und biß sich auf die Lippen. »Vielleicht sollten wir in ein Motel gehen«, hatte Joel Landor vor über einer Stunde vorgeschlagen. Alle nickten, doch niemand rührte sich.

Marian Landor mußte noch etwas auf- und abgehen. Gerade als sie aufstand, kam eine Krankenschwester herein. »Mr. und Mrs. Landor und Jergens, sie hat ihr Bewußtsein wiedererlangt.«

Alle standen augenblicklich auf.

»Sie ist in der Lage, Besuch zu empfangen, aber nur kurz. Ich fürchte, Sie dürfen nicht alle rein.«

»Die Mütter«, sagte Joel Landor. »Geht ihr beiden.«

Aus einem Tropf tropfte etwas in die Vene der Patientin. Ihr zerzaustes rotbraunes Haar lag sanft ausgebreitet auf dem weißen Kissen. Gloria Jergens und Marian Landor traten langsam näher, beide hatten Angst, beide waren sie ungeheuer erwartungsvoll. Die Stirn der Patientin war bandagiert. Ihre Augen blickten vollkommen klar, als sie über das hoffnungsvolle Gesicht von Gloria Jergens glitten und dann den Blick von Marian Landor fanden.

»Mama.«

»Oh, Meredith.«

Das erstickte Stöhnen von Gloria Jergens jagte der Krankenschwester einen kalten Schauer über den Rücken. Sie führte sie aus dem Raum.

»Sie haben mir das von Sharla erzählt. Ich fühle mich so mies, Mama.«

»Ja, eine schreckliche Sache. Oh, mein Liebling, du bist es wirklich! Ich liebe dich. Ich hatte solche Angst.« Sie nahm die Hand ihrer Tochter ganz leicht in die ihre und sandte ihr ein Meer von Mutterliebe. »Wie geht es dir, Schatz?«

»Mein Kopf dröhnt. Ich fühle mich schrecklich wegen Sharla. Ich kann nicht glauben, daß das geschehen ist.«

Ihre Mutter streichelte ihr die weiche, blasse Wange. »Du wirst wieder gesund werden, das weiß ich.«

Es war nur ein kurzer Besuch erlaubt. In den Tagen, die nun folgten, machte Meredith rasche Fortschritte. Am zweiten Tag aß sie wieder normal, sie las, spielte Karten mit ihrer Mutter und führte Telefonate mit ihren Freundinnen zu Hause, lange und emotionale mit Terri und Allison. Sie brachte Terri und auch andere Freundinnen davon ab, sie zu besuchen, da sie in drei oder vier Tagen entlassen und von ihrer Mutter nach Hause gebracht würde.

Allison spürte tiefe Trauer. Sie war aber auch weiterhin verwirrt. Sie sagte Meredith immer wieder, wie wichtig ihr die Telefonate waren, und Meredith sagte, ihr ginge es genauso.

Terri schwankte zwischen Erleichterung und Freude auf der einen Seite, und Wut und Mißtrauen auf der anderen. »Woher weiß ich, daß du wirklich Meredith bist?« sagte sie einmal und lachte schwach.

»O Gott!«

»Ich mache bloß Witze.«

»Das glaube ich nicht. Ich glaube, im Augenblick sind deine Gedanken und Gefühle mir gegenüber so durcheinander, daß die Dinge niemals mehr...«

»Meredith, hör auf. Es ist bloß, daß... Scheiße! Hey, erinnerst du dich an diesen Tag, etwa eine Woche, nachdem wir zum erstenmal zusammen waren? Auf welchen Film haben wir uns schließlich geeinigt?«

»Verdammt nochmal, Terri. Das tust du mir nicht an. Ich werde nicht zulassen, daß du mich testest. Du löst Gefühle in mir aus, die ich auch in dieser gottverdammten Psychiatrie hatte. Das mache ich nicht nochmal durch. Das ist mein Ernst.«

»Tut mir leid. Okay, ich bin bloß...«

»Wie läuft's denn so auf der Arbeit?« fragte Meredith, und Terri akzeptierte den Themenwechsel.

Als sie das nächste Mal miteinander sprachen, fing sie jedoch wieder an. »Das mit der Kopfverletzung ist wirklich schlimm für dich«, sagte Terri. »Wegen der Erinnerungslücken, die die Ärzte angekündigt haben.«

»Tja, nun, damit kann ich leben. Ich meine, Gott, es ist ein kleiner Preis, wenn man bedenkt...«

»Es ist natürlich *echt* praktisch.«

»Was?« Die Wut in Merediths Stimme brauste durch die Leitung. Terri nahm sich unverzüglich zurück. »Irgendwas Neues über deinen Entlassungstermin? Bleibt es bei Dienstag?«

»Ja, ich denke schon. Terri, ich bin müde«, sagte Meredith schläfrig. Das Gespräch war schnell beendet.

Am Montag teilten die Ärzte Meredith mit, daß ihre Milz gut heile und daß sie am nächsten Tag nach Hause fahren dürfe.

Dienstag abend kam Terri in Merediths Wohnung, kaum daß diese angerufen hatte. Sie war überrascht, daß Meredith selbst die Tür aufmachte. Sie schaute sich um. »Du bist allein?«

»Ja, Mama hat sich gerade auf den Weg zum Flughafen gemacht. Ich fühle mich wirklich ziemlich gut.«

Sie umarmten sich.

»Gott, tut das gut, dich zu sehen.« Terri sah sie prüfend an. »Du siehst... Du siehst gut aus, genau wie ich dich in Erinnerung habe. Hier, ich hab dir was mitgebracht.« Sie überreichte Meredith einen Strauß weißer Blumen. »Ich habe mir gedacht, daß deine Wohnung vielleicht ein wenig trostlos ist.«

»Ha! Klasse. Danke, Ter.«

Sie verbrachten den Abend mit Gesprächen. Viel mehr als noch im Krankenhaus schien Meredith nun in der Lage zu sein, über den Unfall zu reden und über Sharla und über ihren Schmerz, die Schwester verloren zu haben, die sie erst vor so kurzer Zeit entdeckt hatte. Terri hörte ihr voller Mitgefühl zu und versuchte, ihr beim Heilungsprozeß zu helfen; ihre Gefühle und Gedanken bezüglich Meredith waren vielfältig, vor allem anderen aber liebevoll.

»Die Ärzte sagen, daß die Verletzung der Milz keine Folgen haben wird.«

»Klasse.«

»Der Gedächtnisverlust ist aber schon irgendwie lästig. Mir sind schon einige Erinnerungslücken aufgefallen. Nur Kleinigkeiten. Mama hat es auch bemerkt.«

»Hm-hm«, sagte Terri.

»Aber ich scheine in der Lage zu sein, ordentlich zu denken. Derselbe alte perverse Kopf. Ich glaube, ich habe ein robustes Gehirn. Ich fühle mich eigentlich sehr gut, noch nicht bereit, einen Marathon zu laufen, aber gut. Und glücklich, Terri, glücklich, daß ich am Leben bin. Ich war dem Tod sehr nah.«

Terri streichelte ihre Hand, hatte selbst feuchte Augen. »Du mußt es eine Weile langsam angehen lassen, Süße. Verdammt, hätte ich bloß gewußt, daß deine Mutter so bald abreist. Dann hätte ich versucht, mir morgen freizunehmen.«

»Ist schon okay, Terri«, versicherte Meredith.

»Du solltest nicht allein sein.«

»Es ist wirklich okay. Also, ehrlich gesagt werde ich auch nicht allein sein. Ehm ... morgen kommt jemand vorbei. Nicht, daß ich das wirklich brauche, aber ...«

»Na, das ist doch gut.« Terri schaute sie an, den Kopf ein wenig schief. »Wer kommt denn, Meredith?«

Meredith zögerte und schaute weg, wandte sich Terri wieder zu. Sie lächelte ein ziemlich merkwürdiges Lächeln, dann antwortete sie.

»Allison«, sagte sie. »Allison wird den Tag mit mir verbringen.« Sie schaute aus dem Fenster hinaus auf den Lincoln-Park, auf die Bäume und den Strand in der Ferne. Sie war wirklich sehr glücklich, glücklich, am Leben zu sein, glücklich, die zu sein, die sie war.